Über dieses Buch Lythande und Rohana, das ist wie Feuer und Wasser, wie Chaos und strenge Ordnung. Was haben die in Männerkleidung herumvagabundierende Zauberin und die in Samt und kostbare Pelze gehüllte Schloßherrin gemeinsam? Unter den fantastischen Frauengestalten von Marion Zimmer Bradley bilden diese beiden polare Gegensätze. Und doch: Blickt man hinter die Zauberwelt der Zwillingssonnen und die magische Kulisse, so erkannt man überraschende Gemeinsamkeiten. Rohana und Lythande sind nicht frei, nicht glücklich und erfüllt. So unterschiedlich ihre Lebensumstände auch sein mögen, sie sind »Schwestern unter der Haut«, deren gegensätzliche Schicksale lehren, daß Fügsamkeit und Dulden allein ebensowenig weiterhelfen wie Auflehnung und Widerstand, daß Glück nur in der eigenen Persönlichkeit gefunden werden kann.
Der vorliegende Band vereinigt drei Lythande-Erzählungen und drei Rohana-Geschichten aus dem Darkover-Zyklus. In einer Nachbetrachtung eröffnet Verena C. Harksen einen neuen, überraschenden Zugang zum Gesamtwerk von Marion Zimmer Bradley, der ›First Lady of Fantasy‹.

Die Autorin Marion Zimmer Bradley, 1930 in Albany im US-Bundesstaat New York geboren, hat sich als Fantasy-Autorin Weltruhm erschrieben. Zu ihren bekanntesten Werken gehören ›Die Nebel von Avalon‹ (Band 8222), ›Die Feuer von Troia‹ (Band 10287) sowie ›Tochter der Nacht‹ (Band 8350) und ›Luchsmond‹ (Band 11444; ab Dezember 1992).
Die Autorin lebt mit ihrer Familie in Berkeley, Kalifornien.

Marion Zimmer Bradley

LYTHANDE

Erzählungen

Mit einem Essay von
V. C. Harksen

Fischer Taschenbuch Verlag

Aus dem Amerikanischen von V. C. Harksen
und Lore Straßl (Das Geheimnis des blauen Sterns)

71.–100. Tausend: September 1992

Veröffentlicht im Fischer Taschenbuch Verlag GmbH
Frankfurt am Main, März 1992

Lizenzausgabe mit freundlicher Genehmigung
des S. Fischer Verlags GmbH, Frankfurt am Main

Umschlaggestaltung: Manfred Walch, Frankfurt am Main
Illustration: Sandra Benjamin
Satz: Georg Wagner, Nördlingen
Druck und Bindung: Clausen & Bosse, Leck
Printed in Germany
ISBN 3-596-10943-4

INHALT

DAS GEHEIMNIS DES BLAUEN STERNS

In einer Nacht in Freistatt, als der Silberschein des Vollmonds den Straßen täuschende Pracht verlieh, so daß jede Ruine einem verzauberten Turm glich und jede dunkle Gasse und jeder Platz zur geheimnisvollen Insel wurde, machte sich der Söldnermagier Lythande auf den Weg, Abenteuer zu suchen.

Erst vor kurzem war Lythande zurückgekehrt – wenn man so eine prosaische Bezeichnung für das Kommen und Gehen eines Zauberers überhaupt verwenden kann. Lythande hatte eine Karawane durch die Graue Wüste nach Twand begleitet. Irgendwo auf der Strecke hatte eine Schar Wüstenratten – zweibeinige Ratten mit vergifteten Stahlzähnen – die Karawane überfallen, ohne zu ahnen, daß sie durch Zauber geschützt war, und so hatten sie sich plötzlich gezwungen gesehen, gegen heulende Skelette mit Flammenaugen zu kämpfen und gegen einen hochgewachsenen Magier in ihrer Mitte mit einem blauen Stern zwischen funkelnden Augen, einem Stern, der Blitze mit eisiger, lähmender Flamme schoß. Da rannten die Wüstenratten, so schnell sie konnten, und hörten nicht auf zu rennen, bis sie Aurvesh erreichten, und was sie erzählten, schadete Lythande nicht, außer in den Ohren der Frommen.

So klingelte nun Gold in den Taschen des langen, dunklen Magiergewands – vielleicht war es aber auch verborgen in irgendeinem Unterschlupf, wo immer auch Lythande Zuflucht gefunden haben mochte.

Zu guter Letzt nämlich hatte der Karawanenmeister sich mehr vor Lythande gefürchtet als vor den Banditen, was zu seiner Großzügigkeit beigetragen hatte, mit der er den Magier entlohnte. Der Sitte entsprechend hatte Lythande weder gelächelt noch Mißfallen ausgedrückt, doch einige Tage später zu Myrtis, der Besitzerin des Aphrodisiahauses in der Straße der Roten Laternen, gemeint, daß Zauberei – obgleich eine nützliche Fähigkeit und voll ästhetischer Erbauung für Philosophen – als solche keine Bohnen auf den Tisch brächte.
Eine seltsame Bemerkung, dachte Myrtis, während sie die Unze Gold wegschloß, die Lythande ihr in Anbetracht eines lange Jahre zurückliegenden Geheimnisses verehrt hatte. Ja, merkwürdig, daß Lythande von Bohnen auf dem Tisch sprach, wenn niemand außer ihr den Magier je einen Bissen oder einen Schluck hatte zu sich nehmen sehen, seit der blaue Stern die hohe, schmale Stirn zierte. Noch hatte je eine Frau im Viertel sich brüsten können, daß der große Zauberer für ihre Gunst bezahlt habe, oder sich auch nur vorzustellen vermocht, wie ein solcher Zauberer sich in jener Situation benahm, in der alle Männer gleichermaßen nur von Fleisch und Blut beherrscht werden.
Vielleicht hätte Myrtis Licht in die Sache bringen können, wenn ihr der Sinn danach gestanden hätte. Zumindest glaubten einige ihrer Mädchen das, wenn Lythande, wie es manchmal vorkam, das Aphrodisiahaus besuchte und sich mit der Besitzerin zurückzog, hin und wieder sogar eine ganze Nacht lang. Man erzählte sich, daß das Aphrodisiahaus ein Geschenk Lythandes an Myrtis gewesen sei, und zwar nach einem legendären Abenteuer (über das man noch jetzt im Basar tuschelte), in das ein Schwarzer Magier, zwei Pferdehändler, ein Karawanenmeister und mehrere Raufbolde verwickelt gewesen waren, die sich damit großtaten, nie Gold für eine Frau auszugeben, und sich einen Spaß daraus machten, eine ehrliche, arbeitende Frau auszunehmen. Keiner von ihnen hatte je wieder sein Gesicht – oder was davon übriggeblieben war – in Freistatt gezeigt. Und Myrtis hatte damit geprahlt, daß sie nun nie wie-

der ihren Unterhalt mit Schweiß verdienen, nie wieder einen Mann unterhalten müsse, sondern das Vorrecht der Hausmutter in Anspruch nehmen könne, ihr Bett mit niemandem teilen zu müssen.

Und außerdem sagten die Mädchen sich auch, daß ein Magier von Lythandes Statur die schönsten Frauen von Freistatt bis zu den Bergen jenseits von Ilsig haben könnte, nicht nur Kurtisanen, sondern Prinzessinnen, Edeldamen und Priesterinnen. Myrtis war zweifellos in ihrer Jugend von großer Schönheit gewesen, und sie hielt nicht damit zurück, daß Prinzen, Zauberer und Reisende sie reich für ihre Gunst bezahlt hatten. Sie war immer noch schön (und es gab natürlich solche, die behaupteten, Lythande bezahle nicht *sie*, sondern – im Gegenteil – *sie* gäbe dem Magier hohe Summen, damit er ihre Schönheit mit starkem Zauber vor dem Altern bewahre), aber ihr Haar war ergraut, und sie machte sich nicht mehr die Mühe, es mit Henna oder Goldton von Tyrisis-über-dem-Meer zu färben.

Aber wenn Myrtis nicht wußte, wie Lythande sich in jener elementarsten menschlichen Situation verhielt, dann gab es wahrlich keine Frau in Freistatt, die es zu sagen vermocht hätte. Man munkelte auch, daß Lythande Dämoninnen aus der Grauen Wüste herbeibeschwor, um sich mit ihnen in Wollust zu paaren. Ganz sicher war jedenfalls, daß Lythande weder der erste noch der letzte Magier war, von dem man das behauptete.

Doch in dieser Nacht suchte Lythande weder Essen, Trinken noch die Freuden der amourösen Unterhaltung. Obgleich der Magier häufig Gast in Schenken war, hatte noch niemand einen Tropfen Bier, Met oder Feuertrunk über Lythandes Lippen rinnen sehen.

Lythande hielt sich am äußersten Rand des Basars, umging die alte Grenze des Statthalterpalastes und blieb dabei weitgehend im Schatten, den Taschendieben und Straßenräubern zum Trotz. Der Vorliebe für Schatten verdankte der Magier es, daß man sich in der Stadt erzählte, Lythande könne sich in Luft auflösen und aus dem Nichts auftauchen.

Groß und schmal war Lythande, größer als ein hochgewachsener Mann, und dünn fast bis zur Auszehrung. Die blaue, sternförmige Tätowierung des Pilgeradepten zwischen schmalen, hochgeschwungenen Brauen hob sich von der Stirn ab, während der lange Kapuzenumhang mit den Schatten zu verschmelzen schien. Glattrasiert war das Gesicht oder überhaupt bartlos – niemand, solange man sich zurückzuerinnern vermochte, hätte zu sagen gewußt, ob das die Laune eines weibischen Typus war oder die Haarlosigkeit eines Mannes, der anders als die üblichen Sterblichen war. Das Haar unter der Kapuze war so lang und seidig wie das einer Frau, doch grau, wie keine Frau in dieser Stadt von Dirnen es zugelassen hätte.

Schnell an einer schattigen Mauer entlanghuschend, trat Lythande durch eine offene Tür, über der als Glücksbringer die Sandale Thufirs angenagelt war, des Gottes der Pilger. Doch so leise, wenn nicht gar lautlos, waren des Magiers Schritte, und so gut verschmolz der Kapuzenumhang mit den Schatten, daß Augenzeugen später festen Glaubens geschworen hätten, Lythande wäre aus leerer Luft erschienen, durch Zauberei geschützt oder eine Tarnkappe unsichtbar gemacht.

Um eine Feuerstelle stießen Männer lärmend ihre Krüge zum Klang eines Trinklieds an, das auf einer abgegriffenen Laute geklimpert wurde. Lythande wußte, daß dieses Musikinstrument dem Wirt gehörte und ausgeliehen werden konnte – was diesmal ein junger Mann getan hatte. Er trug die Überreste eines geckenhaften Aufzugs, dem die Unbilden der Straße nicht bekommen waren, und saß lässig, das eine Knie über dem anderen verschränkt. Als das nicht so ganz feine Trinklied verklang, spielte er ein sanftes Liebeslied aus einer anderen Zeit und einem anderen Land. Der Zauberer kannte dieses Lied, hatte es vor mehr Jahren, als andere sich zurückerinnern konnten, zum erstenmal gehört, als Lythande unter einem anderen Namen bekannt gewesen war und wenig von Zauberei verstanden hatte. Erst als dieses Lied geendet hatte, trat der Magier aus dem Schatten und ließ sich sehen. Der Feuerschein brachte den blauen Stern auf der hohen Stirn zum Schimmern. Ein kurzes Murmeln erhob sich in der Schenke, aber man war hier an Lythandes plötzliches Kommen und Gehen gewöhnt.

Der junge Mann blickte dem Magier aus Augen entgegen, deren strahlendes Blau unter dem lockigen Schwarzhaar überraschte. Ein schlanker, geschmeidiger Bursche war er, und Lythande bemerkte das Rapier an seiner Seite, das aussah, als würde es oft benutzt, und das Amulett in Form einer zusammengeringelten Schlange an seinem Hals.

»Wer seid Ihr, daß Ihr wie aus leerer Luft erscheint?« fragte dieser junge Mann.

»Jemand, der Euer Lautenspiel bewundert.« Lythande warf dem Schankburschen eine Münze zu.

»Möchtet Ihr etwas trinken?«

»Ein Spielmann lehnt eine Einladung nie ab. Singen ist trokkene Arbeit.« Doch als nur ihm Wein vorgesetzt wurde, fragte er: »Ihr wollt nicht mit mir trinken?«

»Kein Mensch hat Lythande je essen oder trinken gesehen«, murmelte einer der Männer um sie herum.

»Nun, das finde ich nicht freundlich!« rief der junge Minnesänger. »Wenn zwei miteinander trinken, ist das eine Sache, aber ich singe nicht für Bezahlung und trinke nicht außer als freundschaftliche Geste!«

Lythande zuckte die Schultern, und der blaue Stern über den geschwungenen Brauen begann ein bläuliches Licht auszustrahlen. Die Gäste wichen vorsichtig zurück, denn wenn ein Magier mit blauem Stern ärgerlich wurde, war es ratsam, ihm nicht in den Weg zu kommen. Der Spielmann stellte die Laute ab, damit ihr nichts passierte, falls er aufspringen mußte. Aus der peinlichen Bedächtigkeit seiner Bewegungen erkannte der Magier, daß er bereits so manches Glas mit ihm genehmen Kameraden getrunken hatte. Aber der Minnesänger schloß die Hand nicht um seinen Degengriff, sondern um das Schlangenamulett.

»Einem wie Euch bin ich noch nie begegnet«, sagte der junge

Mann milde, und Lythande spürte ein leichtes Vibrieren, das einem Magier die Anrufung von Zauberkräften verriet. Lythande schloß daraus, daß des Sängers Amulett zu jenen gehörte, die ihren Träger erst dann schützen, wenn dieser eine bestimmte Zahl von wahrheitsgetreuen Feststellungen – gewöhnlich drei bis fünf – über seinen Angreifer oder Feind geäußert hatte. Wachsam, aber belustigt, entgegnete Lythande: »Wie wahr. Auch werdet Ihr nie mehr einem wie mir begegnen, wie lange Ihr auch noch leben möget, Spielmann.«
Unter dem bedrohlichen blauen Glühen des Sterns erkannte der Minnesänger den freundlichen Spott um Lythandes Lippen. Er ließ sein Amulett los. »Ich wünsche Euch wahrhaftig nichts Böses, genausowenig wie Ihr mir. Auch das sind Wahrheiten, eh, Zauberer? Und damit genügt es wohl. Doch obwohl Ihr vielleicht wie kein anderer seid, seid Ihr doch nicht der einzige Magier in Freistatt, der einen blauen Stern auf der Stirn trägt.«
Wut funkelte jetzt aus dem blauen Stern, doch nicht auf den Spielmann. Beide wußten es. Die Menge ringsum erinnerte sich plötzlich, daß es anderswo dringende Geschäfte gab. Der Minnesänger blickte auf die leeren Bänke.
»Ich fürchte, ich muß für mein Nachtmahl an anderem Orte singen.«
»Es war keine Beleidigung, als ich ablehnte, mit Euch zu trinken«, erklärte Lythande. »Der Schwur eines Magiers ist nicht so leicht umzuwerfen wie eine Laute. Würdet Ihr also als Gastgeschenk ein Abendessen annehmen und essen und trinken, soviel Ihr wollt, ohne Euch in Eurer Würde gekränkt zu fühlen? Und darf ich Euch dafür um einen Gefallen bitten?«
»So ist es Sitte in meiner Heimat. Cappen Varra dankt Euch, Magier.«
»Wirt! Euer bestes Mahl für meinen Gast und soviel er heute nacht zu trinken vermag!«
»Für so großzügige Gastlichkeit werde ich bei dem gewünschten Gefallen nicht kleinlich sein«, versicherte Cappen Varra und bediente sich von den dampfenden Speisen, die ihm vor-

gesetzt wurden. Während er aß, holte Lythande aus den Falten seines Gewands einen kleinen Beutel mit süß duftenden Kräutern, rollte sie in ein blaugraues Blatt und drückte den Ring am Finger darauf, daß die Rolle Funken fing. Lythande hob sie an die Lippen, sog daran, und würziger, grauer Rauch stieg auf.

»Was den Gefallen betrifft, nun, er wird Euch keine große Mühe kosten, ich möchte nur, daß Ihr mir von diesem anderen Zauberer erzählt, der wie ich den blauen Stern trägt. Ich kenne keinen anderen meines Ordens südlich von Azehur, und ich möchte sichergehen, daß Ihr nicht mich oder meinen Geist gesehen habt.«

Cappen Varra sog das Mark eines Knochens aus und wischte sich die Finger säuberlich an dem Tuch unter dem Fleischtablett ab. Er gönnte sich noch eine Ingwerpflaume, ehe er antwortete.

»Nicht Ihr wart es, Zauberer, noch Euer Geist oder ein Doppelgänger. Der, den ich sah, hatte weit breitere Schultern als Ihr, und er trug kein Schwert, sondern zwei Dolche über Kreuz an den Hüften. Sein Bart war schwarz, und an seiner Linken fehlten drei Finger.«

»Bei Ils mit den tausend Augen! Rabben Halbhand hier in Freistatt! Wo habt Ihr ihn gesehen, Spielmann?«

»Er durchquerte den Basar, aber ich sah ihn nichts kaufen. Das zweite Mal bemerkte ich ihn in der Straße der Roten Laternen, als er sich mit einer Frau unterhielt. Welchen Gefallen kann ich Euch tun, Magier?«

»Ihr habt ihn mir bereits getan.« Der Zauberer gab dem Wirt Silber – so viel, daß der mürrische Mann den Schutz von Shalpas Mantel auf den Gast herabwünschte, als Lythande ging – und legte eine weitere Münze, diesmal aus Gold, neben die geborgte Laute.

»Holt Euch Eure Leier zurück. Mit diesem Instrument hier tut Ihr Eurer Stimme nichts Gutes an.« Als der Spielmann den Kopf hob, um dem Zauberer zu danken, war der bereits unbemerkt in den Schatten verschwunden.

Die Goldmünze einsteckend, fragte der Minnesänger: »Woher hat er das gewußt? Und wie ist er so schnell fort?«

»Das weiß allein Shalpa der Flinke«, brummte der Wirt. »Vielleicht ist er durch das Rauchloch der Feuerstelle geflogen? Er braucht den nachtdunklen Mantel Shalpas wahrhaftig nicht, er hat seinen eigenen, der ihn unsichtbar macht. Er bezahlte für Eure Getränke, guter Herr, was hättet Ihr gern?«

Und Cappen Varra fuhr fort, sich zu betrinken – denn das war das Weiseste, was man tun konnte, wenn man ungewollt in die Privatangelegenheit eines Zauberers verwickelt wurde.

Auf der Straße blieb Lythande stehen und überlegte. Rabben Halbhand war kein Freund, doch bestand auch kein Grund, anzunehmen, daß seine Anwesenheit in Freistatt etwas mit Lythande und/oder Rache zu tun hatte. Hätte es sich um eine Sache des Ordens des Blauen Sterns gehandelt, bei der Lythande Rabben unterstützen müßte, oder wäre Halbhand geschickt worden, alle Angehörigen des Ordens zusammenzurufen, so hätte der Stern, den sie beide trugen, eine Warnung übermittelt.

Dennoch konnte es nicht schaden, sich zu vergewissern. Lythande war inzwischen zügig weitergegangen und erreichte nun den alten Marstall hinter dem Statthalterpalast. Es war still dort und der richtige Ort für Magie. Lythande trat in eine der schmalen Seitengassen, faltete den Zauberumhang um sich, daß kein Licht mehr hindurchdrang, und zog sich immer weiter in die Stille zurück, bis nichts blieb auf der Welt, ja im gesamten Universum, als das Licht des blauen Sterns. Lythande erinnerte sich, wie er angebracht worden war und zu welchem Preis – dem Preis, den ein Adept einst für die Macht bezahlte.

Das blaue Glühen zog sich zusammen, löste sich zu bunten Mustern auf, pulsierte und leuchtete, bis Lythande *in* dem Licht stand. Und dort, an dem Ort-der-nicht-ist, auf einem Thron aus einem gewaltigen Saphir, saß der Herr des Sterns.

»Sei gegrüßt, Mitstern, sternengeborener *Shyryu*.« Dieses Kosewort konnte vielerlei bedeuten: Freund, Gefährte, Bruder, Schwester, Geliebter, Gleichgestellter, Pilger. Wörtlich übersetzt hieß es: *Wesen des Sternenlichts.* »Was führt dich in dieser Nacht aus solcher Ferne in das Pilgerheim?«

»Die Bitte um Erleuchtung, Wesen des Sternenlichts. Habt Ihr jemanden ausgeschickt, mich in Freistatt aufzusuchen?«

»Nein, *Shyryu.* Im Tempel des Sternenlichts ist alles in bester Ordnung. Du wurdest nicht gerufen. Noch ist die Stunde nicht gekommen.«

Jeder Adept des Blauen Sterns weiß es, denn es ist Teil des Preises der Macht: Wenn die Welt stirbt, wenn alle Taten und alles Streben der Menschheit ihr Ende finden, wird das letzte, das unter dem Ansturm des Chaos fällt, der Tempel des Sterns sein. Und dann wird der Herr des Sterns am Ort-der-nicht-ist alle Pilgeradepten aus den hintersten Winkeln der Welt zusammenrufen, damit sie mit all ihrer Magie gegen das Chaos kämpfen. Bis zu jenem Tag jedoch sind sie frei, alles zu tun, was ihre Kräfte erhöht. Der Herr des Sterns wiederholte beruhigend: »Die Stunde ist noch nicht gekommen. Du kannst weiter durch die Welt ziehen, wie es dir gefällt.«

Das blaue Glühen verschwand, und Lythande blieb fröstelnd stehen. Also war Rabben nicht hierhergekommen, um sie zu dieser letzten Pflicht zu rufen. Doch Ende und Chaos mochten für Lythande sehr wohl *vor* der bestimmten Stunde kommen, wenn man Rabben Halbhand freie Hand ließ.

Es war eine faire Kraftprobe gewesen, von unseren Meistern angeordnet. Rabben dürfte eigentlich keinen Groll gegen mich hegen . . . Rabbens Anwesenheit in Freistatt brauchte wirklich nichts mit Lythande zu tun zu haben. Er mochte aus durchaus ehrbaren Gründen hier sein – wenn Rabben überhaupt zu etwas Ehrbarem fähig war. Keinem der Pilger-Adepten wurde vorgeschrieben, wie er leben mußte. Sie hatten nur die eine Pflicht, am Letzten Tag auf der Seite der Ordnung gegen das Chaos zu kämpfen. Und Rabben hatte bisher keinen Grund gesehen, es schon vorher zu tun. Vorsicht war vonnöten. Lythande wußte, daß Rabben nahe war.

Südöstlich des Statthalterpalasts an der Tempelallee befand sich ein kleiner, dreieckiger Park. Tagsüber wandelten dort Prediger und Priester, denen es an Opfergaben und Andächtigen gebrach, über die Kieswege und die Anlagen; des Nachts fand man dort Frauen, die keine Göttin anbeteten außer der des vollen Beutels und leeren Schoßes. Aus beiden Gründen nannte man diesen Park voll Ironie ›Himmlisches Versprechen‹. In Freistatt, wie anderswo, wußte man sehr wohl, daß Versprechen nicht immer gehalten werden.
Lythande kümmerte sich gewöhnlich weder um Frauen noch um Priester und kam nicht oft dorthin. Der Park schien verlassen zu sein. Ein böser Wind war aufgekommen, er peitschte Büsche und Sträucher, daß sie wie fremdartige Tiere in widernatürlichen Stellungen aussahen, und ächzte gespenstisch um Wände und Giebel der Tempel auf der anderen Straßenseite. Von diesem Wind sagte man in Freistatt, er sei das Stöhnen Azyunas in Vashankas Bett. Lythande ging schnell und mied die Dunkelheit der Pfade. Da zerriß der Schrei einer Frau die Luft.
Aus den Schatten sah der Magier die zerbrechliche Figur eines jungen Mädchens in zerrissenem Gewand. Sie war barfuß, und ihr Ohr blutete, wo ein Ring aus dem Läppchen gerissen war. Sie wehrte sich gegen den unerbittlichen Griff eines stämmigen, schwarzen Mannes. Das erste, was Lythande auffiel, war die Hand um das schmale, knochige Handgelenk des Mädchens. Zwei Finger fehlten ganz und ein dritter bis zum unteren Glied. Erst dann – als es bereits nicht mehr nötig war – sah der Magier den blauen Stern zwischen den buschigen, schwarzen Brauen und blickte in die katzengelben Augen Rabben Halbhands.
Lythande kannte ihn von früher, aus dem Tempel des Sterns. Schon damals war Rabben ein heimtückischer Mann und für seine Lasterhaftigkeit verrufen gewesen. Warum, fragte sich Lythande, hatten die Meister nicht verlangt, daß er als Preis für die Macht seine Laster aufgebe? Lythandes Lippen verzogen sich zu einem freudlosen Grinsen. So berüchtigt war Rabbens

Geilheit, daß jeder das Geheimnis seiner Macht kennen würde, wenn er seine Ausschweifungen aufgegeben hätte.
Die Kräfte eines Adepten des Blauen Sterns beruhten auf einem Geheimnis. So, wie in einer alten Sage ein Riese sein Herz in einem Versteck außerhalb seines Körpers aufbewahrte und damit seine Unsterblichkeit sicherte, gab ein Adept des Blauen Sterns all seine psychische Kraft in ein Geheimnis. Entdeckte jemand dieses Geheimnis, ging alle Macht des Adepten auf ihn über. Also mußte Rabbens Geheimnis etwas anderes sein... Aber Lythande dachte nicht mehr weiter darüber nach.
Das Mädchen schrie mitleiderregend, während Rabben es heftig an sich riß. Als der Stern des stämmigen Magiers zu glühen begann, warf es hastig die freie Hand vor die Augen, um sie abzuschirmen. Obgleich Lythande sich eigentlich nicht hatte einmischen wollen, trat er aus dem Schatten, und die klare Stimme, deretwegen die Zauberlehrlinge im äußeren Hof des Blauen Sterns Lythande ›Sänger‹ statt ›Magier‹ genannt hatten, erschallte:
»Bei Shipri Allmutter, laß diese Frau los!«
Rabben wirbelte herum. »Bei den neunhundertneunundneunzig Augen Ils'! Lythande!«
»Gibt es nicht genug Frauen auf der Straße der Roten Laternen, daß du Mädchen, die noch halbe Kinder sind, in der Tempelallee mißhandeln mußt?« Lythande hatte beim Näherkommen gesehen, wie jung Rabbens Opfer war: die dünnen Arme, die noch kindlichen Beine, den bei weitem noch nicht vollentwickelten Busen unter dem schmutzigen, zerrissenen Kleid.
Rabben wandte sich Lythande zu und höhnte: »Du warst immer zimperlich, *Shyryu*. Keine Frau kommt in diesen Park, wenn sie nicht käuflich ist. Willst du die Dirne für dich? Bist du deiner fetten Hausmutter aus dem Aphrodisia müde?«
»*Du* wirst ihren Namen nicht in den Mund nehmen, Rabben Halbhand!«
»So empfindlich der Ehre einer Hure wegen?«
Lythande ging nicht darauf ein. »Laß das Mädchen gehen oder stell dich mir!«

Rabbens Stern schleuderte Blitze. Er stieß das Mädchen zur Seite; es fiel schlaff auf den Boden und blieb reglos liegen. »Sie wird dort bleiben, bis wir miteinander fertig sind. Hast du dir vielleicht eingebildet, sie könnte fortlaufen, während wir kämpfen? Wenn ich so recht überlege, ich habe dich noch nie mit einer Frau gesehen, Lythande – ist das dein Geheimnis, daß du mit Frauen nichts anzufangen weißt?«

Lythande behielt das gleichmütige Gesicht bei – doch was immer auch geschah, Rabben durfte keine Gelegenheit bekommen, sich weiter mit diesem Gedanken zu beschäftigen. »Du magst deinen Trieben auf der Straße nachgehen wie ein Tier, Rabben, ich tue es nicht. Gibst du sie jetzt frei, oder willst du lieber kämpfen?«

»Vielleicht sollte ich sie dir überlassen. Das ist ja geradezu unvorstellbar, daß Lythande auf der Straße um eine Frau kämpfen will! Du siehst, ich kenne deine Gewohnheiten gut, *Shyryu.*«

Vashankas Verdammnis! dachte Lythande. *Jetzt muß ich wirklich um das Mädchen kämpfen!*

Lythandes Rapier glitt aus der Scheide und richtete sich fast wie von selbst auf Rabben.

»Ha! Glaubst du wirklich, Rabben läßt sich auf eine Straßenstecherei wie ein gewöhnlicher Söldner ein?« Lythandes Degenspitze zerplatzte in dem Glühen des blauen Sterns, und die Klinge wurde zu einer schillernden Schlange, die den Kopf nach hinten drehte und sich wand, um am Griff hochzukriechen, als wolle sie sich um Lythandes Faust wickeln, während Gift aus ihren spitzen Fängen troff.

Lythandes Stern blitzte nun auf. Die Waffe war wieder Metall, aber nutzlos in der verdrehten Schlangenform, in der die Spitze so zurückgebogen war, daß sie fast den Griff berührte. Erbost ließ Lythande das verformte Eisen los und schickte Rabben zischenden Feuerregen entgegen. Schnell hüllte der stämmige Adept sich in Nebel, und das sprühende Feuer erlosch. Ohne sich dessen wirklich bewußt zu werden, bemerkte Lythande, daß sich eine neugierige Zuschauermenge um sie sammelte. Es kam wohl nicht zweimal im Leben vor, daß zwei Adepten des Blauen Sterns ein Zauberduell auf den Straßen Freistatts führten.

Ein heulender Wind peitschte kleine Feuerbrände gegen Lythande. Sie berührten den hochgewachsenen Zauberer und verschwanden. Dann erfaßte ein gewaltiger Wirbelsturm die Bäume, raubte ihnen die Blätter und zwang Rabben in die Knie. Lythande war gelangweilt. Es mußte schnell zu Ende gebracht werden. Nicht einer der glotzenden Zuschauer hätte nachher zu sagen vermocht, was geschehen war. Jedenfalls krümmte Rabben sich, langsam, ganz langsam, wurde Zoll um Zoll auf die Knie gezwungen, dann auf alle viere, langgestreckt auf den Boden, bis sich sein Gesicht tiefer und tiefer in den Staub preßte . . .

Lythande drehte sich um und hob das Mädchen hoch. Ungläubig starrte sie auf den stämmigen Zauberer, der heftig seinen schwarzen Bart in den Schmutz bohrte.

»Was habt Ihr . . .«

»Das ist unwichtig – verschwinden wir von hier. Der Zauber wird nicht lange anhalten, und wenn er bricht, wird Rabben sehr wütend sein.« Leichter Spott sprach aus Lythandes Stimme, und das Mädchen verstand ihn, wie es Rabbens Bart, Augen und blauen Stern schmutz- und staubbedeckt vor sich sah . . .

Sie rannte dicht hinter dem wallenden Umhang des Zauberers. Als sie den Park des ›Himmlischen Versprechens‹ weit hinter sich hatten, blieb Lythande so plötzlich stehen, daß das Mädchen fast aufgelaufen wäre.

»Wie heißt du, Kleine?«

»Mein Name ist Bercy. Und Eurer?«

»Ein Magier nennt seinen Namen nicht leichthin. In Freistatt bin ich als Lythande bekannt.« Auf sie hinabblickend, bemerkte der Magier mit einem Stich im Herzen, daß sie unter dem Schmutz und der zerrissenen Kleidung sehr schön und sehr jung war. »Du kannst jetzt gehen, Bercy. Er wird dich von nun an in Ruhe lassen. Ich habe ihn in einem fairen Zweikampf besiegt.«

Sie warf sich an Lythandes Brust, schmiegte sich dagegen. »Schickt mich nicht fort«, flehte sie mit weiten, bewundernden Augen. Der Magier runzelte die Stirn.
Das war natürlich zu erwarten gewesen. Bercy glaubte – und wer in Freistatt hätte anders gedacht? –, der Zweikampf wäre um sie ausgetragen worden. Und sie war durchaus bereit, sich dem Sieger hinzugeben. Lythande machte eine abwehrende Gebärde.
»Nein . . .«
Des Mädchens Augen verengten sich voll Mitleid. »So stimmt es denn, was Rabben sagte: Euer Geheimnis ist, daß Euch vorenthalten wurde, was den Mann macht?« Aber hinter dem Mitleid verbarg sich ein Hauch von Belustigung – welch aufregenden Klatsch das geben würde! Ein Leckerbissen geradezu für die Straße der Frauen!
»Schweig!« Lythande bedachte sie mit gebieterischem Blick. »Komm!«
Sie folgte dem Magier durch die krummen Gassen zur Straße der Roten Laternen. Festen Schrittes eilte Lythande am Haus der Nixen vorbei, wo es so exotische Freuden geben sollte, wie sich aus dem Namen schließen ließen, dann am Haus der Peitschen, das von allen gemieden wurde, außer jenen, die nur dies und sonst keines besuchen wollten, und kam schließlich, unter dem Antlitz der Grünen Göttin, die noch weit außerhalb Freistatts verehrt wurde, zum Aphrodisiahaus.
Bercy schaute sich mit großen Augen um, bewunderte die Säulen der Empfangshalle, den Schein der hundert Laternen, die prächtig gewandeten Frauen, die lässig auf weichen Kissen ruhten, bis sie gerufen wurden. Ja, wahrhaftig, sie waren kostbar gewandet, und es gab keine, die nicht edles Geschmeide trug – Myrtis verstand ihr Handwerk und wußte, wie sie ihre Ware zur Schau stellen mußte. Lythande nahm an, daß Neid aus dem Blick der zerlumpten Bercy sprach. Vermutlich verkaufte sie sich im Basar für ein paar Kupferstücke oder einen Laib Brot, seitdem sie alt genug dafür war. Doch irgendwie hatte sie sich – wie eine Blume, die auf einem Misthaufen

wuchs – eine bezaubernde, frische Schönheit bewahrt: gold und weiß und blütenhaft. Selbst halbverhungert und in Lumpen rührte sie an Lythandes Herz.

»Bercy, hast du heute schon gegessen?«

»Nein, Herr.«

Lythande rief den riesenhaften Eunuchen Jiro, zu dessen Pflichten es gehörte, besonders geschätzte Kunden zu den Gemächern ihrer Erwählten zu führen und Betrunkene sowie andere Kunden, die sich unbeliebt gemacht hatten, auf die Straße zu setzen. Er kam herbei – mit dickem Bauch und nackt, von einem schmalen Lendentuch und einem Dutzend Ringen im Ohr abgesehen (er hatte einst eine Liebste gehabt, eine Ohrringverkäuferin, die ihn für die Zurschaustellung ihrer Ware benutzt hatte).

»Wie dürfen wir dem Magier Lythande dienen?«

Die Frauen auf den Kissen und Diwans flüsterten überrascht und bestürzt miteinander. Fast vermochte Lythande ihre Gedanken zu lesen:

Keiner von uns ist es je geglückt, des großen Zauberers Aufmerksamkeit auf sich zu lenken oder ihn gar zu verführen! Und nun findet er Gefallen an dieser zerlumpten Straßendirne? Doch da sie Frauen waren, konnten sie die unverfälschte Schönheit des Mädchens unter Schmutz und Lumpen erkennen.

»Ist Madame Myrtis im Haus, Jiro?«

»Sie schläft, o Magier. Sie hat jedoch angeordnet, sie zu wekken, wenn Ihr kommt, gleichgültig zu welcher Stunde. Ist dieses...« (bestimmt kann niemand hochmütiger sein als der Obereunuch eines vornehmen Hauses) »... dieses Etwas *Euer*, Lythande, oder ein Geschenk für meine Madame?«

»Beides, vielleicht. Besorg ihr zu essen und ein Bett für die Nacht.«

»Und ein Bad, Zauberer? Sie hat genug Ungeziefer, die Kissen eines ganzen Stockwerks zu verlausen.«

»Ein Bad, selbstverständlich«, pflichtete Lythande ihm bei. »Auch eine Badefrau mit Duftstoffen und Öl. Nicht zu vergessen ein Gewand, denn diese Lumpen...«

»Verlaßt Euch auf mich«, sagte Jiro selbstbewußt. Bercy blickte Lythande verstört an, folgte jedoch dem Eunuchen, als der Zauberer es ihr bedeutete. Als beide gingen, sah Lythande Myrtis an der Tür stehen: eine üppige Frau, nicht mehr jung, aber von der erstarrten Schönheit eines Zaubers. Aus dem makellosen Gesicht strahlten ihre Augen Lythande voll Wärme an, und sie lächelte.

»Mein Teurer, ich hatte dich nicht erwartet. Ist sie dein?« Mit einem Kopfnicken deutete sie auf die Tür, durch die Jiro die verängstigte Bercy geführt hatte. »Sobald du sie aus den Augen läßt, wird sie davonlaufen.«

»Ich wollte, es wäre so, Myrtis. Doch fürchte ich, dieses Glück habe ich nicht.«

»Vielleicht solltest du mir die ganze Geschichte erzählen«, schlug Myrtis vor und lauschte danach der kurzen, aber bildhaften Wiedergabe des Vorfalls.

»Wenn du jetzt lachst, Myrtis, ziehe ich meinen Zauber zurück, und dann werden sich alle in Freistatt über deine Runzeln lustig machen können!«

Myrtis kannte Lythande zu lange und zu gut, als daß sie diese Drohung ernstgenommen hätte. »Also ist die Kleine, die du gerettet hast, voll wilden Verlangens nach Lythande!« Sie kicherte. »Das hört sich an wie eine alte Ballade.«

»Was kann ich bloß tun, Myrtis? Beim Busen Allmutter Shirpris, das bringt mich in arge Verlegenheit!«

»Zieh sie in dein Vertrauen und sag ihr, weshalb du sie nicht in dein Bett nehmen kannst.«

Lythande runzelte die Stirn. »Du kennst mein Geheimnis, weil ich es vor dir nicht verbergen konnte – schließlich kanntest du mich bereits, ehe ich zum Magier gemacht wurde und diesen blauen Stern trug . . .«

»Und ehe ich zur Kurtisane wurde«, bestätigte Myrtis.

»Aber wenn dieses Mädchen sich durch ihre Liebe zu mir genarrt fühlt, wird diese Liebe sich in Haß verwandeln. Und ich kann niemandem die Wahrheit sagen, dem ich nicht mein Leben und meine Macht anvertrauen könnte. Nur du hast mein

Vertrauen, Myrtis, unserer gemeinsamen Vergangenheit wegen, und das schließt meine Macht ein, solltest du sie je benötigen. Doch diesem Mädchen kann ich sie wahrhaftig nicht anvertrauen!«

»Aber sie schuldet dir etwas, weil du sie vor Rabben gerettet hast.«

»Ich werde mir etwas einfallen lassen«, sagte Lythande. »Bitte beeile dich, und bring mir zu essen und zu trinken, ich bin überaus hungrig und durstig.« In einem Gemach, das niemand sonst betreten durfte, aß und trank Lythande, was Myrtis eigenhändig vorsetzte, und die Kurtisane meinte: »Nie hätte ich wie du schwören können, nichts mehr vor den Augen eines Mannes zu mir zu nehmen.«

»Wenn du die Macht eines Magiers wolltest, würdest auch du den Schwur halten«, sagte Lythande überzeugt. »Ich komme selten in Versuchung, ihn zu brechen. Ich fürchte nur manchmal, ich könnte es unbewußt tun. In einer Schenke darf ich nicht trinken, denn man kann ja nie wissen, ob unter den Dirnen nicht einer oder auch mehrere dieser merkwürdigen Männer sind, denen es ein Bedürfnis ist, sich wie eine Frau zu kleiden und sich als solche auszugeben. Aus diesem gleichen Grund möchte ich auch hier nicht unter deinen Mädchen essen und trinken. Alle Macht beruht auf diesem Schwur und dem Geheimnis.«

»Dann kann ich dir leider nicht helfen«, bedauerte Myrtis. »Aber du mußt der Kleinen ja nicht die Wahrheit sagen. Behaupte, du hättest ein Keuschheitsgelübde abgelegt.«

»Ja, das könnte ich tun.« Stirnrunzelnd beendete Lythande das Mahl.

Wenig später wurde Bercy hereingebracht, und ihre Augen leuchteten. Sie wirkte wie verzaubert durch das feine Gewand, durch das gewaschene Haar, das sich weich um ihr rosiges Gesicht lockte, und den Duft von Badeöl und Parfüm, der sie umgab.

»Die Mädchen tragen hier so hübsche Gewänder, und eine erzählte mir, daß sie zweimal am Tag essen dürfen, wenn sie

möchten! Glaubt Ihr, ich bin hübsch genug, daß Madame Myrtis mich hier aufnehmen würde?«
»Wenn du das möchtest? Du bist mehr als nur hübsch.«
Kühn antwortete das Mädchen. »Ich würde viel lieber Euch gehören, Magier.« Wieder schmiegte sie sich an Lythande, schlang die Arme um des Zauberers Hals und hob ihr Gesicht. Lythande berührte selten etwas Lebendes. Es war ein ungewohntes Gefühl, sie sanft in den Armen zu halten und sich die Bestürzung nicht anmerken zu lassen.
»Bercy, Kind, es ist gewiß nicht mehr als eine vorübergehende Laune.«
»Nein«, wimmerte sie. »Ich liebe dich! Ich will nur dich!«
Und dann spürte der Magier ganz unverkennbar wieder das Vibrieren, diese warnende Anspannung der Nerven, die verriet, daß Zauber gewirkt wurde. Doch nicht gegen Lythande. Dagegen hätte der Magier etwas tun können. Aber irgendwo in diesem Gemach.
Hier, im Aphrodisiahaus? Myrtis, das wußte Lythande, konnte man Leben, Ruf und sogar die Macht des blauen Sterns anvertrauen, das hatte sie oft genug bewiesen. Hätte sie sich wirklich so sehr geändert, um zur Verräterin werden zu können, wäre es aus ihrer Aura zu spüren gewesen, als Lythande in ihre Nähe gekommen war.
Also blieb nur das Mädchen, das sich an Lythande klammerte und nun wimmerte: »Ich will sterben, wenn du mich nicht liebst! Ich will sterben! Sag mir, es stimmt nicht, Lythande, daß du nicht lieben kannst! Sag mir, es ist eine böse Lüge, daß Magier entmannt sind, unfähig, eine Frau . . .«
»Das ist wahrhaftig eine böse Lüge!« unterbrach Lythande sie ernst. »Ich gebe dir meinen heiligen Eid, daß ich nicht entmannt wurde.« Doch Lythandes Nerven vibrierten bei diesen Worten. Magier durften lügen, und die meisten taten es. Auch Lythande log wie alle anderen, solange es niemandem weh tat. Aber das Gesetz des Blauen Sterns war so: Wurde einem eine Frage gestellt, die unmittelbar mit dem Geheimnis zusammenhing, so durfte ein Adept nicht direkt lügen. Und Bercy war,

ohne es zu ahnen, nur eine Frage von der ausschlaggebenden entfernt, die das Geheimnis barg.
Mit aller Macht legte sich Lythandes Magie um den Stoff der Zeit. Das Mädchen stand reglos, war sich nicht bewußt, daß eine bestimmte Spanne Zeit verging, während Lythande weit genug von ihr weg trat, um ihre Aura zu lesen. Und wahrhaftig, innerhalb des Gewebes dieses vibrierenden Feldes haftete der Schatten des Blauen Sterns. Rabben, der ihr seinen Willen aufzwang!
Rabben! Rabben Halbhand hatte sie in seine Macht gezwungen, hatte einen Plan geschmiedet und durchzuführen begonnen. Dazu gehörte auch die Begegnung mit ihm und dem Mädchen, das scheinbar Hilfe brauchte. Bercy stand unter seinem Zauber, und mit ihm hatte sie Lythande angezogen.
Das Gesetz des Blauen Sterns verbot, daß ein Adept des Sterns einen anderen tötete, denn alle wurden am Letzten Tag zum Kampf gegen das Chaos benötigt. Konnte jedoch ein Adept das Geheimnis der Macht eines anderen aufdecken – so war der Machtlose nicht mehr im Kampf gegen das Chaos zu gebrauchen, und es war erlaubt, ihn zu töten.
Was ließ sich jetzt tun? Das Mädchen umbringen? Selbst das würde Rabben als Antwort werten. Durch den Zauber, den Rabben über das Mädchen gewirkt hatte, war sie unwiderstehlich für einen Mann. Rabben würde dann wissen, daß Lythandes Geheimnis in diesem Bereich lag, und er würde nicht mehr ruhen in seinem Bemühen, es aufzudecken. Denn wenn dieser Liebeszauber nicht wirkte, mußte Lythande entweder ein Eunuch sein oder Jünglinge statt Mädchen lieben, oder . . .
Lythande wagte nicht weiterzudenken. Das Geheimnis war nur sicher, wenn nicht danach gefragt wurde. Eine einfache Frage, und das Ende war gekommen!
Ich sollte sie töten, dachte Lythande. Denn jetzt kämpfe ich nicht nur um meine Zauberkräfte, sondern um mein Geheimnis und damit um mein Leben. Ganz sicher wird Rabben, sobald ich meine Macht verloren habe, keine Zeit verlieren, mich umzubringen, als Rache für den Verlust seiner halben Hand.

Das Mädchen war immer noch reglos durch den Zeitzauber. Wie leicht sie jetzt getötet werden könnte! Da entsann sich Lythande eines alten Märchens, das vielleicht nützlich sein mochte.

Das Licht flackerte, als die Zeit in das Gemach zurückkehrte. Bercy klammerte sich immer noch wimmernd an Lythande, ohne sich des Zeitverlusts bewußt zu sein. Der Magier hatte inzwischen einen Entschluß gefaßt. Das Mädchen spürte Lythandes Umarmung und einen Kuß auf den Lippen.

»Du mußt mich lieben, oder ich sterbe!« weinte Bercy.

Lythande versprach: »Du wirst mein sein.« Die weiche Stimme sagte sanft: »Aber selbst ein Magier ist in der Liebe verwundbar, und ich muß mich schützen. Ein Gemach wird für uns vorbereitet, völlig still und ohne Licht, außer dem, das ich selbst durch Zauber rufe. Du mußt mir schwören, daß du nicht versuchen wirst, mich zu berühren oder zu sehen, außer im Zauberlicht. Schwörst du das bei der Allmutter, Bercy? Denn wenn du es schwörst, werde ich dich lieben, wie noch keine Frau je geliebt wurde.«

Zitternd flüsterte das Mädchen: »Ich schwöre es!«

Mitleid erfüllte Lythandes Herz, denn Rabben hatte Bercy auf grausame Weise verzaubert, so daß sie vor heftiger Liebe zu dem Magier brannte und nichts anderes als ihre Leidenschaft sie bewegte. Lythande dachte: Wenn sie mich nur ohne den Zauber geliebt hätte, dann könnte ich sie lieben . . . Ich wollte, ich könnte ihr mein Geheimnis anvertrauen. Aber sie ist Rabbens Werkzeug. Ihre Liebe zu mir ist allein sein Werk und kommt nicht aus ihrem Herzen – ist nicht echt . . . So mußte alles, was sich nun zwischen ihnen zutragen sollte, lediglich ein Schauspiel sein, das für Rabben aufgeführt wurde.

»Ich werde alles vorbereiten.«

Lythande ging zu Myrtis und sagte ihr, was erforderlich war. Die Frau begann zu lachen, aber ein Blick auf Lythandes düsteres Gesicht genügte, sie sofort wieder ernst werden zu lassen. Es schmerzte sie tief, jemanden, den sie liebte, so leiden zu sehen. So sagte sie: »Ich werde alles vorbereiten. Soll ich ihr ein Mittel in den Wein geben, damit ihr Wille geschwächt wird und du es leichter hast, sie zu täuschen?«

Tiefe Bitterkeit sprach aus Lythandes Stimme: »Das hat Rabben bereits getan, als er ihr den Zauber auferlegte, mich zu lieben.«

»Wäre es dir anders lieber?« fragte Myrtis zögernd.

»Alle Götter von Freistatt spotten meiner! Möge Allmutter mir helfen! Ja, anders wäre es mir lieber! Ich könnte sie lieben, wäre sie nicht Rabbens Werkzeug.«

Als alles vorbereitet war, betrat Lythande das verdunkelte Gemach. Es gab hier kein Licht außer dem des blauen Sterns. Das Mädchen lag auf dem Bett und streckte leidenschaftlich die Arme nach dem Zauberer aus.

»Komm zu mir! Komm zu mir, Liebster!«

»Gleich.« Lythande setzte sich neben sie und strich mit einer Zärtlichkeit über ihr Haar, die selbst für Myrtis unerwartet gewesen wäre. »Ich will dir ein Liebeslied aus meiner fernen Heimat singen.«

Sie räkelte sich in unendlichem Glücksgefühl. »Alles, was du tust, ist gut für mich, mein Liebster, mein Zauberer!«

Die Leere unendlicher Verzweiflung erfüllte Lythande. Bercy war schön und voll brennender Leidenschaft. Sie lag in einem Bett, das für sie beide hergerichtet war – und doch trennten Welten sie voneinander. Auch für einen Pilgeradepten war dieser Gedanke schier unerträglich.

Lythande sang mit klangvoller Stimme, die betörender als jeder Zauber war.

Halb vorbei die Nacht, und des Mondes Sichel
Schwindet, und es bleichen des Himmels Sterne,
Zögernd sich ergebend dem nahen Morgen.
Einsam noch lieg' ich.

Lythande sah Tränen auf Bercys Wangen.

Ich werde dich lieben, wie noch keine Frau je geliebt wurde.

Zwischen dem Mädchen auf dem Bett und der reglosen Gestalt des Magiers bildete sich – während des Zauberers Umhang schwer auf den Boden fiel – ein Schatten, eine Geistgestalt: das Ebenbild Lythandes, hoch und schmal, mit blitzenden Augen und einem Stern zwischen den Brauen und einem Körper weiß und narbenlos; die Gestalt des Magiers, doch diese gewaltig an Männlichkeit. Dem reglosen Mädchen näherte sie sich, wartete. Bercys Geist, von Verlangen erfüllt, wurde gefangen, gehalten, betört. Lythande ließ Bercy das Trugbild einen Augenblick sehen, die wahre Gestalt dahinter erblickte sie nicht. Und dann, als ihre Augen sich vor Lust durch die Berührung schlossen, strich Lythande sanft mit den Fingerspitzen über die Lider.

»Sieh – was ich dich sehen lasse! Höre – was ich dich hören lasse! Fühle – nur, was ich dich fühlen lasse, Bercy!«

Und nun war das Mädchen ganz dem Zauber des Schattens verfallen. Unbewegt, fast versteinert, beobachtete der Magier, wie ihre Lippen sich um nichts schlossen und einen unsichtbaren Mund küßten. Und Herzschlag um Herzschlag wußte Lythande, was sie berührte, was sie liebkoste. Hingerissen, von Leidenschaft erfaßt, verzaubert von der Truggestalt, die sie immer wieder auf den höchsten Gipfel der Lust hob, schrie sie ihr Glücksgefühl hinaus. Bitter war es für Lythande, daß dieser Schrei nur dem Schatten galt, der sie besaß. Schließlich lag sie fast bewußtlos vor befriedigter Erschöpfung, und Lythande betrachtete sie voll Qual. Als sie die Augen wieder öffnete, blickte der Magier traurig auf sie hinab.

Bercy hob müde die Arme. »Wahrlich, mein Liebster, du hast mich geliebt, wie noch keine Frau je geliebt wurde.«

Zum ersten und letzten Mal beugte Lythande sich über sie und preßte die Lippen in einem langen, unendlich zärtlichen Kuß auf ihre. »Schlafe, mein Liebling.«

Und als sie in den tiefen Schlaf der Erschöpfung sank, weinte der Magier.

Lange ehe sie erwachte, stand Lythande, zur Reise gerüstet, in Myrtis' kleinem Salon.

»Der Zauber wird anhalten. Sie wird sich beeilen, Rabben Bericht zu erstatten – ihm zu versichern, daß Lythande unvergleichlich in der Liebe ist, unermüdlich in seiner Männlichkeit und fähig, eine Frau bis zur völligen Erschöpfung zu lieben.« Die Stimme Lythandes war rauh von Bitterkeit.
»Und lange ehe du nach Freistatt zurückkehrst, wird sie frei von dem Zauber sein und dich mit vielen anderen Bettgefährten vergessen haben«, pflichtete Myrtis ihm bei. »So ist es besser und sicherer.«
»Gewiß.« Aber Lythandes Stimme war brüchig. »Paß auf sie auf, Myrtis. Sei gut zu ihr.«
»Das schwöre ich dir, Lythande.«
»Wenn sie mich nur hätte lieben können ...« Des Zauberers Stimme brach, und Lythande schluchzte einen Augenblick. Von Mitleid geschüttelt, blickte Myrtis zur Seite, weil sie keinen Trost für den Magier fand.
»Wenn sie mich nur hätte lieben können, wie ich bin, befreit von Rabbens Zauber. Wenn sie mich hätte lieben können, ohne daß ich ihr etwas vormachen mußte! Aber ich fürchtete, ich könnte Rabbens Zauber nicht brechen – noch ihr trauen, daß sie mich nicht verraten würde, wenn sie erst wüßte ...«
Myrtis legte die drallen Arme sanft um Lythande.
»Bereust du es?«
Die Frage konnte auf mehr als eine Weise ausgelegt werden. Sie mochte bedeuten: *Bereust du, daß du das Mädchen nicht getötet hast?* Oder sogar: *Bereust du deinen Eid und das Geheimnis, das du bis zum Letzten Tag bewahren mußt?* Lythande beantwortete letzteres: »Wie könnte ich es bereuen? Eines Tages werde ich gegen das Chaos kämpfen mit allen meines Ordens, vielleicht sogar an der Seite Rabbens, wenn er bis dahin nicht ermordet wird. Das allein rechtfertigt mein Dasein und mein Geheimnis. Doch nun muß ich Freistatt verlassen, und wer weiß, wann der Zufall mich wieder hierher verschlägt? Küß mich zum Abschied, meine Schwester.«
Myrtis stellte sich auf die Zehenspitzen und drückte ihre Lippen auf die des Magiers.

»Auf Wiedersehen, Lythande. Möge die Göttin immer bei dir sein und dich bis ans Ende beschützen. Lebewohl, meine geliebte Schwester.«

Dann legte Lythande ihren Waffengürtel um und verließ ungesehen die Stadt Freistatt, gerade als der Morgen dämmerte. Die aufgehende Sonne dämpfte das Glühen des blauen Sterns auf ihrer Stirn. Nicht einen Blick warf sie zurück.

SEETANG

Keths Scharlachauge schwebte tief am Horizont, in weniger als einer Stunde Abstand gefolgt von der kleineren Sonne Reth. Um diese Zeit hätte die Fischereiflotte in den Hafen segeln sollen. Aber es gab kein Zeichen von ihr; nur ein kleines Boot kämpfte weit draußen mit der Flut.

An diesem Tag war Lythande weit die Küste entlanggewandert, hatte die Einsamkeit genossen und zum Rauschen der Brandung alte, sanfte Lieder vom Meer gesungen. Heute abend, dachte der Pilgeradept, würde das Essen mit einem Lied zur Laute verdient werden müssen, denn an einem schlichten Ort wie diesem brauchte wohl kaum jemand Zaubersprüche und magische Künste. Hier wohnten nur einfache Leute, die im Rhythmus von Meer und Gezeiten ein schlichtes Leben führten.

Vielleicht war heute ein Feiertag; alle Boote lagen auf den Strand gezogen da. Aber in der einzigen Straße herrschte keine Festtagsstimmung; Männer saßen in Gruppen, dichtgedrängt, mit finsteren Mienen, und redeten mit gedämpften Stimmen, während eine kleine Frauenschar aufs Meer hinausstarrte und zusah, wie das einsame Boot mit den Wellen rang.

»Frauen! Bei Keth-Kethas geblendeten Augen, wie können Frauen ein Boot führen!« knurrte einer der Männer bissig. »Wie können sie mit Fischnetzen umgehen? Verflucht –«

»Sei leise«, mahnte ein anderer. »Das – das *Ding* könnte dich hören und aufwachen!«

Lythande sah in die Bucht hinaus und bemerkte, was zuvor nicht erkennbar gewesen war: Das hereinkommende Boot war nicht mit Männern, sondern mit vier kräftigen, halbwüchsigen Mädchen besetzt. Ihre muskulösen Arme waren bis zu den Schultern entblößt, die Füße steckten in plumpen Seestiefeln. Die Netze schienen sie durchaus tüchtig zu führen, und sie waren sichtlich ungeheuer stark, die Sorte Frau, die beim Kühemelken das Tier auf die Schulter heben oder es aus einem Sumpf herausziehen und heimbringen konnte. Aber die Männer beobachteten sie mit schlecht verhohlener, eifersüchtiger Wut.

»Morgen gehe ich selbst mit dem Boot hinaus, und die Mädchen bleiben zu Hause, wo sie hingehören!«

»Das hat Leukas auch getan, und du weißt, was ihm widerfahren ist – die ganze Mannschaft schiffbrüchig an den Felsen und – und irgend etwas, irgendein *Ding* da draußen hat sie alle gefressen, mitsamt dem Boot! Das einzige, was man gefunden hat, waren Leukas' Mütze und das halbzerkaute Fischernetz! Und sieben Söhne, die das Dorf jetzt durchfüttern muß, bis sie groß genug sind, selber fischen zu gehen – immer vorausgesetzt, daß es dann bei uns überhaupt noch etwas zu fischen gibt und dieses Was-es-auch-sein-mag je wieder hier weggeht!«

Lythande hob fragend eine Braue. *Irgend etwas Bedrohliches*, dachte der Pilgeradept. Obwohl Lythande zwei Dolche trug, um die schmale Mitte des Gewandes gegürtet – der Dolch zur Rechten für die alltägliche Bedrohung durch feindlich gesinnte Menschen oder natürliche Tiere, der zur Linken, um Geist oder Ghul oder jeder anderen Form übernatürlicher Gefahr Vernichtung zu bringen –, hatte der Magier nicht die Absicht, sich hier auf den Kampf mit einem Seeungeheuer einzulassen. Dazu mußte das Dorf warten, bis ein Held oder sonstiger Kämpe vorbeikam. Hier stand ein Zauberer und fahrender Sänger, der – wenngleich er bei Bedarf auch seine Macht vermietete – für den gewöhnlichen Krieg nichts übrig hatte; und noch weit weniger machte sich Lythande aus Kämpfen mit

irgend etwas Bedrohlichem, gegen das nur rohe Kraft und keine Zauberkunst benötigt wurde.
Im Dorf gab es nur eine Schenke. Dort trat Lythande ein, bestellte einen Krug Bier und setzte sich in eine Ecke, ohne das Getränk anzurühren – eines der Gelübde, die die Macht des Söldnermagiers des Blauen Sterns garantierte, war, daß niemand ihn in Gegenwart von Männern essen oder trinken sehen durfte. Aber der Preis des Getränks gab das Recht, mitten im Zentrum des Geschehens zu sitzen, wo Lythande alles hören konnte, was es im Dorf Neues gab. Noch immer murrten die Männer über die Furcht, die sie vom Wasser fernhielt. Einer beschwerte sich darüber, daß die Spanten seines Boots bereits aufrissen und austrockneten, so daß er sie ausbessern mußte, bevor er das Boot wieder zu Wasser lassen konnte.
»Falls man hier je wieder fischen kann ...«
»Du könntest Frau und Töchter im Boot hinausschicken wie Lubert ...«
»Lieber verhungern oder lebenslänglich nur noch Haferbrei essen!«
»Und wenn wir keinen Fisch mehr haben, um ihn gegen Brot oder Haferbrei einzutauschen, was dann?«
»Verzeiht meine Neugier«, bemerkte Lythande mit der weichen, neutralen Stimme, die das Merkmal des ausgebildeten Sängers war, »aber wenn ein Seeungeheuer eure Küste bedroht, warum sind dann Frauen im Boot sicher und Männer nicht?«
Es war die Frau des Schankwirts, die Antwort gab. »Wenn es ein richtiges Seeungeheuer wäre, könnten wir alle zusammen dagegen ausziehen, sogar mit unseren Fischspeeren, und es töten, so wie es die Leute aus den Ebenen mit den Stoßzahntieren tun. Es ist eine Meerjungfrau, und sie sitzt da und singt und lockt unser Männervolk auf die Felsen. Seht Euch nur meinen Mann an – da drüben«, sagte sie mit gesenkter Stimme und wies auf einen Mann, der allein am Feuer saß und den anderen den Rücken zukehrte. Seine Kleidung war unordentlich, das Hemd nur halb zugeknöpft; stur starrte er in die Flam-

men, seine Finger zupften nervös an den Nesteln seiner Kleider und drehten sie zu Schlingen.
»Er hat sie gehört«, erklärte sie mit soviel Grauen in der Stimme, daß sich auf den Armen Lythandes die kleinen Härchen aufstellten und der blaue Stern auf der Stirn des Magiers zu knistern und Funken zu sprühen begann. »Er hat sie *gehört*, und seine Männer mußten ihn von den Felsen wegzerren. Da sitzt er nun seit jenem Tage – der vergnügteste Mann im ganzen Ort ist er gewesen, und nun stiert er vor sich hin und weint, und ich muß ihn füttern wie ein kleines Kind und kann ihn keine Minute aus den Augen lassen, sonst läuft er hinaus ans Meer und stürzt sich in die Flut, und es gibt Zeiten – «, ihre Stimme wurde leise und verzweifelt, »da würde ich ihn am liebsten gehen lassen, denn er wird seinen Verstand nie wiederfinden – selbst auf den Abtritt muß ich ihn führen, weil er sogar das vergessen hat!« Und tatsächlich konnte Lythande einen nassen Fleck sehen, der sich auf den Hosen des Mannes ausbreitete, während die Frau verlegen davoneilte, um den Schankwirt nach draußen zu schaffen.
Lythande hatte seine Augen gesehen; leer und verloren starrten sie auf etwas, das nicht im Raum war; seine Frau bemerkte er nicht einmal.
Fernab der See hatte Lythande Geschichten von Meerfrauen gehört, von ihrem Zauber und ihren Gesängen. Als fahrender Sänger hatte sich der Magier sogar gewünscht, diese Lieder einmal zu hören, über die Felsen zu wandern und dem Singen zu lauschen, das, so hieß es, den Zuhörer alle Sorgen und Freuden der Welt vergessen machen konnte. Aber nach dem Blick in die leeren Augen des Mannes entschloß sich Lythande, auf diese Erfahrung lieber zu verzichten.
»Und darum sind ein paar Frauen mit den Booten hinausgefahren . . .«
»Keine Frauen«, erklärte der Schankbursche des Wirts und blieb mit seinem Tablett voller Krüge vor dem Fremden stehen. »Mädchen, die noch zu jung sind für Männer. Denn man sagt, daß *es* die Frauen mit der Stimme ihres Liebsten ruft – letzten

Vollmond fuhr Natzers Frau aus und schwor, sie würde wenigstens Fisch für ihre Kinder heimbringen ... niemand hat sie je wiedergesehen. Nur eine Haarsträhne von ihr, ganz zerfetzt und blutig, trieb mit der Flut an.«

»Ich habe noch nie gehört, daß Meerjungfrauen Fleischfresser sind«, wandte Lythande ein.

»Wir auch nicht. Vermutlich singt und lockt sie die Leute nur auf die Felsen, wo sie dann von anderen Tieren gefressen werden ...«

»Es gibt ja noch die alte Kriegslist«, schlug Lythande vor. »Steckt euch Baumwolle oder Wachsstopfen in die Ohren –«

»Sagt, Fremder«, mischte sich ein Mann kampflustig ein, »haltet Ihr uns denn hier alle für Narren? Das haben wir natürlich versucht, aber sie sitzt auf den Felsen und ist so schön ... die Männer wurden bei ihrem bloßen Anblick verrückt! Man kann sich nicht die Augen verbinden, nicht auf dem Meer, wo es Felsen und sonstige Gefahren gibt – es hat noch nie einen blinden Fischer gegeben, und es wird auch nie einen geben. Mich warfen die Verrückten über Bord – ich schwamm an Land, während sie das Boot auf die Felsen segelten, und nur Keth-Kethas geblendete Augen wissen, wo sie hingeraten sind ...«

Lythande drehte sich um, um dem Mann ins Gesicht zu sehen. Er erkannte den blauen Stern, der unter dem Magiergewand hervorleuchtete, und fragte weit achtungsvoller: »Kennt Ihr Euch mit Zaubersprüchen aus?«

»Ich bin ein Söldnermagier des Blauen Sterns«, erwiderte Lythande ernst, »und solange die Menschheit der Letzten Schlacht zwischen Recht und Chaos harrt, durchwandere ich die Welt auf der Suche nach dem, was kommen mag.«

»Ich habe vom Tempel des Blauen Sterns gehört«, sagte eine Frau ängstlich. »Könntet Ihr uns mit Eurer Magie von der Meerjungfrau befreien?«

»Ich weiß es nicht. Ich habe noch nie eine Meerjungfrau gesehen«, versetzte Lythande, »und ich sehne mich auch nicht sonderlich danach.«

Warum eigentlich nicht? In der Welt unter den Zwillingssonnen, in einem Leben, das schon länger währte, als es die Phantasie der meisten Menschen fassen konnte, hatte Lythande schon das meiste gesehen, aber eine Meerjungfrau war etwas Neues. Der Pilgeradept grübelte, wie man ein Wesen angriff, dessen einzige Bosheit darin zu bestehen schien, daß es wunderbare Melodien von sich gab – so wunderbar, daß jeder, der sie vernahm, Heimat und Familie, geliebte Menschen, Weib oder Kind, vergaß. Und wenn er entkam – Lythande schauderte; es war kein erstrebenswertes Schicksal, Tag für Tag dazuhocken und ins Feuer zu starren, nur eine einzige Sehnsucht im Herzen – das Lied wieder zu hören.

Aber was immer Zauberei bewirken konnte, das konnte Zauberei auch wieder aufheben. Lythande verfügte über alle Magie des Tempels vom Blauen Stern und hatte einen furchtbareren Preis dafür gezahlt als alle anderen Eingeweihten in der Geschichte des ehrwürdigen Tempels. Sollte diese Magie jetzt vor der unbekannten Zauberei einer Meerjungfrau zurückschrecken?

»Wir verhungern und sterben«, sagte die Frau. »Ist das nicht genug? Ich habe geglaubt, Magier müßten schwören, die Welt vom Bösen zu befreien.«

»Wie viele Magier kennst du?« fragte Lythande.

»Keine, aber meine Mutter hat gesagt, ihre Großmutter hätte ihr erzählt, daß einmal ein Magier hier gewesen sei und da draußen bei den Felsen ein Seeungeheuer erschlagen hat.«

»Die Zeit gebiert vielerlei, auch manche Heldentat«, bemerkte Lythande ruhig. »Doch selbst Magier müssen leben, gute Frau. Und der Stolz auf die eigene Magie ist zwar eine durchaus passende Zerstreuung, während wir alle auf das Erlöschen der Zwillingssonnen und die Letzte Schlacht warten, aber er stellt keine Suppe auf den Tisch. Ich habe keine große Lust, meine Macht mit einer Meerjungfrau zu messen, und ich wette mit euch um alles, was ihr wollt, daß der alte Zauberer euer Dorf damals recht ordentlich dafür geschröpft haben wird, wenn er die Welt tatsächlich von diesem Seeungeheuer befreit hat.«

»Wir besitzen nichts«, schaltete die Frau des Schankwirts sich ein, »aber wenn Ihr meinen Mann wieder so macht, wie er war, dann gebe ich Euch meinen goldenen Ring, den er mir zur Hochzeit geschenkt hat. Was seid Ihr für ein Magier, wenn Ihr nicht einen Zauber durch einen anderen lösen könnt?« Sie zerrte an ihrem dicken Finger, dann hielt sie den Ring, dünn und abgetragen, in der Hand. Ihre Finger klammerten sich daran, und in ihren Augen standen Tränen, aber sie hielt Lythande den Ring tapfer entgegen.

»Was ich für ein Magier bin?« fragte Lythande mit einem Lächeln auf den Lippen. »Ein Magier jedenfalls, wie du ihn nie wieder sehen wirst. Ich brauche kein Gold, aber laß mich heute hier übernachten, und ich werde sehen, was ich tun kann.«

Mit bebender Hand schob sich die Frau den Ring zurück an den Finger. »Mein bestes Zimmer soll Euer sein! Nur macht ihn mir wieder, wie er war! Oder möchtet Ihr erst essen?«

»Erst die Arbeit, dann der Lohn«, antwortete Lythande. Der Mann saß schon wieder in der Ecke beim Feuer und starrte in die Flammen, ein tonloses Summen auf den Lippen. Lythande nahm die in einer Hülle steckende Laute von der Schulter, packte sie aus und beugte sich über die Saiten. Lange, schmale Finger irrten über die Bünde, und mit tiefgeneigtem Haupt horchte der Magier auf den Klang und drehte und stimmte die Wirbel, an denen die Saiten befestigt waren.

Endlich griff Lythande in die Saiten und fing an zu spielen. Als der Lautenklang leise durch den großen Schankraum tönte, war es, als hätten sich die Ritzen, durch die das Licht der späten Sonnen fiel, vergrößert und volles Licht sei in den Raum getreten. Lythande spielte Sonnenschein und glückliche Brise am Strand. Leise, auf Zehenspitzen, damit kein zufälliges Geräusch die Musik störte, rückten die Menschen im Gasthaus näher, um den sanften Tönen des Fremden mit dem blauen Stern zu lauschen. Sonnenschein, Küstenwinde, die Geräusche der sacht dahinplätschernden Wellen. Dann sang Lythande.

Später – und lange Jahre sprachen alle, die zugehört hatten,

immer wieder davon – konnte niemand sich erinnern, welches Lied eigentlich gesungen worden war, obwohl es allen vertraut klang und jeder, der ihm gelauscht hatte, überzeugt war, es handele sich um eine Weise, die er schon auf dem Schoß der Mutter gehört hatte. Es rief sie alle, mit der Stimme eines Gatten oder Geliebten, eines Kindes oder einer Ehefrau, der Stimme des am meisten Geliebten. Ein alter Mann, Tränen in den Augen, versicherte, er habe seine Mutter gehört, die ihn mit einem Wiegenlied, das er seit mehr als einem halben Jahrhundert nicht mehr vernommen hatte, in den Schlaf sang. Und endlich hob sogar der Mann, der am Feuer saß, in unordentlicher, stinkender Kleidung, mit rauhem, verfilztem Haar und Augen, die in einer anderen Welt verloren waren, langsam den Kopf und drehte sich um, der Stimme zu lauschen, einem weichen Alt oder Tenor, neutral, unbestimmbar, aber voll von der Süße beider Geschlechter. Der Fremde sang von den einfachen Dingen der Welt, von Kinderstimmen, Gras, Wind und Ernte und dem Schweigen von Dämmerung und Zwielicht. Dann wurde das Tempo ein wenig schneller, und er sang von Heim und Herd, wo sich abends die Kinder zusammenfanden und nach ihren Vätern riefen, damit sie heimkehrten vom Meer. Und endlich wurde die weiche Stimme tiefer und leiser, so daß die Lauschenden sich vorbeugen mußten, um sie überhaupt zu hören; und doch war jede geflüsterte Note bis hinauf zu den Deckenbalken der Herberge klar vernehmlich.
Lythande sang von Liebe.
Und alle Männer bekamen große Augen, und alle Frauen rosig errötende Wangen, und doch war für die Kinder in der Stube jedes Wort so unschuldig wie ein Kuß ihrer Mutter.
Und als das Lied verstummte, hob der Mann am Feuer den Kopf und wischte sich die Tränen aus den Augen.
»Mhari, Frau«, sagte er rauh, »wo bist du – du und die Kleinen? Was, hab ich den ganzen Tag hier herumgesessen und war gar nicht beim Fischen? He, Frau, du weinst ja – was fehlt dir?« Und er zog sie aufs Knie und küßte sie, und sein Gesicht veränderte sich, und er schüttelte verwirrt den Kopf.

»Ich habe geträumt – ich träumte . . .« Sein Gesicht verzerrte sich, aber die Frau zog seinen Kopf an ihre Brust, und auch sie weinte.

»Denk nicht daran, Mann, du warst verhext, aber durch die Gnade der Götter und diesen guten Zauberer hier bist du zu Hause und in Sicherheit und wieder du selbst . . .«

Der Mann stand auf und fuhr sich mit den Händen durch das ungekämmte Haar und übers unrasierte Kinn. »Wie lange? Welcher Teufelszauber hat mich hier festgehalten? Und –«, er blickte sich um und bemerkte den Fremden, der gerade die Laute wieder einpackte, »– was hat mich zurückgebracht? Ich schulde Euch Dank, Zauberherr«, sagte er. »Alles, was mein armseliges Haus zu bieten hat, steht zu Euren Diensten.« In seiner Stimme lag alle Würde eines armen Mannes, und Lythande erkannte es mit einer höflichen Verbeugung an.

»Ich möchte eine Unterkunft für die Nacht und eine Mahlzeit, die in meinem Zimmer für mich allein aufgetragen wird, nicht mehr.« Und obwohl der Schankwirt und seine Frau Lythande baten, den Ring und weitere Geschenke anzunehmen, lehnte der Magier alles andere ab.

Nun aber drängten die anderen im Raum mit lautem Rufen näher. »Nie hat man hierzulande solche Magie gesehen! Bestimmt könnt Ihr uns damit auch von diesem bösen Zauber befreien! Wir flehen Euch an – wir sind in Eurer Hand – wir besitzen nichts, was eines Zauberherrn würdig wäre, aber was wir haben, das wollen wir Euch geben . . .«

Lythande hörte mit ausdrucksloser Miene ihrem Flehen zu. Es war wie erwartet: Magie hatte sich offenbart, und nachdem sie nun wußten, was sich damit erreichen ließ, gierten sie nach mehr. Aber es war nicht Gier allein. Schließlich ging es um ihr Leben und ihre Existenz. Diese armen Menschen konnten nicht mehr vom Fischfang leben, wenn die Meerjungfrau fortfuhr, sie auf die Felsen zu locken, wo sie Schiffbruch erlitten oder von Seeungeheuern gefressen wurden, oder, falls sie lebend nach Hause zurückkehrten, verzückt in der Erinnerung weiterlebten.

Aber welchen Grund konnte die Meerjungfrau für ihre Untaten haben? Lythande kannte sich in den Gesetzen der Magie aus und wußte, daß nichts Magisches nur deshalb seine Macht ausübte, weil es Unruhe unter den Menschen stiften wollte. Warum also war die Meerjungfrau hierhergekommen und sang diesem einfachen Küstenvolk etwas vor? Was mochte sie damit bezwecken?

»Bringt mir eine Mahlzeit auf mein Zimmer, damit ich in Ruhe über alles nachdenken kann«, sagte der Magier, »und morgen werde ich mit allen im Dorf reden, die das Lied dieses Geschöpfes gehört oder es gesehen haben. Dann werde ich entscheiden, ob meine Magie etwas für euch tun kann. Mehr will ich nicht versprechen.«

Als die Frau das Tablett mit den Speisen gebracht und sich wieder entfernt hatte, schloß Lythande hinter ihr zweimal die Zimmertür ab. Auf einem sauberen, weißen Tuch lag ein schöner gebackener Fisch – Lythande vermutete, daß es der beste aus der mageren Beute war, die von den jungen Mädchen eingebracht worden war. Der Fisch war mit duftenden Kräutern gewürzt, und auf dem Tablett stand neben einem heißen, groben Laib Maisbrot mit Butter und Sahne ein Teller mit süßen, gekochten Meerespflanzen.

Zunächst untersuchte Lythande jedoch den Raum. Zwischen schmalen Brauen flammte der blaue Stern. Ewige Wachsamkeit war für alle Eingeweihten des ehrwürdigen Tempels der Preis der Sicherheit, selbst in einem so abgelegenen Dorf. Es war unwahrscheinlich, daß ein Feind Lythande hierher verfolgt oder im voraus eine Falle gestellt hatte; aber im langen Leben des Pilgeradepten waren schon seltsamere Dinge geschehen. So suchte er sorgsam nach verborgenen Gucklöchern oder magischen Fallen.

Scheinbar wurde der Raum von keiner Seite beobachtet und schien undurchdringlich zu sein, so daß Lythande endlich frei war, das umfangreiche Magiergewand abzulegen und sogar den Gürtel mit den beiden Dolchen zu lösen und die weichen

Stiefel aus gefärbtem Leder auszuziehen. So enthüllt, behielt Lythande immer noch die äußere Erscheinung eines schlanken, bartlosen Mannes, hoch und kräftig gebaut und geschlechtslos; und doch sah dieser Magier, wenn er unbeobachtet war, wie das aus, was er war: eine Frau. Freilich eine Frau, die vielleicht kein lebender Mann jemals als solche erkennen würde.

Es war eine Maskerade, die zur Wahrheit geworden war, denn in der ganzen langen Geschichte der Pilgeradepten war es allein Lythande gelungen, als Mann verkleidet in den Tempel einzudringen. Erst als der blaue Stern, Symbol und Zeichen des Eingeweihtseins, bereits zwischen ihren Brauen strahlte, war sie entdeckt und an den Pranger gestellt worden; aber zu diesem Zeitpunkt war sie schon unverletzlich, Trägerin innerster Geheimnisse. Daraufhin hatte ihr der Meister des ehrwürdigen Tempels das Schicksal auferlegt, das sie seither trug.

»So sei es; sei nun in Wahrheit das, was du sein wolltest. Bis Recht und Chaos in jener Letzten Schlacht aufeinandertreffen, in der alle Dinge sterben müssen, sei du, was du zu sein vorgabst. Doch an dem Tag, an dem ein anderer Eingeweihter außer mir dein wahres Geschlecht laut verkündet, ist deine Macht gebrochen, und du kannst getötet werden.«

Und so trug Lythande neben allen Gelübden, die die Macht der Söldnermagier des Blauen Sterns begrenzten, auch noch diese Last: ihr wahres Geschlecht verhehlen zu müssen bis ans Ende der Welt.

Natürlich war sie nicht der einzige Pilgeradept, dem ein solches Tabu auferlegt war; jeder Eingeweihte des Blauen Sterns trug ein Geheimnis, in dessen Verbergen selbst vor anderen Eingeweihten des Ordens alle seine Magie und Kraft beschlossen waren. Lythande hätte allerdings eine Frau zur Vertrauten nehmen dürfen – hätte sie eine finden können, der sie Leben und Macht anzuvertrauen wagte.

Die fahrende Sängerin aß den Fisch und knabberte ein wenig an dem gekochten Tang, der ihr nicht schmeckte. Das Maisbrot, gut verpackt, damit es nicht fettete, fand den Weg in die

Taschen des Magiergewandes, für Zeiten, in denen es vielleicht keine Gelegenheit gab, beim Essen allein zu sein, und sie unterwegs heimlich einen Bissen zu sich nehmen mußte.

Danach entnahm Lythande einem kleinen Gürteltäschchen eine Handvoll Kräuter, die keinerlei magische Eigenschaften hatten (es sei denn, man wollte die Eigenschaft, den Müden Entspannung und Frieden zu bringen, als magisch bezeichnen), rollte sie zu einem schmalen Röhrchen und entzündete sie mit einem Flammenfunken aus dem Ring an ihrem Finger. Sie atmete tief ein, lehnte sich zurück, die schmalen Füße ans Feuer gestreckt, denn der Seewind war feucht und kalt, und dachte nach.

Wollte sie zum Ruhm des Ordens oder aus Stolz wirklich gegen eine Meerjungfrau ausziehen? So mächtig die Magie des blauen Sterns auch war – Lythande wußte doch, daß irgendwo auf der Welt unter den Zwillingssonnen durchaus eine Magie existieren konnte, mit der verglichen die Kräfte eines Pilgeradepten bloße Herdzauberei waren, belanglose Nichtigkeiten. Es gab Augenblicke, in denen sie ihres langen Lebens im Verborgenen aufrichtig müde war und glaubte, der Tod wäre ihr willkommen, vor allem dann, wenn es ein ehrenhafter Schlachtentod wäre. Das aber waren kurze Stimmungen der Nacht, und immer, wenn der Tag graute, erwachte sie mit neubelebter Neugier auf all die neuen Abenteuer, die hinter der nächsten Wegbiegung lagen. Sie hatte keine Lust, ihr Leben durch den sinnlosen Kampf mit einem unbekannten Feind zu verkürzen.

Es stimmte allerdings, daß ihre Musik den verhexten Mann wieder zu sich gebracht hatte. Bedeutete das, daß ihre Magie stärker war als die der Meerjungfrau? Wahrscheinlich nicht; sie hatte ja nur in den magischen Brennpunkt der Aufmerksamkeit des Mannes eindringen müssen, um ihn an die Schönheit der Welt zu erinnern, die er vergessen hatte. Als er dann wieder gehört hatte, hatte sein Verstand die wirkliche Schönheit der falschen Schönheit des Zaubers vorgezogen; denn unter dem Zauber, der ihn bannte, hatte sein Verstand schon ver-

zweifelt um seine Freiheit gerungen. Ein einfacher Zauber – nichts, was sie mit übertriebener Zuversicht auf ihre Macht gegen die unbekannte Magie der Meerjungfrau erfüllen durfte.
Lythande wickelte sich in ihr Magiergewand und legte sich schlafen, halbwegs geneigt, sich vor Tau und Tag zu erheben und über alle Berge zu sein, bevor sich im Dorf jemand regte. Was gingen sie die Sorgen eines Fischerdorfes an? Ein magisches Geschenk hatte sie ihnen bereits gemacht, als sie den Mann der Wirtin wieder zu Verstand brachte; was schuldete sie ihnen noch?

Wenige Minuten, bevor Keths bleiches Antlitz am Himmel aufstieg, erwachte sie und wußte, daß sie bleiben würde. War es nur der Reiz, die eigene Magie an einer unbekannten anderen Magie zu erproben? Oder hatte die Hilflosigkeit der Menschen ihr Herz gerührt?
Höchstwahrscheinlich, dachte Lythande mit zynischem Lächeln, habe ich einfach den Wunsch, einmal eine neue Art von Zauberei kennenzulernen. In den Jahren, die sie unter Keths und Reths Augen gewandert war, hatte sie mancherlei Zauberkunst gesehen, und das meiste davon war einfach und beinahe mechanisch gewesen, einmal in Gang gesetzt und dann in Bewegung gehalten von etwas, das nicht viel besser war als Trägheit der Masse.
Einmal, erinnerte sie sich, war sie auf einen Eichenhain gestoßen, in dem es spukte – ein legendärer Dryadengeist, der alle Männer verführte, die dort vorbeikamen. Es hatte sich als nicht mehr als das Echo dryadischen Zorns herausgestellt: Ein Mann, den sie zu verführen getrachtet hatte, hatte die Dryade verschmäht, und ihre Wut und ihr Gegenzauber hatten sich über vierzig Jahreszeiten an diesem Ort erhalten, selbst nachdem ihr Baum, vom Blitz getroffen, umgestürzt und verdorrt war. Die Reste des Zaubers waren geblieben, bis nichts mehr übrig war als ein leerer Hain, in den die Frauen ihre unwilligen Liebhaber lockten, damit die Überreste der Macht jener erzürnten Dryade sie wenigstens zu geringer Lust aufreizten. Trotz

des Flehens der Frauen, die ihre Männer an die Macht jenes Zaubers zu verlieren fürchteten, hatte Lythande sich nicht einmischen wollen. Das letzte, was sie davon gehört hatte, war, daß der Ort sich den angenehmen Ruf erworben hatte, die Manneskraft eines jeden, der dort schlief, wiederherzustellen – zumindest für eine Nacht.

Das Dorf war schon auf den Beinen. Lythande trat in den errötenden Sonnenaufgang hinaus. Die Fischer hatten sich versammelt, wie sie es gewöhnt waren, auch wenn sie ihre Boote nicht mehr hinunter zum Saum der Flut zogen. Als sie den Magier sahen, traten sie näher und umringten ihn.

»Sagt uns, Zauberer, wollt Ihr uns helfen oder nicht?«

»Ich habe mich noch nicht entschieden«, erwiderte Lythande. »Zuerst muß ich alle im Dorf sprechen, die dem Wesen begegnet sind.«

»Das könnt Ihr nicht«, erklärte ein alter Mann mit verkniffenem Grinsen, »es sei denn, Ihr stieget hinunter zum Meergott ins Kittchen und befragtet sie da unten! Aber vielleicht können Zauberer das?«

Lythande, zurechtgewiesen, überlegte, ob sie die üble Lage dieser Menschen vielleicht nicht ernst genug genommen hatte. Für sie selbst bedeutete die Situation vielleicht eine Herausforderung, stachelte ihre Neugier an, aber für die Fischer ging es um Leben und Existenz, den nackten Kampf ums Dasein.

»Es tut mir leid; ich hätte natürlich sagen sollen, diejenigen, die dem Geschöpf begegnet und am Leben geblieben sind.« Viele davon, dachte sie, konnte es nicht geben.

Zuerst sprach sie mit dem Fischer, den ihre Zauberkunst zurückgeholt hatte. Ein wenig verlegen, den Blick auf die Erde geheftet, gab er Antwort.

»Ich hörte sie singen, das ist alles, worauf ich mich besinnen kann, und es kam mir vor, als gebe es nichts in der Welt außer diesem Lied. Verrückt, denn ich mache mir gar nicht so viel aus Musik – Eure natürlich ausgenommen, Zauberherr«, fügte er ungeschickt hinzu. »Nur als ich das Lied hörte – es war irgendwie anders, ich wollte nur noch eins, immer weiter zu-

hören ...« Schweigend und in Gedanken versunken stand er da. »Und trotzdem wünschte ich, ich könnte mich erinnern ...« Und seine Blicke suchten den fernen Horizont.
»Sei dankbar, daß du es nicht kannst«, versetzte Lythande knapp, »sonst säßest du immer noch am Feuer und hättest nicht genug Verstand, allein zu essen und dich sauberzuhalten. Wenn ich dir raten soll, so erlaube dir niemals, länger als nur einen kurzen Augenblick daran zu denken.«
»O ja, Ihr habt recht, das weiß ich, aber trotzdem und dennoch – es war so schön ...« Er seufzte, schüttelte sich wie ein großer Hund und sah zu Lythande auf. »Ich nehme an, meine Kameraden müssen mich weggezerrt und an Land zurückgeschleppt haben; das nächste, was ich weiß, ist, daß ich zu Hause am Feuer saß und Eure Musik hörte, Sänger, und daß Mhari weinte – und das alles ...«
Lythande wandte sich ab; sie hatte nicht mehr von ihm erfahren, als sie bereits wußte. »Gibt es noch jemanden, der dem Ungeheuer, der Meerjungfrau, begegnet ist und es überlebt hat?«
Anscheinend gab es niemanden, denn die jungen Mädchen, die mit dem Boot ausgefahren und unbeschadet zurückgekehrt waren, hatten die Meerjungfrau nicht gesehen, oder sie hatte sich ihnen nicht zeigen wollen. Endlich sagte eine der Dorfbewohnerinnen zögernd: »Als sie hier auftauchte und die Männer sie erstmals hörten und nicht wiederkamen, da war Lulie ... sie ist mit ein paar anderen Frauen hinausgefahren – sie hat nichts gehört, sagen sie; sie kann nichts hören, denn sie ist schon dreißig Jahre taub. Und sie sagt, sie habe die Meerjungfrau gesehen ... aber sie wollte nicht darüber reden. Vielleicht, wenn sie weiß, was Ihr vorhabt – vielleicht erzählt sie es Euch, Zauberer.«
Eine Taube. Gewiß lag Logik darin, so wie allen magischen Dingen Logik innewohnt, wenn man nur den Plan herausfindet, der ihnen zugrunde liegt. Die taube Frau hatte die Meerjungfrau überlebt, weil sie das Lied nicht hören konnte. Warum hatten dann die Männer die alte List, sich die Ohren

mit Wachs zu verstopfen, nicht mit Erfolg anwenden können? – Anscheinend deshalb, weil die Meerjungfrau auch auf das Auge wirkte, denn einer der Männer hatte sie *so schön* genannt. Dieser Mann hatte berichtet, er sei aus dem Boot gesprungen und habe versucht, an Land zu schwimmen. An Land – oder zu den Felsen und zu dem Wesen? Auch mit ihm wollte Lythande sprechen, sofern sie ihn finden konnte. Warum war er nicht bei den anderen Männern? Nun gut. Sie beschloß, zuerst mit der Tauben zu reden.

Sie fand Lulie in der Dorfbäckerei, wo sie einen einzigen, verwachsenen Lehrling dabei beaufsichtigte, ein paar schlaff aussehende Säcke abzuladen, die mit schlechtem, mit Hülsen und Stroh vermischtem Mehl gefüllt waren. Es schien, als hinge das ganze Dorf so weitgehend vom Fischfang ab, daß nur die, denen das Mitfahren in den Booten rein körperlich nicht möglich war, ein anderes Geschäft betreiben durften.

Die taube Frau musterte Lythande finster, kniff die Lippen zusammen und bedeutete dem Krüppel mit einer Handbewegung, seine Arbeit fortzusetzen, während sie sich dem Backofen widmete. Die Machenschaften von Zauberern, verriet jeder ihrer Blicke, gingen sie nichts an, und sie wollte nichts damit zu tun haben.

Lythande ging zu dem Lehrling hinüber und blieb vor ihm stehen. Das kleine zusammengeschrumpfte Männchen mußte den Kopf in den Nacken legen, als es zu dem Magier aufsah. Die Taube machte ein böses Gesicht, aber Lythande kümmerte sich mit voller Absicht nicht darum.

»Ich möchte mit dir reden«, begann sie bedächtig, »weil deine Meisterin zu taub und vielleicht auch zu dumm ist, anzuhören, was ich zu sagen habe.«

Der kleine Lehrling zitterte am ganzen Körper.

»Ach nein, Zauberherr . . . ich kann nicht . . . sie versteht jedes Wort, das wir sagen – sie liest es von den Lippen ab, und ich schwöre Euch, sie weiß, was ich sage, bevor ich es noch ausspreche . . .«

»Steht es so?« fragte Lythande. »Nun, dann weiß ich genug.«

Sie trat vor die Taube und wartete, bis die andere das Gesicht hob. »Du bist Lulie, und man hat mir gesagt, du seist dem Seeungeheuer begegnet, der Meerjungfrau oder was immer es sein mag, und es habe dich nicht getötet. Warum?«
»Wie soll ich das wissen?« Die Stimme der Frau klang eingerostet, als hätte sie lange keinen Gebrauch davon gemacht; sie kratzte auf Lythandes musikalischen Nerven.
Es war ungerecht, schlecht von jemandem zu denken, der Unglück im Leben gehabt hatte, aber trotzdem stellte Lythande fest, daß die Frau ihr überaus unsympathisch war. Abscheu machte ihre Stimme hart.
»Du hast erfahren, daß ich mich verpflichtet habe, das Dorf von diesem Plagegeist zu befreien.« Lythande merkte erst, als sie sich so reden hörte, daß sie inzwischen in der Tat diese Aufgabe übernommen hatte. »Dazu muß ich wissen, welchem Geschöpf ich da gegenübertreten werde. Erzähl mir alles über das Wesen, was immer du auch davon weißt.«
»Wie kommt Ihr darauf, daß ich überhaupt etwas weiß?«
»Du hast überlebt.« *Und,* dachte Lythande, *ich wüßte wirklich gern, warum; denn wenn ich weiß, warum es diese ungemein abstoßende Frau verschonte, werde ich vielleicht auch wissen, wie ich es töten kann – wenn man es überhaupt töten muß. Vielleicht reicht es ja aus, wenn ich es von hier verscheuche.*
Lulie starrte zu Boden. Lythande begriff, daß sie so nicht weiterkam. Die Frau konnte nicht hören, und sie, Lythande, konnte sie nicht durch ihren Blick und ihr Auftreten beeinflussen, nicht einmal durch ihre Magie, solange die Alte sich weigerte, ihr in die Augen zu sehen. Zorn flackerte in Lythande auf; zwischen ihren Brauen konnte sie die sprühende Flamme des blauen Sterns fühlen; und ihr Zorn und das Feuer ihrer Magie erreichten die Bäckerin. Sie schaute auf.
Erzürnt sagte Lythande: »Sag mir jetzt, was du über das Geschöpf weißt! Wie hast du die Begegnung mit der Meerjungfrau überlebt?«
»Wie soll ich das wissen? Ich bin am Leben geblieben. Warum? Was weiß ich. Ihr seid der Zauberer, nicht ich.«

Mühsam bezwang Lythande ihre Wut. »Und doch flehe ich dich an, um der Sicherheit all dieser Menschen hier, sag mir, was du weißt, und sei es auch noch so wenig.«
»Was schert mich das Volk im Dorf?«
Lythande fragte sich, was man der Frau wohl angetan hatte, daß so viel Zorn und Verachtung in ihrer Stimme lag. Wahrscheinlich war der Versuch sinnlos, es herauszubekommen. Oft war solcher Groll ganz unbegründet; vielleicht warf sie den anderen vor, daß sie das Gehör verloren hatte, vielleicht machte sie die anderen für die Einsamkeit verantwortlich, in die sie gefallen war, als sie sich wie so viele taube Menschen in eine ganz eigene Welt zurückgezogen hatte, abgeschnitten von Familie und Freunden.
»Und doch bist du die einzige im Dorf, die das Zusammentreffen mit dem Geschöpf überlebt hat«, wiederholte Lythande. »Wenn du mir dein Geheimnis verrätst, werde ich es für mich behalten.«
Nach einer langen Weile sagte die Frau: »Es – rief nach mir. Es rief mit der letzten Stimme, die ich gehört habe, der meines Kindes, das an demselben Fieber starb, das mich mein Gehör kostete; es weinte und rief nach mir. Und eine Zeitlang dachte ich, sie hätten mich angelogen, als sie sagten, daß mein Junge am Fieber gestorben wäre, daß er irgendwie doch noch am Leben war, da draußen an der wilden Küste. Ich suchte ihn die ganze Nacht lang. Und als es Morgen wurde, kam ich zur Vernunft und wußte, wenn er noch lebte, würde er nicht mit dieser Kleinkinderstimme nach mir rufen – er starb vor dreißig Jahren, er wäre jetzt ein erwachsener Mann, und wie hätte er die ganze Zeit allein überleben sollen?« Wieder starrte die Alte verbissen auf die Erde.
Lythande konnte ihr nichts sagen. Sie konnte der Frau auch kaum für eine Geschichte danken, die sie ihr, wenn nicht mit roher Gewalt, so doch nur um Haaresbreite davon entfernt, entrissen hatte.
Also war ich auf der falschen Spur, dachte Lythande. Die taube Frau hatte kein Geheimnis vorenthalten, das dem Dorf gehol-

fen hätte, mit seinem Plagegeist fertigzuwerden. Sie hatte nur etwas verheimlicht, bei dessen Bekanntwerden sie sich selbst wie eine Närrin vorgekommen wäre.

Und wer bin ich, über sie zu urteilen – ich, die ich ein Geheimnis mit mir herumtrage, das tiefer und dunkler ist als das ihre?

Sie hatte sich geirrt und mußte von vorn anfangen. Dennoch war die Zeit nicht vergeudet, denn nun wußte Lythande, daß das Wesen zwar die Männer mit der Stimme ihrer Geliebten rief, daß es aber keine rein sexuelle Verlockung darstellte, wie das, so hatte sie gehört, bei manch anderen Meerjungfrauen der Fall sein sollte. Das Wesen rief die Männer mit der Stimme der geliebten Frau, aber wenigstens eine Frau hatte es mit der Stimme ihres toten Kindes gerufen. War es vielleicht so, daß es jeden mit der Stimme desjenigen rief, den er am meisten liebte?

Das würde auch erklären, weshalb die jungen Mädchen zumindest teilweise unempfänglich für diese Verlockung waren. Bevor die Macht der Liebe in ihr Leben trat, liebten Jungen und Mädchen zwar durchaus ihre Eltern, sahen sie aber aus Mangel an Lebenserfahrung nur als Personen, die ein Kind beschützten und es versorgten, nicht aber als Menschen, die man seinerseits selbstlos lieben und um die man sich sorgen mußte.

Liebe allein konnte diese Selbstlosigkeit hervorrufen. *Dann* – dachte Lythande – *kann ich mich getrost dem Kampf mit dem Ungeheuer stellen. Denn es gibt heute nichts und niemanden mehr, den ich liebe. Nie habe ich einen Mann geliebt. Von den Frauen, die ich geliebt habe, trennt mich mehr als ein Menschenalter, und ich weiß genug, um vorsichtig zu sein, wenn mich jemand mit der Stimme meines Herzenswunsches ruft. Also sollte ich sicher sein. Denn ich liebe niemanden, und mein Herz, wenn ich überhaupt noch ein Herz habe, wünscht sich nichts.*

»Ich werde hingehen und sagen, daß ich bereit bin, das Dorf von seinem Fluch zu befreien«, sprach die Eingeweihte mit dem blauen Stern wie zu sich selbst.

Sie gaben ihr das beste Boot und hätten ihr sogar noch eines der halbwüchsigen Mädchen gegeben, damit es sie hinausruderte – aber das lehnte Lythande ab. Woher sollte sie wissen, daß das Mädchen wirklich zu jung war, um geliebt zu haben, und damit für den Ruf des Meerwesens unzugänglich? Außerdem ließ Lythande sicherheitshalber ihre Laute an Land, teils um den Dörflern zu zeigen, daß sie ihnen vertraute, vor allem aber, weil sie sich vor dem fürchtete, was die Feuchtigkeit im Boot dem zerbrechlichen, geliebten Instrument antun könnte. Zudem konnte, wenn es zu einem Kampf kam, die Laute in dem engen Boot zerbrechen.

Es war ein klarer, strahlender Tag, und Lythande, die die meisten Männer an Körperkraft übertraf, ruderte das Boot energisch in den starken Wind. Kleine Wolken huschten über den Rand des Horizonts, und jede Welle, die sich brach, überschlug sich und fiel mit sanftem, melodischem Plätschern zusammen. Das Geräusch der Brandung klang laut in ihren Ohren, und Lythande war es, als ertönte im Brausen der Wogen ein fernes Singen, ganz so wie das Singen in einer Muschel, die man ans Ohr hält. Ein paar Minuten lang sang sie leise vor sich hin und lauschte dem Klang der eigenen Stimme vor dem Rauschen des Meeres.

Wenn ich nur meine Laute hätte, würde ich gern Harmonien zu dieser seltsamen Mischung von Tönen improvisieren. Die Worte, mit denen sie gegen die Wellen ansang, waren sinnlose Silben, aber beim Singen schienen sie eine dunkle und magische Bedeutung zu gewinnen.

Hinterher war sie nie sicher, wie lange das Ganze gedauert hatte. Nach einer Weile – obwohl sie zuerst nur an eine weitere angenehme Sinnestäuschung (wie bei der ans Ohr gehaltenen Muschel) glaubte – hörte sie, wie eine sanfte Stimme sich in die Harmonie einfügte, die Lythande aus dem Rauschen der Wellen und ihrem eigenen Gesang schuf; irgendwo war da eine dritte Stimme, wortlos und unfaßbar süß. Lythande fuhr fort zu singen, aber etwas in ihr spitzte die Ohren – oder war es das Vibrieren des blauen Sterns, der Magie spürte?

Das Lied der Meerjungfrau. So süß es auch war, es hatte keine Worte. *Wie ich es mir gedacht habe: Das Wesen wendet sich an den Herzenswunsch der Menschen. Ich bin ohne Wunsch und darum nicht empfänglich für sein Rufen. Es kann mir nichts anhaben.*

Lythande hob den Blick. Sekundenlang sah sie nur die riesige Felsmasse, vor der man sie gewarnt hatte, und vor der Masse einen dunklen Schatten ohne genaue Kontur. Während sie ihn betrachtete, vibrierte der blaue Stern auf ihrer Stirn. Sie strengte ihren Willen an, um genauer zu sehen. Und erblickte – ja, was war es? Eine Meerjungfrau, hatte es geheißen. Ein Wesen. Sie konnten es doch wohl nicht böse nennen?

Der Gestalt nach war es kaum mehr als ein junges Mädchen, nackt bis auf eine Halskette aus kleinen, seltenen, glänzenden Muscheln. Diese hatten in der Mitte eine Rinne, die sie aussehen ließ wie die Scham einer Frau. Das Haar der Meerjungfrau war dunkel und glitzerte wie Wasser auf den glatten Kugeln des Blasentangs, die bei Flut auf dem Sandstrand liegen. Ihr Gesicht war zart und jung, mit regelmäßigen Zügen. Und die Augen ...

Lythande konnte sich später nie an die Augen erinnern, obwohl sie damals natürlich irgendeinen Eindruck von ihrer Farbe gehabt haben mußte. Vielleicht waren sie von der Farbe der See, dort, wo sie hinter den weißen Brechern rollte und sich sanft kräuselte. Lythande konnte nicht auf die Augen achten, denn sie lauschte der Stimme. Und sie wußte, daß sie vorsichtig sein mußte; denn wenn sie überhaupt für dieses Wesen zugänglich war, dann durch seine Stimme – Lythande, für die seit mehr als einem Menschenalter die Musik Freundin, Geliebte und Trösterin gewesen war.

Jetzt war sie nahe genug, um genauer zu sehen. Wie sehr glich die Meerjungfrau doch einem kleinen Mädchen, so jung und verletzlich, mit weichem, kindlichem Mund. Einem der kleinen Zähne, die wie unregelmäßige Perlen waren, fehlte ein winziges Stück; es gab ihr ein äußerst kindliches Aussehen. Ein weicher Mund. *Ein Mund, zu jung zum Küssen,* dachte Lythande und fragte sich selbst, was sie damit sagen wollte.

Sogar ich war einmal so jung wie sie, dachte Lythande, und ihr Geist verlor sich auf gefährlichen Pfaden der Erinnerung; in eine Zeit – vor wie vielen Menschenaltern? –, in der sie ein junges Mädchen gewesen war, das das Leben in den Frauengemächern bereits ruhelos machte, das von Zauberei und Abenteuern träumte; in eine Zeit, in der sie einen anderen Namen getragen hatte, einen Namen, an den sich nie mehr zu erinnern sie geschworen hatte. Aber schon damals, obwohl sie den steilen Weg, der sie endlich zum Tempel des Blauen Sterns führen sollte, zu dem großen Verzicht, der vor ihr lag, obwohl sie diesen Weg noch mit keinem Auge gesehen hatte, wußte sie, daß ihr Pfad anders verlief als der solcher junger Mädchen mit weichen, verletzlichen Mündern und weichen, verwundbaren Träumen, mit Geliebten und Gatten, die an ihren Hälsen hingen wie die Kette aus kleinen seltsamen Muscheln am Hals der Meerjungfrau. Lythandes Welt war längst zu weit für soviel Enge.

Niemals so verletzlich, daß dieses Geschöpf mich mit der Stimme eines toten und geliebten Kindes rufen kann . . . Doch wie als Antwort formte das Lied der Meerjungfrau plötzlich Worte und eine Stimme, an die Lythande ein ganzes Menschenleben lang nicht mehr gedacht hatte. Sein Gesicht und seinen Namen hatte sie vergessen, aber ihr Gedächtnis war das eines ausgebildeten Sängers: Einen Mann, einen Namen, ein Leben konnte man vergessen, ein Lied oder eine Stimme – niemals.

Meine Prinzessin, meine Geliebte, vergiß diese Träume von Magie und Abenteuer; wir werden so wunderbare Liebeslieder miteinander singen, daß wir uns nichts anderes mehr vom Leben wünschen.

Ein schneller Blick auf die Felsen zeigte Lythande, daß *er* dort saß, mit einem Gesicht, das sie vergessen hatte – gleich würde ihr sein Name einfallen . . . *Nein! Es war ein Trugbild; er war tot, war schon mehr Jahre tot, als sie es sich überhaupt vorstellen konnte . . .* »Geh fort!« schrie sie dem Trugbild entgegen. »Du bist tot und kannst mich nicht täuschen –«

Sie hatten ihr gesagt, daß die Erscheinung mit der Stimme von Toten rufen konnte. Aber so leicht ließ sich Lythande nicht überlisten, nicht auf diese Art – und als das Trugbild verschwand, spürte sie ein kleines, plätscherndes Gelächter, als bräche sich eine winzige Welle an den Felsen, auf denen die Meerjungfrau saß. Das Lachen war entzückend. War auch das nur Illusion?

Und eine Frau ruft es mit der Stimme des Geliebten. Aber für diesen Ruf war Lythande niemals empfänglich gewesen. *Er* war nicht der einzige gewesen, wenn auch der, dem Lythande vielleicht am ehesten nachgegeben hätte. Fast besann sie sich auf seinen Namen; einen Augenblick verharrte ihr Geist, schwebte, suchte einen Namen, seinen Namen ... dann wandte sie entschlossen, aber beinahe fröhlich, ihren widerspenstigen Geist von der angespannten Faszination dieser Erinnerung ab.

Warum sollte sie sich erinnern – es war vor langer, langer Zeit gewesen, in einem so fernen Land, daß kein lebender Mensch im Umkreis von zehn Tagereisen auch nur seinen Namen kannte. Warum sich also besinnen?

Lythande kannte die Antwort auf diese Frage: Dieses Geschöpf der See, die Meerjungfrau, verteidigte sich damit, suchte in ihren Geist und in ihr Gedächtnis einzugreifen, so wie es sich in Geist und Gedächtnis der Fischer gesungen hatte, die an ihm vorbeifahren wollten. Es verstrickte sie in ein Labyrinth aus Vergangenheit, alten Lieben, Herzenswünschen. Lythande unterdrückte ein Schaudern; der Mann am Feuer fiel ihr ein, verloren in seinem endlosen Traum. Wie knapp war sie diesem Schicksal entgangen? Niemand wäre dagewesen, der sie hätte retten können ...

Aber so leicht ließ sich ein Magier nicht einfangen. Das Wesen wandte seine einzige Verteidigung an, unterwarf sich Geist und Gedächtnis; aber Lythande war ihm entkommen. Sie, die ohne Begehren war, blieb unzugänglich für den Ruf des Begehrens.

Wie ein junges Mädchen sah das Wesen aus, aber zumindest das mußte eine Sinnestäuschung sein. Meerjungfrauen waren Wesen ohne Alter ... *so wie ich,* dachte Lythande. Denn einen Augenblick hatte das Geschöpf versucht, sich Lythande in der

Truggestalt eines einstigen Liebhabers zu zeigen; zwar war er nie Lythandes Geliebter geworden, aber es war die Gestalt einer alten Erinnerung, die ihr in der Scheinwelt der Herzenswünsche eine Falle stellen sollte. Doch für diese Art von Herzenswünschen war Lythande nie empfänglich gewesen.

Nie?

Nie, Traumwesen. Nicht einmal, als ich jünger war, als du es heute zu sein scheinst.

Aber war dies die wahre Gestalt der Meerjungfrau? Das flüchtige Trugbild war verschwunden, und die Meerjungfrau sah wieder wie ein junges Mädchen aus, rührend jung. Es mußte wohl doch etwas Wahres in der Erscheinung des kindlichen Mundes liegen, in den verträumten Augen, dem verletzlichen Lächeln. Die Meerjungfrau schützte sich, so gut sie es vermochte, denn zweifellos wäre ein schwaches und wehrloses Meermädchen, das so jung und schön aussah, hilflos der Barmherzigkeit der Männer des Fischervolkes ausgeliefert, Männern, die in ihr nur eine leichte Beute gesehen hätten.

Solche Geschichten erzählte man sich hier an der Küste viele, zu Hause am Kamin, von Meerjungfrauen und Männern, die sie geliebt hatten. Männer, die freie Meermädchen als Ehefrauen heimgebracht und gezwungen hatten, im Rauch des Herdfeuers zu leben, zu kochen, zu spinnen und den Menschen zu dienen – Zerrbilder der freien Geschöpfe, die sie sein sollten. Oft endete die Geschichte damit, daß die gefangene Meerjungfrau ihr Kleid aus Fischschuppen und Seetang fand und sich wieder in die See stürzte, auf der Suche nach Freiheit, während der Fischer allein zurückblieb, um seine verlorene Liebe zu betrauern.

Oder den Verlust seiner Gefangenen?

Nein, in diesem Fall galt Lythandes Mitgefühl allein der Meerjungfrau.

Aber sie hatte sich verpflichtet, das Dorf von der Gefahr zu befreien. Denn eine Gefahr war dieses Wesen ganz ohne Zweifel, und wäre es auch nur durch diese Schönheit, die furchtbarer war, als die Dörfler sie zu kennen und zu begreifen wagten

– eine zerbrechliche und flüchtige Schönheit wie das Echo eines Liedes oder der Seetang in Ebbe und Flut der Gezeiten. Denn ohne ihre Trugbilder war die Meerjungfrau nur dieses schwächlich wirkende Geschöpf, das alterslos war und doch die Illusion ewiger Jugend besaß. Wir gleichen einander, dachte Lythande, in dieser Beziehung sind wir Schwestern, aber ich bin freier als sie.

Wieder vernahm Lythande den Gesang der Meerjungfrau und wußte, daß es gefährlich war, ihm zu lauschen. Deshalb sang sie sich selber etwas vor, um ihn aus ihrem Bewußtsein zu vertreiben. Zugleich aber empfand sie tiefes Mitgefühl für das Geschöpf, das der Gnade oder Ungnade roher Fischer ausgeliefert war, vor denen es sich schützte, so gut es konnte, und dessen Fluch seine Schönheit war.

Das Wesen sah einem jungen Mädchen ähnlich, das Lythande in jenem fernen Land gekannt hatte. Zusammen hatten sie auf Harfe, Laute und Bambusflöte musiziert. Ihr Name ... Lythande fand den Namen in ihrem Kopf, ohne danach zu suchen ... ihr Name war Riella gewesen, und Lythande kam es vor, als sänge die Meerjungfrau mit Riellas Stimme.

Nicht von Liebe, denn damals schon hatte Lythande gewußt, daß die Liebe, von der die anderen jungen Mädchen träumten, nicht für sie bestimmt war. Aber sie waren sich beide eine der anderen bewußt gewesen. Nie eingestanden, hatte Lythande damals langsam begriffen, daß auch für eine Frau, die das Begehren eines Mannes kalt ließ, das Leben nicht völlig leer zu sein brauchte. Es gab Träume und Wünsche, die nichts zu tun hatten mit den schlichteren Träumen der anderen Frauen, Träumen von einem Ehemann oder Liebhaber, von einem Kind ...

Und plötzlich hörte Lythande die erste Silbe eines neuen Namens, eines Namens, den zu vergessen sie gelobt, eines Namens, den sie einst selbst getragen hatte, eines Namens, an den sie sich nicht erinnern wollte – nein. *Nein!* Nicht erinnern *konnte*! Sie schwitzte, und der blaue Stern flammte vor Zorn.

Sie schaute auf die Felsen. Riellas Gestalt wurde undeutlich und verschwand.
Erneut hatte das Wesen versucht, sie mit der Stimme einer Toten zu rufen. In Lythandes Geist war keine Spur von Belustigung mehr. Wieder hatte sie das Meerwesen unterschätzt, weil es so jung und kindlich aussah, weil es sie an Riella und die anderen jungen Mädchen erinnerte, die sie in einer längst untergegangenen Welt und einem lange verlorenen Leben geliebt hatte. Auf diese Weise würde sie sich nicht noch einmal fangen lassen. Lythande packte den Griff des Dolchs an ihrer linken Seite, Schutzwaffe gegen Übernatürliches, und fühlte, wie das Boot unter ihr gegen die Felsen scharrte.
Sie trat auf den Boden des kleinen Felseneilands und rümpfte die Nase über den Gestank nach toten Fischen und Seetang, angeschwemmt von der Flut; Aasgeruch – wie konnte ein so junges und schönes Geschöpf in diesem Gestank leben?
Die Meerjungfrau fragte mit der Stimme eines sehr jungen Mädchens: »Haben sie dich hergeschickt, mich zu töten, Lythande?«
Lythande umklammerte den Griff des linken Dolchs. Sie hatte keine Lust, sich auf ein Gespräch mit dem Wesen einzulassen; sie hatte gelobt, das Dorf von ihm zu befreien, und das wollte sie auch tun. Doch schon als sie den Dolch zog, zögerte sie.
Die Meerjungfrau, mit derselben schüchternen Mädchenstimme, sagte: »Ich gebe zu, daß ich versucht habe, dich zu betören. Du mußt eine große Magierin sein, daß du mir so leicht entkommen bist. Mein armseliger Zauber konnte dich keinen Augenblick festhalten!«
»Ich bin ein Pilgeradept des Blauen Sterns«, antwortete Lythande.
»Ich weiß nichts vom Blauen Stern. Aber ich fühle seine Macht«, entgegnete die Meerjungfrau. »Dein Zauber ist sehr stark –«
»Und dein Zauber liegt darin, daß du mir schmeichelst«, sagte Lythande vorsichtig, und die Meerjungfrau brach in ein entzückendes, kindliches Kichern aus.

»Siehst du, was ich meine? Ich kann dir überhaupt nichts vormachen, nicht wahr, Lythande? Aber weshalb bist du dann gekommen, um mich zu töten, wenn ich dir keinerlei Schaden zufügen kann? Warum hast du diesen schrecklichen Dolch in der Hand?«

Ja, warum? fragte sich Lythande und schob die Waffe zurück in die Scheide. Dieses Geschöpf konnte ihr nichts anhaben. Aber sie war nicht ohne irgendeinen Grund hier hinausgefahren, und darüber grübelte sie jetzt nach. Endlich erklärte sie: »Die Leute im Dorf können sich ihren Lebensunterhalt nicht mehr durch Fischfang verdienen; sie werden alle verhungern. Warum willst du das?«

»Warum nicht?« fragte die Meerjungfrau unschuldig zurück.

Lythande wurde nachdenklich. Sie hatte den Dorfbewohnern zugehört; auf die Ansicht der Meerjungfrau über die Angelegenheit hatte sie keinen Gedanken verschwendet. Schließlich gehörte die See nicht den Fischern; sie gehörte allem, was im Meer lebte – Fischen und Wellen, Tiefseemuscheln, Aalen, Delphinen und großen Walen, die mit der Menschheit nicht das geringste zu schaffen hatten, und natürlich auch den Meerjungfrauen und noch weit seltsameren Geschöpfen des Wassers.

Und doch hatte Lythande gelobt, auf der Seite des Rechts gegen das Chaos zu kämpfen, bis die Letzte Schlacht geschlagen war. Und wenn sich die Menschheit nicht, wie alle anderen Lebewesen auf der Welt, ihre Nahrung suchen konnte, was sollte dann aus ihr werden?

»Warum müssen sie davon leben, daß sie die Fische im Meer töten?« schien die Meerjungfrau Lythandes Gedanken zu erraten. »Haben Menschen denn ein größeres Überlebensrecht als Fische?«

Das war keine leicht zu beantwortende Frage. Aber als Lythande über das Ufer blickte und den Gestank roch, wußte sie, was sie antworten sollte.

»Du lebst doch auch vom Fisch, oder nicht? Es gibt genügend Fische im Meer für alle Menschen an Land und dein Volk dazu. Und wenn die Fischer den Fisch nicht töten und essen, werden die Fische nur wiederum von anderen Fischen gefressen. Wieso läßt du das Fischervolk nicht in Frieden nehmen, was es braucht?«

»Nun – vielleicht werde ich das tun«, erwiderte die Meerjungfrau und kicherte wieder.

Lythande staunte. Was war das doch für ein kindliches Geschöpf! Wußte sie überhaupt, was sie für Schaden angerichtet hatte?

»Vielleicht kann ich einen anderen Ort für mich finden. Vielleicht könntest du mir dabei helfen?« Sie schlug die großen, leuchtenden Augen zu Lythande auf. »Ich habe dich singen hören. Kennst du keine neuen Lieder, Zauberin? Und willst du sie mir nicht vorsingen?«

Ach, das arme Ding ist wie ein Kind, einsam und ruhelos, ganz allein auf diesem Felsen. Wie kindlich klang es doch, als sie das sagte: Kennst du keine neuen Lieder?

Einen Augenblick wünschte sich Lythande, sie hätte ihre Laute nicht an Land zurückgelassen.

»Soll ich für dich singen?«

»Ich habe deinen Gesang gehört, und er klang so süß über das Wasser, meine Schwester. Gewiß haben wir Lieder und Zauberkünste, die wir einander lehren können.«

»Ich werde für dich singen«, sagte Lythande sanft.

Zuerst ließ sie ihren Geist durch die Nebel der Vergangenheit schweifen und sang ein Lied, das sie vor mehr als einem Menschenalter zum Ton der Bambusrohrflöte gesungen hatte. Sekundenlang war ihr, als säße Riella neben ihr auf dem Felsen. Natürlich war sie nur ein von der Meerjungfrau erschaffenes Trugbild, aber doch ein ganz harmloses! Und dennoch war es vielleicht unklug, die Illusion fortbestehen zu lassen; Lythande riß ihren Geist von der Vergangenheit los und sang das Lied vom Meer, das sie gestern komponiert hatte, auf ihrem Weg die Küste entlang zum Dorf.

»Schön, meine Schwester«, murmelte die Meerjungfrau und lächelte, daß man die bezaubernde kleine Lücke in den Perl-

zähnen sah. »Nie habe ich eine Musik wie die deine gehört. Singen alle Menschen an Land so schön?«
»Nur sehr wenige«, erwiderte Lythande. »Seit vielen Jahren habe ich dort nicht so süße Töne wie deine vernommen.«
»Sing weiter, Schwester«, bat die Meerjungfrau lächelnd. »Komm her zu mir und sing weiter. Und danach werde ich für dich singen.«
»Und du wirst fortziehen und das Fischervolk in Frieden lassen?« erkundigte Lythande sich listig.
»Gewiß werde ich das, wenn du es willst, Schwester«, bestätigte das Meermädchen. Es war viele Jahre her, daß jemand so mit Lythande gesprochen hatte, von Frau zu Frau, ohne Furcht. Es bedeutete ihren Tod, wenn ein Mann erfuhr, daß sie eine Frau war; und es gab nur sehr wenige Frauen, denen Lythande sich anzuvertrauen wagte. Es war wie linder Balsam für ihr Herz.
Warum sollte sie überhaupt an Land zurückkehren? Warum nicht hierbleiben, im stillen Frieden der See, und Lieder und Zaubersprüche austauschen mit ihrer Schwester, der Meerjungfrau? Schönere Zauberkünste, als sie jemals gesehen hatte, gab es hier, und lieblichere Musik obendrein.
Lythande sang und hörte ihre Stimme über das Wasser klingen. Die Meerjungfrau saß ruhig da, den Kopf ein wenig schiefgelegt, und lauschte, als wäre sie völlig bezaubert. Lythande schien es, als hätte sie noch nie so schön gesungen. Eine Sekunde lang fragte sie sich sogar, ob ein Vorbeifahrender, der ihr Lied hörte, wohl glauben würde, er vernehme den Gesang einer wirklichen Meerjungfrau.
Ohne Zweifel konnte auch Lythande mit ihrem Lied bezaubern. Sollte sie hierbleiben, nicht länger ihr wahres Geschlecht verleugnen, hier, wo sie Frau, Zauberin und Sängerin zugleich sein durfte? Auch sie konnte auf den Felsen sitzen und mit ihrer Musik andere betören, Zeit und Meer über sich hinwegrauschen lassen, den ständigen Kampf des Lebens als Söldnermagierin vergessen, nur das sein, was sie wirklich war. Und sie war eine große Zauberin, sie fühlte sogar, wie

ihre Magie im blauen Stern auf ihrer Stirn glühte und Blitze sprühte . . .
»Komm näher, Schwester, damit ich die Süße deines Liedes hören kann«, murmelte die Meerjungfrau. »Wahrlich, du bist es, die mich verzaubert hat, Magierin . . .«
Wie im Traum machte Lythande einen weiteren Schritt den Strand hinauf. Unter ihrem Fuß knirschte hart eine Muschel. Oder war es ein Knochen? Sie wußte nicht, was sie zu Boden blicken ließ. Aber sie sah, daß ihr Fuß an einen Schädel gestoßen war.
Lythande fühlte Eis durch ihre Adern rinnen. Das war kein Trugbild. Hastig packte sie den Dolch an ihrer Linken und flüsterte einen Zauberspruch, der die Luft von Trugbildern reinigte und alle Magie, auch ihre eigene, außer Kraft setzte. Sie hätte es früher tun sollen.
Die Meerjungfrau stieß einen verzweifelten Schrei aus. »Nein, nein, meine Schwester, meine Schwester in der Musik, bleib bei mir . . . jetzt wirst auch du mich hassen . . .« Und noch während die Worte erstarben wie der verhallende Ton einer gesprungenen Lautensaite, war die Meerjungfrau verschwunden, und Lythande starrte voller Grauen auf das, was auf dem Felsen saß.
Es hatte auch nicht die geringste Menschenähnlichkeit. Von der drei- bis vierfachen Größe des gewaltigsten Seetiers, das Lythande je gesehen hatte, hockte es dort, riesenhaft und grünlich, von der Farbe der Wasserpflanzen und des Seetangs. Alles, was sie vom Kopf sehen konnte, waren Reihen und Aberreihen von Zähnen, mächtigen, gefletschten Zähnen. Doch das wahre Grauen war, daß von einem der ungeheuren Fänge ein kleines Stückchen abgesplittert war.
Perlzähnchen mit einem kleinen abgesprengten Eckchen! Götter und Chaos! Fast wäre ich diesem Ungeheuer in den Rachen gelaufen!
Wütend schwang Lythande den Dolch und riß fast gleichzeitig auch den Dolch zur Rechten aus der Scheide, der gegen Gefahren aus Fleisch und Blut schützte, und sie stach nach dem Herzen des Wesens. Ein unheimliches Heulen gellte, und

schwarzgrünes Blut, das nach Seetang und Aas roch, spritzte ihr entgegen. Lythande schauderte und stach wieder und wieder zu, so lange, bis die Schreie verstummten. Sie sah auf das tote Geschöpf hinunter, die Zahnreihen, die Fangarme, die sich windenden Saugnäpfe. Vor ihren Augen stand ein Kindergesicht, eine Stimme, die sie nie vergessen würde.

Und dieses Ungeheuer habe ich »Schwester« genannt!

Es war sogar leicht zu töten gewesen. Es besaß keine Waffen, keine Abwehrkräfte außer seinen Liedern und Sinnestäuschungen. Lythande war so stolz darauf gewesen, den Trugbildern nicht zum Opfer gefallen, dem Ruf eines Geliebten, dem Sog der Erinnerung nicht erlegen zu sein. Und trotzdem hatte *es* sie bei ihrem Herzenswunsch gerufen ... der Musik. Der Magie. Der Illusion eines Augenblicks, in dem etwas, das niemals existiert hatte, nie existieren konnte, sie »Schwester« genannt und zu einer Weiblichkeit gesprochen hatte, auf die Lythande für immer verzichtet hatte.

Sie sah das tote Ungetüm auf dem Felsen an und wußte, daß sie weinte, wie sie seit drei gewöhnlichen Menschenaltern nicht mehr geweint hatte.

Die Meerjungfrau hatte sie »Schwester« genannt, aber Lythande hatte sie getötet.

Noch während Schluchzen ihren Körper zittern ließ, sagte sie sich, daß ihre Tränen Wahnsinn waren. Hätte sie das Wesen nicht getötet, wäre sie selber ein Opfer dieser schrecklichen Zahnreihen geworden, und es wäre kein angenehmer Tod gewesen.

Und doch war ich bereit, für diese Illusion zu sterben ...

Lythande weinte um etwas, das es nie gegeben hatte, weinte, *weil* es nie existiert hatte und auch nie mehr für sie existieren würde, nicht einmal in der Erinnerung.

Nach einer langen Weile bückte sie sich und hob aus der Masse, die zerschmolz wie faulende Wasserpflanzen, einen Fangzahn auf, dem ein kleiner Splitter fehlte. Lange stand sie da und betrachtete ihn. Dann, mit grimmig verzerrten Lippen, schleuderte sie ihn weit ins Meer hinaus und kletterte in ihr

Boot. Als Lythande landeinwärts ruderte, ertappte sie sich, wie sie dem Rauschen der Wellen lauschte wie einer ans Ohr gehaltenen Muschel. Und als sie begriff, daß sie nach einer anderen Stimme horchte, schüttelte sie sich und stimmte das wüsteste Sauflied an, das sie kannte.

AUF DER SUCHE NACH SATAN

von Vonda N. McIntyre

Am Ende des Tages ließen die vier Reisenden das Gebirge hinter sich. Müde, durchgefroren und hungrig erreichten sie Freistatt.

Die Stadtbewohner schauten sie an und lachten, aber sie lachten hinter vorgehaltenem Ärmel oder erst dann, wenn die kleine Schar vorbeigezogen war. Alle in der Gruppe waren bewaffnet, aber sie hatten nichts Streitsüchtiges an sich. Staunend blickten sie sich um, stießen einander an und deuteten auf Gegenstände, ganz so, als hätten sie nie zuvor eine Stadt gesehen. Und genauso war es auch.

Ohne die Erheiterung des Stadtvolks zu bemerken, gelangten sie zum Marktplatz. Es wurde langsam dunkel, und die Bauern hatten ihre Zeltdächer schon fast eingerollt und alles aus ihren Erzeugnissen herausgesucht, was das Aufheben lohnte. Schlaffe Kohlblätter und verfaultes Obst lagen auf der grobgepflasterten Straße, und zahllose nicht mehr genau erkennbare Sachen schwammen in der offenen Gosse in der Mitte dahin.

Neben Wess rückte Chan seufzend seinen schweren Rucksack zurecht.

»Wir sollten Halt machen und uns etwas zu essen kaufen«, meinte er, »bevor alles nach Hause geht.«

Wess zog den eigenen Rucksack höher auf die Schultern und marschierte weiter. »Nicht hier«, erklärte sie. »Ich habe das altbackene Fladenbrot und rohe Gemüse satt. Heute abend möchte ich eine warme Mahlzeit!«

Wess stapfte weiter. Sie wußte, wie Chan zumute war, und warf einen Blick zurück auf Aerie, die in ihren langen, dunklen Mantel gehüllt dahinschritt. Ihr Rucksack drückte sie nieder. Sie war größer als Wess, ebenso hochgewachsen wie Chan, aber sehr dünn. Sorge und die Anstrengungen der Reise hatten ihre Augen tief in die Höhlen sinken lassen. Wess war nicht daran gewöhnt, sie so zu sehen. Sie kannte eine freiere Aerie.

»Unsere unermüdliche Wess«, sagte Chan.

»Ich bin auch müde«, antwortete Wess, »aber möchtest du noch einmal versuchen, auf der Straße zu lagern?«

»Nein, gewiß nicht«, erwiderte er. Quarz, die hinter ihm ging, lachte.

Im ersten Dorf, das sie je gesehen hatten – jetzt schien es ihnen Jahre zurückzuliegen, aber es war erst zwei Monate her –, hatten sie versucht, ihr Lager auf freiem Feld aufzuschlagen; zumindest hielten sie den Platz dafür. Doch es war der Dorfanger. Hätte der Ort über ein Gefängnis verfügt, hätte man sie hineingeworfen. So geleitete man sie nur an den Rand der Siedlung und forderte sie auf, sich nie wieder blicken zu lassen. Ein anderer Reisender erklärte ihnen, was Gasthäuser waren – und Gefängnisse –, und inzwischen konnten alle, wenn auch nicht ohne Verlegenheit, über den Vorfall lachen.

Allerdings reichten die kleineren Städte, durch die sie gekommen waren, was Größe, Lärm und Menschenmengen anging, in keiner Weise an Freistatt heran. Nie im Leben hätte sich Wess vorstellen können, daß es so viele Leute und so hohe Häuser gab, ganz zu schweigen von derart fürchterlichen Gerüchen. Sie hoffte, daß es hinter dem Markt besser werden würde. Beim Vorbeigehen an einer Fischbude hielt sie den Atem an und beeilte sich, bemüht, den Gedanken zu verdrängen, wie es hier wohl am Abend eines langen Sommertages riechen mochte. An diesem kühlen Spätherbsttag war es schon schlimm genug.

»Wir sollten in der ersten Herberge absteigen, auf die wir stoßen«, schlug Quarz vor.

»In Ordnung«, stimmte Wess zu.

Als sie das Ende der Straße erreichten, war es völlig dunkel geworden und der Markt verlassen. Wess fand es merkwürdig, daß all die Menschen so schnell verschwunden waren, aber zweifellos waren auch sie müde und wollten nach Hause ans warme Feuer, zum Abendessen. Eine plötzliche Anwandlung von Heimweh und Hoffnungslosigkeit stach ihr ins Herz – so lange waren sie schon auf der Suche, und ihre Aussicht auf Erfolg war so gering.

Die Straße wurde plötzlich enger, und die Häuser schlossen sich um sie. Wess blieb stehen. Vor ihnen lagen drei Wege, und nur zwanzig Schritte weiter vorn zweigte ein vierter ab.

»Wohin jetzt, Freunde?«

»Wir müssen jemanden fragen«, schlug Aerie vor. Ihre Stimme war weich vor Müdigkeit. Zielstrebig steuerte sie auf eine von Schatten erfüllte Ecke zu. »Bürger«, fragte sie, »kannst du uns den Weg zur nächsten Herberge zeigen?«

Die anderen spähten schärfer in die dämmrige Nische. Tatsächlich, dort hockte eine verhüllte Gestalt, die sich jetzt erhob. Wess konnte den wahnsinnigen Glanz ihrer Augen erkennen.

»Eine Herberge?«

»Die nächste, ich bitte dich. Wir haben eine lange Reise hinter uns.«

Die Gestalt lachte meckernd. »In diesem Stadtteil werdet ihr keine Herberge finden, Fremde. Aber um die Ecke ist eine Schenke, da gibt es oben Zimmer. Vielleicht gefällt es euch dort.«

»Danke.« Aerie drehte sich um. Eine schwache Brise fächelte ihr kurzes schwarzes Haar. Sie zog den Mantel enger um sich.

Sie folgten der Richtung, in die die Gestalt sie gewiesen hatte, und sahen nicht, wie sie sich hinter ihnen in lautlosem Gelächter krümmte.

Vor der Schenke buchstabierte Wess mühsam die fremdartige Schrift: *Zum gewöhnlichen Einhorn*. Eine merkwürdige Zusammenstellung, selbst hier im Süden, wo es üblich war, den Tavernen seltsame Namen zu geben. Sie stieß die Tür auf. Drinnen war es beinahe genauso dunkel wie draußen und voller Rauch. Als Wess und Chan eintraten, verstummte der Lärm, um wieder zu einem überraschten Raunen anzuschwellen, als Aerie und Quarz folgten.

Wess und Chan unterschieden sich nicht auffällig vom gängigen Typus der südlichen Gebirgsbewohner; er war ein wenig blonder, sie dunkler. Wess konnte überall als gewöhnliche Bürgerin durchgehen; Chans Schönheit hingegen erregte vielfach Aufsehen. Auch Aeries hochgewachsene, weißhäutige, schwarzhaarige Eleganz rief unweigerlich Bemerkungen hervor. Wess malte sich lächelnd aus, was passieren würde, wenn Aerie den Mantel zurückschlug und sich so zeigte, wie sie wirklich war.

Und Quarz: Sie mußte sich beim Eintreten bücken. Als sie sich aufrichtete, war sie größer als alle anderen im Raum. Der Rauch an der Decke legte einen wirbelnden Kranz um ihr Haar. Sie hatte es für die Reise kurzgeschnitten, nun lockte es sich – rot, gold und sandfahl – um ihr Gesicht. Ihre grauen Augen warfen den Feuerschein zurück wie Spiegel. Ohne sich um das Glotzen zu kümmern, streifte sie den blauen Wollmantel von den breiten Schultern und ließ den Rucksack zu Boden gleiten.

Der starke, schwere Geruch von Bier und brutzelndem Fleisch trieb Wess das Wasser im Munde zusammen. Sie wandte sich an den Mann hinter der Theke.

»Bürger«, sagte sie und achtete sorgsam auf die richtige Aussprache der Mundart von Freistatt, der Handelssprache des gesamten Kontinents, »bist du der Eigentümer hier? Meine Freunde und ich brauchen ein Zimmer für die Nacht und ein Abendessen.«

Ihr Wunsch kam ihr nicht weiter ungewöhnlich vor, aber der Wirt warf einem seiner Gäste einen Seitenblick zu, und beide lachten.

»Ein Zimmer, junger Herr?« Er kam hinter dem Tresen vor.

Statt Wess Antwort zu geben, sprach er zu Chan. Wess lächelte in sich hinein. Wie alle Freunde Chans war sie daran gewöhnt, daß sich die Menschen auf den ersten Blick in ihn verliebten. Es wäre ihr nicht anders gegangen, dachte sie, wenn sie ihn erst als Erwachsenen kennengelernt hätte. Sie aber kannten einander schon ein ganzes Leben lang, und ihre Freundschaft war weit enger und tiefer als schnelle Lust.

»Ein Zimmer?« wiederholte der Wirt. »Eine Mahlzeit für dich und deine Damen? Ist das alles, was unsere bescheidene Hütte euch bieten darf? Wünscht ihr nicht auch Tanz? Einen Gaukler? Harfner und Oboen? Wünscht nur, und ihr sollt es haben!«

Weit davon entfernt, zuvorkommend oder auch nur freundlich zu klingen, troff die Stimme des Wirtes von Hohn.

Chan runzelte leicht die Stirn und warf Wess einen Blick zu, als alles in Hörweite in Gelächter ausbrach. Wess war froh, dunkle Haut zu haben, die ihr zorniges Erröten verdeckte. Chan war vom Kragen bis zu den Wurzeln der blonden Haare hellrot angelaufen. Wess begriff, daß man sie beleidigt hatte, verstand jedoch nicht, auf welche Weise oder weshalb, und antwortete darum mit Höflichkeit.

»Nein, Bürger, hab Dank für deine Gastlichkeit. Wir brauchen ein Zimmer, wenn du eins hast, und etwas zu essen.«

»Ein Bad würden wir nicht ablehnen«, bemerkte Quarz.

Der Herbergswirt betrachtete sie mit leicht gereiztem Gesichtsausdruck und wandte sich von neuem an Chan.

»Der junge Herr läßt seine Damen für sich sprechen? Ist das eine ausländische Sitte, oder bist du zu vornehm, mit einem einfachen Schankwirt zu reden?«

»Ich verstehe dich nicht«, erwiderte Chan. »Wess hat für uns alle gesprochen. Müssen wir im Chor reden?«

Der verblüffte Wirt versteckte sein Unverständnis, indem er sie mit übertriebener Verbeugung an einen Tisch führte.

Wess ließ ihren Rucksack hinten an der Wand zu Boden fallen und nahm mit einem erleichterten Seufzer Platz. Die anderen folgten. Aerie sah aus, als hätte sie sich keinen Augenblick länger auf den Füßen halten können.

»Dies ist eine einfache Schenke«, sagte der Wirt. »Bier oder Wein, Fleisch und Brot. Könnt ihr bezahlen?«
Wieder wandte er sich nur an Chan. Von Wess, Aerie und Quarz schien er keinerlei direkte Notiz zu nehmen.
»Wie ist der Preis?«
»Viermal Abendessen, Übernachtung – frühstücken müßt ihr irgendwo anders, ich halte so früh nicht offen – ein Silberstück. Im voraus.«
»Einschließlich des Bades?« fragte Quarz.
»Ja, ja, schon in Ordnung.«
»Wir können bezahlen«, erklärte nun Quarz, die an der Reihe war, sich um die Ausgaben zu kümmern. Sie hielt ihm ein Silberstück hin.
Wieder sah der Wirt auf Chan, zuckte jedoch nach einer ungemütlichen Pause die Achseln, riß Quarz die Münze aus der Hand und drehte sich um. Quarz zog die Hand zurück und wischte sie unter dem Tisch heimlich am Bein ihrer dicken Baumwollhose ab.
Chan sah zu Wess hinüber. »Begreifst du irgend etwas von dem, was wir erleben, seit wir die Stadt betreten haben?«
»Es ist wirklich seltsam«, entgegnete sie. »Sie haben eigenartige Sitten.«
»Wir können uns morgen den Kopf darüber zerbrechen«, ergänzte Aerie.
Eine junge Frau kam mit einem Tablett an den Tisch. Sie trug merkwürdige Kleidung, die aussah, als wäre sie für den Sommer bestimmt, denn sie ließ Arme und Schultern frei und entblößte fast vollständig die Brüste. Es ist ja wirklich heiß hier drin, dachte Wess. Wenn sie nach Hause geht, braucht sie nur einen Mantel anzuziehen und kann sich so weder erkälten noch zu sehr erhitzen.
»Bier für dich, Herr?« fragte die junge Frau Chan. »Und Wein für deine Gemahlinnen?«
»Bier, bitte«, antwortete Chan. »Was sind ›Gemahlinnen‹? Ich habe eure Sprache gelernt, aber dieses Wort kenne ich nicht.«

Wess nahm sich einen Krug Bier vom Tablett. Sie war zu müde und zu durstig, um nachzudenken, worüber die Frau redete. Sie nahm einen tiefen Zug von dem kühlen, bitteren Gebräu. Quarz griff nach einer Weinflasche und zwei Bechern und goß sich und Aerie ein.

»Dies sind meine Gefährtinnen Westerly, Aerie und Quarz«, sagte Chan und nickte ihnen der Reihe nach zu. »Ich heiße Chandler. Und wie heißt du?«

»Ich bin nur das Schankmädchen«, antwortete sie, und ihre Stimme klang ängstlich. »Du wirst dich nicht mit meinem Namen belasten wollen.« Hastig ergriff sie einen Bierkrug, setzte ihn auf den Tisch, wobei sie ein wenig Bier verschüttete, und floh.

Die vier schauten einander an, aber gleich darauf erschien der Wirt mit den Fleischbrettern. Sie waren viel zu hungrig, um darüber nachzugrübeln, womit sie wohl das Schankmädchen erschreckt haben mochten.

Wess riß einen Bissen Brot ab. Es war ziemlich frisch und eine willkommene Abwechslung vom Reiseproviant – Dörrfleisch, hastig zusammengemischtem, auf Steinen in der Glut des Lagerfeuers gebackenem Fladenbrot, Obst, wenn sie es finden oder kaufen konnten. Aber Wess war Besseres gewöhnt.

»Mir fehlt dein Brot«, sagte sie in ihrer eigenen Sprache zu Quarz, die lächelte.

Das Fleisch war heiß und ohne Spuren von Fäulnis. Selbst Aerie aß mit einigem Appetit, obwohl sie rohes Fleisch vorzog.

Als sie ihre Mahlzeit halb geschafft hatte, aß Wess langsamer und nahm sich dabei Zeit, sich genauer in der Schenke umzusehen.

Eine Gruppe an der Theke brach plötzlich in grölendes Gelächter aus.

»Jedesmal, wenn du hier in Freistatt auftauchst, erzählst du verdammt noch mal dasselbe, Bauchle«, erklärte einer der Männer, Hohn in der lauten Stimme. »Immer hast du ein Geheimnis oder einen Plan oder ein Wunder, das dein Glück machen soll. Warum suchst du dir keine ehrliche Arbeit – wie wir alle?«

Das erzeugte weiteres dröhnendes Gelächter, sogar bei dem großen, schwerfälligen jungen Mann, über den sie sich lustig machten.

»Diesmal werdet ihr es sehen«, sagte er. »Diesmal habe ich etwas, das mich bis an den Hof des Kaisers bringen wird. Wenn ihr die Ausrufer morgen hört, werdet ihr es erfahren.«

Er bestellte mehr Wein. Seine Freunde tranken und rissen Witze, beides auf seine Kosten.

Das *Einhorn* hatte sich weiter gefüllt und war noch verräucherter und lauter geworden. Ab und zu warf jemand einen Blick auf Wess und ihre Freunde, aber im übrigen ließ man sie zufrieden.

Ein kalter Luftzug verdünnte plötzlich den Geruch von Bier, angebranntem Fleisch und ungewaschenen Körpern. Jäh trat Stille ein, und Wess sah sich hastig um, ob sie vielleicht eine weitere unbekannte Sitte verletzt hatten. Aber die allgemeine Aufmerksamkeit galt nicht ihnen, sondern richtete sich auf den Eingang der Schenke. Dort stand eine verhüllte Gestalt, und in der Ausstrahlung von Macht und Selbstvertrauen, die sie umgab, lag etwas Ehrfurchtgebietendes.

In der ganzen Schenke war an keinem Tisch mehr ein Platz frei.

Impulsiv rief Wess: »Setz dich zu uns, Schwester!«

Zwei lange Schritte und ein Stoß: Der Stuhl schrammte hart über den Boden, und Wess fand sich an die Wand gedrängt, einen Dolch an der Kehle.

»Wer nennt mich ›Schwester‹?« Die dunkle Kapuze fiel zurück, langes, grausträhniges Haar wurde sichtbar. Auf der Stirn der Fremden funkelte ein blauer Stern. In seinem Licht wurden ihre vornehmen Züge furchtbar und gefährlich.

Wess starrte der hochgewachsenen, geschmeidigen Frau in die wütenden Augen. Unter der Klingenspitze pochte ihre Schlagader. Wenn sie einen Griff zum Messer versuchte oder ihre Freunde sich auch nur rührten, war sie verloren.

»Ich wollte dich nicht kränken –« Fast hätte sie wieder »Schwester« gesagt.
Aber es war nicht die Vertraulichkeit der Anrede, durch die sich die andere beleidigt fühlte, es war das Wort an sich. Die Fremde trug Männerkleider und reiste unerkannt, und Wess hatte ihre Verkleidung sinnlos gemacht. Keine bloße Entschuldigung konnte den Schaden wiedergutmachen, den sie angerichtet hatte.
Ein Schweißtropfen lief Wess über die Schläfe. Chan, Aerie und Quarz saßen sprungbereit zu ihrer Verteidigung da. Wenn Wess ein zweites Mal die falschen Worte wählte, würde es mehr als einen Toten geben, bevor der Kampf zu Ende war.
»Meine mangelnde Vertrautheit mit eurer Sprache hat dich beleidigt, junger Herr«, begann Wess und hoffte, daß der Herbergswirt Chan vorhin, wenn schon nicht in höflichem Ton, so doch in angemessener Form angeredet hatte. »Junger Herr«, wiederholte sie, als die Fremde sie nicht tötete, »jemand hat sich einen Scherz mit mir erlaubt und *frejôjan* mit ›Schwester‹ übersetzt.«
»Vielleicht«, bemerkte die Fremde. »Was heißt *frejôjan?*«
»Es ist ein Begriff des Friedens, ein Freundschaftsangebot, ein Wort, um einen Gast willkommen zu heißen, ein Kind der eigenen Eltern.«
»Aha. Das Wort, das du suchst, ist ›Bruder‹, die Anrede für Männer. Einen Mann ›Schwester‹ zu nennen ist eine Beleidigung.«
»Eine Beleidigung!« sagte Wess, ehrlich überrascht.
Aber das Messer entfernte sich von ihrer Kehle.
»Du bist eine Barbarin«, stellte die verkleidete Frau jetzt in freundlicherem Ton fest. »Eine Barbarin kann mich nicht beleidigen.«
»Das ist das Problem, siehst du«, mischte Chan sich ein. »Es ist die Übersetzung. In unserer Sprache heißt das Wort für Fremdlinge auch ›Barbar‹.« Er lächelte sein schönes Lächeln.
Wess hielt unter dem Tisch seine Hand fest. »Ich wollte dir nur einen Platz anbieten, weil es sonst keinen mehr gibt.«

Die Fremde steckte den Dolch ein und schaute Wess gerade ins Gesicht. Wess zitterte ganz leicht und malte sich aus, mit Chan auf der einen und der Fremden auf der anderen Seite die Nacht zu verbringen.

Du könntest auch die Mitte haben, wenn du wolltest, dachte sie und hielt dem Blick der anderen stand.

Die Fremde lachte. Wess wußte nicht, gegen wen der spöttische Unterton in ihrer Stimme gerichtet war.

»Dann will ich mich hierhersetzen, wenn kein anderer Platz mehr frei ist. Mein Name ist Lythande.«

Sie stellten sich vor und boten ihr – Wess zwang sich, Lythande als einen »Er« anzusehen, um nicht noch einmal ihrer Verkleidung zu schaden –, boten also *ihm* Wein an.

»Ich trinke nicht«, erklärte Lythande. »Aber um euch zu zeigen, daß auch ich euch nicht kränken möchte, will ich mit euch rauchen.« Sie rollte kleingezupfte Kräuter in ein trockenes Blatt, setzte das Gebilde in Brand, inhalierte und hielt es ihnen hin. »Westerly, *frejôjan*.«

Westerly versuchte es aus Höflichkeit. Als sie aufgehört hatte zu husten, tat ihr der Hals weh, und der süßliche Duft machte sie schwindlig.

»Man braucht Übung«, erklärte Lythande lächelnd.

Chan und Quarz konnten es auch nicht besser, Aerie jedoch zog den Rauch in tiefen Zügen ein, schloß die Augen und hielt den Atem an. Danach teilten sie und Lythande sich den Genuß, während die anderen weiteres Bier und eine neue Flasche Wein bestellten.

»Warum hast du von all diesen Leuten hier ausgerechnet mich aufgefordert, mich zu euch zu setzen?« fragte Lythande.

»Weil ...« Wess hielt inne, um ihrer rein gefühlsmäßigen Eingebung den Anschein des Vernünftigen zu geben. »Du siehst aus wie jemand, der Bescheid weiß. Du siehst aus wie jemand, der uns helfen könnte.«

»Wenn ihr lediglich Auskünfte braucht, könnt ihr das billiger haben als mit Hilfe eines gemieteten Magiers.«

»Bist du ein Zauberer?« fragte Wess.

Lythande musterte sie mit mitleidiger Verachtung. »Du bist ein Kind! Was denken sich eure Leute dabei, Unschuldige und Kinder aus dem Norden hierherzuschicken?« Sie berührte den Stern auf ihrer Stirn. »Was hast du denn gedacht, was das bedeutet?«

»Ich kann nur raten, aber ich glaube, es bedeutet, daß du ein Magier bist.«

»Ausgezeichnet. Ein paar Jahre solchen Unterrichts, und vielleicht überlebt ihr in Freistatt, im Labyrinth, im *Einhorn*!«

»Wir haben keine Jahre zur Verfügung«, flüsterte Aerie. »Wir haben vielleicht schon die Zeit vergeudet, die wir übrig gehabt haben.«

Quarz legte ihr tröstend den Arm um die Schulter und drückte sie sanft an sich.

»Ihr erregt meine Anteilnahme«, bemerkte Lythande. »Sagt mir, welche Auskünfte ihr sucht. Vielleicht weiß ich, ob ihr sie weniger teuer – nicht billig, aber weniger teuer – von Jubal dem Sklavenhändler bekommen könnt, oder von einem Seher –« Sie sah ihren Gesichtsausdruck und unterbrach sich.

»Sklavenhändler!«

»Er gibt auch Auskünfte. Ihr braucht keine Angst zu haben, daß er euch von seinem Wohnzimmer aus entführt.«

Alle fingen gleichzeitig an zu reden und verstummten wieder, als ihnen die Sinnlosigkeit dieses Verhaltens klar wurde.

»Fangt am Anfang an.«

»Wir suchen jemanden«, begann Wess.

»Hier ist ein schlechter Ort zum Suchen. Niemand wird euch über einen Gast dieses Hauses irgend etwas erzählen.«

»Aber er ist unser Freund.«

»Dafür gibt es nur euer Wort.«

»Satan ist sowieso nicht hier«, meinte Wess. »Wenn er die Freiheit hätte, hierherzukommen, dann wäre er auch frei, nach Hause zurückzukehren. Wir hätten etwas von ihm gehört, oder er hätte uns gefunden, oder –«

»Ihr fürchtet, daß man ihn gefangen, vielleicht sogar zum Sklaven gemacht hat.«

»Es muß so sein. Er war auf der Jagd – allein. Das hat er gern getan, sein Volk neigt dazu.«

»Manchmal brauchen wir die Einsamkeit«, erläuterte Aerie.

Wess nickte. »Wir haben uns keine Sorgen um ihn gemacht, bis er zur Tag-und-Nacht-Gleiche nicht nach Hause kam. Dann haben wir nach ihm gesucht. Wir fanden sein Lager und eine kalte Fährte . . .«

»Wir hofften auf eine Entführung«, fuhr Chan fort. »Aber niemand kam und verlangte Lösegeld. Die Spur war so alt . . . sie hatten ihn verschleppt.«

»Wir folgten ihm und hörten ein paar Gerüchte«, ergänzte Aerie. »Aber der Weg teilte sich, und wir mußten uns für eine Richtung entscheiden.« Sie zuckte die Achseln, aber es gelang ihr nicht, die sorglose Haltung beizubehalten; verzweifelt wandte sie sich ab. »Ich konnte nicht den geringsten Hinweis finden . . .«

Aerie, deren Reichweite größer war als die der anderen, hatte sich jeden Abend, wenn sie das neue Lager aufschlugen, bei ihnen eingefunden, noch erschöpfter und gehetzter, nachdem sie den ganzen Tag vergeblich gesucht hatte.

»Anscheinend war unsere Entscheidung falsch«, bemerkte Quarz.

»Kinder«, fing Lythande an, »Kinder, *frejôjans* –«

»Frejôjani«, unterbrach Chan, ohne nachzudenken, schüttelte dann den Kopf und spreizte entschuldigend die Hände.

»Euer Freund ist ein Sklave unter vielen. Ihr könnt ihn nicht durch seine Papiere aufspüren, solange ihr nicht herausfindet, auf welchen Namen sie gefälscht sind. Daß ihn jemand anhand eurer Beschreibung erkennt, wäre ein allzugroßes Glück, sogar wenn ihr ein Figürchen von ihm zeigen könntet. Schwestern, Bruder, vielleicht würdet ihr ihn mittlerweile selber nicht mehr wiedererkennen.«

»Ich würde ihn wiedererkennen«, erklärte Aerie bestimmt.

»Wir würden ihn alle wiedererkennen, sogar mitten unter seinem eigenen Volk. Aber darauf kommt es nicht an – jeder, der ihn einmal gesehen hat, würde ihn erkennen. Aber es *hat* ihn

keiner gesehen, oder man will es uns eben nicht sagen.« Wess warf Aerie einen Blick zu.
»Verstehst du«, sagte Aerie, »er hat Flügel.«
»Flügel!« rief Lythande.
»Flügelmenschen, glaube ich, sind im Süden selten.«
»Flügelmenschen sind im Süden eine Legende. Geflügelt? Du meinst bestimmt . . .«
Aerie wollte ihren Umhang abstreifen, aber Quarz legte ihr wieder den Arm um die Schultern. Hastig mischte Wess sich ins Gespräch.
»Die Knochen sind länger«, erklärte sie und berührte die drei äußeren Finger ihrer linken mit dem Zeigefinger der rechten Hand. »Und stärker. Die Häute dazwischen falten sich auseinander.«
»Und diese Menschen fliegen?«
»Natürlich. Warum hätten sie sonst Schwingen?«
Wess sah zu Chan hinüber, der nickte und nach seinem Rucksack griff.
»Wir haben keine Figur«, sagte Wess, »aber wir haben ein Bild. Es ist nicht Satan, aber es ähnelt ihm sehr.«
Chan holte die Holzröhre heraus, die er den ganzen Weg von Kaimas bis hierher getragen hatte. Aus ihrem Innern zog er die gerollte Zickleinhaut und breitete sie auf dem Tisch aus. Die Haut war sorgfältig gegerbt und sehr dünn; auf der einen Seite zeigte sie eine Schrift, auf der anderen ein Gemälde, unter dem ein einziges Wort stand.
»Es ist aus der Bibliothek von Kaimas«, erläuterte Chan. »Niemand weiß, woher es stammt. Ich glaube, es ist sehr alt und vermutlich aus einem Buch, aber das ist alles, was davon übriggeblieben ist.« Er legte Lythande die beschriftete Seite vor. »Ich kann die Buchstaben entziffern, aber nicht ihre Bedeutung. Kannst du es lesen?«
Lythande schüttelte den Kopf. »Ich kenne die Sprache nicht.«
Enttäuscht drehte Chan das Manuskript um und schob Lythande die Seite mit dem Bild hin. Auch Wess lehnte sich

hinüber und spähte im trüben Kerzenlicht nach den Einzelheiten. Es war ein schönes Bild, fast so schön wie Satan selber. Die Ähnlichkeit war erstaunlich, obwohl es sich schon lange in der Bibliothek befunden hatte, bevor Satan überhaupt geboren wurde. Der schlanke, kraftvolle Mann mit den Schwingen hatte rotgoldenes Haar und flammendrote Flügel. Seine Miene war eine Mischung aus Weisheit und tiefer Verzweiflung.
Die meisten Geflügelten waren schwarz oder von tiefem, schillerndem Grün oder reinem Dunkelblau. Satan jedoch hatte, wie die Gestalt auf dem Gemälde, die Farbe des Feuers. Wess erklärte es Lythande.
»Wir nehmen an, daß dieses Wort der Name des Mannes ist«, ergänzte Chan. »Wir können nicht sicher sein, ob wir es richtig aussprechen, aber Satans Mutter gefiel der Klang, so wie wir es sagen, darum hat sie ihm das Wort als Namen gegeben.«
Lythande starrte das goldene und purpurrote Gemälde lange Zeit schweigend an. Dann schüttelte sie den Kopf und lehnte sich im Stuhl zurück. Sie blies Rauch gegen die Decke. Der Ring drehte sich, sprühte Funken und löste sich endlich im Dunst auf.
»*Frejôjani*«, sagte Lythande schließlich. »Jubal und die anderen Sklavenhändler lassen ihre Ware vor jeder Versteigerung durch die Stadt ziehen. Wäre euer Freund unter den Sklaven gewesen, wüßte es jeder in Freistatt. Jeder im ganzen Reich wüßte es!«
Unter den Rändern ihres Umhangs ballte Aerie die Fäuste. Das war dann wohl, fürchtete Wess, das Ende ihrer Reise.
»Aber es könnte sein . . .«
Aerie blickte auf, ihre tiefliegenden Augen wurden schmal.
»Ein so ungewöhnliches Wesen würde man nicht bei einer öffentlichen Auktion verkaufen. Man würde ihn privat anbieten oder ihn ausstellen, oder vielleicht sogar dem Kaiser für seine Menagerie offerieren.«
Aerie zuckte zusammen, und Quarz prüfte die Struktur des beinernen Heftes an ihrem Kurzschwert.
»Er ist etwas Besseres, Kinder, versteht ihr nicht? Man wird

ihn anständig behandeln. Er ist wertvoll. Gewöhnliche Sklaven werden ausgepeitscht und verschnitten und zum Gehorsam gezwungen.«
Chans durchsichtige Haut erblaßte. Wess schauderte. Sie hatten zwar an Sklaverei gedacht, aber alle nicht begriffen, was sie wirklich bedeutete.
»Aber wie finden wir ihn? Wo sollen wir suchen?«
»Jubal wird es wissen«, erwiderte Lythande, »wenn überhaupt einer. Ich habe euch gern, Kinder. Schlaft heute nacht. Vielleicht spricht Jubal morgen mit euch.« Sie stand auf, glitt geschmeidig durch die Menge und verschwand draußen in der Dunkelheit.
Die Freunde saßen schweigend da. Wess dachte über alles nach, was Lythande ihnen erzählt hatte.
Ein gutaussehender junger Mann durchquerte den Raum und lehnte sich über den Tisch zu Chan hinüber. Wess erkannte ihn als denjenigen, den seine Freunde vor einer Weile so geneckt hatten.
»Guten Abend, Reisender«, sagte er zu Chan. »Man hat mir gesagt, daß diese Damen nicht deine Gemahlinnen sind.«
»Anscheinend hat jeder hier im Zimmer sich schon danach erkundigt, ob meine Gefährtinnen meine *Gemahlinnen* sind, aber ich verstehe immer noch nicht, wonach du mich fragst«, antwortete Chan freundlich.
»Was ist daran so schwer zu verstehen?«
»Was bedeutet *Gemahlinnen*?«
Der Mann hob eine Braue, erwiderte jedoch: »Frauen, die gesetzlich an dich gebunden sind. Die nur dir ihre Gunst gewähren dürfen. Die deine Söhne gebären und erziehen.«
»Gunst?«
»Ihr Bett, du Dorftrottel! Rammeln! Verstehst du mich?«
»Nicht ganz. Das System kommt mir höchst sonderbar vor.«
Wess fand es auch merkwürdig. Es schien ihr abwegig, sich für die Geburt von Kindern nur eines Geschlechts zu entscheiden, und gesetzlich gebunden zu sein klang verdächtig nach Sklaverei. Aber – drei Frauen, die einem einzigen Mann verpflich-

tet waren? Sie warf Aerie und Quarz Blicke zu und sah, daß sie das gleiche dachten wie sie. Sie lachten laut los.

»Chan, Chan-Liebster, stell dir vor, wie erschöpft du wärst!« sagte Wess.

Chan grinste. Oft schliefen und liebten sie sich alle zusammen, aber niemand erwartete von ihm, daß er allein seine Freundinnen befriedigte. Wess genoß es, mit Chan das Lager zu teilen, genauso aber erregten sie Aeries zarte Wildheit und Quarz' unerschöpfliche Sanftmut und Kraft.

»Also sind sie nicht deine Gemahlinnen«, fuhr der Mann fort. »Wieviel willst du dann für diese da?« Er zeigte auf Quarz.

Die vier Freunde warteten neugierig auf seine Erklärung.

»Komm schon, Mann! Zier dich nicht! Jeder hier weiß, was du bist – warum würdest du sonst Frauen ins *Einhorn* bringen? Mit der da schaffst du es, bis die Kupplerinnen dich erwischen. Also mach dein Geld, solange du kannst. Welchen Preis hat sie? Ich versichere dir, daß ich bezahlen kann.«

Chan wollte etwas sagen, aber Quarz machte eine scharfe Handbewegung, und er schwieg.

»Sag mir, ob ich dich richtig verstehe«, meinte sie. »Du glaubst, es wäre erfreulich, sich mit mir zu paaren. Du möchtest heute nacht mein Bett teilen.«

»Ganz recht, Schätzchen.« Er streckte die Hand nach ihrer Brust aus, überlegte es sich jedoch schnell anders.

»Und doch sprichst du nicht mit mir, sondern mit meinem Freund. Das kommt mir ungeschickt vor, und grob dazu.«

»Daran solltest du dich besser gewöhnen, Frau. So wird es hier gemacht.«

»Du bietest Chan Geld, damit er mich überredet, mich mit dir zu paaren.«

Der Mann schaute Chan an. »Du solltest deinen Huren lieber Manieren beibringen, Junge, sonst helfen dir die Kunden und machen dabei die Ware kaputt.«

Chan errötete scharlachfarben, verlegen, verwirrt, ratlos. Wess hatte langsam das Gefühl, sie verstehe, um was es ging, aber sie wollte es nicht glauben.

»Du sprichst mit mir, *Mann*«, sagte Quarz und benutzte das Wort mit der gleichen Verachtung, wie er sie vorher in das Wort *Frau* gelegt hatte. »Ich habe nur noch eine Frage an dich. Du bist nicht mißgestaltet und kannst dennoch niemanden finden, der aus Freude daran mit dir das Bett teilt. Heißt das, daß du eine Krankheit hast?«

Mit einem unartikulierten Wutschrei griff der Mann nach dem Messer. Doch bevor er es noch berührte, schnarrte Quarz' Kurzschwert aus der Scheide. Sie hielt die Spitze genau über sein Gürtelschloß. Der Tod, den sie ihm bot, war langsam und schmerzhaft.

Die ganze Schenke verfolgte gespannt, wie der Mann vorsichtig die Hände ausbreitete.

»Geh weg«, sagte Quarz. »Sprich mich nicht noch einmal an. Du bist nicht völlig reizlos, aber wenn du keine Krankheit hast, mußt du ein Dummkopf sein, und ich schlafe nicht mit Dummköpfen.«

Sie nahm das Schwert eine Handbreit zur Seite. Er wich drei schnelle Schritte zurück, fuhr herum und blickte in ohnmächtiger Wut von einem Gesicht zum anderen. Überall nur Heiterkeit. Unter dem brüllenden Gelächter der anderen kämpfte er sich zur Tür durch und verschwand.

Der Schankwirt schlenderte herbei. »Fremde«, sagte er, »ich weiß nicht, ob ihr euch heute abend euren Platz erkämpft oder euer Grab geschaufelt habt, aber das war der größte Spaß, den ich seit Neumond erlebt habe. Bauchle Meyne wird nie darüber hinwegkommen.«

»Ich fand es kein bißchen komisch«, erwiderte Quarz und steckte ihr Kurzschwert wieder zurück. Das Breitschwert hatte sie nicht einmal berührt. Wess hatte noch nie gesehen, daß sie es zog.

»Außerdem bin ich jetzt müde. Wo ist unser Zimmer?«

Der Wirt führte sie die Treppe hinauf. Der Raum war klein und hatte eine niedrige Decke. Sobald sie allein waren, stocherte Wess in dem Strohsack auf einem der Betten herum und rümpfte die Nase.

»Ich habe es den weiten Weg von zu Hause bis hierher geschafft, ohne Läuse zu bekommen; also werde ich auch jetzt nicht in einem Wanzennest schlafen.« Sie warf ihre Bettrolle auf den Boden. Chan zuckte die Achseln und ließ seine Sachen fallen.

Quarz knallte ihren Rucksack in die Ecke. »Wenn wir Satan finden, habe ich ihm einiges mitzuteilen«, knurrte sie zornig. »Was für ein Trottel, daß er sich von solchen Geschöpfen einfangen läßt!«

Aerie verkroch sich in ihren Mantel. »Das ist ein elender Ort«, sagte sie. »Ihr könnt fliehen, aber er kann es nicht.«

»Aerie, Liebes, ich weiß. Tut mir leid.« Quarz umarmte sie und streichelte ihr Haar. »Ich habe es nicht so gemeint, das mit Satan. Ich war wütend.«

Aerie nickte.

Wess rieb Aeries Schultern, öffnete die Schnalle des langen Kapuzenmantels und zog ihn ihr vom Körper. Kerzenlicht kräuselte den schwarzen Pelz, der sie bedeckte, zu kleinen Wellen, glatt und glänzend wie Seehundsfell. Sie trug nur ein kurzes, dünnes blaues Seidenwams und ihre Wanderstiefel. Die schleuderte sie jetzt von sich, grub die Klauenzehen in den splittrigen Fußboden und streckte sich.

Ihre äußeren Finger lagen eng an der Unterseite der Arme. Sie öffnete sie, und ihre Schwingen entfalteten sich.

Nur halb ausgebreitet, umspannten die Flügel bereits das Zimmer. Sie ließ sie sinken und zog den Ledervorhang am Fenster zurück. Das Nachbargebäude war ganz nah.

»Ich gehe hinaus. Ich muß fliegen.«

»Aerie, wir sind heute so weit gewandert –«

»Wess, ich bin ja auch müde. Ich bleibe in der Nähe. Aber am Tag kann ich nicht fliegen, nicht hier, und der Mond wächst. Wenn ich jetzt nicht gehe, kann ich vielleicht tagelang nicht mehr fliegen.«

»Das ist wahr«, erwiderte Wess. »Sei vorsichtig.«

»Ich bleibe nicht lange.« Aerie kletterte aus dem Fenster, die unebene Hauswand hinauf. Ihre Krallen kratzten über die

Lehmziegel. Drei sachte Schritte über ihnen, das Rauschen ihrer Schwingen: fort war sie.
Die anderen schoben die Betten an die Wand und breiteten ihre Decken so auf dem Boden aus, daß sie überlappten. Quarz schlang die Lederklappe um einen Wandhaken und stellte die Kerze aufs Fensterbrett.
Chan umarmte Wess. »Ich habe noch niemanden gesehen, der sich so schnell bewegte wie Lythande. Wess, Liebste, ich hatte Angst; er hätte dich töten können, ehe ich ihn überhaupt bemerkte.«
»Ja, es war dumm von mir, einen Fremden so vertraulich anzureden.«
»Aber er hat uns als erster seit Wochen etwas geboten, das uns weiterhelfen könnte.«
»Das stimmt. Vielleicht hat der Schreck sich doch gelohnt.«
Wess schaute aus dem Fenster. Von Aerie war noch nichts zu sehen.
»Wieso hast du eigentlich geglaubt, Lythande wäre eine Frau?«
Wess warf Chan einen scharfen Blick zu. Er erwiderte ihn mit milder Neugier. Er weiß es nicht, dachte Wess erstaunt. Er hat nicht gemerkt, daß . . .
»Ich – ich weiß es nicht«, antwortete sie schließlich. »Ein alberner Irrtum. Ich irre mich heute dauernd.«
Es war das erste Mal im Leben, daß sie wissentlich einen Freund belog. Ihr war ein wenig unwohl, und als sie oben auf dem Dach Klauen kratzen hörte, war sie aus mehr als einem Grund froh über Aeries Rückkehr. Gerade in diesem Augenblick hämmerte der Wirt an die Tür und meldete, das Bad sei fertig. In der Aufregung, Aerie ins Zimmer zu befördern und unter ihrem Mantel zu verstecken, bevor sie die Tür öffneten, vergaß Chan die Sache mit Lythandes Geschlecht.

Unter ihnen verstummten nach und nach die lärmenden Festgeräusche im *Einhorn*. Wess zwang sich zur Ruhe. Sie war so müde, daß sie das Gefühl hatte, in einem Fluß gefangen zu sein, dessen Strömung sie immer wieder im Kreis herumwirbelte, so daß sie sich nie zu orientieren vermochte. Und dennoch konnte sie nicht einschlafen. Selbst das Bad, ihr erstes warmes Bad, seit die vier aus Kaimas aufgebrochen waren, hatte keine Entspannung gebracht. Neben ihr lag Quarz, fest und warm, und zwischen Quarz und Chan ruhte Aerie. Wess mißgönnte Aerie und Quarz ihre Plätze nicht, aber sie schlief selbst gern in der Mitte. Sie wünschte, einer ihrer Freunde wäre wach, damit sie sich lieben könnten, aber an ihrem Atem hörte sie, daß sie alle fest schliefen. Sie kuschelte sich an Quarz, die im Traum den Arm ausstreckte und sie an sich zog.

Die Dunkelheit währte ohne Ende, ohne jedes Zeichen der Morgendämmerung, und schließlich glitt Wess unter Quarz' Arm und den Decken hervor, fuhr lautlos in Hemd und Hose, schlich barfuß die Treppe hinab, durch die stille Schankstube und ins Freie. Sie setzte sich auf die Türschwelle und zog ihre Stiefel an.

Der Mond gab ein schwaches Licht, genug für Wess. Die Gasse war verlassen. Die Absätze der Stiefel hallten auf dem Kopfsteinpflaster wider und erzeugten ein hohles Echo zwischen den engen Lehmziegelmauern. Ein so kurzer Aufenthalt in der Stadt sollte eigentlich kein Unbehagen in Wess hervorrufen, doch sie fühlte sich unbehaglich. Sie beneidete Aerie um die Fähigkeit, dem allen zu entkommen, auch wenn dieses Entkommen noch so kurz und noch so gefährlich war. Wess ging die Straße hinunter und merkte sich genau den Weg. Nur allzuleicht konnte man sich in diesem Gewirr von Straßen und Gassen, Nischen und leeren Schluchten verirren.

Das Scharren eines Stiefels riß sie aus ihren Gedankengängen. Wurde sie verfolgt? Viel Glück – denn Wess war eine Jägerin. Sie hetzte ihre Beute so lautlos, daß sie sie mit dem Messer töten konnte; in dem dichten Regenwald, ihrem gewöhnlichen Jagdrevier, waren Pfeile zu unsicher. Wess hatte einen Panther beschlichen und sein glattes Fell gestreichelt – und war dann so schnell verschwunden, daß das Tier vor Wut und ohnmächtigem Haß gejault hatte, während sie vor Freude lachte. Sie

lächelte und beschleunigte ihren Schritt, und ihre Tritte auf dem Stein waren unhörbar.
Es behinderte sie ein wenig, daß sie die Straßen nicht kannte. Eine Sackgasse konnte zur Falle werden. Aber zu ihrer Freude merkte Wess, daß ihr Instinkt, mit dem sie gute Pfade aufspürte, sie auch in der Stadt nicht im Stich ließ. Einmal glaubte sie, umkehren zu müssen, aber die hohe Mauer, die ihr den Weg versperrte, wies einen vom Boden bis ganz nach oben reichenden, tiefen Schrägriß auf. Wess fand gerade genügend Halt, um hinüberzuklettern. Sie sprang in den Garten, den die Mauer umschloß, huschte hindurch, hangelte sich eine Weinlaube hinauf und schwang sich in die nächste Gasse.
Sie lief geschmeidig und froh, und ihre Erschöpfung verging. Trotz der überall vor ihr aufragenden Gebäude, der schmutzigen, winkligen Straßen und üblen Gerüche fühlte sie sich wohl.
In einer dunkelschattigen Nische, wo zwei Häuser aneinandergrenzten, ohne sich jedoch zu berühren, wartete sie und lauschte.
Die vorsichtigen, fast geräuschlosen Schritte hielten an. Ihr Verfolger zauderte. Kies scharrte zwischen Schuhsohlen und Stein, als die Person sich erst in die eine, dann in die andere Richtung bewegte, schließlich den falschen Abzweig wählte und verschwand. Wess grinste, empfand aber Respekt vor jedem Jäger, der ihr so weit folgen konnte.
Lautlos durch Schatten schleichend, trat sie den Rückweg zur Herberge an. Als sie an ein verfallenes Gebäude kam, an das sie sich erinnerte, suchte sie Halt für Finger und Zehen und kletterte auf das Dach des Nachbarhauses. Fliegen war nicht die einzige Gabe Aeries, um die Wess sie beneidete. Eine glatte Lehmziegelmauer senkrecht hinaufklettern zu können, das wäre manchmal auch recht nützlich . . .
Oben auf dem Dach war niemand. Bestimmt war es zum Draußenschlafen zu kalt. Die Luft roch sauberer hier oben, also setzte Wess ihren Weg, solange es ging, über die Dächer fort. Aber der Hauptdurchgang des Labyrinths war zum Hinüber-

springen zu breit. Vom Dach des dem *Einhorn* gegenüberliegenden Gebäudes beobachtete Wess die Schenke. Sie bezweifelte, daß ihr Verfolger vor ihr dort angekommen war, aber an diesem seltsamen Ort war es immerhin möglich. Sie sah niemanden. Es war kurz vor Morgengrauen. Sie fühlte sich nicht mehr erschöpft, nur angenehm schläfrig. Also kletterte sie an der Fassade des Hauses hinunter und wollte die Straße überqueren.
Jemand riß hinter ihr die Tür auf, sprang, noch während sie herumwirbelte, heraus und schlug ihr die Faust gegen die Schläfe.
Wess fiel auf das Kopfsteinpflaster. Der Schatten kam näher und trat sie in die Rippen. Ein schmerzhafter Ring schloß sich um ihre Brust und zog sich zusammen, als sie zu atmen versuchte.
»Bring sie nicht um. Noch nicht.«
»Nein. Ich habe noch etwas mit ihr vor.«
Wess erkannte die Stimme von Bauchle Meyne, der in der Schenke Quarz beleidigt hatte. Er stieß ihr noch einmal den Fuß in die Seite.
»Wenn ich mit dir fertig bin, du Metze, kannst du mich zu deiner Freundin führen.« Er fing an, seinen Gürtel aufzuschnallen.
Wess wollte sich aufrichten. Da kam Bauchle Meynes Kumpan, um ihr auch noch einen Tritt zu versetzen.
Als er den Fuß nach ihr ausstreckte, faßte sie zu und verdrehte ihn. Der Mann stürzte, und Wess kam mühsam auf die Füße. Der überraschte Bauchle Meyne schwankte auf sie zu und packte sie roh. Er hielt ihr die Arme fest, so daß sie nicht an ihr Messer kam. Ganz nah drückte er sein Gesicht an ihres. Sie fühlte seine Bartstoppeln und roch den hefigen Atem. Zwar konnte er sie nicht gleichzeitig halten und den Mund auf ihre Lippen pressen, aber sein Geifer tropfte auf ihre Wange. Seine Hose rutschte nach unten, und sein Glied stieß gegen ihre Oberschenkel. Wess rammte ihm das Knie in den Unterleib, so hart sie konnte.

Bauchle Meyne brüllte auf, ließ sie los und taumelte zur Seite, wo er geduckt und stöhnend über seine heruntergerutschte Hose stolperte. Wess zog das Messer und wich zurück an die Wand, bereit für den nächsten Angriff.
Der Komplize stürzte sich auf sie. Blitzschnell stieß sie mit dem Messer nach ihm und verletzte seine Hand. Wüst fluchend fuhr er zurück. Zwischen seinen Fingern quoll Blut hervor.
Wess hörte die sich nähernden Schritte eine Sekunde früher als er. Sie preßte die freie Hand hart gegen die Wand. Sie hatte Angst, um Hilfe zu rufen. Wer immer darauf reagierte, würde vielleicht nur dabei helfen, über sie herzufallen.
Aber der Komplize fluchte von neuem, schnappte Bauchle Meyne am Arm und zerrte ihn fort, so schnell der andere in seinem augenblicklichen Zustand laufen konnte.
Wess sackte zusammen. An der Wand hinunter rutschte sie zu Boden. Sie wußte, daß sie weiterhin in Gefahr war, aber ihre Beine konnten sie einfach nicht mehr halten.
Die Schritte hielten an. Wess blickte auf, die Finger um den Messergriff gekrampft.
»*Frejôjan*«, sagte Lythande sanft aus zehn Schritten Entfernung, »Schwester, du hast mich ganz schön herumgeschickt.« Sie sah hinter den beiden Männern her. »Und offenbar nicht nur mich.«
»Ich habe noch nie gegen einen Menschen gekämpft«, erklärte Wess mit zittriger Stimme. »Nicht richtig jedenfalls. Nur zum Üben. Nie wurde jemand verletzt.« Sie faßte an ihre Schläfe. Der flache Kratzer blutete stark. Sie dachte, das Bluten solle aufhören, und nach und nach rann das Blut langsamer.
Lythande hockte sich neben sie. »Zeig her.« Vorsichtig tastete sie den Schnitt ab. »Ich dachte, es würde bluten, aber es hat bereits aufgehört. Was ist hier passiert?«
»Ich weiß nicht. Bist *du* mir gefolgt? Oder waren sie es? Ich dachte, es wäre nur eine Person hinter mir.«
»Du hast recht. Nur ich bin dir gefolgt«, antwortete Lythande. »Sie müssen wiedergekommen sein, um Quarz noch einmal zu belästigen.«

»Du weißt davon?«
»Die ganze Stadt weiß es, Kind, oder jedenfalls das ganze Labyrinth. Bauchle Meyne wird nicht so schnell darüber hinwegkommen.«
»Ich auch nicht«, stellte Wess fest und blickte zu Lythande auf. »Wie kannst du bloß hier leben?«
Lythande trat stirnrunzelnd zurück. »Ich lebe nicht hier. Aber danach fragst du wohl auch gar nicht. – Hier können wir nicht offen reden, mitten auf der Straße.« Sie zögerte und fuhr fort: »Willst du mit mir kommen? Ich habe nicht viel Zeit, aber ich kann deine Wunde versorgen, und wir können uns in Ruhe unterhalten.«
»Einverstanden«, sagte Wess. Sie steckte ihr Messer ein und zwang sich aufzustehen. Der scharfe Schmerz in der Seite ließ sie zusammenzucken. Lythande ergriff ihren Ellenbogen und hielt sie fest.
»Vielleicht hast du dir eine Rippe gebrochen«, meinte sie. Langsam gingen sie die Straße hinunter.
»Nein«, erklärte Wess. »Sie ist geprellt. Es wird eine Zeitlang wehtun, aber gebrochen ist sie nicht.«
»Woher weißt du das?«
Wess schaute sie fragend an. »Mag sein, daß ich aus keiner großen Stadt stamme, aber meine Leute sind auch nicht völlig wild. Ich habe beim Unterricht schön aufgepaßt, als ich klein war.«
»Unterricht? Worin?«
»Darin, daß ich weiß, wann ich verletzt bin und was ich dann tun muß, um meine Körperfunktionen zu kontrollieren – aber das bringt ihr doch sicher auch euren Kindern bei?«
»Wir kennen so etwas nicht«, versetzte Lythande. »Ich glaube, es gibt mehr zu besprechen, als ich gedacht habe, *frejôjan*.«

Als sie das kleine Häuschen erreicht hatten, vor dem Lythande stehenblieb, hatte das Labyrinth sogar Wess verwirrt. Der Schlag auf den Kopf hatte sie schwindlig gemacht, aber sie vertraute darauf, daß sie nicht ernstlich verletzt war. Als Ly-

thande eine niedrige Tür öffnete und eintrat, folgte Wess nach.
Lythande griff nach einer Kerze. Der Docht sprühte Funken. In der Mitte des dunklen Raums spiegelte ein glänzender Punkt das Glühen wider. Der Docht fing Feuer, und der spiegelnde Fleck vergrößerte sich. Wess blinzelte. Das Spiegelbild wuchs zu einer Kugel, größer als Lythande, von der Farbe und Struktur tiefen Wassers, blaugrau, schimmernd. Sie balancierte auf ihrer unteren Wölbung und war leicht ausgebeult, darum nicht ganz und gar vollkommen gerundet.
»Folge mir, Westerly.«
Lythande trat auf die Kugel zu. Als sie näherkam, wurde die Oberfläche wellig. Lythande schritt hinein. Die Kugel schloß sich um sie, und alles, was Wess sehen konnte, war eine schwankende Gestalt hinter der Kugelwand und der Lichtfleck der Kerze.
Vorsichtig berührte sie die Kugel mit dem Finger. Sie war naß. Wess holte tief Luft und steckte die Hand durch die Oberfläche. Sie stand wie festgefroren, konnte nicht weitergehen, konnte nicht fliehen, sich nicht bewegen. Selbst ihre Stimme war gefangen.
Gleich darauf tauchte Lythande wieder auf. Ihr Haar funkelte von Wassertropfen, aber die Kleidung war trocken. Mit gerunzelter Stirn stand sie vor Wess, und nachdenkliche Falten umgaben den blauen Stern. Dann hellte ihre Miene sich auf, und sie nahm Wess beim Handgelenk.
»Wehr dich nicht dagegen, kleine Schwester«, sagte sie. »Wehr dich nicht gegen mich.«
In der Finsternis glitzerte der blaue Stern, und von seinen Spitzen blitzte weißes Licht. Gegen großen Widerstand zog Lythande Wess' Hand von der Kugel fort. Die Manschette ihres Hemdes war kalt und ganz durchweicht. In nur wenigen Sekunden hatte das Wasser ihre Finger runzlig gemacht. Plötzlich gab die Kugel Wess frei, und sie wäre fast gestürzt, hätte Lythande sie nicht aufgefangen und gehalten.
»Was war das?«

Lythande, die Wess immer noch stützte, griff in das Wasser hinein und teilte es wie einen Vorhang. Sie schob Wess auf den Spalt zu. Unwillig machte diese einen vorsichtigen Schritt nach vorn, und Lythande half ihr in das Innere. Hinter ihnen schloß sich die Kugelwand. Lythande ließ Wess auf einen Vorsprung gleiten, der geschmeidig aus der Innenbiegung der Wand floß. Wess hatte mit Feuchtigkeit gerechnet, aber der Vorsprung war elastisch und glatt und leicht angewärmt.

»Was war das?« fragte sie nochmals.

»Die Kugel ist ein Schutz gegen fremden Zauber.«

»Ich bin keine Zauberin.«

»Ich weiß, daß du das glaubst. Aber wenn du keine Zauberin bist, dann nur, weil dich niemand dazu ausgebildet hat.«

Wess wollte etwas einwenden, aber Lythande brachte sie mit einer Handbewegung zum Schweigen.

»Jetzt verstehe ich auch, warum du mir auf der Straße entwischt bist.«

»Ich bin eine Jägerin«, bemerkte Wess ärgerlich. »Was würde eine Jägerin taugen, die sich nicht lautlos und geschwind bewegen kann?«

»Nein, es war mehr als das. Ich hatte dich mit einem Zeichen markiert, und du hast es abgestreift. Das hat noch nie jemand getan.«

»Ich habe es auch nicht getan.«

»Wir wollen uns nicht streiten, *frejôjan.* Wir haben keine Zeit dazu.«

Lythande untersuchte den Schnitt, tauchte ihre Hand in die Wand der Kugel, brachte eine Handvoll Wasser heraus und wusch das klebrige, trocknende Blut ab. Ihre Berührung war warm und beruhigend und so erfahren wie die von Quarz.

»Warum hast du mich hergebracht?«

»Damit wir ungestört reden können.«

»Worüber?«

»Zuerst möchte ich dich etwas fragen. Warum hieltest du mich für eine Frau?«

Wess zog die Stirn kraus und starrte in die endlos scheinenden

Tiefen des Bodens. Ihr Fuß machte eine kleine Vertiefung hinein.
»Weil du eine Frau *bist*«, sagte sie dann. »Warum du das Gegenteil behauptest, weiß ich nicht.«
»Das ist nicht die Frage«, entgegnete Lythande. »Die Frage lautet, warum du mich, sobald du mich erblicktest, mit ›Schwester‹ angeredet hast. Kein Mensch, Zauberer oder nicht, hat mich jemals auf den ersten Blick als das erkannt, was ich bin. Du könntest mich und auch dich in große Gefahr bringen. Woher hast du es gewußt?«
»Ich wußte es einfach«, beharrte Wess. »Es war unverkennbar. Ich habe dich nicht angeschaut und mich gefragt, ob du ein Mann oder eine Frau bist. Ich sah dich und dachte, wie schön, wie vornehm sie ist; sie sieht klug aus; sie sieht aus, als könnte sie uns helfen. Darum habe ich dich angerufen.«
»Und was denken deine Freunde?«
»Sie ... ich weiß nicht, was Quarz und Aerie glauben. Chan fragte, woran *ich* denn nur gedacht hätte.«
»Was hast du ihm geantwortet?«
»Ich ...« Sie zögerte beschämt. »Ich habe ihn angelogen«, erklärte sie betrübt. »Ich habe gesagt, ich wäre müde gewesen, und es war dunkel und rauchig, und ich hätte einen dummen Fehler gemacht.«
»Warum hast du nicht versucht, ihn davon zu überzeugen, daß du recht hattest?«
»Weil es nicht meine Sache ist, Geheimnisse preiszugeben, die du nicht bekanntwerden lassen willst. Auch nicht gegenüber meinem ältesten Freund, meinem ersten Geliebten.«
Lythande starrte nach oben an die gewölbte Innenwand der Kugel. Die Anspannung in der Haltung ihrer Schultern und dem Ausdruck ihres Gesichts ließ nach.
»Danke, kleine Schwester«, sagte sie, und Erleichterung erfüllte ihre Stimme. »Ich wußte nicht, ob das, was ich bin, bei dir sicher ist. Aber jetzt glaube ich daran.«
Jäh blickte Wess auf. Sie begriff, und es überlief sie kalt. »Du hast mich hierhergebracht – und hättest mich getötet!«

»Wenn nötig«, erwiderte Lythande gelassen. »Ich bin froh, daß es *nicht* nötig war. Aber auf ein unter Drohungen gegebenes Versprechen konnte ich mich nicht verlassen. Du fürchtest mich nicht; du hast deine Entscheidung aus eigenem, freiem Willen getroffen.«

»Das stimmt«, sagte Wess. »Aber es ist nicht wahr, daß ich dich nicht fürchte.«

Lythande warf ihr einen Blick zu. »Vielleicht verdiene ich deine Furcht, Westerly. Mit einem gedankenlosen Wort könntest du mich vernichten. Aber dein Wissen kann auch dich zerstören. Es gibt Leute, die vor nichts zurückschrecken würden, um herauszufinden, was du weißt.«

»Ich werde ihnen nichts sagen.«

»Sie könnten dich zwingen.«

»Ich kann auf mich aufpassen«, erklärte Wess.

Lythande rieb sich mit Daumen und Zeigefinger den Nasenrücken. »Nun ja, Schwester, das hoffe ich. Ich kann dir kaum Schutz bieten.« Sie – *er*, erinnerte Wess sich selber – stand auf. »Zeit zu gehen. Der Morgen dämmert schon.«

»Du hast mir Fragen gestellt; darf ich dich jetzt auch etwas fragen?«

»Ich werde dir antworten, wenn ich kann.«

»Bauchle Meyne. Hätte er sich nicht so töricht verhalten, hätte er mich töten können. Aber er zögerte und machte sich dadurch selbst verwundbar. Sein Freund wußte, daß ich ein Messer hatte, trotzdem griff er mich nicht mit der Waffe an. Ich habe mich bemüht, das zu verstehen, aber ich finde keinen Sinn darin.«

Lythande atmete tief ein. »Westerly«, sagte sie, »ich wünschte, du wärst nie nach Freistatt gekommen. Du bist aus dem gleichen Grund davongekommen, der mich einst veranlaßt hat, so zu erscheinen, wie ich heute vor dir stehe.«

»Ich begreife immer noch nicht.«

»Die beiden haben nie damit gerechnet, daß du kämpfen würdest. Dich vielleicht ein bißchen wehren – gerade genug, um sie zu erregen. Sie haben erwartet, daß du dich ihren Wünschen fügen würdest, ob das nun Verprügeln bedeutete, Schänden oder Töten. Die Frauen von Freistatt haben das Kämpfen nicht gelernt. Sie denken, daß ihre einzige Macht in ihrer Begabung liegt, anderen zu gefallen, sei es im Bett oder durch Schmeicheleien. Ein paar sind hervorragend darin. Die meisten überleben.«

»Und der Rest?«

»Der Rest wird wegen Unverschämtheit umgebracht. Oder«, Lythande lächelte bitter und deutete auf sich selbst, »einige wenige finden sich auf anderen Gebieten begabter.«

»Aber wieso findest du dich damit ab?«

»Weil es nun einmal so ist, Westerly. Manche Leute würden sogar sagen, daß es so sein *muß* –, daß es so vorherbestimmt ist.«

»In Kaimas ist es anders.« Schon den Namen ihrer Heimat auszusprechen, bedeutete, sich dorthin zurückzuwünschen.

»Und wer hat es so bestimmt?«

»Aber mein Liebes«, sagte Lythande boshaft, »die Götter.«

»Dann solltet ihr die Götter abschaffen.«

Lythande wölbte eine Augenbraue. »Vielleicht solltest du solche Gedanken in Freistatt lieber für dich behalten. Die Priester der Götter sind mächtig.« Sie fuhr mit der Hand die Kugelwand hinauf, so daß sie sich wie mit dem Messer aufgeschlitzt teilte. Dann zog Lythande die Haut auseinander, damit Wess hinaustreten konnte.

Wess hoffte, das wacklige, unsichere Gefühl, das sie erfaßt hatte, würde verschwinden, sobald sie wieder festen Boden unter den Füßen hatte.

Aber es blieb.

Schweigend kehrten Wess und Lythande zum *Einhorn* zurück. Das Labyrinth erwachte, und die Straßen füllten sich mit von unterernährten Ponys gezogenen, beladenen Karren, mit Bettlern, Hausierern und Taschendieben. Wess kaufte Obst und Fleischbrötchen, um sie ihren Freunden mitzubringen.

Das *Einhorn* war verschlossen und dunkel. Wie der Wirt gesagt hatte, öffnete er nicht so früh. Wess ging um das Haus herum zur Rückseite, aber an den Stufen der Tür zu den Schlafquartieren blieb Lythande stehen.

»Ich muß dich verlassen, *frejôjan.*«

Überrascht drehte Wess sich um. »Aber ich dachte, du würdest mit mir nach oben kommen – zum Frühstücken und zum Reden . . .«

Lythande schüttelte den Kopf. Ihr Lächeln war sonderbar traurig. »Wenn ich nur könnte, kleine Schwester, ich würde es gern. Aber ich habe im Norden etwas zu erledigen, das keinen Aufschub duldet.«

»Im Norden! Warum bist du dann mit mir diesen Weg gegangen?« Wess hatte auf dem Rückweg die Orientierung wiedergefunden, und obwohl die winkligen Gassen eine direkte Route nicht zuließen, waren sie doch im großen und ganzen nach Süden gelaufen.

»Ich wollte dich begleiten«, erklärte Lythande.

Wess machte eine finstere Miene. »Du dachtest, ich hätte nicht genügend Verstand, allein zurückzufinden.«

»Dieser Ort hier ist für dich fremd. Er ist nicht einmal für Leute sicher, die schon immer hier wohnen.«

»Du –« Wess hielt inne. Weil sie versprochen hatte, Lythandes wahres Wesen zu wahren, konnte sie nicht aussprechen, was ihr auf der Zunge lag: daß Lythande sie behandelte, wie sie selber auch nicht hätte behandelt werden wollen.

Wess schüttelte den Kopf und warf zugleich ihren Zorn ab. Stärker als ihre Entrüstung über Lythandes mangelndes Vertrauen, stärker als ihre Enttäuschung darüber, daß Lythande fortwollte, war ihre Verwunderung, daß Lythande so getan hatte, als könnte sie ihnen einen Hinweis für die Suche nach Satan geben. Wess wollte nicht zu genau über die Motive der Zauberin nachdenken.

»Du hast mein Versprechen«, sagte sie bitter. »Und du kannst sicher sein, daß mein Wort mich bindet. Möge dein Geschäft ein einträgliches sein.« Sie wandte sich ab und tastete mit feuchten Augen nach der Türklinke.

»Westerly«, bemerkte Lythande sanft, »glaubst du wirklich, ich wäre diese Nacht nur wiedergekommen, um dir einen Eid abzuzwingen?«

»Das ist unwichtig.«

»Nun ja, das mag stimmen, denn ich kann dir nur eine geringe Gegenleistung anbieten.«

Wess drehte sich wieder um. »Glaubst du denn, ich hätte dir das Versprechen gegeben, weil ich auf deine Hilfe hoffte?«

»Nein«, erwiderte Lythande. »*Frejôjan*, ich wünschte, ich hätte mehr Zeit – aber was ich dir sagen wollte, ist dies: Ich habe gestern abend mit Jubal gesprochen.«

»Warum hast du mir das nicht gesagt?« fragte Wess erregt. »Was hat er erzählt? Weiß er, wo Satan ist?« Doch sie wußte bereits, daß die Antwort keine Freude bringen würde. Gute Nachrichten hätte Lythande nicht so lange hinausgeschoben. »Will er uns empfangen?«

»Er hat euren Freund nicht gesehen, kleine Schwester. Er meint, er hätte keine Zeit für euch.«

»Oh.«

»Ich habe ihn gedrängt. Er steht in meiner Schuld, aber in letzter Zeit benimmt er sich sonderbar. Er hat vor irgend etwas anderem mehr Angst als vor mir – und das ist höchst seltsam.« Lythande wandte den Blick ab.

»Hat er denn überhaupt nichts gesagt?«

»Er meinte nur, ihr solltet heute abend zum Statthalterpalast gehen.«

»Warum?«

»Westerly ... vielleicht hat das alles gar nichts mit Satan zu tun. Aber dort befindet sich der Versteigerungsblock.«

Wess schüttelte verwirrt den Kopf.

»Der Block, auf dem man Sklaven zum Verkauf ausstellt.«

Wut, Beschämung und Hoffnung – Wess reagierte so heftig, daß sie keine Antwort herausbrachte. Mit einem Schritt war Lythande auf der Treppe und schloß sie in die Arme. Zitternd hielt Wess sich an ihr fest, und Lythande streichelte ihr übers Haar.

»Wenn er dort ist... gibt es denn kein Gesetz, Lythande? Kann man einen freien Menschen aus seiner Heimat rauben und... und...«
Lythande sah zum Himmel auf. Über dem Dach des östlichen Gebäudes zeigte sich das erste Sonnenlicht.
»*Frejôjan,* ich *muß* jetzt gehen. Wenn euer Freund verkauft werden soll, könnt ihr versuchen, ihn selber zu kaufen. Die Händler hier sind nicht so reich wie die in der Hauptstadt, aber immer noch reich genug. Ihr würdet eine Menge Geld brauchen. Ich denke, ihr solltet euch lieber an den Statthalter wenden. Er ist ein junger Mann und töricht – aber kein böser Mensch.« Lythande umarmte Wess ein letztes Mal und trat zurück. »Leb wohl, kleine Schwester. Bitte glaub mir, daß ich bei dir bliebe, wenn ich könnte.«
»Ich weiß«, flüsterte Wess.
Ohne sich noch einmal umzuschauen, schritt Lythande davon und ließ Wess in den Schatten des frühen Morgens allein.

Wess ging in das Zimmer oben an der Treppe zurück. Als sie eintrat, richtete Chan sich auf einem Ellenbogen auf.
»Ich habe mir langsam schon Sorgen gemacht.«
»Ich kann auf mich selbst aufpassen!« fauchte Wess.
»Wess, Liebes, was ist denn los?«
Sie wollte es ihm sagen, brachte es aber nicht über die Lippen. Stumm stand sie da und starrte zu Boden, kehrte ihrem besten Freund den Rücken zu.
Als Chan aufstand, sah sie über die Schulter nach ihm. Der zerrissene Vorhang ließ Lichtstreifen herein, die wie Wasserfälle über seinen Körper flossen. Wie sie alle, hatte er sich auf der langen Reise verändert. Er war immer noch schön, aber dünner und härter.
Sanft berührte er sie an der Schulter. Sie schrak zurück.
Er sah die Blutflecken auf ihrem Kragen. »Du bist ja verletzt!« rief er erschrocken. »Quarz!«
Quarz murmelte auf ihrem Lager schläfrig vor sich hin. Chan wollte Wess ans Fenster führen, wo es heller war.

»Faß mich nicht an!«
»Wess –«
»Was ist denn?« fragte Quarz.
»Wess ist verwundet.«
Quarz tappte barfuß auf die beiden zu, und Wess brach in Tränen aus und warf sich an ihre Brust.
Quarz hielt Wess, wie Wess sie vor wenigen Nächten selbst gehalten hatte, als Quarz im Bett vor Heimweh und Sehnsucht nach ihren Kindern lautlos geweint hatte. »Sag mir, was geschehen ist«, bat sie leise.
Was Wess herausbrachte, handelte weniger von dem Überfall als von Lythandes Erklärung dafür und von Freistatt.
»Ich verstehe«, sagte Quarz, nachdem Wess nur einen kleinen Teil berichtet hatte. Sie strich ihr über das Haar und wischte ihr die Tränen von den Wangen.
»Ich nicht«, sagte Wess. »Ich muß verrückt werden, daß ich mich so benehme!« Wieder fing sie an zu weinen. Quarz führte sie zu den Decken, auf denen Aerie sich gerade aufrichtete und verwirrt blinzelte. Chan folgte ebenso verstört. Quarz setzte Wess neben sich und nahm sie in die Arme. Aerie rieb ihr Nacken und Rücken und hüllte alle in ihre Schwingen ein.
»Du wirst nicht verrückt«, erklärte Quarz. »Du bist nur die Verhältnisse hier nicht gewöhnt.«
»Ich will mich auch nicht an sie gewöhnen. Ich hasse diesen Ort. Ich will Satan finden. Ich will nach Hause.«
»Ich weiß«, flüsterte Quarz. »Ich weiß«.
»Aber ich verstehe nichts«, sagte Chan.
Wess schmiegte sich eng an Quarz, unfähig, etwas zu äußern, das die Verletzung lindern konnte, die sie Chan zugefügt hatte.
»Gönne ihr nur ein bißchen Ruhe«, meinte Quarz zu ihm. »Es kommt schon alles in Ordnung.«
Quarz ließ Wess auf die Decken niedergleiten und legte sich neben sie. Zwischen Quarz und Aerie eingekuschelt, zugedeckt von Aeries Schwingen, schlief Wess ein.

Am späten Vormittag erwachte Wess. Sie hatte bohrende Kopfschmerzen, und der große blaue Fleck an ihrer Seite stach bei jedem Atemzug. Sie sah sich im Zimmer um. Neben ihr saß Quarz, flickte einen Rucksackriemen und lächelte ihr zu. Aerie bürstete sich den kurzen, glatten Pelz, und Chan starrte aus dem Fenster, den Arm auf dem Sims, das Kinn darauf gestützt, sein zweites Hemd achtlos und unausgebessert auf dem Knie.

Wess stand auf und ging durchs Zimmer. Sie hockte sich neben Chan auf den Boden. Er schaute sie an, dann aus dem Fenster, dann wieder zu ihr.

»Quarz hat es mir erklärt, ein wenig . . .«

»Ich war wütend«, sagte Wess.

»Nur weil Barbaren sich aufführen wie . . . Barbaren, ist das noch kein guter Grund, mit *mir* böse zu sein.«

Er hatte recht, und Wess wußte es. Aber Zorn und Verwirrung in ihr waren noch viel zu heftig, als daß sie so leicht darüber hinweggekommen wäre.

»Weißt du«, fing er an, »du *weißt* doch, daß ich so etwas nicht tun könnte . . .«

Einen winzigen Augenblick versuchte Wess, sich einen Chan vorzustellen, der sich benahm wie der Herbergswirt oder wie Bauchle Meyne, arrogant, blind und einzig und allein auf das eigene Ich und das eigene Vergnügen konzentriert. Der Gedanke war so absurd, daß sie plötzlich laut loslachte.

»Ich weiß, daß du nie so etwas tun würdest«, antwortete sie. Sie war auf das wütend gewesen, was er hätte werden *können*, wenn sein ganzes Leben anders verlaufen wäre; wütend auch, und noch viel mehr, auf das, was sie selbst hätte sein können. Schnell stand sie auf und umarmte Chan. »Ich muß hier raus.« Sie nahm ihn bei der Hand. »Kommt. Ich bin gestern abend Lythande begegnet und muß euch erzählen, was er gesagt hat.«

Sie warteten nicht bis zum Abend, um zum Palast des Statthalters zu gehen, sondern brachen schon früher auf. Sie hofften, eine Audienz beim Prinzen zu erreichen, um ihn davon zu überzeugen, daß Satan nicht verkauft werden durfte.

Aber sie waren nicht die einzigen, die schon so früh zum Palast wollten, und so schlossen sie sich einer Menschenmenge an, die auf das Tor zuströmte. Wess' Versuch, sich durch das Gedränge zu schieben, trug ihr nur einen Ellenbogenstoß in die schmerzenden Rippen ein.

»Nicht so drängeln, Mädchen«, sagte der zerlumpte Kerl, den sie angerempelt hatte, und hob seinen Stock. »Willst du einen alten Krüppel umwerfen? Ich käme nie wieder hoch, und man würde mich niedertrampeln.«

»Vergebung, Bürger«, erwiderte sie. Weiter vorn konnte sie sehen, daß die Leute sich durch einen Engpaß zwängen mußten. Sie standen mehr oder weniger in einer langen Reihe.

»Gehst du auch zu der Sklavenversteigerung?« fragte sie den Alten vor sich.

»Sklavenversteigerung? Heute ist keine Sklavenversteigerung, Fremde. Die Gaukler kommen in die Stadt!«

»Was sind das – Gaukler?«

»Gaukler! Hast du noch nie von Gauklern gehört? Na gut, mach dir nichts draus, so geht es der Hälfte aller Leute in Freistatt, gesehen haben die auch noch keine. Zwölf Jahre ist es her, daß welche hier waren. Jetzt, wo der Prinz Statthalter ist, werden wir sie bestimmt öfter sehen. Sie wollen eine Erlaubnis von ihm, zu seinem Bruder, dem Kaiser, reisen zu dürfen – weg aus dem Hinterland und hinein in die Hauptstadt, wenn du verstehst, was ich meine.«

»Aber ich weiß immer noch nicht, was Gaukler sind.«

Der Alte deutete nach vorn.

Hinter der hohen Mauer des Palastgeländes begann sich die gewaltige Tuchbahn, die schlaff von einem hohen Pfahl herabgehangen hatte, langsam zu entfalten; sie öffnet sich wie ein riesiger Pilz, dachte Wess. Die Haltetaue spannten sich und formten die Leinwand zu einem ungeheuren Zelt.

»Darunter ist Magie, fremdes Kind! Seltsame Tiere. Stolzierende Pferde, auf denen hübsche Mädchen mit Federschmuck tanzen, Jongleure, Hanswurste, Akrobaten auf dem Hochseil – und die Mißgeburten!« Er lachte. »Ich finde die Mißgeburten am besten. Das letzte Mal, als ich die Gaukler sah, hatten sie ein Schaf mit zwei Köpfen und einen Mann mit zwei – aber das ist keine Geschichte für ein junges Mädchen, wenn man nicht gerade mit ihr im Bett liegt.« Der Alte streckte den Arm aus, um sie zu kneifen. Wess fuhr zurück und zog das Messer. Erschreckt sagte er: »Aber, Mädchen! War doch nicht so gemeint!« Sie ließ die Klinge in die Scheide zurückgleiten.

Der Alte lachte wieder. »Und dann haben diese Gaukler noch irgendein besonderes Glanzstück – speziell für den Prinzen. Sie wollten nicht verraten, was es ist. Aber du kannst sicher sein, daß es etwas ganz Tolles sein wird.«

»Danke, Bürger«, bemerkte Wess kalt und trat zu ihren Freunden. Die Menge schob den Zerlumpten weiter.

Wess fing Aeries Blick auf. »Hast du gehört?«

Aerie nickte. »Sie haben ihn. Was sonst könnte das große Geheimnis sein?«

»An diesem vom Himmel verlassenen Ort können sie auch irgendeinen unseligen Troll oder Salamander überwältigt haben.« Aus Wess' Stimme sprach Ironie, denn Trolle waren höchst sanftmütige Wesen, und sie selber hatte sich schon oft in die Höhe gereckt, um dem Salamander, der einen Berg bewohnte, auf dem sie zu jagen pflegte, das Kinn zu kraulen. Er zeigte keine Furcht, denn Wess jagte keine Salamander. Ihre Haut war zu dünn, um von Nutzen zu sein, und niemand in der Familie aß gern Echsenfleisch. Außerdem konnte man von einem ausgewachsenen Salamander nicht einmal eine einzige Keule bewältigen, und Wess würde nie eine Jagdbeute vergeuden. »Hier könnten sie sogar eine Flügelschlange in einer Schachtel als großes Geheimnis ausgeben.«

»Wess, ihr Geheimnis ist Satan, und wir alle wissen es«, sagte Quarz ruhig. »Jetzt müssen wir uns überlegen, wie wir ihn befreien.«

»Du hast natürlich recht«, erwiderte Wess traurig.

Am Tor musterten zwei hünenhafte Wächter mit finsteren

Blicken den Pöbel, den sie befehlsgemäß auf das Paradefeld lassen mußten. Wess blieb vor einem der beiden stehen.
»Ich möchte den Prinzen sprechen«, begann sie.
»Audienz nächste Woche«, erwiderte der Mann, ohne ihr auch nur einen Blick zu schenken.
»Ich muß ihn sehen, bevor die Gaukler mit ihren Vorführungen anfangen.«
Jetzt sah er sie doch an. Er schien erheitert. »Du *mußt* ihn sehen, hm? Dann hast du eben Pech gehabt. Er ist fort und kommt erst zur Parade zurück.«
»Wo ist er?« fragte Chan.
Aus der Menge, die sich hinter ihnen staute, drang ungeduldiges Murren.
»Staatsgeheimnis«, meinte der Wächter. »Geht jetzt hinein, oder macht Platz.«
Sie gingen hinein. Das Paradefeld war riesig. Selbst das Zelt wirkte klein, und der Palast überragte es wie eine Felsklippe. Wenn es auch nicht die gesamte Einwohnerschaft Freistatts war, die sich hier eingefunden hatte, so doch ein großer Teil der Bewohner aller Stadtviertel. Mehrere Händler errichteten bereits Buden, Obst hier, Pasteten weiter vorn; ein Bettler kroch langsam vorbei, und ein paar Schritte weiter wandelte eine große Gruppe von Edelleuten in Satin, Pelzen und Gold müßig unter von nackten Sklaven getragenen Sonnenschirmen dahin. Das fahle Licht der Herbstsonnen konnte kaum hinreichen, die Haut des zartesten Edlen zu färben.
Quarz blickte sich um und deutete dann über die Köpfe der Menge. »Sie trennen mit Seilen und Stangen einen Weg ab. Die Parade geht da drüben durch das Tor und dann von dieser Seite in das Zelt.« Sie beschrieb mit der Hand einen großen Bogen, vom Prozessionstor aus von Ost nach West. Das Zelt der Gaukler stand zwischen dem Versteigerungsblock und der Wachkaserne.
Die Freunde versuchten, um das Zelt herumzugehen, aber das Gelände dahinter war bis an die Mauer durch Seile abgesperrt. An der Vorderseite hatte sich bereits eine Zuschauerschlange

gebildet, die weit über das äußerste Fassungsvermögen des Zeltes hinausging.
»Da kommen wir nie rein«, stellte Aerie fest.
»Vielleicht ist das sogar das Beste«, meinte Chan. »Wir brauchen ja nicht bei Satan drinnen zu sein – herausholen müssen wir ihn.«

Auf dem Palastgelände wurden die Schatten länger. Stumm und reglos saß Wess da und wartete. Chan kaute an den Fingernägeln und rutschte unruhig hin und her. Aerie duckte sich in ihren Mantel und hatte die Kapuze tief hinuntergezogen, damit ihr Gesicht im Schatten lag. Quarz beobachtete sie besorgt und tastete nach dem Schwertgriff.
Nachdem ihnen eine Audienz beim Prinzen ein zweites Mal verweigert worden war, diesmal von den Türwächtern des Palastes, hatten sie sich einen Platz an dem mit Seilen abgesperrten Weg gesichert. Gegenüber erledigte ein Arbeitstrupp gerade die letzten Handgriffe an einem Podest. Als es fertig war, eilten Diener aus dem Palast herbei und brachten Teppiche, ein mit Seidenfransen verziertes Zeltdach, mehrere Stühle und ein Kohlenbecken. Gegen ein Kohlenbecken hätte Wess jetzt auch nichts einzuwenden gehabt; als die Sonne sank, kühlte die Luft merklich ab.
Die Menge wurde immer noch größer, dichter, lauter, betrunkener. In der Schlange vor dem Zelt kam es zu Streitigkeiten, nachdem einzelne begriffen, daß sie nicht hineinkommen würden. Schnell wurde die Stimmung so unangenehm, daß Ausrufer sich unter das Volk mischten, Glocken läuteten und bekanntgaben, daß die Gaukler eine weitere Vorstellung geben würden, mehrere Vorstellungen sogar, bis alle Bürger von Freistatt Gelegenheit gehabt hätten, die Wunder der Gaukler zu sehen. Auch das Geheimnis. Natürlich, das Geheimnis. Aber noch immer machte niemand auch nur eine Andeutung darüber, wie dieses Geheimnis eigentlich beschaffen sein mochte.
Wess hüllte sich enger in ihren Mantel. Sie wußte, wie das

Geheimnis aussah, und hoffte nur, es würde seine Freunde bemerken und zu allem, was sie tun konnten, bereit sein.
Das Sonnenlicht berührte die hohe Mauer um das Palastgelände. Bald würde es dunkel sein.
Trompeten und Zimbeln: Wess schaute zum Prozessionstor hinüber, erkannte jedoch sofort, daß die Bürger ringsum sämtlich die Hälse nach dem Eingang des Palastes reckten. Die gewaltigen Türen schwangen auf, und eine Phalanx von Wachen marschierte heraus, gefolgt von einer Schar Edler in Goldbrokat, juwelengeschmückt. Sie schritten über den festgestampften Boden. Der junge Mann, der die Gruppe anführte, trug einen goldenen Kronreif und nahm Jubel und Geschrei seines Volkes entgegen, als handelte es sich ausschließlich um Beifallskundgebungen, was – wie Wess bemerkte – keineswegs der Fall war. Aber über allem Gemurmel und Gemurre erklang doch am lautesten der Ruf: »Der Prinz! Lang lebe der Prinz!«
Die Phalanx marschierte vom Palast geradewegs auf das neuerrichtete Podest zu. Wer so kurzsichtig gewesen war, ihnen im Weg zu sitzen, raffte eilig seine Sachen zusammen und hastete beiseite. Der Durchgang leerte sich so geschwind, wie Wasser sich teilt, um einen Stein zu umfließen.
Impulsiv stand Wess auf und wollte quer über den Paradeweg hinüberspringen und noch einmal versuchen, mit dem Prinzen zu sprechen.
»Hinsetzen!« – »Aus dem Weg!« – »Weg da!«
Jemand warf einen Apfelrest nach ihr. Sie schlug ihn zur Seite und hockte sich wieder hin, allerdings weder der Drohungen noch des herumfliegenden Mülls wegen. Aerie hatte den gleichen Gedanken gehabt und wollte ebenfalls aufstehen. Wess berührte sie am Ellbogen.
»Sieh nur«, sagte sie.
Alles in Reich- oder Hörweite der Prozession schien die gleiche Idee zu haben: Die Menge strömte näher, und jeder schrie laut, um die Aufmerksamkeit des Statthalters auf sich zu ziehen. Der Prinz warf eine Handvoll Münzen, was die Bettler hastig davonschlurfen ließ. Andere, die mehr an ihre Forde-

rungen dachten, fuhren fort, ihn zu bedrängen. Die Wachen machten kehrt, nahmen ihn in die Mitte, so daß er fast völlig den Blicken entzogen war, und schoben die Bürger mit quergehaltenen Speeren fort.

Der enge Gürtel öffnete sich, und der Prinz bestieg das Podest. Dort blieb er allein stehen, drehte sich einmal um sich selbst und hob der Menge die Hände entgegen.

»Meine Freunde«, rief er, »ich weiß um eure Wünsche und Nöte. Auch das geringste Anliegen eines Menschen meines Volkes ist für mich von Wichtigkeit.«

Wess schnaubte verächtlich.

»Heute abend jedoch haben wir alle die Ehre und das Vergnügen, ein Wunder zu schauen, wie man es im ganzen Reich noch nicht erblickt hat. Vergeßt heute abend eure Sorgen, meine Freunde, und genießt mit mir das Schauspiel.« Er streckte die Hand aus und winkte ein Mitglied seines Gefolges zu sich auf die Bühne.

Bauchle Meyne.

»In wenigen Tagen werden Bauchle Meyne und seine Truppe nach Ranke reisen, um dort den Kaiser, meinen Bruder, zu ergötzen.«

Wess und Quarz warfen einander erschrockene Blicke zu. Chan murmelte eine Verwünschung. Aerie spannte die Muskeln, und Wess hielt sie am Arm fest. Sie zogen die Kapuzen über den Kopf.

»Bauchle geht mit meiner Freundschaft und meinem Siegel.« Der Prinz hielt ein zusammengerolltes Pergament in die Höhe, das mit Scharlachbändern und Siegelwachs gesichert war.

Dann nahm er Platz, neben sich auf dem Ehrensitz Bauchle Meyne. Das übrige königliche Gefolge gruppierte sich um die beiden, und die Parade begann.

Wess und ihre Freunde drängten sich enger aneinander und waren still. Von dem Prinzen konnten sie gewiß keine Hilfe erwarten.

Unter dem Klang von Flöten und Trommeln schwangen die Prozessionstore auf. Es dauerte eine Weile, ehe etwas anderes geschah. Bauchle Meyne fing an, unbehaglich auszusehen. Dann stolperte jäh eine Gestalt auf den Weg, als hätte man sie gestoßen. Der skelettmagere, rothaarige Mann fand sein Gleichgewicht, richtete sich auf und sah von einer Seite zur anderen. Die spöttischen Zurufe verwirrten ihn. Er warf den langen Umhang von den Schultern, so daß das sternenbesäte Gewand sichtbar wurde, und machte ein paar zögernde Schritte. Vor dem ersten Stützpfahl der Seilabsperrung blieb er erneut stehen. Versuchsweise bewegte er die Hand danach und sprach ein gutturales Wort.

Der Pfosten ging in Flammen auf.

Die Umstehenden wichen mit lauten Ausrufen zurück, und der Zauberer taumelte weiter den Pfad entlang, von der einen zur anderen Seite schwankend, überall mit den Händen nach den Holzpfählen greifend.

Die neblig weißen Kreise verschmolzen ineinander und erhellten den Weg. Wess sah, daß die Pfähle nicht wirklich brannten. Als der Pfosten vor ihr zu leuchten begann, näherte sie sich ihm mit der Hand, Handfläche voran, Finger gespreizt. Als sie keine Hitze spürte, faßte sie den Pfahl erst vorsichtig, dann mit festem Griff an. Er strahlte keine Wärme ab und hatte seine normale Beschaffenheit beibehalten – splittriges, rohbehauenes Holz.

Sie erinnerte sich an Lythandes Worte, sie – Wess – besäße eine starke Gabe, und sie fragte sich, ob sie wohl auch so etwas fertigbrächte. Es wäre ein nützlicher Kniff, wenn auch nicht sonderlich wichtig. Allerdings hatte sie kein Holzstück zum Üben und auch keine Ahnung, wie man es überhaupt anstellte. Sie zuckte die Achseln und ließ den Pfahl los.

Vor dem Podest des Prinzen verharrte der Zauberer und stierte mit leerem Blick um sich. Bauchle Meyne beugte sich angespannt vor, seine Besorgnis war unverkennbar, sein Zorn kaum beherrscht. Der Zauberer schaute ihn an. Wess konnte sehen, wie Bauchles Finger sich um die Schlinge einer Rubinkette spannten, die er langsam verdrehte. Wess schnappte nach Luft; der Zauberer kreischte auf und warf die Hände in die Höhe. Langsam ließ Bauchle Meyne seinen Talisman wieder los. Der Zauberer breitete die Arme aus; er zitterte. Auch Wess bebte. Sie hatte das Gefühl, als hätte die Kette sich um ihren Körper geschnürt wie eine Peitsche.

Die zitternden Hände des Zauberers bewegten sich: das Podest des Prinzen, die Holzteile der Stühle, die Pfosten, auf denen das Zeltdach mit den Fransen ruhte – alles flammte plötzlich in wildem, weißem Feuer. Wütend und verwirrt sprangen die Wachen herbei, verhielten jedoch auf ein Wort ihres Prinzen. Ruhig lächelnd saß er da, und seine Hände ruhten gelassen auf den hellen Armlehnen seines Throns. Schattenflammen umspielten seine Finger, und zwischen seinen Füßen tanzte das Licht in die Höhe. Bauchle Meyne lehnte sich befriedigt zurück und nickte dem Zauberer zu. Die anderen Edlen auf der Plattform standen bestürzt da, umspült vom Licht aus den Brettern zwischen den gemusterten Teppichen. Nervös, jedoch getreu dem Beispiel ihres Herrschers, setzten sie sich wieder hin.

Der Zauberer torkelte weiter und entzündete die übrigen Pfosten. Er verschwand in der Dunkelheit des Zeltes, dessen Stützen ebenfalls in dem unheimlichen Leuchten zu erstrahlen begannen. Allmählich bedeckte ein sanftes, mildes Glühen die Absperrseile, die Teppiche auf dem Podest, das Zeltdach über dem Prinzen und die Leinwand des Zeltes.

Der Prinz klatschte Beifall, nickte Bauchle Meyne anerkennend zu, und seine Leute folgten seinem Vorbild.

Mit scharfem Schrei purzelte ein Narr durch die Prozessionstore und schlug den Weg entlang Rad. Ihm folgten die Flötenspieler und Trommler, dann drei Ponys mit zerrupften Federn am Zaumzeug. Sie wurden von drei Kindern in flitterbesetzten Höschen und Boleros geritten. Das vorderste Mädchen sprang auf und stand breitbeinig auf dem Ponyrücken, während die beiden anderen, auf den Widerrist ihrer Tiere gestützt, Schulterstände vorführten. Wess, die nie im Leben auf einem Pferd gesessen hatte und den Gedanken daran ausgesprochen schrecklich fand, klatschte. Auch andere im Publikum applaudierten hier und da, und sogar der Prinz klatschte nachlässig in die Hände. Aber gleich darauf lachte ein grauhaariger Mann höhnisch auf und schrie: »Zeigt uns mehr!« Genauso reagierte der größte Teil der Zuschauer – mit Spottrufen und Gelächter. Das stehende Kind starrte geradeaus. Wess biß die Zähne zusammen, zornig für das Mädchen, jedoch beeindruckt von dessen Würde. Quarz' ältestes Kind war etwa im gleichen Alter. Wess faßte ihre Hand, und Quarz drückte dankbar die Finger.

Durch das dunkle Tor kam ein von einem Joch Ochsen gezogener Käfig. Wess hielt den Atem an. Die Ochsen schleppten den Käfig ins Licht. Ein älterer Troll war darin, zusammengekauert in einer Ecke auf schmutzigem Stroh. Als die Ochsen vor dem Prinzen hielten, stocherte ein Junge mit einem Stock nach dem Troll. Dieser sprang auf und fluchte mit hoher, erboster Stimme.

»Ihr unzivilisierten Barbaren! Du Prinz – Würmerprinz, sage ich, Madenprinz! Möge dein Glied wachsen, bis die Frauen vor dir davonlaufen! Möge die Scheide deiner besten Freundin sich verknoten, wenn du darinsteckst! Mögest du Wasser im Hirn und Sand in der Blase haben!«

Wess merkte, daß sie rot wurde; nie hatte sie einen Troll so reden hören. Für gewöhnlich waren sie die kultiviertesten aller Waldbewohner, und das einzig Gefährliche an ihnen war, daß sie einen vielleicht einen ganzen Nachmittag lang in einen Diskurs über Wolkenformen oder die Wirkungen bestimmter Baumschwämme verwickelten. Wess schaute sich um, voller Angst, daß jemand die Worte des Trolls an den Herrscher übelnehmen könnte. Aber dann fiel ihr ein, daß er ja in der *Sprache* redete, der wahren Zunge aller Wesen von Verstand, und daß nur sie und ihre Freunde ihn verstanden hatten.

»*Frejôjan!*« rief sie spontan. »Heute nacht – sei bereit – wenn ich kann –!«

Mitten in einem Bocksprung hielt der Troll inne, stolperte, fing sich jedoch und hüpfte weiter herum, unsinnige Laute ausstoßend, bis er in ihre Richtung blickte. Sie schob die Kapuze zurück, damit er sie später erkennen würde. Als der Karren vorbeizog, verhüllte sie wieder ihr Haupt, damit Bauchle Meyne auf der anderen Seite des Weges sie nicht entdeckte.

Das graugoldene kleine Pelzwesen packte die Gitterstäbe des Käfigs und spähte hinaus. Als Quittung für ihre Spottrufe schnitt es der Menge fürchterliche Gesichter und gab gräßliche Töne von sich. Aber zwischen all dem Gekreisch und sinnlosen Geplapper sagte der Troll nur: »Ich warte.«

Als er an ihnen vorüber war, stimmte er ein schreckliches Geheul an.

»Wess –«, begann Chan.

»Wie konnte ich ihn gehenlassen, ohne ihm eine Hoffnung zu geben?«

»Schließlich ist er kein Freund von uns«, warf Aerie ein.

»Er ist ein Sklave, genau wie Satan!« Wess sah von Aeries Gesicht auf Chan und begriff, daß keiner der beiden sie verstand. »Quarz?«

Quarz nickte. »Ja. Du hast recht. Ein zivilisiertes Geschöpf gehört nicht hierher.«

»Wie willst du ihn finden? Wie willst du ihn befreien? Wir wissen noch nicht einmal, wie wir Satan freibekommen sollen! Und wenn er Hilfe braucht?« Aeries Stimme hob sich zornig. »Und wenn *wir* Hilfe brauchen?«

Aerie drehte Wess den Rücken zu und starrte mit leerem Blick auf die Parade. Selbst Quarz' tröstende Umarmung schüttelte sie ab.

Dann blieb zum Streiten keine Zeit mehr. Sechs Bogenschützen traten durchs Tor. Ein Karren folgte. Es war ein flacher Schauwagen, rundum mit Vorhängen geschlossen, gezogen von zwei großen gescheckten Pferden, eines mit wilden blauen Augen. Sechs weitere Bogenschützen bildeten die Nachhut. Ein aufgeregtes Gemurmel ging durch die Menge. Dann Schreie: »Das Geheimnis! Zeigt uns das Geheimnis!«

Vor dem Prinzen riß der Kutscher die Zugpferde zurück. Bauchle Meyne kletterte steifbeinig vom Podium herunter und auf den Wagen.

»Mein Fürst!« rief er. »Ich bringe Euch – einen Mythos unserer Welt!« Er zerrte an einer Schnur, und die Vorhänge fielen zur Seite.
Auf der Plattform stand Satan, starr und in sich versunken, den ausdruckslosen Blick nach vorn gerichtet, mit hocherhobenem Kopf. Aerie stöhnte, und Wess spannte die Muskeln, wollte einen Satz über die glühenden Seile machen und mit dem Messer um sich stechen, ohne Rücksicht auf Verluste. Sie verfluchte sich selber, weil sie heute morgen so schwach und töricht gewesen war. Wäre sie angriffslustiger gewesen, hätte sie Bauchle Meyne alle Eingeweide herausreißen können.
Sie hatten Satan nicht gebrochen. Eher konnten sie ihn töten, als ihm seinen Stolz nehmen. Aber sie hatten ihn nackt ausgezogen und in Ketten gelegt, und sie hatten ihm Schmerzen zugefügt. Silbergraue Streifen zogen sich durch den rotgoldenen Pelz seiner Schultern. Sie hatten ihn geschlagen. Wess krampfte die Finger um den Messergriff.
Bauchle Meyne nahm eine Stange zur Hand. Er war nicht so töricht, sich in Reichweite von Satans Klauen zu begeben.
»Zeig dich!« rief er.
Satan beherrschte die Handelssprache nicht, aber mit dem Stangenende machte Bauchle Meyne sich durchaus klar verständlich. Satan starrte ihn regungslos an, bis der junge Mann es aufgab, nach ihm zu stochern, und in unbestimmtem Erkennen der Würde seines Gefangenen einen Schritt zurücktrat.
Satan sah sich um. Seine großen Augen reflektierten das Licht wie Katzenaugen. Er sah dem Prinzen direkt ins Gesicht. Die schweren Ketten klirrten und rasselten bei jeder Bewegung.
Satan hob die Arme. Er öffnete die Hände, und seine Schwingen entfalteten sich. Er breitete die gewaltigen roten Fittiche aus. Zauberlicht glühte durch die durchsichtigen Flughäute. Es war, als stünde er jäh in Flammen.
Mit stiller Befriedigung musterte ihn der Prinz. Die Menge brüllte vor Überraschung und Staunen.
»Drinnen«, erklärte Bauchle Meyne, »lasse ich ihn los, und er wird fliegen.«

Ein Pferd, von Satans Flügelspitze gestreift, schnaubte und scheute. Der Karren machte einen Satz nach vorn, Bauchle Meyne verlor den Halt und stürzte zu Boden. Schmerz stand in seinem Gesicht, und Wess freute sich. Satan rührte sich kaum. Auf seinem Rücken spannten sich gleitend die Muskeln, während er sich mit den Flügeln im Gleichgewicht hielt.
Aerie stieß einen hohen, klagenden Laut aus, der fast über die Grenzen menschlichen Hörvermögens hinausreichte. Satan hörte ihn, aber er zuckte nicht zusammen und drehte sich, anders als der Troll, auch nicht um. Im weißleuchtenden Zauberlicht stellte sich der kurze Pelz seiner Schulterblätter auf, und ein Schauder überlief ihn. Er stieß einen Antwortschrei aus, ein einziges Seufzen: der Ruf an die Geliebte. Satan faltete die Flügelfinger wieder an die Arme. Die Flughaut zitterte und schimmerte.
Der Kutscher schlug auf das Pferd ein, und der Wagen setzte sich schwerfällig in Bewegung. Für die Menge draußen war das Spektakel beendet.
Der Prinz stieg vom Podest herunter und begab sich, Bauchle Meyne neben, sein Gefolge hinter sich, in das Gauklerzelt.
Die vier Freunde standen eng beisammen. An ihnen vorbei schob sich die Menge. Wess dachte: Da drin lassen sie ihn fliegen. Er wird frei sein. Sie sah hinüber zu Aerie. »Kannst du oben auf dem Zeltdach landen? Und wieder abheben?«
Aerie betrachtete das steil abfallende Segeltuch. »Leicht«, antwortete sie.

Der Bereich hinter dem Zelt wurde nicht von Zauberlicht, sondern von Fackeln erhellt. Wess stand da, an die Außenmauer gelehnt, und beobachtete das Treiben, das Durcheinander der Truppe, lauschte dem Beifall und dem Gelächter der Menge. Die Vorstellung dauerte schon recht lange; der größte Teil derjenigen, die nicht hineingelangt waren, hatte sich inzwischen entfernt. Ein paar Handlanger der Gaukler hielten gelangweilt vor der Barriere Wache, aber Wess wußte, daß sie sich jederzeit an ihnen vorbeischleichen konnte.

Es war Aerie, um die sie sich Sorgen machte. Wenn sie ihren Plan ins Werk setzten, war sie am meisten gefährdet. Die Nacht war klar und der zunehmende Mond hell und hoch. Wenn Aerie auf der Zeltspitze landete, würde man sie mit Pfeilen leicht treffen können. Satan selbst war in noch größerer Gefahr. Es war die Aufgabe von Wess, Quarz und Chan, einen derartigen Aufruhr zu erzeugen, daß die Bogenschützen überhaupt nicht daran dachten, nach den Davonfliegenden zu schießen.

Und Wess freute sich geradezu darauf.

Als gerade niemand schaute, schlüpfte sie unter dem Seil durch und schlenderte durch die Schatten, als gehörte sie zur Truppe. Am Eingang für die Auftretenden stand Satans Wagen, aber Wess näherte sich ihrem Freund nicht. Die Kinder auf ihren Ponys trotteten vorbei, ohne auf Wess zu achten. Im Fackellicht sahen sie dünn und müde aus und sehr jung, die Ponys dünn und müde und sehr alt. Wess glitt hinter die Reihe der Tierkäfige. Die Gaukler verfügten tatsächlich auch über einen Salamander, aber einen erbarmungswürdig heruntergekommenen und hungrig aussehenden, nicht viel größer als ein Hund. Wess brach das Schloß an seinem Käfig auf. Sie hatte nur ihr Messer dazu; der Klinge tat sie damit nichts Gutes. Sie erbrach auch die Schlösser an den Käfigen der anderen Tiere, des halbwüchsigen Wolfs und des Zwergelefanten, ließ sie aber noch nicht heraus. Zuletzt kam sie zu dem Troll.

»*Frejôjan*«, flüsterte sie, »ich bin hinter dir.«

»Ich höre dich.« Der Troll trat an die Rückseite seines Käfigs. Er verbeugte sich vor ihr. »Ich bedaure meinen ungekämmten Zustand, *frejôjan;* als sie mich fingen, hatte ich nichts bei mir, nicht einmal eine Bürste.« Sein goldenes, graugeflecktes Haar war übel verfilzt. Er streckte die Hand durch das Gitter, und Wess schüttelte sie.

»Ich heiße Wess«, sagte sie.

»Aristarchus«, erwiderte er. »Du sprichst mit dem gleichen Akzent wie Satan – bist du seinetwegen hier?«

Sie nickte. »Ich werde das Schloß an deinem Käfig aufbre-

chen«, erklärte sie. »Ich muß näher am Zelt sein, wenn sie ihn nach drinnen bringen. Es wäre besser, wenn sie nicht sofort merkten, daß etwas nicht stimmt ...«
Aristarchus nickte ebenfalls. »Ich werde nicht fliehen, bevor es losgeht. Kann ich helfen?«
Sie warf einen Blick über die Käfigreihe. »Könntest du – wäre es gefährlich für dich, die Tiere freizulassen?« Er war alt; Wess wußte nicht, ob er schnell genug war.
Er lachte glucksend. »Wir Tiere sind alle recht gute Freunde geworden, wenngleich der Salamander ein ziemlich bissiges Wesen hat.«
Wess rammte ihr Messer in das Vorhängeschloß und stemmte es auf. Aristarchus riß es von der Tür und schleuderte es ins Stroh. Beschämt lächelte er Wess an.
»In diesen elenden Tagen ist meine Geduld auch nicht die beste.«
Wess griff durch das Gitter und faßte von neuem seine Hand. Neben dem Zelt wendeten die Schecken gerade Satans Wagen. Bauchle Meyne schrie nervöse Befehle. Aristarchus sah zu Satan hinüber.
»Gut, daß du hier bist«, meinte er. »Ich habe ihn überredet, mitzuspielen, wenigstens vorübergehend, aber es fällt ihm nicht leicht. Einmal hat er sie so wütend gemacht, daß sie vergaßen, wie wertvoll er ist.«
Wess nickte wieder und dachte an die Peitschenstriemen. Der Karren rollte vorwärts; die Bogenschützen folgten.
»Ich muß mich beeilen«, sagte Wess.
»Möge das Glück mit dir sein.«
Sie näherte sich dem Zelt, so weit sie konnte. Hineinsehen war nicht möglich; sie mußte sich anhand der Geräusche aus der Menge vorstellen, was drinnen passierte. Der Kutscher lenkte die Pferde einmal um die Manege. Sie blieben stehen. Jemand kroch unter den Karren und löste von unten die Ketten, außerhalb der Reichweite von Satans Klauen. Und dann –
Sie hörte das Seufzen, das unwillkürliche Atemholen der Verwunderung, als Satan seine Schwingen ausbreitete und flog.

Über ihr durchschnitt Aeries Schatten die Luft. Wess zog den Mantel aus und schwenkte ihn als Signal. Im Sturzflug ging Aerie auf das Zelt herunter, stieß hinab und landete.
Wess zog das Messer und begann an einem Haltetau zu schneiden. Sie hatte die Klinge vorher sorgfältig geschärft, so daß diese das Seil jetzt schnell durchtrennte. Als Wess zum nächsten Tau hastete, hörte sie, wie das Summen der Menge sich langsam veränderte; die Menschen merkten, daß etwas nicht stimmte. Auch Quarz und Chan taten ihre Arbeit.
Wess hackte auf das zweite Tau ein. Als das Zelt zusammenzustürzen begann, hörte sie über sich Segeltuch reißen: Aerie zerfetzte mit den Klauen das Dach. Wess zerschnitt ein drittes, ein viertes Seil. Die Brise ließ das heruntersackende Gewebe zusammenklatschen. Das Tuch knackte und heulte wie ein Segel. Wess hörte Bauchle Meyne schreien: »Die Taue! An die Taue, die Taue reißen!«
An drei Seiten zugleich stürzte das Zelt ein. Innen begann die Menge zu schreien. Viele versuchten zu fliehen. Einzelne rannten auf das Paradefeld hinaus, dann kämpfte sich eine Menschenmasse durch die schmale Öffnung. Das Wiehern verängstigter Pferde durchdrang den Lärm, und das Gedränge verwandelte sich in Panik. In vollem Galopp brachen die Schecken durch und schleuderten Menschen nach rechts und links; hinter ihnen ruckte und polterte Satans leerer Karren. Weitere, zu Tode erschrockene Besucher drängten hinter ihnen ins Freie. Gegen sie focht die gesamte Palastwache, die sich bemühte, zu ihrem Prinzen ins Innere zu gelangen.
Wess machte kehrt, um zu Quarz und Chan zu laufen, und erstarrte vor Entsetzen. Im Schatten hinter dem Zelt hatte Bauchle Meyne einen weggeworfenen Bogen aufgehoben und zielte, ohne auf das Chaos ringsum zu achten, mit einem Stahlspitzenpfeil in den Himmel. Wess sprang auf ihn zu, prallte gegen ihn und riß ihn um. Die Sehne schnarrte, und der Pfeil brach seitlich aus, stieg ein Stück in die Höhe und fiel dann kraftlos hinunter, um sich ins schlaffe Segeltuch zu bohren.
Bauchle Meyne sprang auf, das Gesicht purpurrot vor Wut.

»Du! Verfluchte Hure!« Er stürzte sich auf Wess, packte sie und schlug sie mit dem Handrücken ins Gesicht. »Du hast mich ruiniert – aus Niedertracht!«

Der Hieb streckte sie nieder. Dieses Mal lachte Bauchle Meyne sie nicht aus. Halbgeblendet versuchte Wess, von ihm fortzukriechen. Sie sah seine Stiefel näherkommen, dann trat er sie in dieselbe Stelle ihrer Rippen. Sie hörte den Knochen splittern. Verzweifelt zerrte sie an ihrem Messer, aber die Schneide, schartig von dem Mißbrauch, den sie damit getrieben hatte, blieb am Rand der Scheide hängen. Wess konnte kaum sehen und atmen. Sie kämpfte noch mit ihrem Messer, als Bauchle Meyne sie ein weiteres Mal trat.

»Diesmal entgehst du mir nicht, Hure!« Er ließ Wess bis auf Hände und Knie hochkommen. »Versuch nur, wegzulaufen!« Er machte einen Schritt auf sie zu.

Wess, die vor lauter Wut keinen Schmerz mehr empfand, warf sich gegen seine Beine. Im Stürzen schrie er auf. Es war das einzige, das er nie von ihr erwartet hätte: ein Angriff. Wess richtete sich auf. Auch Bauchle Meyne stand wieder auf seinen Füßen und wollte erneut über sie herfallen; da riß sie das Messer aus der Scheide und stieß es ihm in den Leib, ins Herz, bis zum Schaft.

Sie wußte, wie man jemanden umbringt, aber noch nie hatte sie einen Menschen getötet. Sie war bespritzt gewesen vom Blut ihrer Jagdbeute, nie aber vom Blut der eigenen Gattung. Sie hatte lebende Wesen von ihrer Hand sterben sehen, niemals aber ein Geschöpf, das die Bedeutung des Todes kannte.

Sein Herz pumpte noch um die Klinge, und seine Hände tasteten nach Wess' Händen und versuchten, sie von seiner Brust fortzustoßen, als ihm die Knie versagten, er schauderte, vornüberkippte, sich verkrampfte und starb.

Wess riß das Messer aus seinem Körper. Wieder hörte sie die Schreie verängstigter Pferde, die Flüche wütender Männer und das Geheul eines halbverhungerten Wolfsjungen. Das Zelt schimmerte im Zauberlicht.

Ich wünschte, es wären Fackeln, schrie es in Wess. Fackeln würden dich verbrennen, und Verbrennen ist das, was du verdienst.
Aber es gab kein Feuer, und nichts brannte. Selbst das Zauberlicht wurde allmählich bleicher.
Wess sah zum Himmel empor und fuhr sich mit dem Ärmel über die Augen, um die Tränen wegzuwischen.
Die beiden Geflügelten stiegen hinauf zum Mond – frei.
Und jetzt?
Quarz und Chan waren nirgends zu sehen. Sie konnte nur entsetzte Fremde erkennen: Schausteller in Flittergewändern, Einwohner von Freistatt, die miteinander rangen, und noch mehr Wachen, die ihrem Herrn zu Hilfe eilten. Schwerfällig und vor Angst zischend trottete der Salamander vorbei.
Pferde donnerten heran. Voller Angst, niedergetrampelt zu werden, fuhr Wess herum. Aristarchus brachte die Tiere zum Stehen und warf ihr die Zügel des zweiten Pferdes zu. Es war der Scheckenhengst von Satans Karren, der mit den wilden blauen Augen. Er roch das Blut an ihr, schnaubte und stieg. Irgendwie behielt sie die Zügel in der Hand. Wieder bäumte das Pferd sich auf und riß sie mit in die Höhe. Ihre Knochen knirschten, und Wess rang nach Luft.
»Steig auf!« schrie Aristarchus. »Von unten kannst du ihn nicht lenken!«
»Ich weiß nicht wie!« Sie verstummte. Das Sprechen bereitete ihr Schmerzen.
»Faß ihn an der Mähne! Spring! Halt dich mit den Knien fest!«
Sie tat wie geheißen, fand sich plötzlich auf dem Rücken des Gauls und wäre um ein Haar auf der anderen Seite wieder hinuntergefallen. Sie umklammerte das Pferd mit den Beinen. Der Hengst sprang vorwärts. Beide Zügel hingen auf derselben Seite des Halses. Wess wußte, daß es so nicht richtig war. Sie zog daran, das Pferd drehte sich im Kreis und hätte sie fast wieder abgeworfen. Aristarchus drängte sein Pferd vor und packte den Zaum des Hengstes. Das Tier stand spreizbeinig

da, die Ohren flach angelegt, mit geblähten Nüstern, zitternd, mit Wess auf dem Rücken. Sie hing an seiner Mähne, außer sich vor Entsetzen und Schmerz. Ihre gebrochenen Rippen taten so weh, daß sie einer Ohnmacht nahe war.
Aristarchus beugte sich nach vorn, blies dem Hengst sanft in die Nüstern und sprach so leise mit ihm, daß Wess die Worte nicht hören konnte. Langsam, beinahe mühelos, zog der Troll die Zügel gerade. Nach und nach entspannte sich das Pferd und spitzte die Ohren wieder vorwärts.
»Sei vorsichtig mit seinem Maul, *frejôjan*«, sagte der Troll. »Er ist ein gutes Tier und hat nur Angst.«
»Ich muß meine Freunde finden«, erklärte Wess.
»Wo sollst du sie treffen?«
Aristarchus' ruhige Stimme half ihr, die Fassung zurückzugewinnen.
»Da drüben.« Sie deutete auf eine im Dunkel liegende Nische hinter dem Zelt. Aristarchus steuerte darauf zu, ihr Pferd immer noch am Zaum. Vorsichtig schritten die Tiere über zerbrochene Gerätschaften und verlorene Kleidungsstücke hinweg.
Hinter der Schattenseite des Zeltes traten Quarz und Chan hervor. Quarz lachte. Inmitten des Chaos entdeckte sie Wess, tippte Chan auf die Schulter, um ihn aufmerksam zu machen, und änderte die Richtung. Sie eilten auf Wess zu.
»Hast du sie fliegen sehen?« rief Quarz. »Schneller als Adler flogen sie!«
»Solange sie nur schneller waren als Pfeile«, meinte Aristarchus trocken. »Schnell jetzt – du, Große, hinter mir, und du, Jüngling, hinter Wess.«
Sie gehorchten. Quarz gab dem Pferd einen Tritt, daß es einen Satz machte, aber Aristarchus zügelte es.
»Langsam, Kinder«, sagte der Troll. »Langsam durch die Dunkelheit, und niemand wird etwas merken.«
Zu Wess' Erstaunen hatte er vollkommen recht.
In der Stadt ließen sie die Pferde im Schritt gehen, und Quarz versteckte Aristarchus unter ihrem Mantel. Hinter ihnen ver-

stummte der Tumult, und niemand verfolgte sie. Wess klammerte sich an die Mähne des Hengstes und fühlte sich so hoch über dem Boden immer noch recht unsicher.
Der gerade Weg aus Freistatt hinaus führte nicht am *Einhorn* vorbei, ja nicht einmal durch das Labyrinth; aber sie beschlossen, es darauf ankommen zu lassen und trotzdem zurückzukehren: das Risiko, so spät im Herbst ohne jede Ausrüstung durch die Berge zu ziehen, war zu groß. Durch Hintergassen näherten sie sich dem *Einhorn*, und kaum jemand begegnete ihnen. Anscheinend hatten die im Labyrinth Hausenden genausoviel für Unterhaltung übrig wie alle anderen Menschen in Freistatt, und zweifellos war die Möglichkeit, ihrem Prinzen zuzusehen, wie er sich aus einem zusammengestürzten Zelt herauswand, beinahe die größte Attraktion des Abends. Wess hätte gegen diesen Anblick selber nichts einzuwenden gehabt.
Sie ließen die Pferde bei Aristarchus, im Schatten versteckt, stiegen leise die Treppe zu ihrem Zimmer hinauf, stopften ihre Sachen in die Rucksäcke und wollten den Rückweg antreten.
»Junger Herr mit seinen Damen, guten Abend.«
Wess fuhr herum, neben sich Quarz, das Schwert in der Hand. Der Schankwirt zuckte vor ihnen zurück, erholte sich jedoch schnell wieder.
»Nun ja«, meinte er höhnisch zu Chan, »ich habe sie für etwas anderes gehalten, aber ich sehe jetzt, daß sie deine Leibwächterinnen sind.«
Quarz packte ihn vorn am Hemd und hob ihn vom Boden hoch. Ihr Breitschwert schnarrte aus der Scheide. Wess hatte noch nie gesehen, daß Quarz es zog, weder zur Verteidigung noch im Zorn; nie zuvor hatte sie die Klinge erblickt. Quarz hatte sie nicht vernachlässigt: Die Schneide glänzte in durchsichtiger Schärfe.
»Ich habe der Berserkerwut abgeschworen, als ich den Krieg aufgab«, erklärte Quarz gefährlich leise. »Aber es fehlt nicht mehr sehr viel, damit ich diesen Eid breche.« Sie öffnete die Hand, und der Wirt fiel vor ihrer Schwertspitze auf die Knie.

»Ich wollte nichts Böses, Herrin!«
»Nenn mich nicht Herrin! Ich bin nicht von edler Geburt. Ich war Soldatin, und ich bin eine Frau. Wenn das deine Höflichkeit nicht verdient, kannst du auch von mir keine Gnade erwarten.«
»Ich wollte nichts Böses, ich wollte dich nicht beleidigen. Ich bitte dich um Verzeihung...« Er sah zu ihren undurchdringlichen Silberaugen auf. »Ich bitte dich um Vergebung, Nordländerin.«
Es lag keine Verachtung mehr in seiner Stimme, nur noch blankes Entsetzen, und das war für Wess genauso schlimm. Sie und Quarz hatten hier keine Chance – entweder verachtete man sie, oder man fürchtete sich vor ihnen. Eine andere Möglichkeit schien es nicht zu geben.
Quarz schob das Schwert zurück in die Scheide. »Dein Silber liegt auf dem Tisch«, sagte sie kalt. »Wir wollten dich nicht betrügen.«
Er stolperte auf die Füße und von ihnen fort ins Zimmer. Quarz riß den Schlüssel an sich, knallte die Tür zu und schloß ab.
»Nur weg von hier!«
Sie eilten die Treppe hinunter. Auf der Straße schnürten sie die Rucksäcke zusammen und befestigten sie, so gut es ging, am Geschirr der Pferde. Oben hörten sie den Wirt gegen die Tür hämmern. Als er es nicht schaffte, sie einzuschlagen, lief er ans Fenster.
»Hilfe!« kreischte er. »Entführer! Räuber!« Quarz schwang sich hinter Aristarchus, und Chan kletterte zu Wess aufs Pferd.
»Hilfe!« hörten sie den Wirt schreien. »Hilfe! Feuer! Überschwemmung!«
Aristarchus gab dem Roß die Zügel frei, und es schoß davon. Wess' Hengst warf die Mähne in den Nacken, prustete hart und laut und fiel aus dem Stand in Galopp. Wess konnte sich gerade noch festhalten; sie krallte sich an Mähne und Geschirr und duckte sich über den Widerrist des Pferdes, das die Straße hinabbrauste.

Sie galoppierten durch die Vororte von Freistatt, spritzten bei der Furt durch den Fluß und ritten den Uferpfad entlang nach Norden. Die Pferde waren schweißbedeckt und schäumten, und Aristarchus bestand darauf, langsamer zu reiten, um sie zu schonen. Die Freunde stimmten zu; auch konnten sie keine Verfolgung von der Stadt her ausmachen. Aufmerksam musterten sie den Himmel, aber die Dunkelheit verhüllte jede Spur der Geflügelten.
So gaben sie das wilde Galoppieren auf und ließen die Pferde im Schritt gehen oder traben. Bei jedem Huftritt schmerzten Wess' Rippen. Sie versuchte sich zu konzentrieren, um den Schmerz zu vertreiben, aber dafür hätte sie anhalten, absteigen und sich entspannen müssen. Das war im Augenblick unmöglich. Der Weg und die Nacht nahmen kein Ende.
In der Morgendämmerung erreichten sie den kaum erkennbaren, verlassenen Pfad, auf dem Wess sie in die Stadt gebracht hatte. Er führte von der Straße weg unmittelbar hinauf ins Gebirge.
Über ihnen, schwarz unter dem schieferblauen Himmel, schlossen sich die Bäume. Wess war zumute, als hätte sie sich aus einem Alptraum den Weg freigekämpft in eine Welt, die sie kannte und liebte. Noch fühlte sie sich nicht frei, aber sie konnte immerhin die Möglichkeit in Betracht ziehen, daß es eines Tages wieder so sein würde.
»Chan?«
»Hier bin ich, Liebste.«
Sie nahm seine Hand, mit der er sie vorsichtig um die Mitte gefaßt hielt, und küßte die Handfläche. Sie lehnte sich zurück, und er zog sie an sich.
Unter den knorrigen Baumwurzeln neben dem fast unsichtbaren Pfad sprudelte ein Bach hervor.
»Wir sollten hier haltmachen und die Pferde ausruhen lassen«, meinte Aristarchus. »Und selbst auch rasten.«
»Ein kleines Stück weiter gibt es eine Lichtung«, erklärte Wess. »Dort ist Gras. Sie essen doch Gras?«
Aristarchus gluckste. »Allerdings.«

Als sie die Lichtung erreicht hatten, sprang Quarz ab, stolperte, stöhnte und lachte. »Es ist lange her, daß ich geritten bin«, sagte sie. Sie half Aristarchus herunter. Chan stieg vom Pferd und erprobte nach dem langen Ritt erst einmal im Stehen seine Beine. Wess blieb sitzen. Ihr war, als betrachte sie die Welt durch Lythandes geheime Kugel.

Das Rauschen gewaltiger Schwingen erfüllte die kalte Dämmerung. Inmitten der Lichtung landeten Satan und Aerie und eilten auf die anderen zu.

Wess wickelte sich die Mähne des Schecken um die Finger und rutschte von seinem Rücken. Dann lehnte sie sich an seine Schulter, erschöpft, holte kurz und flach Atem. Sie konnte hören, wie Chan und Quarz die Geflügelten begrüßten. Aber Wess konnte sich nicht rühren.

»Wess?«

Noch immer an die Pferdemähne geklammert, drehte sie sich langsam um. Satan lächelte zu ihr hinunter. Sie war daran gewöhnt, daß die Geflügelten mager waren, aber gewöhnlich waren sie dabei glatt; Satan dagegen war ausgemergelt, Rippen und Hüften traten scharf unter der Haut hervor. Sein kurzer Pelz war stumpf und spröde, und außer den Striemen auf dem Rücken trug er von den Ketten, die man ihm angelegt hatte, Narben an Knöcheln und Hals.

»Ach, Satan ...« Sie umarmte ihn, und er faltete sie in seine Schwingen ein.

»Es ist geschafft«, sagte er. »Es ist vorbei.« Er küßte sie sanft. Alle standen um ihn herum. Er strich mit dem Handrücken sacht über Quarz' Schläfen und beugte sich hinab, um Chan zu küssen.

»*Frejôjani* ...« Er blickte sie der Reihe nach an, dann lief ihm eine Träne über die Wangen, und er hüllte sich in seine Schwingen und weinte.

Sie umarmten und liebkosten ihn, bis das stoßweise Schluchzen sich legte. Beschämt wischte er sich mit der Handfläche die Tränen ab. Aristarchus stand daneben und blinzelte mit den großen grünen Augen.

»Du mußt mich für einen furchtbaren Dummkopf halten, Aristarchus, einen Narren und schwach dazu.«
Der Troll setzte zum Reden an, schüttelte dann jedoch lächelnd den Kopf. Zu Wess gewandt, sagte er nur: »Danke.«
Sie setzten sich an den Bach, um zu rasten und zu reden.
»Vielleicht verfolgt man uns ja gar nicht«, meinte Quarz.
»Wir haben die Stadt beobachtet, bis ihr im Wald wart«, erklärte Aerie. »Wir haben niemand anderen auf dem Uferweg gesehen.«
»Dann haben sie möglicherweise noch gar nicht begriffen, daß es ein anderer Geflügelter war, der Satan zur Flucht verhalf. Wenn keiner gesehen hat, wie wir das Zelt zum Einsturz brachten . . .«
Wess beugte sich hinunter zum Bach, bespritzte sich das Gesicht, schöpfte Wasser in die hohle Hand und führte es an die Lippen. Die ersten senkrechten Sonnenstrahlen drangen durch die Zweige auf die Lichtung.
Ihre Hand war immer noch blutig. Das Blut vermischte sich mit dem Wasser. Sie würgte und spuckte, sprang auf die Füße und rannte davon. Nach wenigen Schritten sank sie in die Knie und übergab sich heftig.
Sie hatte nichts als Galle im Magen. Sie kroch zum Bach und schrubbte sich erst die Hände, dann das Gesicht mit Sand und Wasser. Dann stand sie wieder auf. Ihre Freunde starrten sie erschreckt an.
»Da war jemand«, sagte sie. »Bauchle Meyne. Aber ich habe ihn getötet.«
»Ah«, antwortete Quarz.
»Du hast mir ein zweites Geschenk gemacht«, stellte Satan fest. »Nun muß ich nicht dorthin zurückkehren, um ihn selbst umzubringen.«
»Sei ruhig, Satan«, bat Quarz. »Sie hat noch nie zuvor jemanden getötet.«
»Ich auch nicht. Aber ich hätte ihm die Kehle zerrissen, wenn er die Ketten nur einmal so locker gelassen hätte, daß ich ihn hätte erwischen können!«

Wess schlang die Arme um den Körper und versuchte, den Schmerz in ihrer Brust zu lindern. Plötzlich war Quarz bei ihr.
»Du bist verletzt – warum hast du mir nichts gesagt?«
Wess schüttelte den Kopf. Sie brachte kein Wort heraus. Dann fiel sie in Ohnmacht.

Sie erwachte am Nachmittag, im Schatten eines hohen Baumes, umgeben von ihren Freunden. In der Nähe grasten die Pferde, und auf einem Stein am Bach saß Aristarchus und kämmte sich die Knoten aus dem Fell. Wess stand auf und setzte sich neben ihn.
»Hast du mich gerufen?« fragte sie.
»Nein.«
»Ich dachte, ich hätte etwas gehört –« Sie zuckte verwirrt die Achseln.
»Wie geht es dir jetzt?«
»Besser.« Ihre Rippen waren fest verbunden. »Quarz ist eine gute Heilerin.«
»Niemand verfolgt uns. Aerie hat nachgesehen.«
»Das ist gut. Darf ich dir den Rücken kämmen?«
»Das wäre eine große Freundlichkeit.«
Schweigend kämmte sie ihn, aber sie war nicht recht bei der Sache. Als sich der Kamm zum dritten Mal in einem Knoten verfing, erhob Aristarchus leisen Protest.
»Schwester, bitte! Das Fell, das du da ausreißt, hängt an meiner Haut.«
»Oh, Aristarchus, es tut mir leid.«
»Was hast du?«
»Ich weiß nicht«, erwiderte Wess. »Ich habe das Gefühl – ich möchte – ich . . .« Sie reichte ihm den Kamm und erhob sich. »Ich gehe ein bißchen den Pfad hinauf. Ich bleibe nicht lange fort.«
Im Schweigen des Waldes fühlte sie sich leichter, aber da war etwas, das an ihr zog, etwas, das nach ihr rief, ohne daß sie es hören konnte.

Und dann vernahm sie doch das Rascheln von Blättern. Sie verschwand vom Weg, versteckte sich und wartete.
Langsam und müde kam Lythande den Pfad entlang. Wess war so verblüfft, daß sie die Magierin ohne ein Wort vorbeigehen ließ, aber wenige Schritte weiter blieb Lythande stehen und sah sich stirnrunzelnd um.
»Westerly?«
Wess trat aus den Büschen. »Woher hast du gewußt, daß ich hier bin?«
»Ich spürte deine Nähe . . . Wie hast du mich gefunden?«
»Mir war, als hörte ich jemanden rufen. War das ein Zauber, Lythande?«
»Nein. Nur eine Hoffnung.«
»Du siehst so müde aus –.«
Lythande nickte. »Jemand hatte mich herausgefordert. Ich nahm die Herausforderung an.«
»Und hast gewonnen.«
»Ja.« Lythande lächelte bitter. »Ich wandle noch immer auf Erden und warte auf die Tage des Chaos. Wenn *das* Gewinnen ist, dann habe ich gewonnen.«
»Komm mit mir ins Lager, ruh dich aus und iß mit uns.«
»Danke, kleine Schwester. Ich werde gern bei euch ausruhen. Aber sag, euer Freund – habt ihr ihn gefunden?«
»Ja. Er ist frei.«
»Und ihr seid alle unverletzt entkommen?«
Wess zuckte die Achseln und bereute es sofort. »Diesmal habe ich mir tatsächlich die Rippen gebrochen.« Über die tiefergehenden Verletzungen wollte sie nicht sprechen.
»Und jetzt – geht ihr nach Hause?«
»Ja.«
Lythande lächelte. »Ich hätte mir denken sollen, daß ihr den Vergessenen Paß finden würdet.«
Zusammen gingen sie zum Lager zurück. Ein wenig ängstlich wegen der Vertraulichkeit der Geste streckte Wess den Arm aus und nahm die Hand der Magierin. Lythande zog die Hand nicht weg, sondern drückte sanft Wess' Finger.

»Westerly.« Lythande sah ihr gerade ins Gesicht, und Wess blieb stehen. »Westerly, würdest du mit mir nach Freistatt zurückgehen?«

Entsetzt fragte Wess: »Warum?«

»Es ist nicht so schlimm, wie es auf den ersten Blick aussieht. Du könntest dort viel lernen ...«

»Wie man ein Zauberer wird?«

Lythande zögerte. »Das wäre schwierig, aber – nicht unmöglich. Deine Begabung sollte nicht vergeudet werden.«

»Du verstehst nicht«, erklärte Wess. »Ich will kein Zauberer werden. Wenn das der Grund wäre, würde ich nicht nach Freistatt zurückgehen.«

Nach einiger Zeit sagte Lythande: »Das ist nicht der einzige Grund.«

Wess nahm Lythandes Hand zwischen ihre Hände, zog sie an die Lippen und küßte die Handfläche. Lythande streckte die andere Hand aus und streichelte ihr die Wange. Die Berührung ließ Wess erbeben.

»Lythande, ich kann nicht nach Freistatt zurück. *Du* wärst der einzige Grund dafür – doch es würde mich verändern. Es hat mich ja schon verändert. Ich weiß nicht, ob ich je wieder die werden kann, die ich war, bevor ich nach Freistatt kam, aber ich werde es versuchen. Was ich dort gelernt habe, würde ich lieber so schnell wie möglich vergessen. Bitte, versteh ...«

»Ja«, antwortete Lythande. »Es war nicht fair von mir, dich darum zu bitten.«

»Es ist nicht so, daß ich dich nicht lieben würde«, erklärte Wess, und Lythande warf ihr einen scharfen Blick zu. Wess holte so tief Atem, wie sie konnte, und fuhr fort. »Aber das, was ich für dich empfinde, würde sich auch verändern, so wie ich mich selber verändert habe. Es wäre keine Liebe mehr. Es wäre ... Bedürfnis und Verlangen und Neid.«

Lythande setzte sich auf eine Baumwurzel, ließ die Schultern hängen und starrte auf die Erde. Wess kniete neben ihr nieder und strich ihr das Haar aus der Stirn.

»Lythande ...«

»Ja, kleine Schwester«, flüsterte die Magierin, als wäre sie zu müde, um laut zu sprechen.

»Du mußt dort wichtige Aufgaben haben.« Wie könnte sie es sonst ertragen? dachte Wess. Sie wird dich auslachen, wenn du sie um so etwas bittest, und dir erklären, wie töricht es ist und wie unmöglich. »Und Kaimas, meine Heimat... würdest du sie langweilig finden...?« Sie hielt inne, überrascht vom eigenen Zögern, der eigenen Furcht. »Komm du mit mir, Lythande«, sagte sie dann unvermittelt. »Komm mit mir nach Kaimas!«

Lythande schaute sie mit undeutbarem Gesichtsausdruck an. »Hast du das eben ernst gemeint –«

»Es ist so schön, Lythande. Und friedlich. Meine halbe Familie hast du schon kennengelernt. Die anderen werden dir auch gefallen. Du hast gesagt, es gebe Dinge, die du von uns lernen könntest...«

»– daß du mich liebst?«

Wess hielt den Atem an. Sie beugte sich vor und küßte Lythande schnell, dann ein zweites Mal, langsam, so wie sie es sich vom ersten Augenblick, in dem sie die andere sah, im tiefsten Inneren gewünscht hatte.

Sie wich ein Stückchen zurück.

»Ja«, sagte sie. »Freistatt hat mich lügen lassen, aber nun bin ich nicht mehr in Freistatt. Wenn ich Glück habe, sehe ich es nie wieder und brauche nie mehr zu lügen.«

»Und wenn ich gehen müßte –«

Wess lächelte. »Würde ich vielleicht versuchen, dich zum Bleiben zu überreden.« Sie berührte Lythandes Haar. »Doch ich würde nicht versuchen, dich festzuhalten. Aber solange du bleiben und wann immer du wiederkommen wolltest, hättest du in Kaimas einen Platz.«

»Es ist nicht deine Entschlossenheit, an der ich zweifle, kleine Schwester. Es ist meine eigene. Und meine eigene Stärke. Ich glaube, wenn ich erst eine Weile dort gelebt hätte, würde ich deine Heimat nie mehr verlassen wollen.«

»Ich kann nicht in die Zukunft sehen«, erwiderte Wess. Dann

lachte sie über sich selbst, denn schließlich redete sie ja mit einer Magierin. »Aber vielleicht kannst du es?«
Lythande gab keine Antwort.
»Alles, was ich weiß«, sagte Wess, »ist, daß alles, was wir tun, Schmerzen verursachen kann. Uns selbst und unseren Freunden. Aber wir können nicht *nichts* tun.« Sie stand auf. »Komm mit. Komm schlafen, mit mir und meinen Freunden. Und dann gehen wir nach Hause.«
Auch Lythande erhob sich. »Es gibt soviel von mir, das du nicht weißt, kleine Schwester. Und soviel davon könnte dir wehtun.«
Wess schloß die Augen und wünschte sich etwas, wie ein Kind, das sich in der Abenddämmerung seinen Stern aussucht. Dann schlug sie die Augen wieder auf.
Lythande lächelte. »Ich werde mit dir gehen. Auch wenn es nur für eine Weile ist.«
Hand in Hand kehrten sie zu den anderen zurück.

BRAUTPREIS

Es war still in der Kapelle der Comyn-Burg*, die leer war bis auf sie selbst und die auf die Wand gemalten Figuren von Camilla, Hastur und Cassilda, im alten Stil ausgeführt: Camilla, die Arme voller Sommerfrüchte, Cassilda mit Sternblumen in der Hand, Hastur, schweigend und starr vor den Frauen, so teilnahmslos wie vor ihr auf der Bahre Gabriel. Schwere Samtdecken in den Ardais-Farben, grau und scharlachrot, verhüllten den Leichnam, und Rohana, in deren Augen keine Tränen standen, erinnerte sich noch an die hauchdünnen Stoffe in denselben Farben, die am Hochzeitstag auf ihrem schmalen Bett gelegen hatten.

»Es sieht aus wie beim Begräbnis einer Hüterin«, hatte sie damals gewitzelt. »Das alles für eine Hochzeit? Und für mich?« »Rohana«, erwiderte ihre Mutter feierlich. »Es ist eine gute Heirat. Ich kann dich nicht verstehen; hätte man deinen Schwestern das Oberhaupt einer Domäne zum Mann gegeben, wären sie vor Freude außer sich gewesen. Du dagegen benimmst dich, als ginge die ganze Sache dich nichts an. Man könnte meinen –« Die Herrin Liane verstummte, und Rohana wußte, daß ihre Mutter ihr um ein Haar eine Frage gestellt hätte, auf die sie eigentlich gar keine Antwort

* Die Comyn-Burg ist eine Art zentrales Hauptquartier aller Comyn und liegt in der Stadt Thendara (A. d. Ü.).

haben wollte. *Man könnte meinen, du hättest den Rest deines Lebens im Turm von Dalereuth zubringen wollen.* Aber das hätte sich schließlich einrichten lassen. Statt dessen erkundigte sie sich: »Gefällt dir Gabriel Ardais etwa nicht, undankbares Mädchen?«

»Wie könnte er ihr nicht gefallen?« warf Frau Sarita ein, die alle drei Aillard-Töchter großgezogen und an den beiden vorherigen Hochzeiten teilgenommen hatte. »Er ist hochgewachsen und sieht gut aus, ist stark, weiß sich höflich auszudrücken –«

»Wie schade, daß *du* ihn nicht heiraten kannst, Kinderfrau, wenn er dir so gefällt«, neckte Rohana, aber sie war nicht recht bei der Sache.

»Also wirklich!« schaltete sich die Herrin Liane mit leichtem Stirnrunzeln ein, »ich habe geschworen, daß keine meiner Töchter gegen ihren Willen ins Brautbett gezwungen werden soll; und wenn du Gabriel nicht magst, hättest du es nur zu sagen brauchen, bevor die Dinge so weit gediehen waren.«

Rohana seufzte und erbarmte sich der betrübten Miene ihrer Mutter. »Nein, nein. Es stimmt nicht, daß ich etwas gegen Gabriel hätte; er ist ganz sicher nicht schlechter als die anderen, die um mich geworben haben. Aber du kannst mir kaum vorwerfen, daß ich das Gefühl habe, der heutige Tag sei eher ein Freudentag für meine Familie als für mich oder Gabriel. Jeden Tag, seit man unsere Hände zur Verlobung ineinandergelegt hat, ist mir von früh bis spät eingehämmert worden, wie einzigartig es doch sei, daß jetzt zwei der größten Häuser in den Domänen zusammenkommen, da der Ardais-Erbe und die Aillard-Tochter sich die Hand reichen – bis sich diese Heirat mehr nach einer Vieh-Paarung anhörte als nach einem Hochzeitsfest.«

Rohana blickte hinab in den Hof. Aus der Grube, in der zwei große Ochsen über den Kohlen brieten, stieg Rauch auf. Der Duft war würzig und gut, aber irgendwie verursachte er ihr heute Übelkeit. »Ich bin nur überrascht, daß ihr keine Seiltänzer und Gaukler und den dreibeinigen Mann aus Candermay herbeigeholt habt, um die Menge zu unterhalten, während man auf das große Ereignis wartet; oder wollt ihr zu den Bräuchen des Chaos-Zeitalters zurückkehren, als Braut und Bräutigam die Hauptvorstellung gaben und alle anderen um sie herumstanden und sie anfeuerten?«

»Rodi! Schäm dich!« tadelte Frau Sarita errötend.

»Nun, schließlich geht es hier ja nicht um mein Vergnügen oder um Gabriels«, sagte Rohana. »Und irgend jemand sollte doch wenigstens Spaß an der Sache haben. Hier wird Aillard mit Ardais verheiratet und nicht Rohana mit Gabriel. Ich habe meine Rolle so gut gelernt wie die Schauspielerinnen auf den Bühnen von Thendara ihre Verse, und wahrscheinlich werde ich auch so gut spielen wie sie, natürlich ohne den Applaus.«

»Törichtes Geschöpf«, rügte die Kinderfrau, »an ihrem Hochzeitstag ist jede Frau eine Königin.«

»O ja«, erwiderte Rohana, »einen Tag lang darf die Braut Königin spielen.« Im leichten Hemd stand sie da, und das kupferfarbene Haar fiel lose und glatt bis zum Gürtel. Sie hob die geraden Brauen und musterte den auf ihrem Bett ausgebreiteten Putz. »Auf daß es ihr hilft zu vergessen, daß sie von eben diesem Tage an für immer einem Mann untertan sein und sogar den eigenen Namen aufgeben muß.«

»Aber das stimmt doch gar nicht, Rohana«, wandte die Herrin Liane ein. »Oder glaubst du wirklich, ich wäre eine Untergebene deines Vaters?«

»Nein, Mutter, aber du bist eine Aillard und hast einen Mann geheiratet, von dem du wußtest, daß er dir an Rang unterlegen war; und mein Vater wußte vom Tag der Hochzeit an, daß seine Braut zugleich seine Herrin war, der er dienen und gehorchen mußte. Ich heirate einen Comyn-Edlen von Ardais, wo selbst das Erbrecht der männlichen Linie folgt; ihm wird seine Gattin nicht überlegen, ja nicht einmal gleichgestellt sein. Ich habe nicht das Herz, durch ständigen Zank mit Gabriel meinen Willen durchzusetzen, Mutter, und darum –«, sie zuckte die Achseln, »darum fürchte ich, ich werde ihn gar nicht durchsetzen.« Sie ließ sich auf einen Stuhl fallen.

»Komm doch, meine Kleine, sei nicht traurig«, tröstete Frau Sarita und tätschelte ihr die Wange. »Es wird eine Zeit kommen, in der du dich an diesen Tag als den glücklichsten deines Lebens erinnerst.«

»Bedeutet das, daß alle auf ihn folgenden Tage meines Lebens weniger glücklich sein werden?« fragte Rohana mit einem Seufzer.

»Ganz und gar nicht, Kind. Ich weiß ja, daß so eine Hochzeit anstrengend ist, aber sie geht rasch vorbei, und dann lernst du all die schönen Dinge kennen, die das Vorrecht einer Braut sind. Ich erinnere mich an meinen eigenen lieben, guten Mann . . .« Sie wollte sich in ihre Erinnerungen verlieren, aber die Herrin Liane unterbrach sie.

»Sarita, das Kind hat noch gar nicht richtig gefrühstückt. Geh hinunter in die kleine Küche und bereite ihr irgend etwas Schmackhaftes, einen Becher Suppe vielleicht, du weißt doch, was sie am liebsten mag.« Als die Kinderfrau sich entfernt hatte, zog sie Rohana an sich und strich ihr über die Haare.

»Kind, ich ertrage es nicht, dich so elend zu sehen«, klagte sie. »Ich dachte wirklich, daß du Gabriel gern hast.«

»Das stimmt ja auch, Mutter; ich habe ihn so gern, wie man einen Mann haben kann, den man nur ein einziges Mal und dann auch nur für ungefähr eine Stunde gesehen hat.«

Merkwürdigerweise errötete die Herrin Liane. Mit unterdrückter Stimme sagte sie: »Tochter, weißt du eigentlich, wie viele Bräuche schon dafür verletzt wurden? Ich mußte dem Herrn von Ardais erklären, du seist eine *Leronis* und viel Freiheit gewöhnt. Wahrscheinlich hielt er dich trotzdem für schamlos, weil du darauf bestandest, deinen zukünftigen Gatten tatsächlich zu Gesicht zu bekommen.

Oder liegt es nur daran, daß es dir unangenehm ist, im Mittelpunkt der Aufmerksamkeit zu stehen? Du hast im Turm nicht gelernt, vor aller Leute Augen zu leben, wie eine Comynara es muß. Oder – Rodi, hast du vielleicht deine Frauenzeit? Wenn das der Fall ist, werde ich deinen Vater bitten, mit Gabriel unter vier Augen zu reden und ihm klarzumachen, daß er dich noch ein paar Tage unbehelligt lassen soll.«

Rohana zog eine Grimasse. »Die Kinderfrau ist dir bereits zuvorgekommen, Mutter; den letzten halben Zyklus hat sie mir schon ihr Hebammengebräu eingetrichtert, um genau das zu verhindern.«

Die Herrin Liane lächelte, und zum ersten Mal im Leben hatte Rohana das Gefühl, von ihrer Mutter als Gleichgestellte behandelt zu werden.

»Ich hätte mir damals auch so eine weitsichtige Mutter oder Kinderfrau gewünscht. Aber früher hätte niemand mit einem jungfräulichen Mädchen über solche Dinge gesprochen. Obwohl ich zugeben muß, daß dein Vater, als ich endlich den Mut aufbrachte, es ihm zu sagen, sich äußerst freundlich und verständnisvoll benahm.«

Es fiel Rohana schwer, sich ihre stattlichen Eltern als verlegene junge Braut und rücksichtsvollen Bräutigam vorzustellen. »Wie alt warst du damals, Mutter?«

»Fünfzehn«, antwortete die Herrin Liane. »Sabrina wurde geboren, bevor ich das sechzehnte Jahr vollendet hatte. Ich war so erfreut, daß mein erstes Kind eine Tochter für Aillard war; dein Vater hingegen war zutiefst enttäuscht, aber er war lieb und brachte mir Blumen. Sabrina hatte schon zwei Kinder, ehe sie noch so alt war wie du jetzt. Und deine Schwester Marelie wollte auch jung heiraten; zu jung, fand ich, und darum ließ ich sie auch erst für ein Jahr nach dem Turm von Dalereuth gehen, so wie dich später. Aber sie hatte keine *Laran*-Gabe. Deshalb war ich stolz, als das Talent sich bei dir zeigte; und auch der Herr von Ardais freut sich darüber, weil Gabriel anscheinend nur wenig davon besitzt. Aber wenn du dein Leben in einem Turm hättest zubringen wollen, Rohana – ein Wort hätte genügt.«

Rohana hatte mit sich selbst gewettet, daß ihre Mutter genau das – und mit eben diesen Worten – sagen würde; aber inzwischen lag ihr nichts mehr an ihrem Sieg. Sie seufzte und schüttelte den Kopf.

»Nein«, sagte sie, »ich habe die Gabe nicht. Aus unserer Gruppe war es Leonie, die sie besaß – sie und Melora.« Sie schluckte und bedeckte das Gesicht mit den Händen. Ihre Augen füllten sich mit Tränen. »Melora«, weinte sie. »Als kleine Mädchen versprachen wir einander, daß diejenige von uns, die zuerst heiratet, die andere zur Brautjungfer wählen würde. Warum will mir niemand erzählen, was mit Melora geschehen ist, Mutter? Ist sie tot? Oder ist sie mit einem Reitknecht oder Stallburschen durchgebrannt?«

Die Herrin Liane seufzte und schüttelte den Kopf. »Nein, Liebes; das hätten wir dir gesagt, damit du nicht auch so eine katastrophale Wahl treffen würdest. Du bist jetzt alt genug, es zu erfahren: sie wurde von Räubern aus den Trockenstädten entführt, und alle, die nach ihr suchten, verschwanden ebenfalls, ohne daß man je wieder von ihnen hörte. Wir hoffen, daß sie tot ist.«

Rohana zuckte entsetzt zurück, und ihre Mutter umarmte sie wieder und streichelte ihre Haare. In diesem Augenblick wäre es ihr fast möglich gewesen, alle ihre Ängste und Fragen herauszusprudeln; aber Frau Sarita betrat mit einem Essenstablett das Zimmer, und die Gelegenheit war vorüber, vielleicht für immer.

»Du mußt ordentlich essen«, drängte Sarita, »denn im Brautkleid bekommst du nur wenig. Ich habe dir einen Becher Nudelsuppe gebracht, eine Scheibe Regenvogelbraten und Schwarzfruchtkuchen. Schau her, Herzchen, hast du die *Catenas* gesehen?« Sie hielt die in wundervollem Filigran gearbeiteten, kupfernen Hochzeitsarmbänder in die Höhe.

Die Herrin Liane stand auf und küßte Rohana auf die Stirn; die momentane Vertraulichkeit war vorüber.

»Ich sehe dich wieder, wenn du angekleidet bist, Liebes«, sagte sie und zog sich zurück.

Wie eine kostbare, in die Farben von Ardais gekleidete Puppe bewegte sich Rohana durch die langwierigen Zeremonien. Die Armbänder wurden um ihre Handgelenke geschlossen, und sie tauschte einen rituellen Kuß mit Gabriel; auch seine Lippen schienen kalt wie Eis. Er übertrug ihr die Schlüssel seines Großen Hauses und stellte ihr seine Paxmänner vor; sie nahm von jedem einzelnen den rituellen Handkuß entgegen. Bei all dem schien er ebenso abwesend und in sich versunken wie sie. Hatte man ihm diese Ehe aufgezwungen? Und doch stand er ihr offensichtlich nicht gleichgültig gegenüber; immer wieder merkte sie, daß seine Blicke auf ihr ruhten.

Rohana wußte, daß sie schön war. Trotz ihrer Jugend hatten sie schon Männer begehrt. Sie hatte gelernt, so zu tun, als bemerke sie es nicht; im Turm, wo es nicht möglich war, darüber hinwegzusehen, hatte sie gelernt, sich abzuschirmen. Jetzt würde es keine Möglichkeit zum Ausweichen mehr geben. Sie wußte, daß sie sich ihrem Gatten nicht würde entziehen können, und empfand eine fast zornige Abneigung gegen die ganze Angelegenheit. Gut, sie würde tun, was man von ihr erwartete; mehr konnte niemand verlangen. Aber Gabriels eindringliche Blicke machten ihr angst.

Als es soweit war, daß man sie zu Bett brachte, fürchtete sie sich ernstlich. Sie wußte, daß die anzüglichen Scherze und Derbheiten nur ein alter Brauch waren; man erwartete, daß sie kicherte und sich sträubte, vielleicht auch weinte und sich schämte. Nun, an ihr sollten sie keinen Spaß haben; Rohana bewahrte vollendete Haltung, lächelte nur leicht bei den schlimmsten Witzen und hob, wenn sie allzu grob waren, ein wenig die Brauen. Die Zeugen und Zeuginnen hatten sich darauf eingerichtet, ihre Neckereien stundenlang fortzusetzen, aber Rohanas kühles, verschlossenes Gesicht nahm der Sache den Reiz. Nach und nach verstummten Lieder und Gelächter, und man ließ die beiden allein.

Gabriel wandte sich zu ihr und sagte: »Ich habe noch nie eine so beherrschte junge Braut gesehen; wo habt Ihr das gelernt, Herrin?«

»Ihr wißt, daß ich *Leronis* in Dalereuth war. Das erste, was man uns dort lehrt, ist Selbstbeherrschung, und zwar unter sehr viel schwierigeren Umständen als hier. Ich wollte nicht, daß sie mich behandelten wie eine Mißgeburt beim Jahrmarktsfest.«

»Mit Eurer Erlaubnis, Herrin«, bemerkte Gabriel, stieg aus dem Bett und schob den Riegel vor die Tür. Dann kam er wieder und setzte sich auf die Bettkante an ihrer Seite. Er war nicht ganz so groß, wie sie ihn in Erinnerung hatte, sondern stämmiger und breitschultriger. Sein Gesicht war blaß, und bei all ihrer eigenen Nervosität dachte sie, als sie Schweißperlen auf seiner Stirn sah, *ach, er ist ja ebenso aufgeregt;* und zum ersten Mal erschien ihr dieser unbekannte junge Mann mit den roten Locken nicht als Mitverschwörer bei der unerwünschten Hochzeit, sondern als Opfer wie sie selbst. Sie streckte ihm die Hände entgegen und fiel, ohne darüber nachzudenken, in das vertrauliche Du: »Erzähl mir ein wenig, Gabriel. Ich weiß so wenig von dir ... es kommt mir so seltsam vor, daß sich nach der Sitte Gatte und Gattin als Fremde begegnen. Ich weiß ja nicht einmal, wie alt du bist.«

»Zur Frühjahrsaussaat werde ich sechsundzwanzig«, antwortete er. »Ich weiß, daß mein Vater deinem gesagt hat, ich sei erst dreiundzwanzig, weil er fürchtete, man könnte mich als zu alt für dich ansehen; aber ich möchte ehrlich zu dir sein, Rohana.« Zum ersten Mal benutzte er ihren Namen. »Ich glaube auch nicht, daß sie dir erzählt haben, daß ich schon einmal verehelicht war. Sie starb im Kindbett; wir waren noch kein ganzes Jahr verheiratet.«

Rohana dachte: *Das kann mir auch geschehen.* Aber der Gedanke war fern und wie ein Traum, und sie wußte – durch das *Laran,* das ihr zuzeiten noch immer wie ein großes Geheimnis vorkam –, daß ihr dieser Tod nicht bestimmt war. Rohana fragte sich, ob Gabriel die Verstorbene geliebt hatte und diese neue Heirat ihm deshalb so wenig willkommen war wie ihr.

Durch die Spitzenrüschen an ihrem Handgelenk berührte er leicht ihre Finger und sagte: »Ich möchte dich bitten – ich weiß, es ist eine seltsame Bitte für eine Hochzeitsnacht – aber ...« Er verstummte.

Rohana bereitete sich auf irgendeinen unaussprechlichen Wunsch vor – wenn es *ihn* in Verlegenheit brachte, was mochte es sein? – und erwiderte sanft: »Du darfst mich um alles bitten. Sprich nur, mein Gemahl.« Es fiel ihr immer noch schwer, ihn beim Namen zu nennen.

»Worum ich dich bitten möchte – sei freundlich zu meiner Tochter. Sie ist erst zwei Jahre alt, und ich fürchte, sie hat im Leben nur wenig Liebe kennengelernt. Ich habe sie selbst nicht oft gesehen. Ich habe ihr eine Puppe geschenkt, aber vielleicht war sie dafür noch zu klein.«

»Ganz bestimmt würde ich nie unfreundlich zu einem kleinen Kind sein, das mir nichts Böses getan hat«, versicherte Rohana. »Ich weiß wenig von Kindern – im Turm hatte ich keine Gelegenheit, welche zu sehen –, und mit den Kindern meiner Schwestern bin ich nur selten zusammengekommen. Aber ich verspreche dir, daß ich sie niemals grausam behandeln werde, sie weder schlagen noch ihr auch nur grobe Worte geben will – das gelobe ich dir. Wie heißt sie?«

»Cassilda«, erwiderte er zu ihrem Erstaunen; in den Ebenen von Valeron, wo sie aufgewachsen war, zollte man dem Namen Cassilda viel zu viel Ehrfurcht, als daß man ihn einem Menschenkind gegeben hätte.

»Du wurdest in einem Turm ausgebildet, Rohana? Wolltest du eine *Leronis* werden?«

»Das habe ich eine Weile gedacht; aber als es an der Zeit war, daß ich fortgehen und heiraten sollte, erhob niemand Einspruch. Meine Gabe ist nicht so groß.«

Er sagte und sah sie dabei nicht an: »Rohana, ich weiß, daß manche Frauen in den Türmen sich – Liebhaber nehmen können. Wenn du schon andere geliebt hast, werde ich es dir niemals vorwerfen, das schwöre ich. Aber sag mir offen: Gibt es einen, dem dein Herz gehört?«

»Nein«, antwortete sie verblüfft; nie hatte sie gedacht, daß ein Mann, noch dazu ein Mann aus den Bergen, das verstehen könnte. Trotzdem verwirrte sie eine Erinnerung.

Meloras Vetter Rafael. Er hatte sie begehrt, und sie waren so nahe daran gewesen, ein Liebespaar zu werden. Nicht, weil auch sie Verlangen nach ihm verspürt hätte – sie hatte kaum gewußt, was Begierde bedeutete. Er aber hatte sie so heftig begehrt, daß es sie selbst gequält, sie seinen Hunger und seine Not geteilt hatte. Sie hatte sich ihm schenken, ihn trösten wollen, betrübt über sein Leiden. Aber sie hatte zugleich einen Widerwillen empfunden, gegen den sie nicht ankonnte; und Rafael hatte seinerseits diesen Widerwillen gespürt und sie nicht gegen ihren wahren, innersten Wunsch nehmen, ihre Hingabe nicht nur als Geschenk ihrer Freundschaft empfangen wollen.

Rohana griff nach Gabriels Hand und sagte sanft: »Nein, mein Gemahl. Ich danke dir für dein Verständnis, aber nie habe ich für einen Mann etwas anderes als Freundschaft empfunden, und keiner kann sagen, er habe mehr von mir gehabt als einen Tanz im Mondlicht und meine Fingerspitzen zum Kuß.«

Gabriel drückte ihre Hand. »Fast tut mir das leid«, erwiderte er. »Denn da du einen Fremden heiraten mußtest, denke ich, es wäre vielleicht gut für dich gewesen zu erfahren, wie es ist, wenn man jemanden – liebt, den man sich selbst gewählt hat, bevor man einem Mann zur Ehe gegeben wird, von dem man nicht sicher weiß, ob man ihn ebenso lieben kann.« Gabriels Stimme war ohne jede Traurigkeit.

Merkwürdigerweise war Rohana betrübt. Sie dachte: *Ich will ihn ja gar nicht lieben. Es ist genug, daß ich meine Heimat verlassen und unter fremden Menschen leben muß, hart genug, Ehefrau in einem fernen Land zu sein, ohne daß ich auch noch diese Last auf mich nehmen muß. Ich wünschte, wir würden unsere ehelichen Pflichten erfüllen und nicht mehr voneinander verlangen. Es wäre leichter, wenn er mir immer gleichgültig bliebe und uns nichts verbände als die Kinder, die wir haben werden; wenn ich ihm so unbeteiligt gegenübertreten könnte, so kühl und ungerührt, wie jenen Mädchen, die mich geneckt haben, als man uns zu Bett brachte.* Und gleichzeitig fragte irgendein quälender Geist des Widerspruchs in ihr hartnäckig: *Warum ist er so sicher, daß ich ihn nie lieben werde?*

Einen Augenblick später sagte er, und sie fragte sich, ob er nicht doch über *Laran* verfügte und ihre Gedanken gelesen hatte: »Rohana, diese Eheschließung war nicht ganz und gar eine Vernunftheirat. Ich habe meinen Vater gebeten, für mich um deine Hand anzuhalten, obwohl ich wußte, daß du zu jung für mich warst.«

Sie blickte ihn überrascht an. Warum hatte er das getan? Sie konnte sich nicht erinnern, ihn je zuvor gesehen zu haben, obwohl sie einander vermutlich zur Zeit der Ratssitzungen begegnet sein mußten, als sie ein kleines Mädchen und er schon ein junger Mann gewesen war.

Ach, gesegnete Cassilda, ich werde das nur ertragen können, wenn ich ihm wirklich ganz gleichgültig gegenüberstehe.

Sie hörte selbst, wie feindselig ihre Stimme klang, als sie fragte: »Aber warum, Gabriel?«

Er antwortete, und seine Worte kamen zögernd: »Nicht nur, weil du schön bist, glaub das nicht.«

Also weiß er, daß mich das kränken würde, dachte sie. Wenigstens hielt er sie nicht für eine dieser Frauen, die beleidigt sind, wenn man ihnen nicht ihres Aussehens wegen schmeichelt und Komplimente macht.

»Weil«, fuhr er ein wenig stammelnd fort, »ich . . . dich einmal gesehen habe, als ich deinen Bruder besuchte. Du hast gesungen und auf der *Rryl* gespielt. Ich liebe Musik über alles – meine Pferde vielleicht ausgenommen –, und der Gedanke, daß wir das gemeinsam haben könnten . . .«

»Liebst du wirklich Musik?«

»Ich habe wenig Geschick dazu, ein Instrument zu spielen«, gestand er. »Ich bin mit ungeschickten Fingern geboren, die sich meinem Willen nicht fügen; aber bis zum Stimmbruch war ich im Chor von Nevarsin erster Sopran. Es heißt, ich hätte immer noch eine angenehme Stimme, und ich liebe das Singen. Nichts würde mir größere Freude bereiten, als wenn eines unserer Kinder musikalisch wäre. Eine solche Begabung würde ich höher schätzen als alles *Laran.*«

»Ich habe dich heute abend singen hören«, erwiderte Rohana, »eins von diesen fürchterlich rohen Trinkliedern, doch es stimmt, daß du eine schöne Stimme hast.«

»Ich freue mich, daß dir etwas an mir gefallen hat«, meinte er und betrachtete sie mit einem Lächeln, in dem eine schwache Hoffnung lag. »Ich habe noch nie eine so unglücklich aussehende Braut gesehen und könnte den Gedanken nicht ertragen, daß du mich schon jetzt haßt.«

Schnell und impulsiv sagte sie: »Ich finde nichts an dir, das ich

hassen könnte.« Wieder lächelte er, und sie mußte an einen Welpen denken, der Freundschaft schließen möchte.
»Stört es dich, daß ich nicht trinken kann wie ein Mann? Meine Brüder machen sich ständig über mich lustig, weil ich keinen Wein vertrage und mir davon meist übel wird. Sie haben gesagt, ein Bräutigam kränkt seine Braut, wenn er ihr nicht zutrinkt, und ich sollte mich wenigstens am Hochzeitstag einmal richtig vollaufen lassen.«
»Meinetwegen brauchst du nie zu trinken; ich verachte die Trunkenheit«, erklärte sie und ertappte sich dabei, daß sie sich wünschte, er möge so bleiben.
Er lächelte zögernd. »Ich hatte Angst, wenn ich zuviel trinken würde, könnte ich mich vergessen und – grob mit dir umgehen«, bekannte er. »Als ich Catalina heiratete«, er wandte den Blick ab, »überredeten sie mich, betrunken zu ihr zu gehen – ich hatte zudem Angst – und es dauerte später sehr lange, bis sie ihre – ihre Furcht vor mir überwand; ich glaube, noch als sie starb, war sie nicht völlig frei davon.«
»Oh, Gabriel, wie schrecklich für dich!« rief Rohana, ohne zu überlegen.
»Und für sie, das arme Mädchen. Ich wollte das Risiko nicht eingehen, auch dich zu verschrecken.«
Sie sagte, von einem warmen Impuls getrieben: »Ich glaube nicht, daß ich jemals Angst vor dir haben könnte.«
»Verhüte Gott, daß du jemals Grund dazu haben solltest.« Und einen Augenblick später: »Wenn ein Mann einer – einer Mätresse oder einer Kurtisane – den Hof machen kann, so daß sie ihn lieb gewinnt, dann sehe ich keinen Grund, warum ein Mann nicht um seine eigene Frau werben sollte wie um eine Geliebte. Vielleicht liebst du mich eines Tages so wie den Mann, den du dir selber ausgesucht hättest.« Seine Augen waren, wie sie ungläubig feststellte, voller Tränen. »Schließlich bin ich mit der schönsten und edelsten Dame in den Domänen verheiratet – mit der, die ich mir unter allen und überall ausgesucht hätte.«
Und wie damals im Turm konnte sie die aufbrandende Woge

seines Verlangens spüren, und wie damals war sie halb ängstlich, halb erregt, fortgerissen in ein tiefes Bewußtsein des anderen.
So ist es also, wenn man ohne Furcht und Zögern den Geist eines anderen Menschen berührt. Ich brauche mich nicht vor ihm zurückzuhalten; es ist mein Recht, ihn zu begehren, seine Leidenschaft zu teilen, ja, es ist sogar meine Pflicht.
Und doch empfand sie einen Anflug von Trauer. *Wie kann ich je erfahren, ob das wirklich das ist, was ich will, oder ob ich mich nur von ihm mitreißen lasse, seine Leidenschaft, seine Wünsche, sein Verlangen zu teilen? Habe ich denn nichts Eigenes mehr?* Als sie ihre Hand in die seine legte und ihm dann die Arme entgegenstreckte, fragte sie sich, ob es überhaupt darauf ankam. Wichtig war doch nur, daß sie ein Fleisch wurden; war es von Bedeutung, wer als erster begehrte?
Ja, überlegte sie betrübt, *für mich ist es von Bedeutung, wenn auch nicht so sehr, daß ich mich dieser Gemeinschaft verweigere; denn ob ich will oder nicht, man hat mich ihm gegeben. Und weil auch er mir gegeben wurde, ist es besser, wenn wir einander willig gehören anstatt unwillig.*
Ich könnte bleiben, was ich bin, und mich wehren, so wie ich es im Turm getan habe. Warum soll ich Gabriel schenken, was ich Rafael verweigert habe – nur weil unsere Familien uns vereint haben, ohne daß wir es wollten? Oder jedenfalls, ohne daß ich es wollte; denn Gabriel möchte mich lieben. Ich könnte mich von ihm fernhalten – aber dann würde es das Glück nicht geben, von dem ich glaube, daß wir es miteinander finden können. Ich könnte bleiben, was ich bin, und eine unglückliche Ehe führen. Ist das ein zu hoher Preis für meine innere Unberührtheit? Oder soll ich mich von diesem übermächtigen Gefühl fortreißen lassen, um vielleicht – zumindest für eine Weile – sehr glücklich zu werden und nie wieder zu wissen, was es bedeutet, ich selbst zu sein?
Wie aber kann ich etwas anderes sein als ich selbst? Ist das hier nicht auch »ich selbst«? So grübelte sie, bis Gabriel sie küßte und sie vergaß, was alle diese Fragen bedeuteten.

Und nun lag er vor ihr und war tot, und sie fragte sich, ob sie jemals gewußt hatte, was Liebe hieß, oder ob es überhaupt so etwas gab. Dieser Mann, dem sie ein Heim gegeben, den sie gepflegt und dem sie Kinder geboren, der Mann, mit dem sie mehr als ein halbes Leben verbracht hatte . . .
Jetzt, dachte sie, *bin ich allein, und zwar für immer. Aber ich bin wieder ich selbst – wenn ich mich überhaupt noch erinnern kann, wer ich eigentlich bin.*

ALLES AUSSER FREIHEIT

»Ich habe nicht gesagt, daß ich nichts bedaure, Jaelle«, sagte Rohana ganz leise, »nur daß alles auf dieser Welt seinen Preis hat ...«
»Also glaubst du wirklich, daß du einen Preis bezahlt hast? Ich dachte, du hättest mir eben erst erzählt, du besäßest alles, was sich eine Frau nur wünschen kann.«
Rohana sah Jaelle nicht in die Augen; sie wollte nicht weinen.
»Alles außer Freiheit, Jaelle.«
Die zerbrochene Kette (1976)

I

»Seht nur!« rief Jaelle und lehnte sich über den Balkon. »Ich glaube, sie kommen.«
Die Herrin Rohana Ardais kam ihr aus dem Zimmer nach. Die Schwangerschaft hatte ihre Schritte ein wenig vorsichtiger werden lassen. Langsam trat sie an den Rand des Balkons, stellte sich neben ihre Pflegetochter Jaelle und beugte sich vor, um hinabzuschauen. Sie versuchte, über die Biegung der von Bäumen gesäumten Bergstraße hinauszublicken, die zur Burg von Ardais hinaufführte.
»Ich kann nicht so weit sehen«, bekannte sie, und Jaelle, die besorgt darüber war, wie gekrümmt die Ältere sich hinauslehnte, packte sie um die Mitte und zog sie vom Rand zurück.

Unruhig machte sich Rohana los, und Jaelle gestand: »Ich habe immer noch Angst vor diesen Höhen. Wenn ich dich so nahe am Rand sehe, gefriert mir das Blut in den Adern. Wenn du hinunterstürzen würdest –« Sie brach schaudernd ab.

»Aber das Geländer ist doch so hoch«, mischte die dritte Frau sich ein, die ihnen aus dem Inneren des Zimmers gefolgt war, »sie kann gar nicht herunterfallen, selbst wenn sie es wollte. Schau, auch wenn ich hier hinaufkletterte –« Die Herrin Alida machte eine Bewegung, als wollte sie auf das Geländer steigen, und Jaelles Gesicht wurde weißer als ihr Hemd; Rohana schüttelte den Kopf.

»Neck sie nicht, Alida. Sie fürchtet sich wirklich.«

»Das tut mir leid. Hat es dir wirklich etwas ausgemacht?«

»Ja. Nicht mehr soviel wie zu Anfang, als ich hierherkam, aber ... Gewiß ist es töricht.«

»Nein«, beruhigte Rohana, »eigentlich nicht; du stammst aus der Wüste und bist die Höhen der Berge nicht gewöhnt.«

Jaelle war in den Trockenstädten geboren und aufgewachsen. Ihre Mutter war eine entführte Comyn-Frau, ihr Vater ein Wüstenhäuptling, nach den Maßstäben der Comyn kaum etwas Besseres als ein Räuber. Vor vier Jahren hatte ein kühner Handstreich von Söldnerinnen der Freien Amazonen Melora und die zwölfjährige Jaelle befreit; aber Melora war in der Wüste bei der Geburt eines Kindes gestorben, dessen Vater der Häuptling aus den Trockenstädten war. Rohana hatte Meloras Kinder als Pflegekinder annehmen wollen, aber Jaelle hatte sich dafür entschieden, als Pflegling der Freien Amazone Kindra n'ha Mhari in das Gildenhaus der Amazonen zu gehen.

Wieder spähte Jaelle vorsichtig über das Geländer. »Sie sind schon an der Wegbiegung vorbei«, sagte sie. »Ja, das ist Kindra; keine andere reitet wie sie!«

»Alida«, bat Rohana, »würdest du hinuntergehen und danach sehen, daß Gastzimmer bereitstehen?«

»Gewiß, Schwester.« Alida, viele Jahre jünger als die Herrin Rohana, war die jüngere Schwester von Rohanas Gatten, Gabriel Ardais. Sie war eine *Leronis,* ausgebildet in einem Turm und erfahren in allen Seelenkünsten der Comyn, dem sogenannten *Laran*.

»Freust du dich, deine Pflegemutter wiederzusehen, Jaelle?« erkundigte sie sich.

»Natürlich, und ich bin auch froh, nach Hause zu kommen«, verkündete Jaelle und bemerkte nicht den Schmerz, der Rohanas Gesicht durchzuckte.

»Ich hatte gehofft, daß du dich in diesem Jahr auch hier bei uns zu Hause gefühlt hast«, sagte Rohana milde.

»Niemals!« erklärte Jaelle nachdrücklich. Dann wurde sie weich, ging auf Rohana zu und umarmte sie impulsiv. »Ach bitte, Tante, mach nicht so ein Gesicht! Du weißt, daß ich dich lieb habe. Nur, nachdem ich frei war, ist mir das Leben hier vorgekommen, als wäre ich wieder angekettet, als lebte ich wieder in den Trockenstädten!«

»Ist es wirklich so schlimm?« fragte Rohana. »Ich habe nicht das Gefühl, meine Freiheit verloren zu haben.«

»Vielleicht macht es dir ja nichts aus, eingesperrt zu sein; aber mir schon«, erwiderte Jaelle. »Du reitest noch nicht einmal mit beiden Beinen, sondern bürdest deinem Pferd einen Damensattel auf – eine Beleidigung für jedes gute Pferd. Und«, sie zögerte, »schau dich doch an! Ich weiß, auch wenn du es nie gesagt hast, daß du eigentlich kein weiteres Kind wolltest. Elorie ist schon zwölf Jahre alt und fast eine Frau, und Kyril und Rian sind beinahe erwachsene Männer. Immerhin ist Kyril bereits siebzehn und Rian so alt wie ich!«

Rohana zuckte zusammen. Sie hatte nicht gewußt, wie genau ihr Pflegling die Dinge durchschaute. Aber sie antwortete ruhig: »In der Ehe kann nicht einer allein entscheiden. Man muß seine Beschlüsse gemeinsam fassen. Ich habe in vielen Dingen selbst wählen dürfen. Gabriel wünschte sich noch ein Kind, und ich fand, ich könnte es ihm nicht abschlagen.«

»Das weiß ich besser«, versetzte Jaelle knapp. Sie hatte für ihren Onkel Gabriel, den Herrn von Ardais, nichts übrig und machte auch kein Hehl daraus. »Mein Onkel war böse auf dich, weil du meinen Bruder Valentin als Pflegesohn hierherbrachtest, und ich weiß, daß er gesagt hat, wenn du noch ein kleines Kind aufziehen könntest, das nicht einmal von deinem eigenen Blut ist, gäbe es keinen Grund für dich, nicht auch ihm ein weiteres Kind zu schenken.«

»Jaelle, das verstehst du nicht«, protestierte Rohana.

»Nein, und hoffentlich werde ich es auch nie tun!«

»Was du nicht siehst, ist, daß Gabriels Glück für mich sehr wichtig ist«, erklärte Rohana, »und wenn es ihn glücklich macht, ist mir das ein weiteres Kind wert.«

Aber insgeheim war Rohana voller Aufruhr. Jaelle hatte recht: Eigentlich hatte sie jetzt, da sie mit Meloras Sohn belastet war, kein eigenes Kind mehr haben wollen. Der kleine Valentin war nicht einmal vier Jahre alt. Rohanas eigene Söhne waren über ein »Baby« als Pflegebruder nicht sonderlich erfreut gewesen; nur ihre Tochter behandelte den Kleinen, der inzwischen munter durch die Gegend stapfte, als besonderen Liebling, eine Art lebendiger Spielpuppe. Rohana war dankbar, daß Elorie den Pflegling ihrer Mutter liebte, empfand sie selbst es doch als schwere Bürde, noch einmal ein Kleinkind um sich zu haben, nachdem sie alle eigenen Kinder über die Pubertät gebracht hatte. Und nun, in einem Alter, in dem sie gehofft hatte, Geburten und Kinderstillen lägen endgültig hinter ihr, mußte sie die ganze Prozedur von vorn durchmachen – und sie war nicht mehr kräftig und unermüdlich wie in ihrer Jugend.

Rohana versuchte das Thema zu wechseln. Allerdings war das neue nicht weniger brisant.

»Bist du immer noch entschlossen, so bald wie möglich den Eid des Entsagens abzulegen?«

»Ja; du weißt doch, daß ich ihn schon vor einem Jahr leisten wollte«, entgegnete Jaelle mürrisch. »Du hast es damals verhindert, aber inzwischen bin ich vollständig mündig und kann nach dem Gesetz nicht davon abgehalten werden.«

Jaelle wußte, daß es nicht nur Rohanas fehlende Einwilligung gewesen war, die den Eid vereitelt hatte, mit dem sie zur Freien Amazone geworden wäre, einem Mitglied der Schwesternschaft der Entsagenden. Es war Kindra selbst gewesen,

die sie daran gehindert hatte, und während Jaelle zusah, wie sich die Amazone jetzt der Burg von Ardais näherte, erinnerte sie sich, wie sie vor einem Jahr gemeinsam dieselbe Straße hinaufgeritten waren. Jaelle war gekränkt und wütend gewesen.
»Ich bin mündig, Kindra«, hatte sie damals protestiert. »Ich bin fünfzehn Jahre alt; es ist mein Recht, den Eid zu leisten. Ich habe zwei Jahre im Gildenhaus gelebt, und ich weiß, was ich will. Das Gesetz gestattet es. Warum willst du mich davon abhalten?«
»Es geht nicht um das Gesetz«, hatte Kindra eingewendet. »Es geht um die Ehre. Ich habe der Herrin Rohana mein Wort gegeben; bedeutet dir meine Ehre nichts, Pflegetochter?«
»Du hattest nicht das Recht, ein solches Wort zu geben, bei dem es um *meine* Freiheit ging«, wehrte sich Jaelle zornig.
»Jaelle, du bist als Comyn-Tochter geboren, Melora Aillards Tochter, nächste Erbin der Domäne von Aillard«, hatte Kindra sie erinnert. »Trotzdem hat der Rat dir nicht verboten, eine Entsagende zu werden. Aber er hat darauf bestanden, daß du zuvor ein Jahr als Comyn-Tochter leben mußt, und sei es auch nur, um sicherzugehen, daß wir dich nicht entführt oder dir widerrechtlich verweigert haben, dein Erbe anzutreten.«
»Wer würde so etwas glauben!« hatte Jaelle gerufen.
»Viele, die vom Weg des Entsagens nichts wissen und unserer Ehre nicht trauen«, antwortete Kindra. »Ich mußte mich dazu verpflichten; es war der Preis dafür, daß ich dich als Pflegling ins Gildenhaus aufnehmen durfte. Wenn du alt genug wärst, um heiraten zu können, solltest du nach Ardais gebracht werden, um dort mindestens ein Jahr – eigentlich wollten sie eine dreijährige Frist – als Comyn-Tochter zu leben und zu begreifen, auf welches Erbrecht und welches Erbgut du verzichten wolltest. Du solltest nichts verwerfen, fanden sie, ohne gesehen und erfahren zu haben, worin es eigentlich bestand.«
»Was ich vom Erbe der Comyn weiß, will ich weder besitzen, noch achten, noch annehmen«, hatte Jaelle stürmisch erklärt. »Mein Leben ist hier bei den Gildenschwestern, und ich schwöre, daß ich nie ein anderes kennen möchte.«

»Oh, sei still«, flehte Kindra, »wie kannst du so etwas sagen, wenn du das, worauf du verzichtet hast, überhaupt nicht kennst!«

»Und was hat es meiner Mutter genützt, daß sie eine Comyn war?« fragte Jaelle. »Sie ließen sie meinem Vater in die Hände fallen und bei ihm hausen, nicht besser als eine Sklavin!«

»Und was hätten sie deiner Meinung nach tun sollen? Sämtliche Domänen in einen Krieg mit den Trockenstädten stürzen? Wegen einer einzigen Frau?«

»Hätte Jalak von den Trockenstädten den Erben von Hastur entführt, hätten sie keine Sekunde gezögert, um seinetwillen Krieg anzufangen, soviel weiß ich«, hatte Jaelle eingewendet, und Kindra hatte geseufzt, weil sie wußte, daß Jaelle die Wahrheit sprach. Kindra hatte selbst nicht allzuviel für die Comyn übrig, obwohl sie die Herrin Rohana aufrichtig bewunderte und respektierte. Es war viel Überredungskunst nötig gewesen, bis Jaelle eingewilligt hatte, ein Jahr als Rohanas Pflegetochter in Ardais zu leben und zu lernen, was es bedeutete, als Tochter der Comyn geboren zu sein.

Jetzt war das Jahr zu Ende, und Kindra kam, wie sie es versprochen hatte, um Jaelle zurück ins Gildenhaus zu holen, damit diese den Eid ablegen und für immer als freie Frau der Gilde leben könnte, unabhängig von Clan und Erbe.

Hastig schob Jaelle sich an Rohana vorbei und rannte die Treppe hinunter. Als sie an der großen Haustür ankam, ritt Kindra gerade den langen Pfad hinauf. Jaelle verfluchte die verhaßten Röcke, die sie in Ardais tragen mußte, raffte sie mit beiden Händen und eilte den Weg zum Eingang hinab, um sich auf Kindra zu stürzen, ehe sie noch ganz abgestiegen war. Sie riß die andere fast aus dem Sattel.

»Langsam! Langsam, mein Kind«, mahnte Kindra und schloß Jaelle in die Arme. Als sie sah, daß das Mädchen weinte, hielt sie sie auf Armeslänge von sich und musterte sie ernsthaft. »Was ist?«

»Ach, ich bin nur so – so froh, dich wiederzusehen!« schluchzte Jaelle und trocknete sich hastig die Augen.

»Komm, Kind! Ich kann mir nicht vorstellen, daß Rohana unfreundlich zu dir war oder daß du hier derart unglücklich gewesen bist!«
»Nein, Rohana ist es nicht – niemand hätte liebenswürdiger sein können –, aber ich habe die Tage gezählt! Ich kann es nicht erwarten, nach Hause zu kommen!«
Kindra umarmte sie fest. »Ich habe dich auch vermißt, und wir werden alle froh sein, dich wieder bei uns zu haben. Also hast du dich nicht entschlossen, in den Domänen zu bleiben und zu heiraten, wie dein Clan es gewünscht hätte?«
»Niemals!« rief Jaelle. »Ach, Kindra, du weißt nicht, wie es hier ist! Rohanas Frauen sind so dumm; sie haben nichts anderes im Kopf als hübsche Kleider oder wie sie ihr Haar frisieren sollen, und können stundenlang darüber reden, welcher von den Wachmännern ihnen abends zugelächelt oder zugezwinkert hat, wenn wir in der Halle tanzen – sie sind so dumm! Selbst meine Kusine, Rohanas Tochter, ist genauso schlimm wie die anderen!«
Kindra bemerkte milde: »Ich kann kaum glauben, daß Rohana eine dumme Tochter haben könnte.«
»Nun ja, dumm ist Elorie vielleicht nicht«, räumte Jaelle widerwillig ein. »Sie hat aber schon gelernt, daß sie sich nicht beim Denken erwischen lassen darf, wenn ihr Vater oder ihre Brüder im selben Zimmer sind. Sie tut, als wäre sie so töricht wie die übrigen.«
Kindra verbarg ein Lächeln. »Dann ist sie vielleicht klüger, als du begreifst, denn sie kann denken, was sie will, ohne daß man sie deshalb tadelt – etwas, das du noch nicht gelernt hast, Herzchen. Komm, wir wollen hinaufgehen, damit ich der Herrin Rohana meine Aufwartung machen kann. Ich freue mich sehr, sie wiederzusehen.«
»Wann können wir nach Hause, Kindra? Morgen?« fragte Jaelle begierig.
»Auf keinen Fall«, antwortete Kindra schockiert. »Man hat mich eingeladen, einen Zehntag oder länger als Gast hierzubleiben; allzugroße Hast wäre eine Unhöflichkeit gegenüber

deinen Verwandten – so, als könntest du es gar nicht abwarten, von ihnen wegzukommen.«
»Kann ich auch nicht«, brummte Jaelle, aber unter Kindras strengem Blick wagte sie nicht, es laut zu sagen. Sie rief einen Reitknecht, Kindra das Pferd abzunehmen, und führte sie dann zur Eingangstreppe, wo Rohana bereits wartete.
Die zwei Frauen begrüßten einander mit einer Umarmung. In geringer Entfernung stand Jaelle, betrachtete die beiden, wie sie so nebeneinanderstanden, und studierte die Gegensätze.
Rohana, Herrin von Ardais, war eine Frau in der Mitte der Dreißiger. Ihr Haar zeigte das echte Comyn-Rot der erblichen Comyn-Kaste. Es war kunstvoll im Nacken frisiert. Eine kupferne, mit Perlen verzierte Schmetterlingsspange hielt es zusammen. Rohana trug ein langes, elegantes Überkleid aus blauem Samt, der fast die Farbe ihrer Augen hatte. Das dünne, hellfarbige Unterkleid war mit schwerer Stickerei besetzt und das Übergewand an Hals und Ärmeln mit dichtem, dunklem Pelz verbrämt. Die reiche Kleidung wirkte jetzt ein wenig plump; der Körper war durch die Schwangerschaft angeschwollen.
Im Gegensatz zu Rohana sah Kindra eindeutig wie eine Frau in mittleren Jahren aus; eine hochgewachsene, schlaksige Gestalt in den Stiefeln und Hosen der Amazonen, die ihre langen Beine noch länger aussehen ließen, als sie schon waren. Ihr Gesicht war schmal, fast hager, und ihre Züge machten zusammen mit dem kurzgeschnittenen grauen Haar einen verwitterten Eindruck. Um Augen und Mund zeigten sich beginnende kleine Falten. Zum ersten Mal fragte sich Jaelle, wie alt Kindra, die ihr immer alterslos erschienen war, wohl sein mochte. Sie war älter als Rohana – oder lag es nur daran, daß Rohanas vergleichsweise behütetes Dasein ihr den Schein der Jugend bewahrt hatte?
»Kommt doch herein, meine Lieben«, sagte Rohana jetzt und schob einen Arm unter Kindras und den anderen unter Jaelles Ellenbogen. »Ich hoffe, Ihr stattet uns einen langen Besuch ab,

Kindra. Aber Ihr seid doch bestimmt nicht den ganzen langen Weg von Thendara aus allein geritten?«

Jaelle überlegte verächtlich, ob Rohana wohl meinte, Kindra könnte vor einer so langen Reise allein Angst gehabt haben, so wie Rohana sich vielleicht gefürchtet hätte. Jaelle hätte die Frage als kränkend empfunden; aber Kindra antwortete ohne zu zögern, daß sie bis zur Abzweigung nach Scaravel Gesellschaft gehabt hätte: eine Gruppe von Bergsteigern auf dem Weg nach den fernen Hellers und drei Gildenschwestern, die sie als Führerinnen gemietet hatten.

»Rafaella war dabei, die dir viele liebe Grüße sendet, Jaelle; sie hat dich vermißt, und Doria, ihr kleines Mädchen, auch. Sie hofften beide, dich ein andermal wiederzutreffen.«

»Ach, wenn doch nur Rafi mit dir mitgekommen wäre!« rief Jaelle. »Sie ist fast meine engste Freundin.«

»Nun, vielleicht ist sie in Thendara, wenn wir zurückkommen«, erwiderte Kindra lächelnd und fügte zu Rohana gewandt hinzu: »Es waren hauptsächlich Terraner vom neuen Raumhafen; sie wollen die Hellers kartographieren – die Straßen, die Berggipfel und alles übrige.«

»Hoffentlich nicht zu kriegerischen Zwecken«, meinte Rohana.

»Das glaube ich nicht; es ist wohl nur zur Information«, antwortete Kindra. »Die Terraner scheinen sämtlich eine Leidenschaft für jede Form nutzloser Kenntnisse zu haben, die Höhe von Bergen, die Quellen von Flüssen und dergleichen – ich kann mir nicht vorstellen, warum, aber vielleicht könnten diese Dinge auch für uns nützlich sein.«

Sie waren jetzt im Eingang zur Großen Halle angekommen, und Jaelle bemerkte *Dom* Gabriel, Rohanas Gatten, Verweser und Oberhaupt der Domäne von Ardais. Er stand in der Ecke bei einem Stapel von Jagdgerätschaften; ein großer Mann von straffer, soldatischer Haltung, die seine alte Jagdkleidung wie eine Uniform aussehen ließ.

»Du hast Gäste, Rohana? Du hast mich nicht darauf vorbereitet, daß wir Gesellschaft haben würden«, sagte er schroff.

»Genau gesagt, ist diese Dame Jaelles Gast: Kindra n'ha Mhari vom Gildenhaus Thendara«, erklärte Rohana gelassen. »Aber obwohl sie hierhergereist ist, um Jaelle abzuholen, ist sie meine Freundin, und ich habe sie eingeladen, hierzubleiben und mir Gesellschaft zu leisten, jetzt, da ich so eng an Haus und Garten gefesselt bin.«

Gabriels ausdrucksvolles Gesicht hatte sich mißbilligend verfinstert, als sein Blick auf Kindras behoste und gestiefelte Beine fiel; bei Rohanas letzten Worten wurde seine Miene jedoch weicher, und er antwortete mit vollendeter Höflichkeit. »Was immer du wünschst, Liebste. *Mestra*« – er gebrauchte die höfliche Anrede des Edelmanns für eine im Rang unter ihm stehende Frau –, »ich heiße Euch willkommen; jeder Gast meiner Gattin ist ein willkommener und geschätzter Gast meines Hauses. Möge Euer Verweilen Euch Freude bringen.«

Er ging ihnen voraus in die obere Halle. »Hörte ich Euch von *Terranan* in den Hellers sprechen? Diesen seltsamen Wesen, die von anderen Welten zu stammen behaupten und in geschlossenen Metallsänften über den Abgrund der Sterne gekommen sein wollen? Ich dachte, das wäre ein Märchen für Kinder.«

»Was immer sie auch sein mögen, *vai dom*, ihre Geschichte ist kein Märchen«, entgegnete Kindra. »Ich habe die großen Schiffe gesehen, in denen sie kommen und gehen, und einer der Professoren in der Stadt durfte sie zum Mond Liriel begleiten, wo sie etwas errichtet haben, das sie Observatorium nennen und mit dem sie die Sterne studieren.«

»Und das haben die Herren von Hastur erlaubt?«

»Ich glaube, Herr, wenn wir wirklich nur eine von vielen Welten unter den Sternen sind, kommt es vielleicht nicht so sehr darauf an, ob die Herren von Hastur etwas gestatten oder nicht«, erwiderte Kindra ehrerbietig. »Eins ist sicher, eine solche Wahrheit wird unsere Welt verändern, und nichts kann je wieder sein wie zuvor.«

»Ich sehe nicht ein, warum das so sein muß«, meinte Gabriel in seinem gewöhnlichen schroffen Ton. »Was haben sie mit mir oder der Domäne zu schaffen? Ich sage, sie sollen uns in Ruhe lassen, dann lassen wir sie auch in Ruhe – oder?«

»Ihr mögt recht haben, Herr; aber bedenkt auch: Wenn diese Menschen so klug sind, daß sie von einer Welt zur andern zu reisen vermögen, dann könnten sie uns vielleicht noch vieles lehren.«

»Auf jeden Fall brauchen sie nicht hierher nach Ardais kommen und es mir beibringen wollen. Ich beurteile selbst, was meine Leute lernen sollen und was nicht«, verkündete Gabriel, »und damit hat es sich.« Er marschierte zu einer hohen hölzernen Anrichte, auf der Flaschen und Gläser standen, und begann einzugießen. Höflich sagte er zu Rohana: »Es würde dir bestimmt guttun, aber vermutlich ist dein Magen immer noch zu empfindlich, um so früh etwas zu trinken, meine Liebe? Und Ihr, *Mestra*?«

»Vielen Dank, Herr; es ist auch für mich noch ein wenig zu früh«, antwortete Kindra und schüttelte den Kopf.

»Jaelle?«

»Nein danke, Onkel«, sagte Jaelle und bemühte sich, eine Grimasse des Ekels zu unterdrücken. *Dom* Gabriel goß sich ein Glas ein und leerte es hastig, füllte es dann ein zweites Mal und nahm einen entspannten Schluck. Rohana seufzte und ging zu ihm hinüber. Mit leiser Stimme sagte sie: »Bitte, Gabriel, heute kommt der Verwalter mit den Zuchtbüchern, um das Decken der Stuten mit dir zu planen.«

Gabriel runzelte die Stirn, und seine Miene bekam etwas zynisch Verbissenes. »Schäm dich, Rodi«, sagte er, »vor einem jungfräulichen Mädchen von so etwas zu reden.«

Rohana seufzte wieder und antwortete: »Jaelle stammt auch vom Land und ist mit diesen Dingen ebenso vertraut wie unsere eigenen Kinder, Gabriel. Bitte versuche, für ihn nüchtern zu sein, ja?«

»Ich werde meine Pflicht nicht vernachlässigen, meine Liebe«, erklärte *Dom* Gabriel. »Kümmert Ihr Euch um Eure Aufgaben, Herrin, und ich werde die meinigen erfüllen.« Er goß sich ein drittes Glas ein. »Ich bin sicher, ein Schlückchen hiervon wäre

gut gegen deine Übelkeit; möchtest du es nicht doch versuchen?«
»Nein danke, Gabriel, ich habe heute morgen noch sehr viel zu tun«, gab sie zurück und forderte ihre Gäste mit einer Handbewegung auf, ihr nach oben zu folgen. Sobald sie außer Hörweite waren, sagte Jaelle heftig: »Eine Schande! Schon jetzt ist er halbbetrunken! Und noch bevor der Verwalter hier ist, wird er irgendwo im Vollrausch auf dem Boden liegen, falls sein Diener nicht auf den Gedanken kommt, ihn in irgendeinen Stuhl zu setzen. Er kann sich genausowenig um die Zuchtbücher kümmern, wie ich eines der terranischen Sternschiffe steuern könnte!«
Rohanas Gesicht war bleich, aber sie sprach völlig gelassen.
»Es steht dir nicht zu, deinen Onkel zu kritisieren, Jaelle. Ich bin zufrieden, wenn er allein trinkt und keinen der Jungen verleitet, ihm Gesellschaft zu leisten; Rian ist jetzt schon außerstande, wie ein Edelmann zu trinken, und Kyril ist noch schlimmer. Es macht mir nichts aus, die Zuchtbücher zu bearbeiten.«
»Aber warum läßt du zu, daß er sich so zum Tier macht, und noch dazu jetzt?« fragte Jaelle und warf einen kritischen Blick auf Rohanas sichtlich dicker gewordene Mitte.
»Er trinkt, weil er Schmerzen hat; ich habe kein Recht, ihm Vorschriften zu machen«, erklärte Rohana. »Komm, Jaelle, wir wollen für Kindra ein Gästezimmer suchen, das nahe bei deinem liegt. Dann muß ich nachsehen, ob man Valentin ordentlich gewaschen und gefüttert hat und ob die Kinderfrau auch mit ihm draußen war, damit er heute morgen an der frischen Luft spielen konnte.«
»Ich hatte gedacht«, bemerkte Kindra, »daß Jaelle selbst die Versorgung ihres Bruders übernommen hätte. Du bist jetzt ein großes Mädchen, Jaelle, fast eine Frau, und solltest etwas von Kinderpflege wissen.«
Jaelle verzog angewidert das Gesicht.
»Ich habe nichts für kleine Schreihälse übrig. Wozu sind denn die Kinderfrauen gut?«

»Und dennoch bist du Valentins nächste lebende Verwandte; er hat ein Recht auf deine Fürsorge und Gesellschaft«, beharrte Kindra ruhig. »Du solltest der Herrin Rohana, die schon beladen genug ist, einen Teil dieser Last abnehmen.«
Rohana lachte. »Laßt sie in Ruhe, Kindra. Ich will nicht, daß sie allzujung die Bürde eines Kindes tragen muß, wenn sie keinerlei Neigung dazu verspürt. Schließlich wird er nicht vernachlässigt; Elorie hängt an Valentin, als wäre er ihr eigenes Brüderchen –«
»Um so dümmer von ihr«, fiel Jaelle ihr ins Wort.
»Er muß jetzt schon ein ziemlich großer Junge sein; drei oder vier, nicht wahr?« fragte Kindra.
»Ja«, erwiderte Rohana eifrig, »und so ein lieber Junge, ganz brav, fügsam und sanft. Man würde nie glauben –«
Sie unterbrach sich, aber Jaelle setzte den Satz fort: »Nie glauben, daß er mein Bruder ist? Ich weiß sehr wohl, Tante, daß ich das alles nicht bin, und tatsächlich will ich es auch gar nicht sein.«
»Was ich sagen wollte, Jaelle, war, daß man ihn kaum für einen Vetter meiner Söhne halten würde, laut und lärmend, wie sie sind, und daß man kaum glauben mag, daß er vom Clan oder der Sippe der Trockenstädter ist.«
Kindra konnte beinahe hören, was Rohana ursprünglich hatte sagen wollen: *Man würde nie glauben, daß sein Vater ein Räuber aus den Trockenstädten ist.* Sie staunte, daß Jaelle, in deren Adern doch das Telepathenblut der Comyn floß, nicht begriff, was Rohana meinte; aber sie schwieg. Kindra mochte Rohana sehr gern und wünschte nur, daß die Herrin und ihre Pflegetochter einander besser verständen, was sich freilich durch den bloßen Wunsch nicht ändern ließ. Rohana führte sie in ein Gästezimmer und ließ sie zum Auspacken allein. Jaelle blieb und ließ sich auf eine Satteltasche fallen, die schlaksigen Knie angezogen, die grauen Augen voll zornigen Aufbegehrens.
»Du versuchst immer noch, mich zu einer Comyn-Herrin wie Rohana zu machen! Ich soll dies und das tun, ich soll mich um meinen kleinen Bruder kümmern, und ich weiß nicht, was

sonst noch alles! Warum müssen wir hierbleiben? Warum können wir nicht morgen nach Thendara aufbrechen? Ich will nach Hause! Ich dachte, du wärst hergekommen, um mich zu holen. Du hast versprochen, wenn ich es ein Jahr aushielte, dürfte ich den Eid ablegen. Wie lange muß ich nun noch warten?«

Kindra schien der Augenblick gekommen, dem Mädchen die wahre Situation vor Augen zu führen. Sie zog die noch immer Protestierende neben sich auf den Boden.

»Hör zu, Jaelle; es ist keineswegs sicher, daß der Rat dir die Genehmigung geben wird, den Eid zu schwören. Nach dem Gesetz ist der Rat der Comyn noch immer dein gesetzlicher Vormund. Rohana wurde, solange du minderjährig warst, die Pflegschaft übertragen. Eine Frau aus den Domänen ist etwas anderes als eine Frau aus dem Volk«, begann Kindra. »Ich darf es nicht wagen, deine Vormünder zu erzürnen. Du weißt, daß der Freibrief des Gildenhauses nur der Gunst des Rates zu verdanken ist; lassen wir dich ohne Genehmigung den Eid leisten, könnte unser Haus seinen Freibrief verlieren.«

»Das ist ja ungeheuerlich! So etwas können sie freien Bürgerinnen nicht antun – oder doch?«

»Sie können es, Jaelle, aber normalerweise hätten sie keinen Grund dazu. Viele Jahre haben wir sorgsam darauf geachtet, ihre Vorrechte nicht anzutasten. Ich fürchte, es ist wirklich nichts weiter als das.«

»Willst du damit sagen, daß der Eid, in dem soviel von Freiheit vorkommt – *für immer jeder Bindung an Familie, Clan, Haus, Verweser und Lehnsherrn entsagen und nur an die Gesetze gebunden sein wie jeder freie Bürger* –, daß dieser Eid nichts als Augenwischerei ist? Du selbst hast mich gelehrt, an ihn zu glauben!«

Kindra sagte standhaft: »Der Eid ist alles andere als Augenwischerei, Jaelle. Er ist ein *Ideal* und läßt sich nicht immer und unter allen Umständen völlig verwirklichen; noch sind die, die über uns herrschen, nicht aufgeklärt genug, ihn in seiner ganzen Vollendung zuzulassen. Vielleicht kommt das eines Tages; jetzt aber ist die Welt, wie sie ist, und nicht so, wie du oder ich sie gern möchten.«

»Also muß ich hier in Ardais hocken und diesem alten Saufbold gehorchen, ihm und seiner rückgratlosen Frau, die danebensitzt und lächelt und sagt, daß sie tun muß, was er will, weil sie nicht bereit ist, ihm Einhalt zu gebieten – das ist wahrer Adel!«

»Ich kann dich nur um Geduld bitten, Jaelle. Die Herrin Rohana ist uns günstig gesonnen, und ihre Freundschaft kann beim Rat viel erreichen. Aber es wäre auch unklug, Herrn Gabriel zu verärgern.«

»Ich käme mir so verlogen vor, herumzulaufen und um die Gunst des Adels zu buhlen!«

»Es sind deine Verwandten, Jaelle, und es ist kein Verbrechen, sich um ihren guten Willen zu bemühen«, erklärte Kindra müde. Der Aufgabe, dem starrsinnigen Mädchen die Bedeutung von Diplomatie und Kompromiß klarzumachen, fühlte sie sich einfach nicht gewachsen. »Willst du mir jetzt helfen, meine Sachen auszupacken? Wir können später noch einmal darüber sprechen. Außerdem möchte ich deinen Bruder sehen. Meine Hände halfen, ihn auf die Welt zu bringen, und ich versprach deiner Mutter, daß ich mich immer, soweit ich es könnte, um sein Wohlergehen kümmern würde; und mein Wort versuche ich stets zu halten.«

»Mir hast du dein Wort, ich dürfte in einem Jahr den Eid ablegen, auch nicht gehalten«, wandte Jaelle ein, aber aus Kindras zornigem Blick sah sie, daß sie sogar ihre Geduld erschöpft hatte. Darum half sie lieber, Kindras mageren Kleidervorrat aus den Satteltaschen zu nehmen und ordentlich in Truhen zu verstauen.

II

Eine der wenigen Aufgaben Jaelles in Ardais, die ihr mit einem Dasein als Entsagender ganz und gar in Einklang zu stehen schienen, war die Versorgung ihres Pferdes. Zwar hätten es *Dom* Gabriel und selbst Rohana passender gefunden, wenn sie das Wohlbefinden des Tieres den Reitknechten anvertraut hätte, aber sie verboten ihr die Ställe nicht völlig. Fast jeden Morgen ging Jaelle noch vor Sonnenaufgang zum Hauptstall, um nach dem schönen, in der Ebene gezüchteten Pferd zu sehen, das Rohana ihr zum Geburtstag geschenkt hatte. Sie gab dem Tier Futter und striegelte es. Außerdem bewegte sie ihr Pferd selbst und ritt fast täglich. Obwohl sie sich immer noch darüber ärgerte, daß man ihr nicht erlaubte, wie ein Mann zu reiten, fügte sie sich Rohanas Willen, denn sie vermutete, daß dieses Nachgeben der Preis dafür war, daß sie überhaupt reiten durfte. Übrigens hätte niemand sagen oder andeuten können, daß die Herrin Rohana nicht auch eine gute Reiterin war, selbst wenn sie äußerlich die konventionellste aller Frauen zu sein schien.

Jaelle hatte den Verdacht, Rohana versuche ihr das Eingeständnis zu entlocken, daß man am Reiten im Damensattel genausoviel Vergnügen finden könne wie beim Ritt nach Art der Amazonen; das aber, dazu war sie entschlossen, würde sie niemals zugeben.

Vielleicht, dachte sie, könnte man Rohana, solange Kindra hier war – und Rohana würde keinen Gast zwingen, sich an ihre Sitten zu halten –, dazu überreden, daß Jaelle reiten durfte wie die Amazone. Jedenfalls wollte sie es versuchen. Die Kleidung der Entsagenden, die sie bei ihrer Ankunft getragen hatte, war ihr allerdings inzwischen zu klein. Sie war beinahe drei Zoll gewachsen, obwohl sie nie wirklich lang werden würde. Vielleicht ließ sich einer ihrer Vettern dazu bringen, ihr ein Paar Hosen zu leihen, bis man ihr die für die Rückkehr zum Gildenhaus erforderliche Kleidung genäht hatte; auf gar keinen Fall hatte sie vor, in dem lächerlichen Aufputz, den Rohana als Reitanzug einer jungen Dame für angemessen hielt, nach Thendara zurückzukehren. Die Sorte Reitkostüm, die ihre Kusine Elorie trug – ein dunkler, weitgeschnittener Rock und ein elegant sitzendes Jackett mit Samtaufschlägen –, wäre das Gespött sämtlicher Entsagender im ganzen Gildenhaus!

Jaelle zog das Pferd aus der Box und begann sein glänzendes

Fell zu striegeln. Sie hatte Rohana und Kindra davon sprechen hören, daß sie vielleicht heute auf die Falkenjagd gehen wollten, und Jaelle hoffte, mitreiten zu dürfen. Nach kurzer Zeit glänzte das Pferdefell wie poliertes Kupfer, und sie war trotz der Kälte im Stall erhitzt und in Schweiß gebadet – es war so eisig, daß ihr Atem immer noch eine weiße Wolke bildete. Gerade wollte sie das Pferd in seine Box zurückführen, als eine Hand sie berührte. Sofort erkannte sie den Griff, und ihr erster Impuls war, die Hand abzustreifen wie ein kriechendes Insekt und vielleicht noch einen ordentlichen Fausthieb folgen zu lassen; aber wenn sie ihren Vetter Kyril überreden wollte, ihr seine Reitkleidung zu borgen, durfte sie ihn nicht allzusehr verärgern.

Rohanas Ältester war ein Jahr älter als Jaelle. Wie sein Vater hatte er dunkles, rauhgelocktes Haar. Von den Ardais-Männern waren viele dunkel anstatt tiefrothaarig wie die anderen Comyn. Sie hatte erfahren, daß das durch Verbindungen mit den schwärzlichen kleinen Menschen entstanden war, die in den Höhlen der Hellers lebten und in den Minen nach Metallen schürften; sie beteten die Feuergöttin an. Es hieß sogar, daß ein paar der Ardais-Sippe dunkle Augen hätten wie Tiere, obwohl Jaelle das noch nie gesehen hatte. Kyrils Augen jedenfalls waren nicht dunkel, sondern blau wie Rohanas. Er war groß und hatte breite Schultern, war sonst aber schmal gebaut. Seine Züge waren schwer, und wenigstens Jaelle kam es vor, als hätte er den mürrischen Mund und das schwache Kinn seines Vaters. Kyril würde besser aussehen, dachte sie, wenn er alt genug war, sich einen Bart wachsen zu lassen.

Sie verlagerte geringfügig ihr Gewicht, so daß Kyrils Hand von ihr abfiel, und fragte: »Was tust du schon so früh hier draußen, Vetter?«

»Das könnte ich dich auch fragen«, antwortete Kyril grinsend. »Hast du dich so früh hinausgestohlen, um dich mit einem von den Reitknechten zu treffen? Welcher ist es, der dein Herz gestohlen hat? Rannart? Er hat alles, was ein Mädchen sich wünschen kann; wäre er eine Jungfrau, würden seine Augen mich schwindlig machen, und ich weiß, daß Lori jedesmal, wenn er ihr in den Sattel hilft, seine Hand zu berühren versucht.«

Jaelle verzog angewidert das Gesicht. »Du hast eine schmutzige Phantasie, Kyril. Und außerdem hast du schon getrunken, so früh am Morgen!«

»Du hörst dich an wie meine Mutter, Jaelle. Ein kleines Glas um diese Zeit läßt das Brot besser rutschen und macht den Körper warm. Deinem würde eine kleine Aufwärmung auch nicht schaden.«

Er zwinkerte ihr auffordernd zu und versuchte, den Arm um ihre Mitte zu legen. Sie verbarg ihren Ärger, wich so weit zurück, wie die enge Box es erlaubte, und sagte: »Mir ist gerade so warm, wie ich es gern habe. Im übrigen habe ich nur mein Pferd gestriegelt und ziehe körperliche Bewegung dem Trinken vor. Ich finde, dir würde ein ordentlicher Dauerlauf auch guttun; das würde dich besser wärmen als Branntwein, glaub mir. Ich kann den Geruch und Geschmack dieses Zeugs jedenfalls nicht leiden, und schon gar nicht zum Frühstück.«

»Nun, wenn du keinen Branntwein magst, weiß ich noch einen besseren Weg, dich hier an diesem kalten Ort warmzuhalten«, meinte Kyril und stellte sich so hin, daß ihr der Ausgang aus der Box versperrt war. »Komm, Jaelle, mir brauchst du nichts vorzumachen. Du hast bei diesen Entsagerinnen gelebt, und alle Welt weiß, wie sie es mit den Männern halten. Würde eine Frau breitbeinig reiten und ihre Schenkel zeigen, wenn sie damit nicht alle Männer, die es sehen, aufreizen wollte?«

Jaelle versuchte, sich an ihm vorbeizudrängen. Sie war töricht gewesen und hätte darauf achten sollen, das Pferd zwischen ihnen zu lassen. »Du bist ekelhaft, Kyril. Wenn ich überhaupt einen Mann begehrte, wärst du es jedenfalls nicht.«

»Aha. Ich habe es ja gewußt! Diese Frauen, die andere Frauen lieben und Männer hassen, haben dich verdorben. Aber versuch es mit einem richtigen Mann, und ich schwöre dir, es wird dir besser gefallen.« Er packte sie um die Mitte und bemühte sich, sie gegen die Wand der Box zu drücken.

»Was bist du doch für ein Dummkopf, Vetter! Eben hast du noch gesagt, alle Entsagenden wären mannstoll, jetzt möchtest du, daß wir nur Frauen lieben. Entweder so oder so!«
»Ach, Jaelle, weich mir nicht aus. Du weißt, daß ich schon hungrig nach dir war, als du noch ein dürres, kleines Gör warst, und heute würdest du jeden Mann verrückt machen.« Kyril drängte sich näher an sie heran und versuchte ihren Nakken zu küssen. Sie vergaß, daß sie ihn nicht wütend machen wollte, und stieß ihn derb zurück.
»Laß mich los, dann sage ich deiner Mutter nicht, wie unverschämt –«
»Unverschämt? Eine Frau wie du ist eine Unverschämtheit allen Männern gegenüber«, versetzte Kyril, und wieder gab sie ihm einen kräftigen Stoß und rammte zwei spitze Finger in sein Sonnengeflecht. Aufstöhnend vor Schmerz, taumelte er zurück.
»Du kannst keinem Mann vorwerfen, daß er mal anfragt«, bemerkte er fast selbstgefällig. »Die meisten Frauen betrachten es als Kompliment, wenn ein Mann sie begehrt.«
»Ach, Kyril, dir fehlt es ja wohl kaum an Frauen, die dir das Bett wärmen!« versetzte sie erbost. »Du willst mich nur ärgern. Ich möchte Rohana nicht beunruhigen, du weißt, wie müde und krank sie jetzt ist. Also laß mich gehen!«
»Dir würde recht geschehen, wenn dich überhaupt kein Mann haben wollte und du einen schielenden Bauern mit neun Stiefkindern heiraten müßtest«, fauchte Kyril.
»Was geht es dich an – und wenn ich einen *Cralmac** heiraten würde?«
»Du bist meine Kusine; es ist eine Sache der Familienehre«, erklärte er, »daß du eine richtige Frau wirst.«
»Ach, geh weg! Es ist Frühstückszeit«, zischte Jaelle wutentbrannt. »Wenn ich deinetwegen zu spät komme, dann schwöre ich dir, daß Rohana den Grund erfährt, auch wenn ich

* Ein *Cralmac* ist ein pelziges, geschwänztes, menschenähnliches Geschöpf von Darkover (A. d. Ü.).

dabei riskiere, daß ihr so übel wird wie mir, wenn ich dich ansehe und deinen stinkenden Atem rieche!« Und sie drängte sich zur Stalltür durch, während Kyril sich seine schmerzende Rippe rieb.

Als sie auf den Hof hinaustrat, sah Jaelle *Dom* Gabriel zum großen Tor hereinreiten. Er war nicht allein, aber sie war ein wenig überrascht, den Herrn von Ardais so früh auf den Beinen zu finden. Sie konnte nicht glauben, daß er nur einen Morgenritt unternommen hatte, um frische Luft zu schöpfen und sich ein wenig Bewegung zu verschaffen.

Ich brauche mich nicht zu wundern, daß Kyril bereits verdorben ist; bei so einem Vater wäre alles andere ein Wunder, dachte sie, trat ins Haus und ging nach oben in die Große Halle zum Frühstück.

Rohana, in einem langen, losen Gewand mit einer weißen Schürze darüber, wie sie die Haushälterin zu tragen pflegte, begrüßte sie mit einem Lächeln.

»Du bist früh wach, Jaelle; warst du reiten?«

»Nein, Tante, ich habe nur mein Pferd geputzt«, antwortete Jaelle. Hinter ihr schlich sich Kyril auf seinen Platz am Tisch, und Jaelle hörte mit halbem Ohr, wie er einer der Dienerinnen befahl, ihm Wein zu bringen.

Jaelle widmete ihre Aufmerksamkeit ihren anderen Verwandten; Elorie und Rian hatten sich mit ihrer Erzieherin hingesetzt und stürzten sich mit Heißhunger auf ihren Haferbrei mit Honig. Rohana hatte ein wenig Kompott auf dem Teller, aber Jaelle merkte, daß ihre Tante blaß aussah und nur so tat, als äße sie.

Dom Gabriel trat auf – jede andere Bezeichnung, dachte Jaelle, wäre eine Untertreibung –, gefolgt von einem schmächtigen, hübschen, etwa siebzehnjährigen Mädchen, das Gabriel einen beinahe flehenden Blick zuwarf, den dieser aber nicht beachtete. Jaelle begriff sofort. Es war nicht die erste junge Frau, die der Herr von Ardais ins Haus brachte; *wenigstens,* ging es ihr durch den Kopf, *ist diese hier nicht jünger als seine eigenen Söhne.*

»Gabriel, willst du unseren Gast nicht vorstellen?« fragte Rohana mit vollendeter Höflichkeit.
Er stellte sich neben das Mädchen und sagte: »Das ist Tessa Haldar.« Der Nachname zeigte an, daß sie zumindest dem niederen Adel entstammte.
Rohana fragte milde: »Bleibt sie hier?«
»Selbstverständlich«, erwiderte Gabriel, wobei er das Mädchen nicht ansah. Rohana verstand im selben Augenblick, und Jaelle, die keine große Telepathin war, fing einen Fetzen ihrer Gefühle auf. *Er glaubt wohl, mir liegt etwas daran, mit wem er schläft?*
Gabriel warf ihr einen erbosten Blick zu, und Jaelle hörte auch das, was er nicht laut vor allen Mitgliedern des Haushalts aussprechen wollte: *Was habe ich schließlich zur Zeit von dir?*
Rohana wurde bleich vor Zorn. *Und wessen Schuld ist das? Du warst es doch, der noch ein Kind haben wollte!*
Jaelle, von peinlichster Verlegenheit erfüllt, bemühte sich, ihr Wahrnehmungsvermögen abzuschirmen. Als sie endlich wieder aufblickte, half Rohana dem Mädchen aus dem Mantel.
»Komm, Liebes, du mußt ja ganz kalt sein von dem langen Ritt. Hier, setz dich neben *Dom* Gabriel«, sagte sie beherrscht und winkte dem Hallendiener. »Hallard, noch ein Gedeck, und bring heißen Tee, der Kessel ist kalt.«
»Laß das Spülwasser«, mischte Gabriel sich verächtlich ein. »Nach so einem Ritt braucht man etwas Wärmendes.«
Nicht eine Sekunde änderte Rohana ihre kühle, anmutige Haltung.
»Heißen gewürzten Apfelmost für *Dom* Gabriel und seinen Gast.«
»Heißen gewürzten *Wein,* du dumme Gans«, korrigierte Gabriel sie grob. Rohanas mühsam aufgesetztes Lächeln flakkerte, aber sie gab den Befehl. Ihre Lippen waren fest aufeinandergepreßt, und ihre Wangen färbten sich rot.
Kindra trat in die Halle, und Rohana wünschte ihr guten Morgen. Kindra begrüßte Jaelle und nahm zwischen den Kindern Platz.

Gabriel schaute sie mißbilligend an und sagte über den gesenkten Kopf des Mädchens Tessa, das zwischen ihnen saß, leise zu Rohana: »Was soll das heißen, Herrin? Muß ich an meinem eigenen Tisch eine Frau in Hosen dulden?«
Zwischen den Zähnen erwiderte Rohana: »Gabriel, ich bin höflich zu *deinem* Gast gewesen.«
Er machte ein finsteres Gesicht, schlug jedoch die Augen nieder und sagte nichts weiter. Jaelle starrte auf ihren Teller. Sie hatte das Gefühl, an Brot und Butter ersticken zu müssen. Wie konnte Rohana ruhig sitzenbleiben und zulassen, daß *Dom* Gabriel ihr an ihrem eigenen Frühstückstisch mit seiner neuen *Barragana* unter die Augen trat! Noch dazu, während sie schwanger war! Aber sie saß da und schaute wohlerzogen zu, wie Gabriel das Mädchen mit Brotbissen fütterte, die er zuvor in den Würzwein seines Pokals getunkt hatte.
Rian fragte: »Mutter, kann ich nicht auch Wein statt Tee bekommen?«
»Nein, Rian, du schaffst den Unterricht nicht, wenn du getrunken hast. Ich lasse dir gewürzten Apfelmost holen, der wärmt dich besser als Wein.«
»Rohana, mach nicht so ein Muttersöhnchen aus dem Jungen! Wenn er trinken will, dann laß ihn«, knurrte Gabriel. Aber Rohana schüttelte den Kopf.
»Gabriel, du hast dein Wort gegeben, daß ich allein für die Kinder zuständig bin, bis sie erwachsen sind.«
»Schon gut, schon gut, tu, was du für richtig hältst. Hör auf deine Mutter, Rian, ich mache das auch immer«, bemerkte Gabriel mit einem unangenehmen Lächeln.
»Wenn ich Rohana wäre, würde ich ... ich würde diesem Mädchen einen Fußtritt geben und ihr das eingebildete Grinsen vom Gesicht kratzen«, sagte Jaelle beim Verlassen der Halle zu Kindra. Kyril hörte es und meinte höhnisch: »Was weißt du schon von den Vorrechten eines Mannes?«
»Soviel, daß ich gut darauf verzichten kann«, versetzte Jaelle. »Ich dachte, das hätte ich dir heute morgen zu deiner Zufriedenheit bewiesen, Vetter.«

Rian, Rohanas jüngerer Sohn, ein schlanker, sechzehnjähriger Junge mit ewig sorgenvollem Gesicht und Rohanas roten Haaren, sagte: »Mutter gefällt das nicht, das sieht man. Aber es ist nicht das erste Mal. Mein Vater macht, was er will, und was immer es ist, meine Mutter erklärt dem ganzen Haus, daß alles, was er tut, wohlgetan ist, ganz gleich, was sie im stillen darüber denkt. Ich finde auch, Jaelle, daß es eine Schande ist; aber wenn sie nicht aufbegehrt, können du oder ich oder die anderen nichts unternehmen.«
Jaelle hatte gesehen, wie Rian, als sein Vater vom Tisch aufgestanden war, dessen Pokal mit dem Würzwein ausgetrunken hatte, als Rohana gerade nicht hinschaute. Sie warf dem Jungen einen verächtlichen Blick zu und antwortete nichts.
Kindra meinte ruhig: »Komm mit in mein Zimmer, Jaelle. Ich glaube, wir müssen darüber sprechen.«
Und als sie in Kindras Zimmer allein waren, fragte die Amazone: »Mit welchem Recht kritisierst du deine Tante, die Herrin Rohana? Habe ich dir das beigebracht, dir, die du selber nach Freiheit strebst, daß du der Herrin Rohana das Recht auf ihre eigene Entscheidung verweigerst?«
»Du kannst mir nicht einreden, es wäre ihre eigene Entscheidung, ihm zu erlauben, daß er seine Mätressen unter ihr Dach und an ihren Tisch bringt!«
»Vielleicht«, meinte Kindra, »möchte sie lieber wissen, wo er seine Mädchen hat, als sich fragen zu müssen, wo er sich herumtreibt, wenn er nicht zu Hause ist? Ich weiß, daß sie sich Sorgen um seine Gesundheit macht und fürchtet, daß ihm etwas zustößt, wenn er sein Heim verläßt. Hier weiß sie wenigstens genau, was er treibt – und mit wem.«
»Ich finde das widerlich«, antwortete Jaelle.
»Es kommt nicht darauf an, wie *du* es findest; niemand hat dich um deine Meinung gefragt«, versetzte Kindra scharf, »und du hast kein Recht, dich zu beklagen, wenn Rohana es selbst nicht tut. Falls sie sich bei mir beschwert oder mich fragt, was ich vom Betragen ihres Gatten halte, werde ich aus meinem Herzen keine Mördergrube machen, und du brauchst das

auch nicht zu tun. Aber solange sie dich nicht zur Hüterin ihres Gewissens macht, Jaelle, solltest du dich auch nicht dazu aufwerfen.«

»Ach, du bist genauso schlimm wie Rian!« rief Jaelle in ohnmächtigem Zorn. »Rohana kann nichts falsch machen.«

»Ach, das würde ich kaum sagen«, bemerkte Rohana fröhlich. Sie war gerade noch rechtzeitig ins Zimmer gekommen, um Jaelles letzte Worte mitzuhören. »Aber ich freue mich, daß du das findest, Jaelle.«

»Aber ich finde es gar nicht«, gab Jaelle brummig zurück, wich Rohanas Blick aus und eilte türenknallend aus dem Zimmer.

Rohana sah zu Kindra auf.

»Um was ging es denn eigentlich?«

»Nur ein schwerer Fall von Sechzehn-Jahre-Alt-Sein und zu wissen, wie man alle Probleme der Welt löst – außer den eigenen«, erwiderte Kindra ironisch. »Sie liebt Euch, Rohana; man kann nicht erwarten, daß sie glücklich ist, wenn sie sieht, wie Ihr an Eurer eigenen Tafel gedemütigt werdet.«

»Nein, vermutlich nicht«, entgegnete Rohana ruhig, »aber erwartet sie denn, daß ich meinen Zorn an einem unschuldigen jungen Mädchen auslasse, die glaubt, sie werde von einem Edelmann geliebt? Sie wird schon bald erfahren, wie die Wirklichkeit aussieht, und mein ganzes Mitgefühl gilt ihr. Sie kann ja kaum älter sein als Jaelle.«

»Ich glaube, das ist es, was Jaelle zu schaffen macht, auch wenn sie es vielleicht nicht völlig begreift.«

»Nun, sie hat genügend Zeit, sich unter den Männern umzusehen«, erklärte Rohana. »Aber es würde mich sehr betrüben, wenn sie zu dem Ergebnis käme, alle Männer wären wie ihr Vater, der Trockenstädter – oder wie Gabriel –, und sich auf immer von ihnen abwenden würde.«

»Glaubt Ihr denn wirklich, daß sie hier etwas anderes lernt?« fragte Kindra. Rohana seufzte.

»Nein, wahrscheinlich nicht. Kyril ist nicht viel besser als sein Vater. Ich habe mich nach Kräften bemüht, ihm ein Beispiel zu geben, aber es ist nur natürlich, daß ein Junge dem Vorbild seines Vaters folgt. Vielleicht sollte ich Jaelle zu meiner Kusine schicken, die mit ihrem Gatten glücklich ist. Aber sie hat selber kleine Kinder – sechs noch unter acht Jahren –, so daß unter ihrem Dach wirklich kein Platz für ein weiteres, erwachsenes Mädchen ist. Aber irgendwie müßte ich dafür sorgen, daß Jaelle erfährt, daß Männer auch gut und anständig sein können. Vielleicht sollte sie für einige Zeit zu Meloras Kusinen im Tiefland gehen.«

»Es war schon schwierig genug, sie hierher zu bekommen«, erinnerte Kindra. »Und das ging nur, weil sie Euch liebte und achtete. Ich glaube nicht, daß sie noch viel über Männer wissen möchte.«

Wieder seufzte Rohana. »Schlimm genug, Ärger mit der eigenen Tochter zu haben«, sagte sie, »aber ich wollte Jaelle hierhaben, weil sie alles ist, was mir von Melora geblieben ist. Vielleicht hätte ich sie Jerana überlassen sollen, die sicherstellen wollte, daß sie die für eine Comyn-Tochter angemessene Erziehung erhielt. Trotzdem möchte ich nicht von ihr denken, daß sie Männer vollständig ablehnt, wie die Amazonen es angeblich tun.«

Kindra runzelte die Stirn und fragte ernsthaft: »Würde es Euch denn wirklich soviel ausmachen, Rohana, wenn sie Frauen lieben würde? Habt Ihr solche Vorurteile?«

»Vorurteile? Ach, Kindra«, antwortete Rohana. »Nein, es würde mir weiter nichts ausmachen; nur möchte ich, daß sie glücklich ist, und ich bin noch nicht überzeugt, daß es für Frauen außerhalb der Ehe ein solches Glück gibt.«

»Ich dagegen kann nur schwer glauben, daß es *in* der Ehe ein Glück für Frauen gibt«, versetzte Kindra. »Ich wenigstens habe es nicht gefunden. Damals vor Jalaks Haus in den Trockenstädten habe ich Euch die Geschichte erzählt.«

Jahre glitten von ihr ab, als Rohana sich an Kindras Worte erinnerte. Kindras Gatte hatte sie als untauglich betrachtet, weil sie ihm nur zwei Töchter geboren hatte. Sie wagte ihr Leben für ein drittes Kind und brachte auch wirklich den ersehnten Jungen zur Welt, woraufhin sie von ihrem Mann mit

Juwelen überschüttet wurde. »Ich selbst war wertlos«, hatte Kindra berichtet; »die Töchter, die ich unter Einsatz meines Lebens geboren hatte, waren wertlos; ich war nur ein Werkzeug, um ihm Söhne zu geben. Und darum schnitt ich, sobald ich wieder auf den Beinen war, mir das Haar ab, küßte meine schlafenden Kinder und machte mich auf den Weg zum Gildenhaus, wo mein Leben begann.«

Aber Rohana wußte sehr wohl, daß dieser Entschluß unter großen Qualen gefaßt worden war.

Jetzt war sie mutig genug, die Frage zu stellen, die sie, so nahe sie sich auch gekommen waren, niemals vorher zu stellen gewagt hatte.

»Aber was war mit den Kindern, Kindra? Wie konntet Ihr sie in seinen Händen lassen, wenn Ihr ihn für einen so schlechten Menschen hieltet?«

Aus Kindras Gesicht war alle Farbe gewichen. Selbst die zusammengepreßten Lippen waren weiß.

»Ihr fragt mit Recht. Ich hatte Nächte durchgeweint, bis ich mich zu der Entscheidung durchrang. Ich hatte sogar erwogen, die Kinder mitzunehmen oder sie, sobald sie groß genug waren, nachzuholen. Möge Avarra sich meiner erbarmen – eines Nachts habe ich sogar mit dem Dolch in der Hand vor ihnen gestanden, um sie vor dem Leben zu bewahren, das ich selbst nicht ertragen konnte; aber ich wußte, daß ich die Spitze eher gegen mein eigenes Herz richten würde.«

Ihre Stimme war ausdruckslos, aber die Worte kamen in unaufhaltsamem Strom, der Rohanas schweigende Aufmerksamkeit erzwang.

»Aber er – mein Gatte – war kein schlechter Mann. Es war nur, daß er mich gar nicht *sehen* konnte; ich existierte für ihn nicht; die Ehefrau war nur ein Instrument seines Willens. Ich hatte mit vielen anderen Ehefrauen gesprochen, von denen nicht eine begreifen konnte, warum ich zornig oder betrübt war; sie schienen alle durchaus zufrieden zu sein mit ihrem Los. Was blieb mir übrig, als zu glauben, daß andere Frauen wirklich zufrieden waren? Viele verstanden gar nicht, worüber ich mich beschwerte. Sie fragten: ›Er schlägt Euch doch nicht, oder?‹ So, als ob ich glücklich zu sein hätte, nur weil er es nicht tat. Darum meinte ich, der Fehler müsse bei mir liegen, weil ich unter diesen Bedingungen einfach nicht glücklich sein konnte; und ich dachte sogar, daß es ein Vorteil für ihn wäre, mich loszuwerden und eine wirklich zufriedene Ehefrau zu finden, die glücklich wäre in ihrer Lebensstellung und meine Töchter so erziehen würde, daß auch sie glücklich würden, wie alle diese anderen Frauen es zu sein schienen ... wenn sie nur einen Gatten fanden und ihm zur Zucht dienen konnten. Darum verließ ich ihn genauso seinet- und ihretwegen wie um meiner selbst willen. Und ich habe in der Stadt gehört, daß er sich eine neue Frau genommen hat und auch meine Töchter inzwischen gut verheiratet sind und ebenfalls glücklich zu sein scheinen. Ich habe drei Enkel, die ich niemals in den Armen gehalten habe; ich bin sicher, meine Töchter würden ihre Röcke raffen, als hätte ich die Pest, gäbe ich mich ihnen zu erkennen.« Sie schluckte, und Rohana sah Tränen in ihren Augen. »Aber ich habe nie bereut. Und wenn ich noch einmal zu entscheiden hätte, ich würde wieder so handeln.«

Rohana umarmte sie schweigend und sagte lange Zeit kein Wort. Das Vertrauen der anderen rührte sie, denn sie wußte, daß es nicht leicht gewährt wurde, nicht einmal den Schwestern im Gildenhaus; sie besaß genügend *Laran*, um zu wissen, daß Kindra selbst den Gildenmüttern ihre Geschichte nicht so ausführlich erzählt hatte wie ihr gerade.

»Ich könnte nicht schwören, daß ich an Eurer Stelle nicht genauso gehandelt hätte«, begann Rohana schließlich, »aber ich habe diese Wahl nie gehabt. Ich bekam meine beiden Söhne, *bevor* meine Tochter geboren wurde, und als sie auf die Welt kam, freute sich Gabriel über sie. Er hatte aus erster Ehe schon eine Tochter, die er sehr liebte. Sie lebt im Turm von Dalereuth; man sagt, sie hätte die Gabe der Ardais. Bis zu ihrem fünfzehnten Lebensjahr wohnte sie unter unserem Dach; sie war gerade fort von uns, als ich von Meloras Unglück erfuhr.«

Und Ihr wart reich genug und hattet so viele Diener und Frauen zur Verfügung, daß Ihr Eure Kinder anderen überlassen und Euch auf solch eine Fahrt begeben konntet, ging es Kindra durch den Kopf, aber Rohana las ihren Gedanken.

»Es war nicht so leicht, Kindra. Gabriel hat es mir bis heute nicht verziehen.«

»Und dieses Kind, das Ihr nicht wolltet, ist der Preis seiner Vergebung? Ihr bezahlt teuer für den guten Willen Eures Gatten, Herrin«, bemerkte Kindra.

Rohana umarmte sie impulsiv.

»Ach, meine Freundin, sag nicht *Herrin* zu mir! Nenn mich bei meinem Namen. Ich darf dich Freundin nennen, nicht wahr? Mein Haus ist voller Frauen, aber ich habe nicht eine wirkliche Freundin unter ihnen. Nicht einmal Jaelle – sie ist immer so unzufrieden mit mir!«

»Auch nicht die Herrin Alida, *Dom* Gabriels Schwester?«

»Sie am allerwenigsten«, erwiderte Rohana und sah, noch immer an Kindra geschmiegt, zu ihr auf. »Sie ärgert sich, daß die ganze Domäne mir untersteht. Sie weiß sehr wohl, daß Gabriel nicht imstande ist, seine Aufgaben wahrzunehmen, aber sie meint, wenn sich schon ein anderer als Gabriel um alles kümmern muß, dann sie, weil sie eine Ardais und eine *Leronis* ist. Ich glaube, sie würde mich umbringen, wenn sie nur wüßte, wie sie um die Strafe für einen solchen Mord herumkäme. Ständig beobachtet sie mich –« Rohana brach energisch ab, als sie merkte, daß ihre Stimme klang, als stünde sie kurz vor einem hysterischen Anfall.

»Du siehst, wie nötig ich eine Freundin brauche«, fuhr sie wieder gefaßt fort. »Bleib bei mir, Kindra, wenigstens, bis das Kind geboren ist.«

Kindra erwiderte ihre Umarmung herzlich.

»Ich werde bleiben, solange du mich brauchst, Rohana, das verspreche ich dir. Selbst wenn ich Jaelle vor Wintereinbruch mit einer Karawane nach dem Süden schicken muß.«

»Das wird sie sicher nicht wollen«, meinte Rohana mit einem schwachen Lächeln. »Das vorherzusagen ist, als prophezeite man für Mittwinter Schnee am Scaravel-Paß – viel *Laran* gehört nicht dazu.«

Kindra grinste sie an und erklärte: »Ich habe dir schon damals in der Wüste gesagt, Rohana, daß du meiner Ansicht nach eine bemerkenswerte Amazone werden könntest. Du hast den echten Geist. Warum begleiten wir Jaelle nicht gemeinsam nach dem Süden? Oder, wenn du nicht gern in schwangerem Zustand reisen möchtest, bleib unter diesem Dach, bis dein Kind auf der Welt ist. Wenn es eine Tochter wird, nehmen wir sie mit nach dem Süden und ziehen sie im Gildenhaus von Thendara groß; wird es ein Sohn, läßt du ihn bei Gabriel, denn er hat andere Frauen und will ohnehin nichts mehr von dir als einen weiteren Sohn. Ich glaube, du würdest glücklich werden als Eidschwester der *Com'hi Letzii*.«

Rohana wußte, daß dieses Angebot zumindest zum Teil ernst gemeint gewesen war, und plötzlich ergriff sie ein großes und wildes Verlangen, mit Kindra südwärts zu reiten, wie sie es damals auf ihrer Fahrt in die Trockenstädte getan hatte, alles hier hinter sich zu lassen und Kindra zu folgen, überallhin, und sei es bis ans Ende der Welt.

»Was für eine verrückte Idee!« sagte sie atemlos. »Aber es hört sich so verlockend an, wenn du es sagst, Kindra. Ich –«, zu ihrer Überraschung, ja zu ihrem Entsetzen, schwankte ihre Stimme, »ich wünschte fast, ich könnte es wirklich tun.«

III

Bald nachdem Kindra gegangen war und Rohana nach den jüngeren Kindern gesehen und Valentin im Kinderzimmer besucht hatte, kam Gabriel zu ihr in den Wintergarten. Er sah krank und müde aus, und Rohanas Herz schlug ihm entgegen wie stets.

»Geht es dir gut, Rohana? Du bist bei dieser Schwangerschaft kränker als bei den vorigen. Ich habe das nicht geahnt, sonst hätte ich dich in Ruhe gelassen.«

Gereizt bemerkte sie: »Es ist ein bißchen spät, sich das jetzt zu überlegen.« Als sie jedoch seinen niedergeschlagenen Blick sah, bereute sie den ärgerlichen Ton und fügte weitaus sanfter hinzu: »Trotzdem danke ich dir dafür, daß du es jetzt gesagt hast.«

Schüchtern fuhr Gabriel fort: »Ich danke dir, daß du heute morgen so liebenswürdig zu der armen kleinen Tessa warst. Glaub mir, ich wollte dich nicht kränken, ich wollte nicht, daß du es so auffaßt. Aber sie hat Schwierigkeiten zu Hause, und ich fand es nicht richtig, sie dort leiden zu lassen, wenn ich an ihrem ganzen Ärger schuld war.«

Rohana zuckte die Achseln. »Du weißt ganz genau, daß es mir gleich ist, mit wem du das Bett teilst. Du hast mir ja heute morgen klargemacht, daß ich dir im Augenblick zu gar nichts nütze bin.« Ihr wurde die Bitterkeit in der eigenen Stimme erst bewußt, als es zu spät war und sie schon gesprochen hatte.

Spontan griff er nach ihrer Hand und küßte sie. »Rohana«, sagte er, »du weißt sehr wohl, daß du die einzige Frau bist, die ich je geliebt habe.«

Sie lächelte leicht und umschloß seine Hand mit den Fingern. »Ja, mein Liebster, wahrscheinlich.«

»Rohana«, fragte er unvermittelt und ein wenig außer Atem, »was ist bloß aus uns geworden? Wir haben einander doch so geliebt!«

Sie hielt seine Hände.

»Ich weiß nicht, Gabriel«, erwiderte sie, »vielleicht liegt es nur daran, daß wir beide alt werden.« Sie berührte in seltener Liebkosung sein Haar. »Du siehst nicht gut aus. Vielleicht bekommt dir das frühe Ausreiten nicht. Nimmst du die Arznei nicht mehr, die aus Nevarsin geschickt wird?«

Stirnrunzelnd schüttelte er den Kopf. »Sie hilft nicht«, wehrte er ab, »und wenn ich Wein trinke, wird mir davon übel.«

Sie ließ die Hände sinken. »Du mußt tun, was du für richtig hältst«, erklärte sie. »Wenn du lieber Anfälle von Fallsucht bekommst, als auf das Trinken zu verzichten, kann ich dir diese Entscheidung nicht abnehmen.«

Sein Gesicht nahm wieder diesen ungeduldigen Ausdruck an, den sie so fürchtete; wie immer, wenn sie von seinem Trinken redete, wurde er böse. Steif bemerkte er: »Ich wollte dir nur für deine Freundlichkeit zu Tessa danken« und stürmte hinaus.
Rohana seufzte und begab sich in das kleine Zimmer, in dem sie jeden Tag mit dem Verwalter besprach, was in der Landwirtschaft anlag. Von der Kinderfrau ließ sie Valentin bringen, damit er auf dem Fußboden spielte. Ihr eigenes ungeborenes Kind begann sich seit kurzem in ihrem Körper zu bewegen, und sie dachte nach, wie es wohl sein würde, wieder ein Kind großzuziehen. Vielleicht würde es ihr gelingen, diesen Sohn ein wenig vor Gabriels Einfluß zu schützen, damit er ihr eines Tages auf dem großen Landbesitz nützlich sein konnte. Zu den beiden anderen Jungen hatte sie kein Vertrauen mehr, und Elorie war noch zu jung, um etwas von solchen Dingen zu verstehen oder Interesse daran zu haben.
Rohana verbrachte den Morgen damit, mit dem Verwalter zu erörtern, ob es wohl Sinn hätte, um diese Jahreszeit neue Harzbäume anzupflanzen, und ob man mit dem Schmiedevolk um Metall handeln sollte, um die besten von den Reitpferden zu beschlagen.
Erst am späten Nachmittag, als Valentin zu einem Nickerchen und seinem Abendessen aus gekochten Eiern und Zwieback ins Kinderzimmer zurückgeschickt worden war, fand Rohana Gelegenheit zu einem Ausritt. Sie ließ Kindra einladen, sie zu begleiten, wenn sie Lust hätte. Dann ging sie schnell in ihr Zimmer und zog einen abgewetzten alten Reitrock an. Als Kindra erschien, beneidete sie die andere um ihre Freiheit in Hosen und Stiefeln und erinnerte sich, wie sie selbst diese Kleidung getragen hatte, damals bei ihrem Abenteuer mit Kindras kleiner Schar.
Sie wollten gerade durch das Tor reiten, als Jaelle in ihren Reitsachen in den Stall trat.
»O bitte, darf ich mitkommen?«
Die Frage war an Kindra gerichtet gewesen, die sich nun an Rohana wandte. »Das muß dein Vormund entscheiden.«

Mürrisch entgegnete Jaelle: »*Du* bist mein Vormund.« Aber sie sagte höflich zu Rohana: »Bitte, Tante!«
»Also gut – du hast ja schon deinen Reitanzug an –, aber wir werden keine Zeit zur Falkenjagd haben. Wir reiten nur zum Bergkamm, um die Harzpflanzungen zu inspizieren«, erklärte Rohana. »Komm mit, wenn du Schritt halten kannst.«
Jaelle rannte zu ihrem Pferd und führte es ins Freie.
»Schritt halten? Ich versichere euch, daß ich härter, schneller und weiter reiten kann als ihr alle beide!« rief sie und sprang behende in den Sattel.
»Oh, ganz bestimmt kannst du härter und weiter reiten, Jaelle, als ich es jetzt kann – oder jede andere schwangere Frau«, bemerkte Rohana und tat, als sähe sie das vor Abscheu verzogene Gesicht ihres Mündels nicht.
»Macht es dich denn nicht wütend, so angebunden zu sein?«
»Kein bißchen«, gab Rohana gleichmütig zurück. »Vergiß nicht, daß es mein viertes Kind ist und ich weiß, was mich erwartet. Kommt jetzt, wir wollen zum Kamm hinauf; ich will sehen, was der Winter mit den Harzbäumen angestellt hat.«
»Warum erledigt das jetzt nicht *Dom* Gabriel?« wollte Jaelle wissen.
»Weil er mit geschäftlichen Dingen noch nie etwas im Sinn gehabt hat, Kind. Findest du etwas nicht in Ordnung daran, daß eine Frau die Angelegenheiten der Domäne verwaltet?«
»Nein, bestimmt nicht, aber er läßt dich alles machen, noch zusätzlich zu den Dingen, von denen sowieso jeder findet, daß du dafür zuständig bist – Haushalt, Mahlzeiten, Kinder –, so daß du die Arbeit einer Frau und dazu noch die eines Mannes leisten mußt.«
»Weil ich immer stärker gewesen bin als Gabriel. Überließe ich es ihm, so hätten wir ein großes Durcheinander, und der Besitz steckte in erheblichen finanziellen Schwierigkeiten. Oder findest du, ich sollte Gabriel die Babys wickeln, die Wäsche zählen und vielleicht Brot und Kuchen backen lassen?«
Das Bild war so absurd, daß selbst Jaelle lachte.
»Ich finde nur, er sollte auch seinen Teil beitragen«, erläuterte

sie. »Wenn er das nicht tut, wozu ist dann ein Mann überhaupt gut?«
Rohana erwiderte lächelnd: »Nun, so ist die Welt nun einmal eingerichtet.«
»Für mich nicht«, verkündete Jaelle.
»Würde dich die Mitteilung überraschen, Jaelle, daß Gabriel, als er jünger und seine Gesundheit noch nicht so zerrüttet war, sehr wohl die Kinder gewiegt und ihnen vorgesungen hat, und daß er nachts aufgestanden ist, um bei ihnen zu sitzen, damit ich schlafen konnte? In der ersten Zeit unserer Ehe war er der zärtlichste aller Väter. Damals trank er nicht viel . . .«
Jaelle fand das alles so beunruhigend, daß sie das Thema wechselte. »Wann reiten wir nach dem Süden, Kindra, damit ich den Eid ablegen kann?«
Kindra wollte gerade antworten, als ihr Rohana zuvorkam.
»Es besteht doch sicher keine Eile. Ich hatte gehofft, du würdest mir genausoviel Zeit gewähren wie dem Gildenhaus – also drei Jahre –, um herauszufinden, was du dir vom Leben wünschst.«
Jaelles Augen flammten.
»Niemals! Du hast mir versprochen, Kindra, wenn ich ein Jahr bei meinen Comyn-Verwandten bliebe, gäbe es keine weiteren Verzögerungen. Und ich habe ein Jahr zugestanden, wie du es verlangtest.« Mit finsterer Miene fügte sie hinzu: »Damals hast du mir ein paar sehr schöne Sachen gesagt – über die Ehre und den Wert deines Wortes.«
Kindra seufzte. »Ich versuche ja gar nicht, dich daran zu hindern, Jaelle. Aber ich habe deiner Tante, die meine Freundin ist, heute zugesagt, daß ich bleibe, bis ihr Kind geboren ist. Und hier kannst du den Eid nicht leisten.«
Jaelle sah aus wie eine Gewitterwolke. »K-Kindra«, stammelte sie.
»Ich weiß, daß ich, berücksichtigt man mein dir gegebenes Wort, vielleicht nicht das Recht hatte, eine solche Verpflichtung einzugehen«, suchte Kindra zu erklären, aber Rohana unterbrach sie.

»Es ist meine Schuld, Jaelle, ich habe sie darum gebeten. Willst du mich jetzt, während meine Gesundheit soviel schlechter ist als gewöhnlich, ihrer Gesellschaft berauben?«
Jaelle starrte auf den Boden, der unter den Füßen des Pferdes an ihr vorbeiglitt. Endlich erklärte sie finster: »Wenn das dein Wille ist, Rohana, hast du natürlich das größere Anrecht auf Kindra.« Sie zweifelte an ihren eigenen Worten, und ihr Blick wurde noch düsterer. *Erwachsene,* dachte sie, *treffen doch immer ihre eigenen Entscheidungen und nehmen dabei nicht die geringste Rücksicht auf das, was die Jüngeren wollen.*
Rohana verstand das alles so gut, als hätte Jaelle es laut ausgesprochen. Während sie zum Kamm hinaufritten, lenkte sie ihr Pferd neben Jaelles und bemerkte: »Ich verspreche dir, daß ich danach keine weiteren Einwendungen dagegen erheben werde, daß du den Eid ablegst – sofern es dann immer noch dein Wunsch ist.«
»Kannst du denn überhaupt einen Grund haben, daran zu zweifeln?« fragte Jaelle. »Findest du dein Leben so schön, daß ich mir das gleiche wünschen sollte?«
»Auch ich möchte nicht, daß du zu jung den Eid schwörst«, schaltete sich jetzt Kindra ein. »Es schadet nichts, ein wenig zu warten; vielleicht willst du später doch noch heiraten.«
Jaelle sah ihr gerade ins Gesicht. »Wozu? Damit ich erst Kinder bekomme und sie dann im Stich lasse wie du?«
»Jaelle!« rief Rohana, die Kindras schmerzhaftes Zurückzucken spürte, ehe die Worte noch ganz heraus waren. »Wie kannst du!«
Kindra gab Jaelle eine Ohrfeige, hart auf die Wange. Mit ruhiger Stimme sagte sie: »Du bist unverschämt. Natürlich ist es besser, einer solchen Notwendigkeit zuvorzukommen; aber ich habe es nicht vorsätzlich getan, und es ist immer klüger, vorher über etwas nachzudenken. Wäre es dir denn lieber, den Eid zu widerrufen, wenn du es dir eines Tages anders überlegst und heiraten willst?«
»Das wird geschehen, wenn der Paß von Scaravel in Flammen steht anstatt im Eis zu erstarren«, gab Jaelle zornig zurück und

starrte auf die Stümpfe der Harzbäume, die von den Winden des letzten Winters abgeknickt worden waren.
»Nun, kann man sie retten, oder muß man sie neu pflanzen?« erkundigte sich Kindra. »Ich verstehe nichts davon.«
»Jetzt, nachdem ich sie gesehen habe, kann ich mich zu Hause in Ruhe entscheiden«, antwortete Rohana und wendete auf dem Pfad ihr Pferd. »Man sollte sich nie zu hastig entschließen, und schon gar nicht in solchen Dingen.«
Schweigend ritten sie wieder hinab zur Burg.

IV

Ein paar Tage später wachte Kindra frühmorgens auf und rätselte, was sie wohl geweckt hatte. Jaelle im Nebenzimmer schlief noch; Kindra konnte ihr ruhiges Atmen durch die geöffnete Tür hören. Draußen auf dem Korridor hörte sie lautes Gebrüll und Gehämmer, überhaupt einen Heidenlärm; war es ein Feuer, ein Banditenüberfall? Vor den Fensterläden konnte sie das unbestimmte, rosagraue Licht der nahen Morgendämmerung sehen.
Kindra schlüpfte in ihre Hausstiefel, warf einen Mantel lose um die Schultern und trat auf den Gang. Jetzt konnte sie die Stimme, die da so brüllte, als *Dom* Gabriels ausmachen; heiser, fast wahnsinnig vor Wut und völlig unzusammenhängende Worte schreiend. Kindra konnte nicht umhin, sich zu fragen, ob er zu dieser unpassenden Zeit *schon* oder *noch* betrunken war, und wollte sich wieder zurückziehen, um Rohana nicht in Verlegenheit zu bringen, da zeigte sich Gabriel am Ende des Korridors. Der junge Kyril versuchte vergeblich, seinen Vater zu beruhigen, der irgendeinen Gegenstand schwang und so laut er konnte etwas von Auspeitschen brüllte.
»Ich würde dir nicht raten, das zu versuchen, Vater«, sagte Kyril, »du könntest feststellen, daß nicht ich es bin, der die Hiebe bezieht. Es ist nicht meine Schuld, wenn deine Frauen mich männlicher finden als dich.«

Jetzt bemerkte Kindra auch das Mädchen Tessa, spärlich in ein Gewand gehüllt, das selbst für ein Nachthemd äußerst offenherzig war. Sie klammerte sich an Kyrils Schulter und bemühte sich, die beiden Männer zu trennen. Dann tauchte Rian auf und riß mitten im Gebrüll seinen Vater geschickt von Kyril los – offensichtlich kannte er einen besonderen Ringergriff. Er drückte seinen Vater, der jäh verstummt war, als hätte es ihm die Stimme verschlagen, in einen der in Abständen entlang der Hallenwand aufgestellten Stühle. In diesem Moment erschien auch die Herrin Rohana im Gang. Als sie sah, wie viele Leute Zeugen des Auftritts waren, verzog sie das Gesicht, als würde ihr übel. Mit leiser Stimme sagte sie: »Danke, Rian. Bitte hol sofort seinen Leibdiener, sonst könnte er krank werden. Gabriel, willst du nicht wieder ins Bett?« Sie beugte sich über den Zitternden. »Nein, wahrscheinlich nicht. Tessa wird mit dir gehen, mein Liebster?«
»Verwünschte kleine Schlampe«, knurrte Gabriel. »Hast du nicht gehört? Auspeitschen – werde ich auch tun –«
Halbherzig versuchte er aufzustehen, aber seine Beine wollten ihn nicht tragen, und er fiel wieder zurück in den Stuhl.
Kyril trat zu Tessa und legte den Arm um sie. »Leg nur Hand an sie, Vater, und ich schwöre dir, daß du es bist, dem es wehtun wird!«
Gabriel kam mühsam hoch.
»Bastard! Laßt mich zu ihm! Kämpfen willst du? Dann heb die Fäuste wie ein Mann!« Er schwankte auf Kyril zu, der seinem Vater einen Fausthieb versetzen wollte. Rohana, die sich dazwischenwarf, bekam den harten Schlag an die Schläfe.
Voller Schreck rief Kyril »Mutter!« und streckte die Arme aus, damit sie nicht hinfiel. Gabriel war ebenso erschrocken wie sein Sohn, und als er Rohana schwindlig und halb ohnmächtig in den Armen ihres Ältesten sah, taumelte er zurück und ließ sich wieder in den Stuhl sinken. »Rohana?« murmelte er. »Ist alles in Ordnung, Rohana?«
»Kaum dein Verdienst, wenn es so ist«, antwortete Kyril erbost und ließ seine Mutter vorsichtig in einen alten Armsessel glei-

ten. Rian kehrte soeben mit *Dom* Gabriels Leibdiener zurück, der sich sofort mit allerlei Stärkungsmitteln um die Herrin Rohana bemühte. Sie hob den Kopf: »Kyril . . .«
»O ja, gebt mir nur die Schuld an allem – wie üblich!« beschwerte sich der junge Mann, noch immer Tessa im Arm. »Wenn ich sie irgendwo anders hätte hinbringen können, wäre das alles nie geschehen.«
Gabriel brummte undeutlich: »Hinauswerfen sollte ich – kleine Schlampe – auspeitschen und hinaus . . .«
Kyril, der das verschüchterte Mädchen festhielt, sah geradezu heldenhaft aus.
»Wenn sie geht, Vater, gehe ich mit, verlaß dich darauf! Und laß ab jetzt die Finger von *meinen* Frauen, verstanden?«
Gabriel hob das verschwollene, wutrote Gesicht, blickte ihn finster an und schüttelte die Faust; er rang nach Worten. Dann verkrampfte sich sein Körper in furchtbarer Zuckung, und er stürzte zu Boden, schlug mit dem Kopf auf, krümmte sich und blieb mit zuckendem Körper bewußtlos liegen. Rohana sprang voller Entsetzen zu ihm, aber der Leibdiener wußte, was zu tun war. Er zwang ein zusammengedrehtes Tuch in *Dom* Gabriels Mund, damit dieser sich nicht die Zunge zerbiß, streckte, als der Krampf nachließ, die Glieder seines Herrn ein wenig und kniete, tröstende Worte murmelnd, neben ihm, als Gabriel die Augen wieder aufschlug. Kyril wich erschreckt zurück, als sein Vater ihn anstierte.
»Schon gut, Kyril«, erklärte Rohana müde. »Wenn er wieder zu sich kommt, wird er sich an nichts erinnern.«
»Schau, Mutter, das kannst du mir aber nicht vorwerfen –«
»Du hättest wissen müssen, daß es wahrscheinlich so weit kommen würde, nachdem er tagelang getrunken hat, und auch, daß der kleinste Anlaß genügt, es auszulösen.« Zu dem Leibdiener gewandt, fügte sie hinzu: »Ruf noch ein paar von den anderen Dienern und bringt ihn in sein Zimmer und zu Bett. Er wird es heute und wahrscheinlich auch morgen nicht verlassen. Und sorg dafür, daß Suppe oder Brühe für ihn bereitsteht, wenn er das Bewußtsein wiedererlangt, aber kein

Tropfen Wein, auch wenn er noch so ausfallend wird und danach verlangt. Wenn du nicht mit ihm fertig wirst, dann melde es mir, und ich werde kommen und mit ihm reden.«

Nachdem man *Dom* Gabriel in sein Zimmer getragen hatte, sah Rohana die im Eingang zur Halle versammelte Familie an.

»Es hat wohl keinen Sinn, jemanden jetzt noch aufzufordern, ins Bett zu gehen und weiterzuschlafen, nach allem, was geschehen ist«, meinte sie und trat zu ihrer Tochter. »Weine nicht, Lori. Dein Vater hat diese Krankheit schon länger, er wird nicht daran sterben, so schlimm es auch aussieht. Wir müssen uns nur noch mehr Mühe geben, ihn vor vielem Trinken und zu großen Aufregungen zu behüten.« Sie wandte sich an Tessa, die noch immer an Kyril geklammert dastand. Mit klarer, eisiger Stimme sagte sie zu dem Mädchen: »Du zeigst wenig Treue für deinen Herrn, Kind.«

»Nein, Mutter«, protestierte Kyril. »Es ist genau umgekehrt. Vater wußte sehr wohl, daß Tessa mein Mädchen war. Er hat sie hergeholt, um Ärger zu machen, das ist alles. Vielleicht hoffte er, die Leute würden glauben, es sei *sein* Kind. Aber wie kann denn jemand annehmen, ein alter Bock wie er –«

Jäh brach er ab, und die Worte blieben ihm im Hals stecken, als er dem Blick seiner Mutter begegnete. Leicht bekleidet, wie sie war, ließ sich nicht übersehen, daß ihre Schwangerschaft schon sehr weit fortgeschritten war. Kyril schlug die Augen nieder und stotterte etwas vor sich hin. Jaelle mußte kichern und drückte die Hand so fest auf ihren Mund, daß nur ein erstickter Laut wie ein Furz herauskam. Kindra schaute sie wütend an, und Jaelle sah zu Boden.

Müde meinte Rohana: »Wir sollten das Mädchen *überwachen* lassen; wenn es ein Ardais-Kind ist, ganz gleich, wer von euch beiden der Vater dieses armen Wurms ist, hat Tessa unzweifelhaft das Recht, in diesem Hause Zuflucht zu finden, und es ist meine Aufgabe, mich darum zu kümmern. Alida, willst du sie heute noch einer *Überwachung* unterziehen?«

Sie winkte der *Leronis,* die erwiderte: »Selbstverständlich. Gabriel hat mir schon von dem Kind berichtet.«

»Dann hat er es gewußt – dann hat er gedacht . . .« Rohana sagte es halb flüsternd. Plötzlich schwankte sie, und Kindra stützte sie mit kräftigem Arm.

»Es ist zuviel für dich, Herrin«, erklärte sie.

»Wenn ihr euch jetzt alle anziehen würdet, könnte ich in der Halle für Frühstück sorgen«, murmelte Rohana unsicher.

Jaelle schaltete sich energisch ein. »Nein, Tante, du bist krank. Herr Gabriel wird von seinen Dienern betreut. Geh du nur wieder zu Bett. Elorie und ich werden uns um das Frühstück kümmern. Kindra, bring sie in ihr Zimmer – ruf eine von den Frauen zum Tragen, laß sie nicht selber laufen! Bitte, Tante, um des Kindes willen –«

»Danke, Jaelle«, antwortete Rohana überrascht und ließ sich in Kindras Arme zurücksinken, als eine Welle von Übelkeit sie zu überschwemmen drohte.

Als sie wieder wach wurde, hatte das Licht erheblich zugenommen. An ihrem Bett saß Kindra.

Gerade schaute Jaelle zur Tür herein und erkundigte sich im Flüsterton: »Wie geht es ihr, Kindra?«

»Du brauchst nicht zu flüstern, Jaelle, ich bin wach«, erklärte Rohana und wunderte sich, wie schwach ihre Stimme klang. »Ist unten alles in Ordnung?«

»O ja. Sie haben alle gefrühstückt. Elorie hat die Köchinnen beauftragt, Gewürzbrot zu backen und den Männern heißen Apfelmost vorsetzen lassen. Rian hat allen erzählt, der Herr sei krank und es sollte um Mittag mit der Neuanpflanzung der Harzbäume angefangen werden, er käme selbst und würde die Aufsicht führen.«

»Rian ist ein guter Junge«, meinte Rohana weich.

»Ja, er kennt sich auf dem Landbesitz aus, und wenn Kyril es ihm erlauben würde, könnte er seinem Vater viel Ärger ersparen«, bemerkte Jaelle. »Aber Kyril ist so eifersüchtig darauf, daß Rian Einfluß auf den Vater gewinnen könnte –« Sie zuckte die Achseln. »Kyril hat auch etwas Brühe nach oben getragen und *Dom* Gabriel gefüttert; es war bestimmt ein rührender Anblick! Aber ich habe den Herrn brüllen hören – so laut er im

Augenblick brüllen kann –, er sollte dieses Spülwasser fortschaffen und ihm Wein bringen.«
»Meine Güte!« Rohana versuchte mühsam, sich aufzurichten. »Ich werde zu ihm gehen und ihm erklären –«
»Auf keinen Fall«, unterbrach Kindra eindringlich. »Du mußt im Bett bleiben, Herrin – Rohana«, berichtigte sie sich, »oder du mußt mit einer Fehlgeburt rechnen. Und das würde *Dom* Gabriel noch viel weniger gefallen als eine Dienerschaft, die seine Befehle verweigert.«
Rohana seufzte und legte sich wieder hin. Sie wußte, daß Kindra völlig recht hatte. Gabriel würde sich eben in sein Schicksal fügen müssen, zudem fürchtete er sich so sehr vor den Anfällen, daß er vielleicht doch einmal auf eine Warnung hören würde. »Aber erklärt ihm, warum ich nicht gekommen bin, um ihm Gesellschaft zu leisten und an seinem Bett zu sitzen.«
»Ich habe ihm die Heilerin geschickt, Tante«, berichtete Jaelle. »Außerdem habe ich die Hebamme holen lassen; sie wird wissen, ob Gefahr besteht.«
So beruhigt, machte es sich Rohana unter den Decken bequem und verbrachte den Morgen dösend zwischen Wachen und Schlaf. Kaum nahm sie den Besuch der Gutshebamme wahr, die sie kurz untersuchte und verkündete, die unmittelbare Gefahr einer Fehlgeburt bestehe nicht, jedoch könnten ein paar Ruhetage nur von Vorteil sein, denn die Herrin neige dazu, härter zu arbeiten, als ihr guttue. Als Rohana am späten Nachmittag erneut wach wurde, fand sie Kindra immer noch an ihrem Bett. Ihre Nadel fuhr blitzend durch ein Stück Stoff, hinein, heraus.
»Was stickst du? Jaelle macht so selten Handarbeiten, daß ich sie mit einer Freien Amazone – einer Entsagenden – gar nicht in Verbindung bringe.«
»Ich finde es beruhigend. Es ist ein Kragen«, antwortete Kindra. »Ich habe nur selten Muße, dazusitzen und solche kunstvollen Sachen anzufertigen. Wenn du willst, mache ich dir eine Stickerei für ein Kinderkleidchen; und wenn dein Kind ein Mädchen ist –«

»O nein«, fiel ihr Rohana ins Wort, »ich hätte zwar gern ein Mädchen, aber es ist ein Junge, und das wird zumindest Gabriel sehr freuen.«

»Sicher sagt dir das dein *Laran*«, bemerkte Kindra, und Rohana machte ein erstauntes Gesicht.

»Ja, wahrscheinlich – ich habe nie darüber nachgedacht. Ich kann mir nicht vorstellen, wie es ist, schwanger zu sein und nicht zu wissen, ob man einen Sohn oder eine Tochter erwartet. Gibt es wirklich Frauen, die das nicht fühlen?«

»Allerdings«, erwiderte Kindra, »obwohl ich mir auch stets sicher war. Vielleicht bildete ich es mir auch nur ein – die Chancen standen zumindest immer halbe-halbe.«

Es klopfte gedämpft an der Tür. Die Herrin Alida trat ein.

»Fühlst du dich wieder besser, Rohana? Meine Liebe, du brauchst dir keinerlei Gedanken zu machen, um gar nichts; ich kann mich um alles kümmern, wirklich um alles«, meinte sie lächelnd, und Kindra fand, ihr Lächeln verleihe ihr große Ähnlichkeit mit einem molligen Kätzchen, das in den Sahnetopf gefallen ist.

»Davon bin ich überzeugt«, murmelte Rohana.

»Aber es gibt einige Punkte, die sofort geklärt werden müssen«, begann Alida. »Kyril muß unverzüglich aus dem Haus; diese Feindschaft mit seinem Vater ist für beide äußerst nachteilig. Er sollte nach Nevarsin gehen; was er braucht, ist Disziplin, und ein bißchen Bildung kann ihm auch nicht schaden. Es tut ihm nicht gut, hierzubleiben, solange du und Gabriel euch nicht einig seid; er ist fast ein Mann.«

»Das habe ich schon vor einem Jahr vorgeschlagen, aber Gabriel wollte nichts davon hören«, bemerkte Rohana, und Alida lächelte ihr Katzenlächeln.

»Dann war die Auseinandersetzung heute morgen doch zu etwas gut. Ich denke, Gabriel wird froh sein, Kyril gehen zu sehen. Und noch etwas: Ich habe das Mädchen Tessa *überwacht*, und es ist tatsächlich Kyrils Kind, das sie erwartet.« Ihr Gesicht nahm einen Ausdruck vornehmen Widerwillens an. »Willst du sie wirklich unter unserem Dach behalten?«

»Was habe ich für eine Wahl? Wenn das Kind ein Ardais ist? Selbst ein *Nedestro* hat das Recht auf eine Zuflucht unter dem Dach seines Vaters«, antwortete Rohana.
Alida verzog das Gesicht. »Selten war ich so unzufrieden mit meinem Überwacherinnen-Eid wie heute«, meinte sie. »Am liebsten hätte ich dem Mädchen gesagt, sie lüge – natürlich tat sie es nicht –, und sie hinausgeworfen. Ich gestehe, daß ich nicht so gutherzig bin wie du, Rohana.«
»Der Gedanke selbst an einen *Nedesto*-Enkel mißfällt mir durchaus nicht«, sagte Rohana.
Alida schüttelte den Kopf. »Nur ein Mädchen. Tut mir leid, wenn dein Wunsch damit nicht erfüllt ist.«
»Ich heiße auch eine Enkelin willkommen, wenn sie gesund und kräftig ist«, erklärte Rohana. »Zu Hause würde man vielleicht lieblos zu ihr sein, sie hungern lassen oder mißhandeln. Arrangiere alles, Alida, gib Tessa ein eigenes Zimmer und jemanden, der sich um sie kümmert, und denk daran: Es darf ihr an nichts fehlen, nur weil Kyril nicht hier ist. Noch etwas?«
»Ja.« Alida war im Zimmer auf- und abgegangen; jetzt kam sie wieder näher und nahm in einem kleinen Stuhl Platz. »Rohana, hast du gewußt, daß Rian ein voll entwickelter, weit offener Telepath ist, nach beiden Richtungen, und wahrscheinlich auch ein ebenso stark ausgeprägter Empath? Gott allein weiß, woher er das hat – es ist jedenfalls kein Merkmal der Ardais.«
»Da bin ich gar nicht so sicher«, widersprach Rohana. »Vor seiner Krankheit verfügte Gabriel auch über ein erhebliches Maß an Empathie; das habe ich am meisten an ihm geliebt.« Nachdenklich hielt sie inne. »Und Rian hat es auch? Kein Wunder, daß er so hin- und hergerissen ist ...«
»Zwischen der Zuneigung zu dir und dem Mitgefühl für seinen Vater«, sagte Alida grob, »und dieser Widerstreit zerstört ihn. Er gehört in einen Turm.«
»Ich hatte gehofft, ihn vorher für ein paar Jahre nach Nevarsin zu schicken«, wehrte Rohana ab.
»Auf keinen Fall«, erklärte Alida energisch. »Er ist viel zu sen-

sibel und gewissenhaft; er würde jedes Wort befolgen, das man ihm sagt. Du weißt ja selber, daß die meisten Jungen nur auf einen Bruchteil der Dinge hören, die ältere Leute ihnen sagen – Kyril hat nie auf etwas gehört, das man ihm auftrug –, aber Rian würde sich jedes Wort zu Herzen nehmen und sein ganzes Leben als Sklave dieser *Cristoforo*-Skrupel zubringen. Nein, Rohana, der einzig sichere Ort für ihn ist ein Turm, und ich habe schon die Kontakte befragt: Arilinn nimmt ihn auf. Mach dir keine Sorgen; er wird dort genausoviel lernen wie in Nevarsin, davon kannst du überzeugt sein.«

Vermutlich sollte ich auch noch dankbar dafür sein, dachte Rohana, *denn Alida hat sich mit meinen Söhnen die größte Mühe gegeben. Aber dieser aufdringliche Diensteifer macht mich wütend; Alida will eben wirklich alles allein regieren. Sie ist geradezu selig, daß ich krank hier liege und sie für alles genausogut gesorgt hat, wie ich es getan hätte – oder noch besser.*

Sie versuchte, ihre Gedanken gegen Alida abzuschirmen und ihr höflich zu danken.

»Du hat alles so vorzüglich arrangiert, Schwägerin, daß ich jetzt alle Kinder los bin – bis auf Elorie, aber sie ist auch schon verlobt – und nur noch eine müßige alte Frau sein werde.«

»Müßig? Du?« protestierte Kindra. »Schließlich hast du immer noch Valentin und Jaelle.«

»Jaelle macht kein Hehl daraus, daß sie es eilig hat, hier wegzukommen«, entgegnete Rohana.

»Das kann ihr auf keinen Fall gestattet werden, Kindra«, wandte Alida ein. »Sie muß die Stelle ihrer Mutter in einem Turm einnehmen. Bestimmt finden wir einen, der sie mit Freuden aufnimmt.«

»Hast du jemals einen Hinweis darauf gefunden, daß sie überhaupt genügend *Laran* besitzt? Ich glaube, sie wäre in einem Turm todunglücklich.«

Verärgert erklärte Alida: »Du weißt genausogut wie ich, Rohana, daß sie ihr *Laran* blockiert, und du weißt auch, warum. Du hast mir vom Tod ihrer Mutter bei Valentins Geburt erzählt. Jaelle ist nicht das erste junge Mädchen, dessen *Laran* durch einen *Rapport,* gegen den sie sich nicht wehren konnte und für den sie noch nicht reif war, schockartig geweckt wurde – eine traumatische Geburt, so nahe bei ihr, daß sie sich nicht abschirmen konnte, und der Tod eines geliebten Menschen. Aber sie kann es nicht für immer unterdrücken. Eines Tages wird es mit aller Macht wiederkehren, und man sollte sie in einem Turm auf diesen Tag vorbereiten. Natürlich spricht ihre Abstammung – dieser Vater aus den Trockenstädten – gegen sie, aber vielleicht gibt es einen Turm, der bereit ist, darüber hinwegzusehen. Allerdings sicher nicht Arilinn. Dort wird ganz besonders auf die Comyn-Herkunft geachtet. Rian soll dorthin. Aber ich bin sicher, daß einer der weniger bedeutenden Türme Jaelle aufnehmen würde – vielleicht Margwenn in Thendara oder Leominda in Neskaya. Soll ich versuchen, etwas zu vereinbaren? Ich würde es wirklich gern tun.«

»Das glaube ich dir aufs Wort, Alida«, versetzte Rohana müde, »aber diesmal wird dein Geschick im Arrangieren nicht benötigt. Ich habe Jaelle versprochen, wenn sie ein Jahr hierbliebe, würde ich keine weiteren Einwände dagegen erheben, daß sie den Eid der Entsagenden ablegt.«

Alida riß den Mund auf. Ihre Augen, sehr groß und blau, starrten Rohana ungläubig an. »Ich weiß, daß du das gesagt hast, als sie noch ein Kind war«, erklärte sie, »aber willst du dich wirklich daran halten? Auch wenn sie *Laran* besitzt?«

»Ich habe es versprochen«, bekräftigte Rohana, »und ich halte mein Wort. Ich lüge nicht, auch nicht gegenüber Kindern.«

»Aber ...« Alida sah noch unschuldiger und verwirrter aus als sonst. »Der Rat ... er wird nicht sehr froh darüber sein, Rohana. Es sind so wenige Aillard-Frauen am Leben.«

»Ich glaube, daß ich den Rat überzeugen kann«, erwiderte Rohana.

Alida seufzte: »Dazu wirst du bald Gelegenheit haben. Sie haben uns eine Botschaft geschickt, um Gabriel zu den Ratssitzungen einzuladen, und da du dich immer noch Aillard und nicht Ardais nennst und als Aillard im Rat sitzt, betrifft die

Einladung auch dich. Nachdem freilich Jaelle jetzt mündig ist und du schwanger bist, dachte ich ...«

»Du warst so sicher, daß du den Boten gesagt hast, Meloras Tochter sei bereit, dieses Jahr bei den Sitzungen ihren Platz im Rat einzunehmen, ist das richtig, Alida?« fragte Rohana milde. »Nun, dann wirst du ihnen erklären müssen, daß du gelogen oder phantasiert hast.«

Alidas blaue Augen flammten vor Empörung.

»Gelogen? Wie kannst du es wagen! Wie konnte ich auf den Gedanken kommen, du würdest Meloras Tochter gestatten, sich ihrer Pflicht durch ein so gesetzwidriges Gelöbnis zu entziehen?«

»Es ist nicht gesetzwidrig«, wandte Rohana ein. »Der Freibrief der Entsagenden erlaubt jeder freigeborenen Frau, bei ihnen den Eid zu beantragen. Es ist wahr, daß es Zeiten gegeben hat, in denen ich fand, Comyn-Töchter seien weniger frei geboren als jedes Kleinbauernkind; ich hätte aber nie geglaubt, daß du auch dieser Meinung wärst, Schwägerin.«

»Du machst dich lustig über mich, Rohana!«

»Nein, meine Liebe, das erledigst du selbst schon ganz vorzüglich. Als du dem Rat mitteiltest, Meloras Tochter sei bereit für ihn, gabst du eine Erklärung ab, zu der du nicht berechtigt warst, und mischtest dich in Dinge ein, die dich wirklich nichts angingen. Ich habe dir nicht aufgetragen, dem Rat irgend etwas auszurichten, und du mußt dich nun selber aus deinen Lügen wieder herauswinden.«

Rohana sank in die Kissen zurück und schloß die Augen; aber Kindra hatte das deutliche Gefühl, daß Rohana unter ihrer ausdruckslosen Miene lächelte.

»Rohana«, flehte Alida, »das kannst du nicht tun. Der Rat wird es nicht zulassen.«

Jäh setzte Rohana sich auf. »Glaubst du wirklich, sie könnten mich davon abhalten?«

»Es wird aber doch bestimmt noch einen anderen Weg geben ...«

»O ja, selbstverständlich«, antwortete Rohana erschöpft, »ich

könnte selbst beantragen, daß man mich den Eid leisten läßt.«
Alida schrie auf. »Das würdest du nicht tun! Du scherzt!«
»Nicht im geringsten, meine Liebe«, gab Rohana zurück. »Aber es ist wahr, daß ich es wahrscheinlich nicht tun werde. Trotzdem: Um Jaelles Freiheit zu erlangen, könnte ich dem Rat sehr wohl vortragen, wie ungeeignet Gabriel als Vormund für ein junges Mädchen ist; ich könnte bezeugen, wie er mich vor meinem ganzen Haus gedemütigt und beleidigt hat; und ich könnte beantragen, meine Ehe aufzulösen, ihn als Wahnsinnigen einsperren zu lassen und ihn seines Sitzes im Rat und seiner Stellung als Oberhaupt und Verweser von Ardais zu entheben. Und wäre Kyril nur einen Deut besser als sein Vater, würde ich das auch ganz gewiß tun.«
»Oh, Rohana!« Jetzt schluchzte Alida. »Um der Ehre der Comyn willen – es wäre ein Skandal für die Sieben Domänen! Und du willst doch die Ehre von Ardais nicht in den Schmutz ziehen?«
»Ich habe dein Geschwätz von der Ehre von Ardais satt«, entgegnete Rohana scharf. »Was hast *du* getan, um sie zu bewahren? Es ist dir nur recht, daß Gabriel unfähig ist, sich um seine eigenen Angelegenheiten zu kümmern, solange das gleichbedeutend damit ist, daß du es tun kannst, ohne fürchten zu müssen, er könnte es dir verbieten. Ist dir schon einmal eingefallen, daß Gabriel sich, wenn er noch lange so weitermacht, zu Tode trinken oder einen Skandal provozieren wird, den wir nicht in diesen Mauern vertuschen können? Er ist mein Gatte, und ich habe ihn einmal geliebt, und zu seinem eigenen Nutzen sollte er sich einem Menschen fügen müssen, der ihn davon abhalten kann, sich selber umzubringen.«
»Denkst du etwa, ich möchte, daß er stirbt? fragte Alida.
»Jedenfalls unternimmst du nichts, um es zu verhindern, und mir scheint, daß du dich gegen alles wehrst, was ich meinerseits versuche«, sagte Rohana. »Kannst du denn nicht zugeben, Alida, daß das, was ich tue, für die Domäne und auch für Gabriel am besten ist? So sehr du mich auch verabscheust –«

»Bitte sag das nicht«, unterbrach Alida. »Ich verabscheue dich nicht; ich bewundere und achte dich.«

Seufzend schloß Rohana die Augen. Ohne den Versuch, Alida zu antworten, fragte sie: »Was ist mit den Vertretern des Rates – sind sie hier?«

»Sie warten auf ein Gespräch mit Gabriel – oder mit dir, falls er sie nicht empfangen kann.«

Müde sagte Rohana: »Vielleicht *sollten* sie ihn sehen, damit sie nicht glauben, ich wollte sie daran hindern.«

Alida protestierte: »Unmöglich! Welche Schande, wenn man ihn sieht, wie er jetzt ist!«

»Ich habe ihn nicht aufgefordert, sich sinnlos zu betrinken und sich bis zu einem Anfall aufzuregen«, bemerkte Rohana. »Sie müssen ihn sehen, Alida, sonst glauben sie – wie es übrigens wohl auch Kyril tut –, ich wollte in meinem eigenen Interesse die Herrschaft über die Domäne an mich reißen. Schick nach dem Hallendiener.«

Immer noch unter Protest entfernte sich Alida, und Kindra, die schweigend im Schatten der Bettvorhänge gestanden hatte, trat hervor.

»Wirst du mit all dem fertig, Rohana?«

»So oder so, die Sache muß geklärt werden, und außer mir ist keiner da, der es erledigen könnte. Aber du solltest nicht – kein Mensch sollte meiner Familie ausgesetzt sein!«

Kindra erwiderte: »*Du* solltest deiner Familie nicht ausgesetzt sein« und empfand ein Welle von Zärtlichkeit für Rohana, die mit geschlossenen Augen dalag. Sie schwieg und sammelte ihre Kräfte. Nach einer ganzen Weile klopfte es leise an die Tür; Rohana setzte sich auf und sagte: »Laß sie herein. Ich muß mit ihnen reden.«

Drei junge Männer traten ins Zimmer und verbeugten sich tief. Alle drei trugen stolz den flammenden Rotschopf der Comyn. Einer, offensichtlich ihr Anführer, verneigte sich nochmals vor Rohana und begann: »Herrin von Ardais, ich bedaure die Krankheit Eures Gemahls; es ist nur allzu offensichtlich, daß *Dom* Gabriel an den diesjährigen Sitzungen des Rates nicht teilnehmen kann. Werdet Ihr wie gewöhnlich seinen Platz im Rat einnehmen?«

»Wie Ihr seht, werde ich das dieses Jahr nicht können«, entgegnete die Herrin Rohana. »Für dieses Mal verbietet es mir meine Gesundheit. Kommt mein Kind jedoch gesund und kräftig zur Welt, werde ich vielleicht noch gegen Ende der Sitzungszeit erscheinen.«

»Und wie steht es mit Eurem Mündel, Melora Aillards Tochter?« erkundigte sich der junge Mann. »Dürfen wir mit ihr sprechen und sie fragen, ob sie bereit ist, als Erbin von Aillard den Ratseid zu schwören?«

»Das müßt Ihr mit Jaelle selbst abmachen.«

Als die Boten gegangen waren, ließ Rohana Jaelle rufen, die mürrisch zu ihr kam.

»Jaelle, die Vertreter des Rates sind hier; du mußt mit ihnen nach Süden zum Rat der Comyn reisen und ihnen selbst sagen, daß du auf deine Rechte im Comyn-Rat, von Melora auf dich übergegangen, verzichten willst.«

Jaelle wehrte ab. »Du hast mir versprochen, ich dürfte den Eid der Entsagenden ablegen.«

»Das sollst du ja auch, wenn es dein Wunsch ist«, sagte Kindra, »aber Rohana kann nicht an deiner Stelle auf deine Rechte verzichten; das mußt du selber tun.«

»Aber wie?«

»Man wird dich auffordern, vor dem Rat zu erscheinen, und dich fragen, ob du bereit bist, deinen Sitz im Rat einzunehmen; dann mußt du mit ›Nein‹ antworten. Das ist alles.« Und Kindra fügte hinzu: »Wenn du alt genug bist, den Eid als Entsagende zu schwören, bist du auch alt genug, auf dein Recht im Rat zu verzichten.«

»Aber was soll ich danach tun?«

»Was du willst«, erwiderte Kindra. »Wenn du möchtest, kannst du sofort zum Gildenhaus gehen und dort auf mich warten, um dann den Eid zu leisten.«

Schmollend sagte Jaelle: »Ich hatte gedacht, wir würden zusammen nach dem Süden reiten.«

»Nun, es geht eben nicht«, entgegnete Kindra kurz. »Denn zumindest im Augenblick liegt meine Pflicht hier und deine beim Rat in Thendara.«
»Also gut«, erwiderte Jaelle zornig, »wenn dir das mehr bedeutet, als meine Zeugin zu sein, wenn ich den Eid ablege.« Erbost verließ sie das Zimmer und knallte die Tür hinter sich zu. Rohana hörte sie in der Halle mit den jungen Abgesandten des Rates sprechen.
»Ob sie mir je verzeihen wird, Kindra?«
»Ach, sicher; ihr fehlt nichts, als daß sie sechzehn Jahre alt ist«, meinte Kindra. »Im Moment hat sie eine größere Wut auf mich als auf dich. Laß ihr ein paar Jahre Zeit, und sie wird dir verzeihen. Sogar mir wird sie vergeben – eines Tages.«
Doch eine Konfrontation sollte dieser Tag noch bringen. Als die Sonne unterging, bat Kyril um Einlaß und kam leise ins Zimmer. Er küßte seiner Mutter respektvoll die Hand.
»Es tut mir leid, dich so krank zu sehen, Mutter. Als er davon erfuhr, wollte Vater gleich aufstehen und dich pflegen, aber sein Diener wollte ihn nicht aus dem Bett lassen.«
»Ich freue mich, daß ihn ein vernünftiger Mann versorgt«, erklärte Rohana. »Was willst du, Kyril? Bestimmt bist du nicht gekommen, um mir gute Besserung zu wünschen.«
»Warum glaubst du das nicht, Mutter? Du hast dich damit überanstrengt, daß du alle Verantwortung für meinen Vater getragen hast; warum läßt du ihn nicht selbst seine Angelegenheiten besorgen?«
»Wieder dieses Thema, Kyril?«
»Du machst aus meinem Vater einen Niemand, eine Zielscheibe des Spottes in allen Domänen.«
»Nein, mein Lieber, das haben die Götter getan. Ich erspare ihm nur den Druck von Entscheidungen, die er nicht fällen kann, und versuche, vor anderen seine Ehre aufrechtzuerhalten. Wäre es besser, wenn die Felder nicht bestellt, die Zuchtbücher nicht geführt, die Ernten der Harzbäume nicht eingebracht würden? All diese Aufgaben würde ich dir als Ältestem mit Freude übertragen – wenn du damit fertig würdest!«

»Spottest du über meine Unwissenheit, Mutter? Auch ich habe keine Schuld daran. Vielleicht lerne ich jetzt, da ich nach Nevarsin gehe, wie man mit diesen Dingen umgeht.«
»Mögen die Götter es geben, Kyril«, sagte sie. Er kniete nieder, um ihren Segen zu empfangen. Sie gab ihn aufrichtig, die Hände auf seinem Lockenkopf.
Danach stand er auf und schaute stirnrunzelnd zu ihr hinunter. »Stimmt es, was Jaelle sagte –, daß sie eine Freie Amazone wird?«
»Das Gesetz stellt es jeder freigeborenen Frau frei, Kyril. Es ist ihr Entschluß.«
»Dann ist dieses Gesetz unmoralisch und sollte nicht länger Gültigkeit haben«, entgegnete Kyril. »Sie sollte heiraten, wenn sich jemand findet, der über ihre Abstammung hinwegsieht.«
»Es erspart uns die Arbeit, ihr einen solchen Gatten zu suchen. Laß sie, Kyril, du kannst es nicht ändern.«
Zornig platzte Kyril heraus: »Ich habe es versucht.« Er unterbrach sich sofort, aber Rohana hatte verstanden. Tiefes Erröten breitete sich auf dem Gesicht des Sohnes aus.
Schneidend sagte Rohana: »Du hast also versucht, ihr zu zeigen, was ihr entgehen könnte, wenn sie sich weigert zu heiraten? Und jetzt kannst du ihr nicht verzeihen, daß sie nicht sofort in deine Arme gesunken ist? Schäm dich, Kyril, du hast das Gastrecht verletzt. Jaelle ist mein Pflegekind. Du hättest sie achten müssen wie deine eigene Schwester, hier unter diesem Dach! Aber sie geht noch heute abend nach Thendara; es wird kein Schaden entstehen.«
Nach einer kurzen Pause fügte sie sanfter hinzu: »Kyril, ab heute trennen sich unsere Wege. Du reitest nach Nevarsin. Laß uns zumindest nicht in Feindschaft voneinander scheiden. Wünsch mir alles Gute, und nimm in Frieden Abschied von deinem Vater.«
Kyril warf sich auf die Knie und küßte noch einmal die Hand seiner Mutter. Bedrückt begann er: »Ich schulde dir Dank dafür, daß du dich Tessas angenommen hast; ich hatte mich um

sie gesorgt. Sag, schickst du mich wegen dieses Auftritts heute morgen fort – weil ich meinen Vater ... zum Narren gemacht habe?«
»Nein, mein Lieber«, versicherte Rohana milde. »Es ist schon längst höchste Zeit, daß du fortgeschickt und auf deine Stellung im Leben und in der Domäne vorbereitet wirst. Du hättest schon vor Jahresfrist gehen sollen. Sag jetzt deinem Vater Lebewohl, und versuch dich nach Möglichkeit nicht mit ihm zu zanken. Du brichst im Morgengrauen auf.«
»Und Rian soll in einen Turm?« erkundigte sich Kyril.
»Ich bin froh darüber; er wird ein guter *Laranzu* werden – und dir wird er den Platz des Erben der Domäne nicht streitig machen, falls du das gefürchtet haben solltest.« Rohana legte ihrem Sohn die Arme um den Hals und umarmte ihn zum Abschied. »Leb wohl, Kyril; lerne gut und nutze jede Gelegenheit, die sich dir bietet. Wenn du wiederkommst –«
»Wenn ich wiederkomme, wird die Domäne nicht mehr von einer Frau regiert werden müssen«, erklärte Kyril, »und du, Mutter, kannst dich ausruhen und dich auf Frauenarbeit beschränken.«
»Das soll mich freuen«, erwiderte Rohana.

V

Es war sehr ruhig in Ardais, nachdem Kyril, Rian und Jaelle abgereist waren. Um Rohanas willen begrüßte Kindra die Stille. *Dom* Gabriel war mehr oder weniger wieder auf den Beinen. Er wirkte hinfällig und schwach, schaffte es jedoch mit Hilfe seiner Diener, wenigstens so zu tun, als überwache er die Neuanpflanzung der Harzbäume.
Rohana, wenn auch nicht länger ans Bett gefesselt, fühlte sich doch außerstande, sich viel im Freien aufzuhalten oder zu reiten. Sie ließ zu, daß der Verwalter Gabriel bei der Neuanpflanzung zur Seite stand, und verschaffte sich die wenige körperliche Bewegung, die sie jetzt benötigte, durch Spaziergänge in

den Höfen. Kindra fühlte sich dadurch zwar eingeengt, wollte jedoch weder Rohana im Stich lassen noch Gabriel beleidigen, indem sie ihm unaufgefordert unter die Augen trat. Was Jaelle anging, so vermißte Kindra sie zwar, fand aber, daß die Abwesenheit ihrer scharfzüngigen und kritischen Persönlichkeit allen das Leben erleichterte, besonders Rohana.

Das einzige neben Elorie noch verbliebene junge Gesicht, das Mädchen Tessa, hielt sich, da Kyril nicht mehr zu Hause war, sehr zurück und erschien nur selten in der Halle. Rohana war nicht unzufrieden, daß das Mädchen freiwillig die Mahlzeiten in ihrem Zimmer einnahm, und mißgönnte ihr die zusätzliche Bedienung nicht. Schließlich bestand kein Grund, Gabriel ständig an die Demütigung durch seinen Ältesten zu erinnern. Manchmal, wenn Rohana sie dazu einlud, gesellte das Mädchen sich zu den Frauen, die im Wintergarten nähten. Soweit Kindra es beurteilen konnte, war Tessa ein harmloses, oberflächliches kleines Ding, das wenig für sich selbst – und über sich selbst – vorbringen konnte. Sie schien Kyril nicht zu vermissen und unternahm auch keinen Versuch, *Dom* Gabriels Interesse wiederzugewinnen.

Fast einen ganzen Zehntag lang verlief das Leben in Ardais so ruhig. Dann erwachte Kindra eines Morgens vom Getöse eines gewaltigen Sturms, der um die Ecken der Burg brüllte und heulte und nahezu jeden menschlichen Laut übertönte.

Bei einem Blick aus dem Fenster sah Kindra nichts als viele Quadratmeilen wogender Blätter und Bäume, die sich bis fast zur Erde beugten wie lebendige Wesen, nur um kurz über dem Boden zu zerbrochenen Pfählen abzuknicken. In ihren fast vierzig Jahren hatte Kindra noch kein Wetter erlebt, das diesem auch nur im entferntesten gleichkam. Niemand wagte sich ins Freie, außer um die Tiere zu versorgen, denn jeder, abgesehen von den Kräftigsten unter den Landarbeitern, wäre vom Sturm umgerissen worden. Kindra trat auf einen Balkon hinaus und mußte sich an das Geländer klammern, um nicht gegen die Steinmauer geschleudert zu werden. Die Luft selbst schien von unheimlicher Energie zu knistern, obwohl kein

Donner rollte. Rohana machte ein besorgtes Gesicht und weigerte sich, auf den Balkon hinauszukommen.

»Ist es der Wind, der dir angst macht?« fragte Kindra. »Ich habe noch nie so etwas gesehen. Ich bin wirklich stark, aber um ein Haar hätte es mich fortgeweht. Du könntest schlimm stürzen, und das wäre jetzt sehr gefährlich für dich.«

»Glaubst du, das machte mir etwas aus?« fragte Rohana zurück. »Ich habe es so satt, hier träge herumzusitzen und gar nichts zu tun! Es ist mir ganz gleich, was geschieht –« Aber sogleich machte sie ein schuldbewußtes Gesicht und erklärte: »Allerdings ist die Schwangerschaft schon so weit fortgeschritten und mein Kind so stark, daß ich fühle, wie es um sein Leben kämpft. Dieses Leben kann ich nicht gefährden.«

Kindra war entsetzt. Sie hatte keine Ahnung gehabt, daß Rohana solche Gedanken durch den Kopf gingen. Sie fing an, sich Sorgen um die Freundin zu machen.

»Es ist nicht der Wind«, fuhr Rohana fort, »sondern die Energie in der Luft. Sie kann Waldbrände verursachen, wenn die Harzbäume trocken sind. Im letzten Winter hatten wir zu wenig Schnee. Wenn es nicht regnet, bevor der Wind sich legt, müssen wir gleich morgen früh eine Feuerwache aufstellen.«

Kindra kannte so etwas nicht. Obwohl sie wußte, daß die meisten Waldbrände durch Blitze verursacht wurden, war dieses seltsame Gewitter ohne sichtbare Blitze und ohne Donner für sie etwas Neues.

Die Sonne war nicht zu sehen. In den Wirbelwinden bildeten sich Wolken aus Blättern, Schnee von den Berggipfeln und losem Geröll, die die Sonne verdunkelten und verdeckten; allmählich überzog ein geheimnisvolles gelbes Zwielicht den Himmel, das bei Einbruch der Nacht eine unheimliche grüne Farbe annahm. Ein Sonnenuntergang war nicht auszumachen; das Licht verblaßte einfach in Dunkelheit, bis es verschwunden war. In der Finsternis fuhr der Wind fort zu heulen wie ein Chor wahnwitziger Dämonen. Was immer an Lampen, Fackeln und Kerzen angezündet wurde, blies der Luftzug in den Korridoren beinahe sofort wieder aus. Es war auch schwer, in

den Hauptkaminen Feuer zu machen, denn der Sog der Aufwinde schlug um und versuchte die Flammen zu löschen. Elorie wickelte Valentin in Decken und holte ihn aus dem Kinderzimmer herunter zu den anderen in die Große Halle an das unstete, qualmende Feuer, das ständig kurz vor dem Ausgehen zu sein schien. Valentin quengelte, bis *Dom* Gabriel zu Kindras Erstaunen das Kind vor dem rauchigen Kamin auf den Schoß nahm und mit unsicherer Stimme alte Soldatenballaden krächzte, um es abzulenken.
»Es muß furchtbar sein, bei diesem Wetter im Freien zu sein«, sagte Elorie. »Glaubst du, Vater, daß Rian und Kyril inzwischen sicher in Nevarsin angekommen sein werden?«
»Aber sicher. Bestimmt sind sie heil angekommen«, antwortete Gabriel und zählte an den Fingern ab. Und zu seiner Gattin gewandt, fragte er: »Was zum Teufel fehlt dem Feuer, Rohana?«
»Der Wind in den Kaminen bläst es immer wieder aus«, erklärte diese. »Ich will nach besten Kräften versuchen, es durch Zauber weiterbrennen zu lassen.« Sie griff in den Ausschnitt ihres Kleides und zog ihre Matrix hervor, wickelte den Stein aus seiner Umhüllung und blickte hinein. Allmählich loderte das Feuer im Kamin in stärkerem, blauem Licht und glühte für kurze Zeit mit beinahe stetiger Flamme. Rohana hatte eine Kerze in ein winddichtes Glas gestellt, so daß sie stark und klar brannte; vor dem Heidenlärm, den der Sturm verursachte, gab das brennende Herdfeuer die seltsame Illusion, es sei alles wie immer. Aber nach einer Weile zerrte der Sog des Windes das Feuer wieder in Fetzen den Kamin hinauf. Es begann in unruhigen, langen, zerzausten Flammen zu flackern. Im Hintergrund wölbten sich unter klatschenden Geräuschen die Wandbehänge wie große Segel. Es war, dachte Rohana, als flögen alle die Hunderte von Menschen, die hier gelebt hatten und gestorben waren, draußen in den gewaltigen schreienden Winden umher und heulten und kreischten wie ein Chor von *Banshees*. Doch es war nur der Wind.
Die Dienerschaft begann das Abendessen zu bringen. Rohana

befahl, es vor dem Feuer aufzutragen und dort auf kleine Tische und Bänke zu stellen.

»Das hast du gut gemacht«, sagte sie zu der Köchin. »Brennen die Feuer in der Küche ordentlich?«

»Wir haben einen geschlossenen Ofen«, erklärte die Oberköchin. »Dadurch ist es uns gelungen, ein wenig Fleisch zu braten, Herrin; aber es gibt kein Brot, denn der Backofen will nicht ziehen. Euer Feuer hier ist das einzige im Haus; vielleicht können wir darauf einen Kessel Tee heiß machen.«

Mit seiner rostigen Stimme fragte Gabriel: »Wollen wir nicht lieber etwas heißen Würzwein trinken?«

»Ja, heute abend finde ich das auch«, stimmte Rohana zu. Bei diesem Wetter war alles gut, mit dem er zufrieden war. Er trank und ließ auch das Kind auf seinem Schoß ein paarmal nippen. Valentin hustete und spuckte, genoß jedoch die Aufmerksamkeit, und als Elorie Einspruch erhob, schüttelte Rohana den Kopf. »Es wird ihn müde machen, und dann schläft er besser«, meinte sie, »laß es ihm ausnahmsweise durchgehen.« Sie zerlegte das Geflügel, und sie aßen vor dem Feuer, die Teller auf dem Schoß.

Aber so sehr sich Rohana auch anstrengte, das Feuer begann herabzusinken und wie mit einem verhexten Licht zu brennen, blaß und unstet. Als die karge Mahlzeit verspeist war, ließ Rohana das Feuer schwächer werden und ausgehen. Die Mühe, etwas wie eine natürliche Flamme am Leben zu halten, war einfach zu groß.

»Führ *Dom* Gabriel in sein Gemach, Hallard«, wies sie den Diener an. Durch das wilde Toben draußen und drinnen, das Brüllen des Windes, das Krachen von Ästen und Scheppern von Fensterläden gegen die Hauswand war ihre Stimme kaum zu verstehen.

Während der Mann *Dom* Gabriel auf die Füße half, klammerte sich Valentin an Rohana und sagte: »Es hört sich an, als ob die ganze Burg einstürzen würde. Muß ich allein im Kinderzimmer schlafen, wenn der Wind so heult? Kann ich ein Licht haben?«

»Heute nacht wird kein Licht brennen, *chiyu*«, meinte Elorie und nahm ihn auf den Arm. »Du kannst auf dem Feldbett in meinem Zimmer schlafen.«

Gabriel knurrte unwirsch: »Warum steckt man ihn nicht in sein Bett und Schluß damit? Er ist schließlich ein ganzer Kerl, nicht wahr, Val? Kein Muttersöhnchen, wie, junger Mann? Du brauchst doch kein Licht und kein Kindermädchen?«

»Doch«, erklärte Val mit unsicherer Stimme und klammerte sich an Elories Rock, die ihn fest an sich drückte.

»Besser, als wenn er sich allein zu Tode fürchtet, Vater.«

»Na schön – schließlich ist er nicht mein Sohn«, brummte *Dom* Gabriel. »Mir kann es ja gleich sein, wenn kein richtiger Mann aus ihm wird.«

Besser kein richtiger Mann, als ein Mann wie du, dachte Rohana, aber sie glaubte nicht mehr daran, daß Gabriel ihren Gedanken lesen konnte. Es hatte eine Zeit gegeben, da hätte er ihn sofort erfaßt. Aber es kam auch nicht darauf an. Laut wünschte sie Gabriel gute Nacht und machte sich Arm in Arm mit Kindra durch die dunklen und klagenden Gänge auf den Weg zu ihrem Zimmer.

Ihre Frauen, die sich in einer Ecke des Raumes zusammengedrängt hatten, jammerten vor Entsetzen. Aber der kreischende Nordsturm übertönte sie fast völlig. Als Rohana eintrat, riß sich ein Fensterladen loß, sauste krachend durch das Zimmer und knallte in ein Bündel mit Anmachholz. Ein Holzstück traf Kindra, die einen Schmerzensschrei nicht unterdrücken konnte. Die Frauen stimmten ein. Scharf sagte Kindra: »Es war doch nur ein Stück Holz!«

»Aber es hat dir die Stirn aufgerissen, Kindra«, erklärte Rohana. Sie tauchte ein Handtuch in den Wasserkrug auf der Kommode und wischte das von Kindras Stirn tropfende Blut ab. Die Frauen bemühten sich, den Laden wieder zu befestigen. Das Krachen hörte sich an, als wollte sich ein Tier mit den Klauen den Weg ins Innere erkämpfen. Aber es war etwas an dem Laden gebrochen, so daß er sich nicht wieder anbringen ließ und der Wind tobend in das Zimmer drang.

»So kannst du hier nicht schlafen«, sagte Kindra, denn der Raum war voll von der erstickenden Last aus Staub und Schnee und toten Blättern, die der heulende Sturm hereingetragen hatte; die Tür zum Gang war aufgesprungen und schlug hin und her.
»Ich bin nur froh, daß ich es nicht bin, die morgen alle diese Zimmer ausfegen muß«, erwiderte Rohana.
»Jaelles Kammer ist geschützt«, meinte Kindra. Sie begleitete die Freundin durch die Halle und betrat erleichtert den kleinen Raum, der abgeschlossen in einem sicheren Winkel der Burg lag. Hier war es ruhiger, und sie konnten ihr eigenes Wort wieder besser verstehen. Als Kindra Rohana in ihre Nachtgewänder half, merkte sie, daß die andere immer noch angespannt war, mit allen Sinnen auf den Sturm konzentriert, um das Schlimmste sofort zu erfahren.
»Ich bin so töricht wie Valentin«, sagte Rohana. »Ich fürchte mich, allein zu sein, wenn Kerzen nicht brennen und ich nicht sicher sein kann, daß um mich herum nicht die Mauern einstürzen.«
»Ich bleibe bei dir«, versicherte Kindra und glitt neben ihr ins Bett. Im Dunkeln klammerten die beiden Frauen sich aneinander und lauschten dem Schlagen der Läden, dem Kampf der Äste gegen die Mauern und dem Bersten der wenigen Glasfenster des Hauses.
Nach einem solchen krachenden Splittern murmelte Rohana, in der Finsternis zum Zerreißen gespannt: »Gabriel wird vor Verzweiflung ganz außer sich sein; wir haben so wenige Fenster, und Glas ist so teuer und schwer einzubauen. Seit Jahren bemüht er sich, das Haus wetterfest zu machen, aber ein Unwetter wie dieses ...« Sie verstummte, um dann fortzufahren: »Noch vor ein paar Monaten wäre ich jetzt zu ihm gegangen und hätte ihn zu beruhigen versucht; aber heute würde er mich verspotten – vielleicht wäre auch jemand bei ihm, der mich verspotten würde. Ich wäre sogar dankbar, wenn dieses Mädchen zu ihm gehen und ihn trösten würde ...« Ihre Stimme wurde immer leiser.

»Sch«, flüsterte Kindra. »Du mußt schlafen.«
»Ja, das muß ich, schließlich werden wir morgen alle sehr viel Arbeit haben«, murmelte Rohana, schloß die Augen und kuschelte sich an Kindra. Ein fernes, hämmerndes Lärmen ließ sie nachdenken, was sich jetzt wohl losgerissen hatte und nun wild gegen den Sturm ankämpfte. Plötzlich gab es ein klatschendes Geräusch, ein Rauschen an den Fensterläden.
»Regen«, sagte Rohana. »Bei diesem Wind wird er gegen die Mauern geworfen. Wenigstens müssen wir jetzt vor Tagesanbruch keine Angst mehr vor einem Feuer haben.«
Es hörte sich an wie ein Fluß bei Hochwasser, aber Rohana hatte sich entspannt. Kindra hielt sie im Arm und machte sich Sorgen um sie. Sie wußte, daß im Grunde die Last der ganzen Domäne auf diesem einen Körper ruhte, der so zerbrechlich schien und doch so unerwartet stark war. *Und dieses ganze Gewicht liegt auf ihr; jetzt, wo es sich anhört, als berste die ganze Welt in Wind und Chaos auseinander, trägt sie das alles auf ihren Schultern – oder im Leib wie die Bürde ihres Kindes.*
Kindra umarmte Rohana und wünschte, sie könnte ihrer Freundin die Last erleichtern. *Es ist zuviel für eine Frau. Ich habe immer geglaubt, die Gattinnen reicher Männer seien müßig und ließen sich von ihren Gatten sagen, was sie tun sollten; aber sie ist so mächtig und selbständig wie nur wenige von den Entsagenden. Nicht von fünf starken Männern könnte die Domäne besser verwaltet werden!* Kindra hielt Rohana liebevoll umfangen. *Und dabei ist sie nicht einmal kräftig, sondern eine zarte Frau und nicht gesund.*
Allmählich ging das ferne Toben des brüllenden Windes in ein Lied über, ein Wiegenlied, zu dessen Melodie Kindra die Frau in ihren Armen wiegte und schaukelte. Und endlich, als sie wußte, daß Rohana eingeschlafen war, schlief auch sie, so wütend der Sturm auch heulte.

VI

Als Rohana erwachte, war alles still. Irgendwann vor Sonnenaufgang hatte sich der Wind gelegt. Sie lag noch immer in Kindras Armen und fühlte sich einen Augenblick lang ein wenig verlegen: *Ich bin eingeschlafen, an sie geklammert wie ein Kind.*

Es erinnerte sie ganz schwach an die Tage, in denen sie noch geglaubt hatte, Gabriel sei stark und hätte alle Dinge im Griff. Damals hatte sie sich so sicher gefühlt und war fest überzeugt gewesen, daß sie sich mit allem, das ihre Kräfte überstieg, an ihn um Hilfe wenden konnte.

Jetzt waren es schon viele Jahre, in denen ihr Gabriel nicht nur nicht helfen konnte, sondern nicht einmal kräftig genug war, seine eigene Last zu tragen, so daß sie sich um sein Wohlergehen kümmern mußte, als wäre er eines ihrer Kinder. Sie dankte den Göttern, daß sie immer so stark gewesen war, für sich selbst und für Gabriel zu sorgen; aber es war schön gewesen, Gabriels Kraft zu spüren, seinen Schutz zu genießen – und seine Liebe. Es lag schon lange zurück, daß da Stärke gewesen war, auf die sie sich stützen konnte.

Liebe. Fast hatte sie vergessen, daß es wirklich eine Zeit gegeben hatte, in der sie Gabriel geliebt hatte und in der auch er sie wahrhaft liebte. Noch als seine Liebe zu ihr längst erloschen war, hatte sie sich an diese Erinnerung geklammert, selbst dann noch, als auch ihre eigene Liebe gestorben war, verhungert aus Mangel an Echo; geklammert an die Illusion, seine Liebe könnte eines Tages wiederkehren, wenn sie nur ihre Liebe zu ihm bewahrte.

War denn Liebe immer nur ein Trugbild? Sie vermutete, daß Gabriel sie auf seine Weise liebte, eine Zuneigung, entstanden aus Gewohnheit und unter der Voraussetzung, daß sie nichts von ihm forderte und ihn um nichts bat. Sie hing immer noch an ihm, weil sie an das dachte, was er einmal gewesen war. *Ich liebe meine Erinnerung an die Illusion, die einmal Gabriels Liebe war,* dachte sie und wollte sich im Bett umdrehen, denn sie wußte, daß sie die Dienerschaft unterweisen mußte. Nach dem schrecklichen Unwetter gab es vieles, was wieder in Ordnung gebracht werden mußte.

Rohana erstarrte, als über ihr im großen Turm mit beharrlicher Regelmäßigkeit eine Glocke zu läuten begann, immer im Dreiklang: BimBAMbim, bimBAMbim. Sie setzte sich auf. Ihr Atem ging hastig. Neben ihr murmelte Kindra: »Was ist?«

»Es ist die Feuerglocke«, erklärte Rohana. »Irgendwo auf unserem Land ist ein Brand bemerkt worden. Wahrscheinlich hat sich während des großen Sturms ein Feuer entzündet und unbemerkt weitergeschwelt, so geschützt, daß der Regen es nicht ausgelöscht hat. Noch ist es nicht das Gefahrensignal.« Sie stellte die Füße auf den Boden und setzte sich auf den Bettrand. Sie stützte sich mit den Händen ab, während der Raum sich in langsamen Kreisen um sie zu drehen begann.

Endlich schaffte sie es aufzustehen, angelte mit den Füßen nach ihren Pantoffeln und vermied dabei, mit den nackten Zehen den kalten Steinboden zu berühren. Kindra erhob sich ebenfalls und folgte Rohana in die Halle. Der Boden war dicht mit Staub, welken Blättern, kleinen Astwerkknoten und Kieshäufchen übersät. *Was für eine Arbeit, das alles sauberzumachen!* Die Feuerglocke setzte ihr langsames Läutsignal fort.

Die Große Halle war voll von Menschen, die beim Ertönen der Glocke dort zusammengeeilt waren, wie es ihre Pflicht war, damit man der einzigen großen Gefahr in den Bergen Herr wurde: des Feuers. Der kleine Valentin, wie alle Kinder durch die Unterbrechung seines gewohnten Tagesablaufs ganz wild geworden, rannte kreischend umher. Rohana machte ein paar Schritte, um ihn zu fangen, aber es gelang ihr nicht. So setzte sie sich hin und sagte energisch: »Komm her, Val.«

Ein paar Fuß vor ihr blieb er stehen. Sie streckte die Hand aus, packte ihn am Hemdzipfel und winkte Elorie.

»Such seine Kinderfrau und sag ihr, daß sie heute nur eine einzige Aufgabe hätte, nämlich Val sicher im Obergeschoß zu beaufsichtigen, damit er uns nicht zwischen den Füßen herumrennt.«

»Ich könnte ihn betreuen, Mutter«, erbot sich Elorie.
»Davon bin ich überzeugt, aber ich habe heute anderes für dich zu tun. Du mußt mich vertreten, Elorie. Als erstes –« Rohana suchte sich auf einer Bank einen besseren Platz und ließ sich nieder. Eine der Frauen brachte ihr eine Tasse Tee, während die alte Kinderfrau geholt und Valentin, außer sich vor Wut, weil er an der ganzen Aufregung nicht teilnehmen durfte, abtransportiert wurde.
»Also nun«, begann Rohana Elorie einzuweisen und versuchte an alles Erforderliche zu denken. »Geh zur Oberköchin und sag ihr, wenn die Öfen angeheizt werden können, brauchen wir mindestens ein Dutzend Brote und ebenso viele Nußkuchen. Wenn jemand geschlachtet hat, müssen mindestens drei Chervine-Schinken für die Waldarbeiter gebraten werden; und sie soll drei Hühner schlachten und zurichten, um Suppe zu kochen. Und du mußt in den Westkeller gehen und die Fässer dort heraufholen – nimm zwei Diener mit, die sie tragen, du selber könntest sie nicht einmal anheben –, und hol dir ein paar Frauen, die dir beim Auspacken helfen. In jedem Faß sind hundert Tonschüsseln und Becher. Dann brauchen wir mindestens vier Dutzend Decken und drei oder vier Säcke mit Bohnen und getrockneten Pilzen und Gerste und was da sonst noch ist, für das Lager. Hallard soll den großen Wagen anspannen, um die Männer zum Kamm hochzufahren.«
Elorie rannte in die Küche, und Rohana gab einem der Diener ein Zeichen.
»Einer von euch muß heute immer in der Nähe des Herrn bleiben«, befahl sie Hallard, »du oder Darren; versucht darauf zu achten, daß er sich nicht so aufregt.« Es gab keine Möglichkeit, ihn am Trinken zu hindern, wenn jeder Mann an der Feuerlinie nach Recht und Brauch soviel Wein oder Bier trinken durfte, wie er wollte; aber wenn Gabriel an der Feuerlinie zusammenbrach, wie das früher schon geschehen war, oder einen Anfall erlitt, konnte sie wenigstens dafür sorgen, daß das Werk der Brandbekämpfung dadurch nicht beeinträchtigt wurde.

»Ich werde mich um den *Dom* kümmern«, versprach Hallard.
»Gut«, sagte Rohana dankbar. Draußen hörten sie den alten Wagen vor die Tür holpern, und die Männer und die jüngeren, kräftigeren Frauen stiegen ein. Rohana wollte sich gerade anschließen, als sich ihr Alida in den Weg stellte.
»Du weißt, daß eine Fahrt in diesem Rüttelkarren jetzt wirklich zu gefährlich für dich ist«, schalt sie mit leiser Stimme.
Rohana seufzte. Sie wußte das auch; sie fühlte sich schwerfällig, und ihr war übel. Ständig und schmerzhaft war sie sich der Bürde ihrer Schwangerschaft bewußt, hin- und hergerissen zwischen Pflicht und Treue beiden Seiten gegenüber, der Domäne und dem Kind.
»Was habe ich denn für eine Wahl, Alida? Sollen wir den Kamm brennen lassen?«
Kindra schaltete sich ein. »Wenn du mir vertrauen willst, Rohana – es wäre nicht das erste Feuerlager, das ich zu leiten hätte.«
Ein überwältigendes Gefühl von Wärme und Dankbarkeit erfüllte Rohana. Ja, da war Kindra, tüchtig und zuverlässig und absolut imstande, all das zu tun, für das Rohana selbst jetzt nicht stark genug war.
»Oh, würdest du das tun, Kindra? Ich wäre dir unendlich dankbar«, antwortete sie erleichtert. »Gern vertraue ich dir alles an.«
»Natürlich werde ich«, bekräftigte Kindra, nahm Rohanas Hände und drückte die andere energisch in einen Stuhl. »Es wird alles in Ordnung kommen, warte nur ab; wir haben das Feuer so frühzeitig bemerkt, daß es nicht außer Kontrolle geraten wird.«
Alida blickte finster. »Sie werden einer Amazone nicht gehorchen«, bedeutete sie Rohana. »Sie ist keine Ardais.«
»Dann müssen sie ihr gehorchen, als gehorchten sie mir«, versetzte Rohana, *»oder dir.* Du mußt das sicherstellen, Alida; entweder das, oder ich muß doch mitgehen, was immer daraus folgen mag.«
Sie wußte, daß Alida durchaus fähig war, Kindras Arbeit aus

reiner Bosheit zu behindern; Alida kannte Kindra nicht gut genug, um ihr im Interesse der Domäne ihr Vertrauen zu schenken.

»Versprich es mir, Alida, für das Wohl der Domäne. Gabriel ist wirklich nicht kräftig genug, das Notwendige zu tun, und ich bin es im Augenblick auch nicht. Und versuch nicht mir einzureden, du könntest einem Trupp Feuerwehrleute Anweisungen geben.«

»Nein, sicher nicht. Wo sollte ich diese Kunst auch erlernt haben?« entgegnete Alida hochmütig.

»Dort, wo ich sie auch gelernt habe«, gab Rohana zurück, »aber zum Glück für die Sicherheit von Ardais am heutigen Tage ist Kindra n'ha Mhari bereit, diese Aufgabe zu übernehmen. Wenn *du* sie dabei unterstützt.«

Alida starrte Rohana zornig in die Augen, und Rohana wußte, wie fern es ihr lag, sich der Autorität einer fremden Amazone unterzuordnen. Endlich aber erklärte die Jüngere: »Für das Wohl der Domäne verspreche ich es.« Rohana hörte auch, was Alida nicht laut zu sagen wagte: *Eines Tages, Rohana, wirst du für all das bezahlen.*

»Ganz bestimmt«, antwortete sie laut. »Wenn dieser Tag kommt, Alida, dann zieh mich zur Rechenschaft; jetzt aber tue ich, was ich tun muß, nicht mehr und nicht weniger. Also versprich es mir bei der Ehre von Ardais.«

»Ich verspreche es«, wiederholte Alida und fügte zu Kindra gewandt hinzu: »*Mestra,* jeder, der Euch nicht gehorcht wie mir selbst, soll als Verräter behandelt werden.«

Feierlich antwortete Kindra: »Ich danke Euch, Herrin.« Sie kletterte über die Deichsel auf den Wagen, behende zwischen den Tieren hindurch, und nahm ihren Platz vor den Arbeitern und Arbeiterinnen ein. Der Kutscher schnalzte seinen Tieren zu, und der Wagen rumpelte vom Hof. Alida stand neben Rohana und sagte mit vorwurfsvollem Blick: »Wie kommt es, daß du nicht einsehen wolltest, als ich dich darum bat, aber sofort erkanntest, daß ich recht hatte, als diese Amazone sich einmischte?«

Milder als sie eigentlich vorgehabt hatte, erwiderte Rohana: »Weil ich Kindra schon sehr lange kenne und weiß, wie tüchtig sie ist; was immer sie in die Hand nimmt, wird so gut sein, als hätte ich es selbst getan.«
Sie ging wieder ins Haus und beriet sich mit den Köchinnen. Schon nach wenigen Stunden fuhr der kleinere Wagen mit einer Ladung Lebensmittel und Feldöfen hinauf zu einer ebenen Stelle kurz vor dem eigentlichen Feuerlager. Von dort aus sollten die Männer, solange die Notsituation andauerte, verpflegt werden.
Dann aber gab es wirklich nichts mehr zu tun, und Rohana mußte sich nur irgendwie die Zeit vertreiben – mit dem Nähen von Babysachen vielleicht, einer zuletzt arg vernachlässigten Beschäftigung; bei allen vorherigen Schwangerschaften hatte sie mindestens einen Monat vor diesem Zeitpunkt die gesamte Ausstattung für den erwarteten Neuankömmling zusammengehabt. Die wenigen ihrer Frauen, die wegen Alters oder Unerfahrenheit nicht mit zu den Feuerlinien gefahren waren, freuten sich, daß sie endlich etwas für das kommende Kind tat, und waren mehr als gern bereit, ihr dabei zu helfen. Bis Mittag hatten sie einen ganzen Korb voller Sachen gesammelt, kleine Decken, Windeln, sogar eine ganze Menge hübscher, gestickter Kleidchen und Unterröckchen, die von den anderen Kindern übriggeblieben waren. So sehr sie sich auch Mühe gab, es nicht zu zeigen, war Rohana doch innerlich nicht recht bei der Sache, und ganz plötzlich brach sie ihre Arbeit ab und sagte: »Oh – das hatte ich befürchtet.«
Unbeholfen hastete sie in den Hof. Es war nicht der kleine Wagen, wie sie dem Geräusch nach gedacht hatte, sondern eine Schubkarre, auf die Hallard, weil sie das einzig verfügbare Fahrzeug gewesen war, den bewußtlosen *Dom* Gabriel gelegt und vom Kamm herunterbefördert hatte. Rohana dankte dem Mann und machte sich mit Alidas Unterstützung daran, Stärkungsmittel anzuwenden und den Kranken ins Bett zu schaffen. Mit beruhigenden Worten zeigte sie ihm die Babysachen und Decken, die sie für das Kind zusammengestellt hatten,

denn sie wußte, daß ihm der Gedanke daran Freude machen würde; schließlich war er es gewesen, der sich das Kind wünschte.

Endlich fiel Gabriel in Schlummer, und Rohana ging in ihr eigenes Zimmer. Sie legte sich zu Bett, schlief aber schlecht, drehte und wendete sich; zweimal träumte sie, sie wäre mitten an der Feuerlinie in die Wehen gekommen, und erwachte unter Angstrufen. Sie wußte, daß es bis zur Geburt noch mehr als nur ein paar Tage dauern würde, vielleicht noch einen vollen Monat. Kinder wurden vielfach leichter geboren, wenn der größte Mond Liriel voll war; und Liriel fing gerade erst an, ihren schmalsten neuen Halbkreis am Abendhimmel sichtbar werden zu lassen.

Rohana hatte es nicht eilig; ihr grauste vor dem Gedanken, jetzt niederzukommen, bei dieser Unordnung im ganzen Haus, in Abwesenheit ihrer Söhne, alles noch in Aufruhr von dem großen Unwetter ... Außerdem schien es ihr, obwohl sie die Zeit nicht genau nachgerechnet hatte, zu früh; sie spürte, daß ihr Kind noch nicht bereit war, gesund und kräftig zur Welt zu kommen. Aber die ständigen Träume, das wußte sie aus Erfahrung, bedeuteten, daß das *Laran* des ungeborenen Kindes sich bereits in ihr eigenes *Laran* drängte. Wenn sie schon ein Kind haben mußte, dann wollte sie eines, das energisch war und stark, keine schwächliche Frühgeburt, die ständige Fürsorge brauchte. Das erinnerte sie daran, daß sie sich, wenn sie das Kind nicht selbst stillen wollte – wozu sie wenig Lust verspürte –, beim Verwalter oder bei der Gutshebamme nach einer anderen Schwangeren erkundigen mußte, die zur selben Zeit ein Kind erwartete und Rohanas Säugling zusammen mit dem eigenen nähren konnte. *Wenn ich im Rat sitzen soll, kann ich mich nicht damit aufhalten, ein Kind zu stillen.* Sie nahm sich vor, nach einer gesunden Amme zu fragen, damit sie ihre Pflicht gegenüber dem Rat der Comyn erfüllen könnte, ohne diesem unerwünschten Sohn, der so spät in ihr Leben kam, zu schaden oder ihn zu vernachlässigen.

Verzeih mir, Kind, daß ich dich nicht haben will. Nicht du selbst bist unerwünscht; es ist das Problem überhaupt eines Kindes in meinem Alter. Sie fragte sich, ob das wohl jemand verstehen würde. Andere Frauen, mit denen sie gesprochen hatte, fanden anscheinend nur, daß ein ganz besonderer Segen auf ihr ruhen müßte, weil sie ein Kind bekam, obwohl die Zeit, in der eine Frau auf so etwas hoffen durfte, für Rohana eigentlich vorbei war. Aber glaubten diese Frauen das wirklich, oder war es nur so, daß Frauen eben so zu empfinden hatten? Kindra hatte erwähnt, daß andere Frauen immer mit ihrem Los zufrieden schienen. *Bin ich denn so wie Jaelle, aufsässig und voller Fragen? Ich hatte immer gedacht, ich hätte mich mit meinem Schicksal abgefunden. Vielleicht sind die Entsagenden für die Einrichtung der zufriedenen, glücklich verheirateten Ehefrau wirklich so eine Gefahr, wie Gabriel – und Alida – meinen?*

Ganz sicher war Kindra der einzige Mensch, der auch nur den Anschein erweckt hatte, Rohanas Gefühle zu verstehen. *Und das könnte in der Tat gefährlich sein,* dachte sie, ohne sich groß zu fragen, warum.

Am Nachmittag des nächsten Tages konnte sie den Rauch immer noch riechen. Gabriel war auf und lief herum, sah jedoch erschöpft und müde aus. Den größten Teil des Tages beschränkte er sich darauf, auf einem Balkon zu liegen, der auf den Kamm hinausging und von dem aus man den Rauch und das ferne Feuer sehen konnte. Aber er war zu schlaff und zermürbt, um sich ernstliche Sorgen zu machen. Das tat Rohana für sie beide, wobei sie feststellte, daß ein großer Teil ihrer Unruhe Kindra galt; würde die Freundin so vernünftig sein, sich vor den schlimmsten Gefahren in acht zu nehmen?

VII

Die Sonne war immer noch unsichtbar, aber der Himmel wurde dunkler, und offensichtlich brach die Nacht herein. Jäh fuhr Rohana auf, wie von einem schmerzhaften Nadelstich getroffen. Irgendwo in ihrem Inneren war ein Signal in hellen

Flammen aufgegangen, eine Warnung. Aber mit wessen *Laran* war sie da ahnungslos in Berührung geraten? Ein Feuermuster, ein Muster aus Angst ...

An der Feuerlinie gab es niemanden, der über soviel *Laran* verfügte, daß er sie so unmittelbar erreichen konnte – außer Alida, die sich inzwischen zum Versorgungslager begeben hatte. Alida war eine *Leronis* und wie Rohana mehrere Jahre in einem Turm ausgebildet worden. Freilich würde die mangelnde Sympathie zwischen Alida und ihr eine beiläufige oder versehentliche Kontaktaufnahme dieser Art verhindern; darum bestand kein Zweifel, daß sich Alida jetzt aus irgendeinem Grunde gezielt an sie gewendet hatte.

Von dem wortlosen Signal gewarnt, verschloß Rohana ihren Geist gegen alles, was um sie herum vorging, und konzentrierte sich auf das Matrixjuwel unter ihrem Kleid.

Bist du es, Alida? Was gibt es? fragte sie wortlos.

Du mußt herkommen, Rohana. Der Wind wird wieder stärker; wir brauchen Regen oder müssen wenigstens verhindern, daß der Wind sich zum Feuersturm auswächst.

Plötzliches Erschrecken packte Rohana, eine unmißverständliche Warnung vor Gefahr: In diesem Stadium ihrer Schwangerschaft war es nicht gesund, von *Laran* Gebrauch zu machen, außer in der einfachsten und leichtesten Form. Aber wenn die andere Möglichkeit ein Feuersturm war, der die gesamte Domäne von Ardais verwüsten und jedes Leben im Land bedrohen konnte – was blieb ihr dann noch für eine Wahl?

Ich kann nicht zu der Feuerlinie hinauskommen. Ich darf jetzt nicht reiten und will auch Gabriel nicht verlassen. Du mußt zurückkommen, dann werden wir unser Bestes versuchen.

Ein stummes Gefühl von Einwilligung, dann wurde der Kontakt abgebrochen. Schweigend, mit geschlossenen Augen, saß Rohana da. Gabriel, der zu wenig *Laran* besaß, um zu erkennen, was vorgefallen war, jedoch sensibel genug war, Rohanas Unruhe zu spüren, wandte sich zu ihr und fragte sanft: »Ist etwas nicht in Ordnung, Rohana?«

»Ein *Laran*-Signal von der Feuerlinie«, murmelte sie, froh, ihre

Gefühle in Worte kleiden zu können. »Wir brauchen unbedingt Regen, und bisher war keine Gelegenheit, einen *Laran*-Kreis zu versammeln. Alida kommt zurück, und wir werden gemeinsam tun, was wir können, wenigstens damit der Wind nicht wieder stärker wird.«

Unbeweglich lag er da, zu erschöpft, um viel sagen zu können. Endlich flüsterte er: »In solchen Augenblicken, Rohana, bedaure ich, daß ich mich so wenig darum bemüht habe, den Gebrauch meines *Laran* zu lernen. Ich bin nicht ganz ohne die Gabe.«

»Ich weiß«, antwortete sie besänftigend, »aber deine Gesundheit war nie so gut, daß du das Talent wirklich ausschöpfen konntest.«

»Trotzdem wünschte ich mir, ich hätte mehr getan«, beharrte er. »Dann wäre ich jetzt nicht so ganz und gar nutzlos. Das Feuer kommt immer näher, und ich fühle mich so hilflos, hilfloser als jede Frau; denn ihr Frauen seid es, die jetzt tun müssen, was sie können, um die Domäne zu retten. Und ich sitze hier unnütz herum, schlimmer noch als unnütz: einer mehr, der geschützt werden muß. Vielleicht haben wir die Jungen zu schnell fortgeschickt, Rohana; sie haben beide etwas *Laran*.«

»Es hätte nichts genützt, sie hierzubehalten, Gabriel; ich könnte nicht mit meinen eigenen Söhnen im selben *Laran*-Kreis arbeiten.«

»Nein? Und warum nicht?«

»Es gibt viele Gründe dafür. Jedenfalls ist es nicht üblich.« Rohana hatte keine Lust, die verschiedenen Gründe darzulegen, warum es Eltern und deren erwachsenen Kindern verboten war, in denselben Matrix-Kreisen tätig zu werden. »Du brauchst dir jetzt nicht den Kopf darüber zu zerbrechen, mein Lieber«, erklärte sie friedlich. »Alida und ich werden unser Möglichstes versuchen; kein Mensch auf der Welt kann mehr tun. Und gib du dir Mühe, dir keine Sorgen zu machen, sonst stören deine Angst und Unruhe den Kreis.«

Unbestimmt fragte sie sich, ob sie sicherstellen sollte, daß er betrunken oder betäubt war, bevor sie mit ihrer Aufgabe begannen. Am Rande ihres Bewußtseins bemerkte sie ein mit halsbrecherischer Geschwindigkeit gerittenes Pferd – Alida war sonst eine überlegte, wenn auch nicht übervorsichtige Reiterin; jetzt aber war sie voller Furcht und jagte in fast lebensgefährlichem Tempo auf die Burg von Ardais zu. Rohana spürte ein Aufwallen von Angst; wenn die Gefahr Alida alle Vorsicht vergessen ließ, mußte sie in der Tat groß sein. Rohana widerstand der Versuchung, sich durch Alidas Augen nach dem Feuer umzuschauen; es konnte nur ihre eigene Furcht steigern, und sie mußte ruhig und zuversichtlich sein.

Jetzt konnten sie die Hufschläge des Pferdes im Hof unter dem Balkon, auf dem sie saßen, hören. Rohana legte ihre Arbeit zur Seite, betrachtete verächtlich ihre Stickerei und war dankbar, daß sie ihrer Domäne und ihrem Volk mehr als das geben konnte. Was mochte wohl Gabriel in so einem Augenblick empfinden? Jawohl, sie wußte, wie er sich fühlte: *hilflos,* hatte er gesagt, *»hilfloser als jede Frau«. Aber ich bin eine Frau, und ich bin nicht hilflos; ich glaube, so sieht es nur Gabriel: Für ihn verbindet sich Hilflosigkeit immer mit Frauen, obwohl ich, eine Frau, die stärkste Persönlichkeit in seinem Leben bin.*

Alida trat ins Zimmer, und zu Rohanas Erleichterung war Kindra bei ihr.

»Wir wollen sofort anfangen«, sagte sie, und Rohana und Alida setzten sich im Wintergarten auf zwei Stühle, einander gegenüber, Knie an Knie.

»Kann ich gar nicht helfen?« fragte Kindra besorgt.

»Nicht viel, fürchte ich, aber dein guter Wille wird uns nicht schaden«, antwortete Rohana.

Alida, die ausnahmsweise spürte, wie Rohana zumute war, fügte mit instinktivem Takt hinzu: »Setzt Euch zu uns, *Mestra,* und sorgt dafür, daß wir nicht gestört werden und niemand hier hereinkommt.«

Alida hatte ihre Matrix in der Hand. »Schaut nicht auf den Stein«, warnte sie Kindra mit einer schnellen Handbewegung. »Ihr seid dafür nicht ausgebildet; es könnte Euch ernstlich verwirren oder krank machen.«

Rohana wußte, daß sie trödelte, und richtete das Feld ihrer konzentrierten Aufmerksamkeit schnell ins Innere des Steins, stieg hinauf und hinaus, um wie aus großer Höhe das Feuer zu überschauen, das auf dem Kamm oberhalb der Burg tobte. Mit ihren unendlich erweiterten Sinnen konnte sie die Luftströmungen sehen, die den Brand nährten. Es war, als ritte sie auf ihnen, wäre hungrig, den wirbelnden Aufwind des Feuers zu füttern. Einen Augenblick erfaßte es sie wie ein Rausch, hätte sie fast fortgerissen und zu einem Teil der Flammen gemacht; aber das Bewußtsein der Verbindung mit Alida hielt sie fest. Sie beherrschte sich und suchte nach Mitteln gegen die unerbittliche Kraft des Feuers.

Wenn diese Wolken genügend Feuchtigkeit für schwere Regengüsse enthielten –

Aber das taten sie nicht. Die Wolken waren zwar da, mit Regenfeuchtigkeit schwer beladen – aber die Feuchtigkeit reichte nicht aus, den drohenden Feuersturm zu ertränken. Rohana fühlte, wie Alida sich streckte und mit schnellen Schritten die Überwelt durchquerte. Es war, als griffen Hände nach den ihren, als schlügen im Fluge andere Schwingen unter ihnen.

Wie können wir euch helfen, Schwestern?

Regen. Feuer ist es, das uns bedroht; gebt uns Regenwolken!

Die gesichtslosen Stimmen – Rohana spürte, daß sie aus dem Turm von Tramontana kamen – ergriffen sie geschwind und zeigten ihnen die Berge unter sich wie auf einem riesenhaften Bild: nur ein paar karge Wolken. Würde man sie nach Ardais schieben, so würden sie um diese Jahreszeit nur dazu führen, daß die ihnen aufgezwungene Bewegung weiteren Wind erzeugte; so war das Beste, was man für sie tun konnte, schlimmer als gar keine Hilfe.

Dann verstummten die Stimmen aus Tramontana, und Rohana fühlte sich hilflos, als sie begriff, daß man nichts gegen das Feuer unternehmen konnte, sondern es brennen lassen mußte, wie es wollte, den Kamm hinab nach der Burg, wo der Streifen tief gepflügter Felder und der Stein der Burg selbst es zum Stehen bringen würden.

Sie schlug die Augen auf und lehnte sich erschöpft in die Stuhlkissen.
»Ich habe mich noch nie so ohnmächtig gefühlt«, sagte Alida.
»Es ist nicht deine Schuld, Alida. Manchmal gibt es eben Situationen, in denen man machtlos ist.«
Plötzlich überkam sie eine Welle von Schwäche, ein bohrender Schmerz, der sie daran erinnerte, daß die Arbeit mit der Matrix bei so fortgeschrittener Schwangerschaft zu verfrühten Wehen führen konnte. Mit tiefer Bitterkeit dachte sie daran, daß sie soeben ihr letztes Kind aufs Spiel gesetzt hatte und dies nicht einmal dadurch rechtfertigen konnte, daß sie ihr Ziel – die Rettung von Ardais – erreicht hatte. Zusammengekrümmt, keuchend vor Schmerz, stieß sie hervor: »Alida, warne alle, das Feuer kommt auf uns zu; vielleicht müssen wir unmittelbar vor der Haustür dagegen kämpfen.« Dann fühlte sie, wie eine schwarze Woge über ihr zusammenschlug und alles unter sich begrub.
Als Rohana wieder zu sich kam, lag sie in ihrem eigenen Bett in ihrem Zimmer, und Kindra saß neben ihr.
»Das Feuer –«
»Die Herrin Alida versammelt alle Leute mit nassen Decken und Teppichen. Ich wußte nicht, wie stark sie in der Not ist«, sagte Kindra.
»Ich wollte ihr nie die Zeit geben, ihre Stärke zu entwickeln«, meinte Rohana gepreßt, »aber jetzt bin ich froh, daß sie sie besitzt.« Sie versuchte aufzustehen, aber der Schmerz ließ es nicht zu, und Kindra hielt sie fest.
»Deine Frauen werden gleich zurück sein. Herr Gabriel wurde unruhig und mußte in seine Gemächer und zu Bett gebracht werden«, erläuterte Kindra.
Rohana lag still da und fühlte gewaltige Kräfte in ihrem Körper arbeiten. Alles war ihr aus den Händen genommen, war unvermeidlich, und sie empfand den üblichen, widerstandslosen Schrecken. Jetzt konnte sie nicht mehr entkommen. Fast wie im Fieber klammerte sie sich an Kindras Hand, und die Entsagende gab kein Zeichen, sie verlassen zu wollen, obwohl ihre

Kleider voller Rauchflecke waren und immer noch nach den Feuerlinien stanken.
Die Frauen kamen und untersuchten sie, konnten jedoch nicht feststellen, ob der Geburtsvorgang nun eingesetzt hatte oder nicht; sie würden eben abwarten müssen. Rohana, die sehr wohl wußte, daß sie keinerlei Einfluß auf die ganze Angelegenheit hatte, versuchte sich auszuruhen, aß und trank, was man ihr brachte, und bemühte sich zu schlafen. Aus weiter Ferne hörte sie Stimmen und Rufe; aber selbst das schlimmste Feuer konnte den breiten Streifen umgepflügten Landes um die Burg nicht überqueren. Dank allen Göttern, daß es jetzt nicht späte Erntezeit war, in der dieses Land von trockenen Pflanzen bedeckt wäre, die brennen würden wie Zunder! Wenn es zum Letzten kam, würden noch die Steine der Burg dem Brand Widerstand leisten. Sie war dankbar, daß man Gabriel zu Bett gebracht hatte; eine Brandbekämpfung auf engstem Raum vor den Küchentüren würde ihn unerträglich aufregen. Sie hoffte, daß Alida wenigstens angeordnet hatte, ihm einen Schlaftrunk zu reichen.
Der fehlgeschlagene Versuch, sich mit Alida zu verbinden und mit *Laran* gegen das Feuer vorzugehen, war das erste Mal in Rohanas Leben, daß ihr *Laran* versagt hatte. Sie haßte dieses Versagen, wenngleich sie wußte, daß ein voll ausgebildeter Turmkreis auch nicht mehr erreicht haben würde.
Unruhig, zwischen Schlaf und Wachen, lag sie da. Als sie wieder munter wurde, stellte sie fest, daß es später Vormittag des nächsten Tages war. Die Sonne schien durch einen rauchigen Himmel, und Rohana erkannte, daß sie den Gefahren ihres unüberlegten Handelns noch einmal entgangen war: Sie lag nicht in den Wehen. Noch nicht. Heute jedenfalls würde das Kind nicht geboren werden.
Kindra kam mit Rohanas Frauen, die nach ihr sehen wollten, und Rohana streckte ihr die Hände entgegen und hieß sie willkommen.
»Wie kann ich dir jemals danken? Du hast für mich, für uns alle, so viel getan.«

»Nein«, wehrte Kindra ab, »ich habe nur getan, was nötig war. Ganz gleich, bei wem ich zu Gast gewesen wäre, ich hätte diese Hilfe kaum versagen können.« Aber dabei lächelte sie und beugte sich nieder, um Rohana zu umarmen. »Ich bin froh, daß es nicht schlimmer war. Und du siehst gut aus heute morgen.«

»Ich habe großes Glück«, sagte Rohana und meinte es von ganzem Herzen. »Und es ist nicht der geringste Teil dieses Glücks, eine Freundin wie dich zu haben, Kindra.«

Kindra schlug die Augen nieder, aber sie tat es mit einem Lächeln.

»Komm, setz dich zu mir. Die Frauen haben mir gesagt, daß ich im Bett bleiben und nicht mehr tun darf als ein Kohlkopf, der vor sich hin blüht, damit ich mein unartiges Baby nicht noch einmal so aufrege, daß es vorzeitig auf die Welt zu kommen versucht!« rief Rohana. »Ich langweile mich ja so – schließlich bin ich nicht als Gemüse geboren. Und diese Frauen finden, ich sollte mir eine nette zufriedene Kuh zum Vorbild nehmen!«

Kindra konnte bei diesem Bild ein leises Gelächter nicht unterdrücken. »Du als Gemüse – nie! Aber vielleicht könntest du trotzdem so tun, als wärst du etwas ganz Behäbiges, vielleicht eine dahintreibende Wolke . . .«

»Als junges Mädchen hatte ich einen Vetter, der eine Reise nach dem Süden machte, ans Meer. Er erzählte mir von Seetieren, die sich im Wasser voller Anmut bewegen. Aber wenn sie an Land gehen wollen, sind sie so schwer, daß der Körper das Gewicht nicht tragen kann und sie nur kriechen und schwerfällig herumplumpsen können.« Rohana versuchte ebenso schwerfällig, sich hochzuwuchten und im Bett umzudrehen, damit Kindra sah, was sie meinte. »Du siehst, ich bin wie eines dieser gestrandeten Fischwesen. Ich glaube, der Junge muß sehr groß sein; so schwer wie jetzt war ich nicht einmal einen Zehntag vor Rians Geburt, und er war das größte von meinen Kindern.«

Kindra setzte sich auf das Bett und streichelte tröstend Rohanas Hand. Sie sagte: »Ich habe gehört, daß ältere Frauen sich bei späteren Kindern immer reizbarer fühlen; man vergißt, wie schwer es beim letzten Mal war. Wahrscheinlich ist das ja auch gut, denn wer würde sich sonst je auf ein zweites Kind einlassen, ganz zu schweigen von einem dritten?«

»Ganz bestimmt bin ich jetzt ungeduldiger als damals mit neunzehn, als Kyril geboren wurde. Ich war auf einem Ausflug zum Nüssesammeln und hatte Nüsse gelesen, bis man sie vor Dunkelheit nicht mehr sah«, erzählte Rohana. »Und als ich nachts aufwachte, dachte ich nur, ich hätte zu viele gegessen oder der Eintopf zum Abendessen hätte mir den Magen verdorben. Eine Stunde hat es gedauert, bis Gabriel auch nur auf den Gedanken kam, die Hebamme holen zu lassen ... und er war nicht unerfahren: Seine erste Frau hatte ihm bereits ein Kind geboren. Die Hebamme lachte mich aus und sagte, es würde mindestens Mittag werden, bevor sie etwas zu tun hätte – aber Kyril kam eine Stunde vor Morgengrauen zur Welt. Nicht einmal meine Mutter wollte glauben, wie schnell alles vorbei war.«

»So gehörst du zu den Glücklichen, die leicht gebären?« fragte Kindra.

Rohana verzog das Gesicht. »Nur dieses eine Mal. Rian brauchte zwei Tage, um sich zur Welt bringen zu lassen, nachdem er zuerst angekündigt hatte, er wäre soweit – und seitdem ist er immer und überall zu spät gekommen, vom Abendessen bis zu Geburtstagsfeiern. Und was Elorie betrifft – ich werde nie zuviel von ihrer Geburt erzählen, damit junge Mädchen, die es hören, keine Angst bekommen. Aber ich hoffe, diesmal ist es nicht ganz so schlimm.« Sie schauderte, und Kindra drückte ihre Hand.

»Sicher hast du jetzt mehr Glück.«

Eine Dienerin erschien mit Rohanas Frühstück auf einem geschnitzten Holztablett.

»Die Herrin Alida hat gesagt, Ihr würdet heute nicht aufstehen, Gebieterin.«

»Ausnahmsweise«, erwiderte Rohana, »bin ich dankbar dafür,

daß die Herrin Alida zeigen möchte, daß sie alles genausogut im Griff hat wie ich. Sehen wir uns einmal an, was eine werdende Mutter ihrer Ansicht nach essen sollte: vielleicht ein Stückchen geröstetes Brot mit Honig? Oder war sie so vernünftig, die Hebamme um Rat zu fragen?« Sie deckte das Tablett auf: Haferbrei mit Honig, dazu ein reichgefüllter Sahnekrug, ein Gericht aus gekochten Eiern und ein Teller mit aufgeschnittenem frischem Obst. Offensichtlich hatte Alida wirklich entweder die Hebamme konsultiert oder Gabriel, der wußte, daß noch keine Schwangerschaft je Rohanas Appetit beeinträchtigt hatte. Der Gedanke an Gabriel veranlaßte sie, sich zu erkundigen: »Wie geht es dem Herrn? Ich habe gehört, daß ihm gestern abend wieder übel war.«

»Jawohl; die Herrin Alida ließ ihm einen Schlaftrunk bringen. Heute morgen hat er lange im Bett gelegen und streift jetzt mit geschwollenen Augen durch das Haus und knurrt, als ob er in den Kampf ziehen wollte.«

Oh weh. Aber sie konnte jetzt nicht aufstehen und sich darum kümmern. Vielleicht besaß Alida soviel Verstand, Gabriel ein Mittel gegen die Nachwirkungen des Schlaftrunks zu verabreichen. Rohana machte sich mit einem Appetit an ihr Frühstück, den der Gedanke an Gabriel, der umherschlich wie ein brüllender Löwe und nach etwas suchte, über das er knurren, sich beschweren oder in Wut geraten könnte, nur wenig beeinträchtigte. In ihrem Zimmer war sie sicher und abgeschirmt.

»Du hast gesagt, ich wäre wie eine Amazone, nur noch nicht ganz soweit«, erinnerte sie Kindra und löffelte die letzten Eierreste vom Teller. »Aber du bist tapferer als ich; du würdest dich nicht verstecken, um etwas Unangenehmem aus dem Weg zu gehen. Ich hingegen wünschte mir, ich könnte hier im Bett bleiben, bis das Kind gesund auf der Welt ist – dann könnte Gabriel sich nicht über mich beklagen.«

»Wir haben eine Redensart: ›Sei vorsichtig mit dem, was du dir wünschst – du könntest es bekommen‹«, meinte Kindra und nahm eine Scheibe Obst an. »Aber wer würde dich daran hindern, wenn du im Bett bleiben wolltest?«

»Nur mein eigenes Pflichtgefühl«, erwiderte Rohana. »Ich könnte nicht mehr als, sagen wir, zwei Tage im Bett vor mir selbst rechtfertigen, wenn ich bedenke, wie gut ich mich eigentlich fühle. Dann muß ich mich wieder meinen Aufgaben stellen. Mit Gabriel wird es nicht besser, und ich fürchte, daß die Trinkerei nur der letzte Schritt zu seinem Untergang ist.«

»Wie kam es, daß du den Herrn von Ardais geheiratet hast, Rohana? War es eine Verbindung zwischen den Familien? Denn er kommt mir im Grunde nicht wie die Sorte Mann vor, die ich mir für dich vorgestellt hätte.«

»Ich könnte mich jetzt verteidigen und das bestätigen«, antwortete Rohana, »denn zweifellos lag meinen Eltern mehr an dieser Heirat als mir. Aber es stimmt nicht ganz. Ich habe Gabriel einmal recht gern gehabt – nein, ich habe ihn geliebt.« Doch schnell ergänzte sie: »Es ist nur gerecht, wenn ich sage, daß er damals ganz anders war. Seine Krankheit war etwas, das ihn nur ab und zu streifte wie ein Schatten – dann und wann ein abwesender Gesichtsausdruck; Vergeßlichkeit, so daß er sich an ein Versprechen oder eine Unterhaltung nicht erinnern konnte. Außerdem trank er noch nicht so viel; ich glaubte damals, das Trinken sei nur der Versuch, mit seinen lärmenden Kumpanen mitzuhalten, kein Charakterfehler.«

»Trotzdem finde ich, daß dich die Natur zu etwas anderem als Hausarbeit bestimmt hat«, beharrte Kindra.

Rohana lächelte, und die Amazone dachte, wie wenig doch das schelmische Lächeln zu dem schwerfälligen Körper und den aufgedunsenen Gesichtszügen paßte.

»Kindra, ist das eine höfliche Umschreibung dafür, daß ich für eine schwangere, in mittleren Jahren stehende Mutter von drei Kindern, die selbst schon erwachsen sind, nicht würdevoll genug bin?«

Fast sofort begriff Kindra, welch ganz konkrete Unsicherheit hinter diesen scheinbar leicht hingeworfenen Worten lag. Sie beeilte sich, die andere zu beruhigen.

»Ganz und gar nicht. Ich meinte nur, daß du mir zuviel im Kopf zu haben scheinst, als daß du dich auf diese häuslichen

Nichtigkeiten beschränken lassen solltest. Du hättest eine *Leronis* werden sollen, eine Weise Frau, eine – ich habe eine Freundin im Gildenhaus, die als Richterin tätig ist, und du könntest diese Stellung mindestens ebensogut ausfüllen.«
»Kurz und gut«, sagte Rohana, »eine Amazone.«
»Ich kann nicht umhin, es so zu empfinden«, verteidigte sich Kindra. »Ich wünsche mir immer noch, es wäre möglich.«
Rohana nahm ihre Hand. »Seitdem ich damals mit dir gereist bin, habe ich mir gewünscht, es hätte so sein können. Hätte ich wirklich die Wahl gehabt, wäre ich vielleicht als *Leronis* im Turm geblieben; Melora und ich wollten das damals beide. Du weißt, was aus Melora wurde – und als ich heiratete, so wie meine Familie es wünschte, hatte ich in gewisser Weise das Gefühl, sie für das zu trösten, was Melora ihnen nicht mehr geben konnte ...« Ihre Stimme wurde leiser. »Ich glaube manchmal, Melora hat mir mehr bedeutet als alle anderen Menschen in meinem Leben; darum hänge ich auch so an Jaelle.« *Und es gibt Zeiten, in denen ich das Gefühl habe, du, Kindra, verstehst mich fast so gut wie sie.*
Die beiden Frauen schwiegen, dann neigte sich Kindra zu Rohana und legte den Arm um sie. Sie umarmten einander wortlos. Jäh wurde die Tür aufgerissen, und *Dom* Gabriel stand in der Öffnung.
»Rohana!« brüllte er. »Was zum Teufel ist das? Zuerst erwische ich deine Schlampe von Tochter mit einem Reitknecht im Heu, und nun finde ich dich –«
Er brach ab und starrte sie bestürzt an.
»Jetzt verstehe ich langsam, warum du seit so vielen Monaten mein Bett meidest«, sagte er bedächtig, »aber wenn du dich schon anderweitig trösten mußtest, konntest du dann keinen Mann finden statt einer Frau in Hosen?«
Rohana kam es vor, als hätte man sie hart unter das Sonnengeflecht getreten; sie rang nach Atem. Kindra wollte sich von ihr lösen, aber Rohana umklammerte ihre Handgelenke.
»Gabriel«, begann sie, »schon seit Jahren habe ich den Verdacht, daß du nicht nur krank, sondern wahnsinnig bist; jetzt

weiß ich es sicher.« Sie fügte hinzu und hörte ihre eigene Stimme, ätzend wie Säure: »Verlaß mein Zimmer, bis du dich unserem Gast gegenüber anständig benehmen kannst, oder ich lasse dich von den Dienern hinausschleifen!«
Seine rotgeränderten Augen wurden schmal, und Rohana, telepathisch weit offen, konnte in seinem Kopf Vorstellungen von solcher Gemeinheit lesen, daß sie glaubte, ihr müsse das Herz stehenbleiben. Ihr wurde übel von seinen Gedanken; sie wollte schreien, die Schüssel mit dem Haferbrei nach ihm werfen, ihn mit schmutzigen, nur halb verstandenen Ausdrücken überschütten.
Es war Kindra, die die ausweglose Situation rettete. Sie stand von der Bettkante auf, ließ Rohana in die Kissen zurücksinken und befahl eilig der Kammerfrau: »Die Herrin ist krank, sieh nach ihr. Und laß die Hebamme kommen!« Rohana schloß die Augen. Ihre Hand ließ Kindras Hand los, und sie sank halb ohnmächtig in die Kissen. Die Frau huschte davon.
Giftig fauchte Gabriel: »Ein Wort von ihr, und drei Dutzend Weiber auf meinem Land machen, was sie will! Hört denn niemand hier auf mich?«
Die Hebamme, die gerade rechtzeitig erschien, um diese Worte zu hören (Kindra vermutete, sie hatte sich im Nebenzimmer aufgehalten und dort gewartet, bis man sie rief), beugte sich aufmerksam über Rohana, hob dann den Kopf und sagte: »Herr von Ardais, in diesem Zimmer allein dürft Ihr keine Befehle geben. Ich bitte Euch, geht fort und befehlt dort, wo man Euch gehorcht.«
»Willst du mich aus dem Schlafzimmer meiner eigenen Frau werfen? Dann schmeiß aber dieses verdammte Weibsbild in Hosen auch hinaus!«
»Herr, ich bitte Euch; wenn Ihr unbedingt hierbleiben wollt, dann schweigt«, forderte die Hebamme.
»So krank ist Rohana überhaupt nicht. Es wird höchste Zeit, daß ich ihr ein paar Sachen wirklich klarmache, nämlich, was *ich* will und was ich mir *nicht* gefallen lasse«, schimpfte Gabriel weiter.

Rohana hörte alles wie aus großer Ferne, durch Wind und Wasser, ganz weit weg. Mühsam versuchte sie sich aufzurichten und vernahm ein neues Geräusch, die fernen Laute – oder hörte sie es nur durch ihr *Laran* – wilden, hysterischen Schluchzens. Gleich darauf stürzte die weinende Elorie ins Zimmer. Sie rannte zu Rohanas Bett und warf sich davor nieder. Die Hebamme sagte: »Ihr dürft Eure Mutter jetzt nicht stören, junge Herrin«, aber Rohana setzte sich mit großer Anstrengung auf.

»Mein Liebling, was ist?«

»Vater«, schluchzte sie und stolperte über das Wort. »Er hat mich – er nannte mich . . .«

Elories Gesicht war vom Weinen gerötet und das eine Auge bereits blauverfärbt und zugeschwollen.

»Gabriel«, begann Rohana mit fester Stimme, »was hat das zu bedeuten? Ich dachte, wir hätten vereinbart, daß du niemals die Kinder schlagen würdest, vor allem, wenn du nicht nüchtern bist.«

Gabriel ließ den Kopf hängen und machte ein unglückliches Gesicht. »Soll ich etwa danebensitzen und zuschauen, wie sie mit irgendeinem Stalljungen herumhurt?«

»Nein!« schrie Elorie. »Das habe ich nicht getan, und wenn Vater das wirklich gedacht hat, ist er *verrückt*!«

»Und was hattest du dann vor mit diesem geilen –«

»Mutter«, schluchzte Elorie, »es war Shann. Du kennst doch Shann; wir haben schon als Vierjährige miteinander gespielt. Ich habe ihn ausgeschimpft, weil er mein Pony nicht richtig gestriegelt hat, und den Striegel selbst in die Hand genommen, um ihm zu zeigen, wie ich es haben wollte. Dann schauten wir in eines von den Stallabteilen –«

»Dem Hengst haben sie zugeschaut und lauter dreckige, unanständige Witze darüber gemacht«, belferte *Dom* Gabriel, »ich habe es gehört!«

»Ach, Gabriel, die Kinder sind auf dem Land aufgewachsen! Du kannst nicht erwarten, daß sie nie über solche Dinge reden«, erwiderte Rohana. »Was für ein Sturm im Wasserglas!

Lori?« Sie sah ihre Tochter an, und Elorie wischte sich die Augen und erklärte: »Ja, sicher haben wir über das Fohlen von Graufuß geredet, aber Shann meinte es doch nicht böse, und als Vater mit der Peitsche auf ihn losging, habe ich versucht, sie ihm wegzunehmen – Mutter, ist er wirklich *verrückt*?«
»Natürlich, Liebling, und ich dachte, das wüßtest du«, erwiderte Rohana müde. »Du solltest es eigentlich wissen und ihn nicht mit solchen Dingen reizen. Ich wünschte, du würdest lernen, dich so vernünftig und diskret zu benehmen, daß er keine Anfälle bekommt.«
»Ich habe ja nichts Böses getan«, protestierte Elorie.
»Das weiß ich«, versetzte Rohana erschöpft. »Aber du kennst deinen Vater und weißt, worüber er sich alles aufregt.«
Kindra unterbrach sie. »Elorie, deiner Mutter geht es nicht gut, merkst du das nicht? Wenn du dich schon aufführen mußt wie eine Achtjährige, die einen Tobsuchtsanfall bekommt, dann lauf lieber zu deiner alten Kinderfrau oder sonst jemandem, bei dem du ihn loswerden kannst, und quäle deine Mutter nicht damit. Wenn das hier so weiter geht, könnte sie vorzeitig in die Wehen kommen, und das wäre für sie und für dein neues Schwesterchen oder Brüderchen gefährlich.«
Elorie trocknete sich die Augen und schniefte. »Ich verstehe sowieso nicht, warum sie in ihrem Alter noch ein Baby braucht. Andere Damen kriegen auch keins«, murrte sie.
Gabriels Diener war eingetreten. Mit sanfter, unterwürfiger Stimme sagte er: »Mit Eurer Erlaubnis, Herr« und reichte Gabriel den Arm. Gabriel schüttelte ihn ab und trat an das Bett. »Ihr weist mir die Tür, Herrin?«
»Gabriel, ich bitte dich«, antwortete Rohana mit gedämpfter Stimme. »Ich bin jetzt wirklich zu krank, um mich mit allen diesen Dingen zu befassen. Morgen, wenn es mir besser geht, unterhalten wir uns, das verspreche ich. Aber jetzt geh.«
»Was immer du willst, Liebste«, murmelte er und entfernte sich, wandte sich jedoch noch einmal um und sagte: »Du auch, Elorie; quäl deine Mutter nicht.« Hinter ihm schloß sich die Tür.

Rohana war zumute, als müßte sie weinen und nur noch weinen, bis sie zu einem einzigen ungeheuren Tränensee zerfloß. Mühsam und mit wildklopfendem Herzen bewahrte sie ihre Haltung. Sie streckte Elorie, die noch heftiger als vorher schluchzte, die Arme entgegen.

»Mutter, werde nicht krank, stirb nicht«, flehte das Mädchen, und Rohana fühlte, wie die zarten Schultern bebten.

»Sei nicht töricht, Liebes. Ich brauche nur Ruhe«, antwortete sie. »Sonst fehlt mir nichts; aber dein Vater hat mich furchtbar aufgeregt. Geh jetzt bitte.«

Vom Fußende des Bettes erhob sich die Hebamme und erklärte: »Ich wünsche Ruhe in diesem Zimmer.« Die immer noch heulende Elorie wischte sich übers Gesicht und eilte hinaus.

Rohana umklammerte Kindras Hand. Als die anderen Frauen sich entfernt hatten, flüsterte sie ihr zu: »Verlaß mich nicht. Ich könnte dir keinen Vorwurf machen, wenn du gehen wolltest; aber ich flehe dich an, laß mich nicht allein mit –« Sie brach mit erstickter Stimme ab. »Freilich, warum solltest du bleiben? Ich hätte dich niemals solchen – solchen ungeheuerlichen Anwürfen aussetzen dürfen! Es ist meine Schuld.«

Kindra drückte ihre Finger und erwiderte: »Es liegt keine Ehre darin, sich mit einem Verrückten oder Trunkenbold zu streiten. Ich habe mir schon Schlimmeres anhören müssen. Und – das habe ich dich schon einmal gefragt, wenn auch bei einer ganz anderen Gelegenheit – findest du es denn wirklich so kränkend? Ist es tatsächlich eine so ungeheuerliche Beschuldigung?«

Verwirrt und erschreckt, denn das war das Allerletzte, das sie erwartet hatte, stotterte Rohana: »Oh. Das. Ach so; ich verstehe. Nein – ich liebte Melora und schwor ihr einen Eid . . . Es war nur die Art, wie Gabriel es sagte, so als ob es das Dreckigste wäre, was ihm überhaupt einfiel – über dich und auch über mich.«

»Für Menschen mit schmutzigen Gedanken ist alles dreckig«, versetzte Kindra. »Ich habe bemerkt, daß er nicht einmal seine eigene Tochter geschont hat, und das bei noch weit fadenscheinigeren Beweisen. Die Wahrheit ist, daß ich dich tatsächlich liebe, Rohana, und mich deswegen nicht schäme, ganz gleich, ob es der Sitte entspricht oder nicht. Ich hätte nicht davon gesprochen, solange du krank und mit anderen Dingen beschäftigt warst, aber Gabriel hat es nun an den Tag gebracht. Ich sehe nichts Böses darin, eine Frau zu lieben, und wenn er ein Beispiel für die Liebe zu Männern wäre, würde mich jede Frau anwidern, die Männer den Frauen vorzöge.«

Leise antwortete Rohana: »Das kann ich gut verstehen. Ich habe dir einmal erzählt – damals in den Trockenstädten –, daß es in den Domänen junge Männer gibt, die einander den Eid der *Bredin* schwören: daß sie ihr Leben lang Freunde sein wollen und weder Gattin noch Kinder sie trennen sollen; und dieser Eid bringt allen beiden nur Ehre. Wenn aber zwei Jungfrauen einander einen solchen Schwur leisten, dann nimmt das keiner ernst; bestenfalls geht man davon aus, daß es bedeutet, ›ich werde dich lieben, bis irgendein Mann uns trennt‹. Warum muß da so ein Unterschied sein?«

»Ich würde sagen, daß es daran liegt: Männer nehmen das, was Frauen tun, niemals ernst, solange es nicht einen Mann betrifft. Darum bin ich eben auch eine Entsagende geworden. Aber ich wäre gern bereit, mit dir einen Eid zu schwören, Rohana.« *Und wenn du eine Entsagende wärst, könnte ich dich lieben, ohne mich um das zu scheren, was die Leute sagen: Mein Gelübde und meine Verpflichtungen gelten meinen Schwestern.*

Es war nicht das erste Mal, daß Rohana den Verdacht hatte, Kindra verfüge über mehr als nur ein wenig *Laran*. Der Gedanke, daß Kindra sie liebte, rührte und überwältigte sie. Sie war schon vorher der Auffassung gewesen, daß die Entsagende der einzige Mensch war, der sie wirklich verstand; aber es kam ihr vor, als habe Gabriels Beschuldigung etwas beschmutzt, das ihr als ganz und gar unschuldig erschienen war. *Nein, darin versteht sie mich doch nicht. Ich liebe sie, aber nicht so.* Und fast ohne es selber zu merken, entzog sie Kindra ihre Hand.

Die Amazone blickte traurig. Aber sie hatte auch nicht erwartet, daß Rohana, schon gar nicht in ihrem augenblicklichen, völlig verstörten Zustand, begreifen würde. Sanft sagte sie: »Ruhig, du mußt dir jetzt über nichts Gedanken machen. Über alle diese Dinge können wir sprechen, wenn du wieder bei Kräften bist.«
Rohana war von dem Gefühl der Erschöpfung und Müdigkeit, das sie jetzt überkam, beinahe erleichtert. Sie streckte die Hände aus und umarmte Kindra wie ein Kind, dankbar für ihre Freundlichkeit und Stärke.
»Du bist so gut zu mir«, flüsterte sie, »die beste aller Freundinnen.«
Den Auftritt mit Gabriel, dachte Kindra, *hätte ich ihr gern erspart. Aber so ist er nun einmal, und früher oder später muß sie sich damit auseinandersetzen.*
Sie küßte Rohana noch einmal auf die Stirn und verließ leise den Raum.

VIII

Rohana erwachte aus einem Alptraum, in dem sie ganz allein und ohne jede Vorbereitung in die Wehen geraten war, mitten in der Wüste bei den Trockenstädten. Erwachend erkannte sie mit unendlicher Erleichterung, daß der Geburtsvorgang in Wirklichkeit nicht begonnen hatte und das Kind in ihrem Leib nur die üblichen Bewegungen machte. Trotzdem wußte sie aus Erfahrung – schließlich hatte sie das Ganze schon dreimal hinter sich gebracht –, daß solche Träume eine Warnung darstellten. Die Geburt stand nahe bevor, wenn auch noch nicht unmittelbar. Träge erhob sie sich und schlüpfte in ein altes, nicht geschnürtes Hauskleid. Den Gedanken, in der Großen Halle zu frühstücken, ertrug sie nicht; dort würde Alida sie nur allzugern vertreten. Statt dessen ließ sie sich etwas Obst und Tee bringen und aß in ihrem Zimmer. Bald darauf erschien eine ihrer Frauen an der Tür.
»Herrin, der Gebieter möchte dich sprechen.«

Wenigstens war er nicht unangemeldet eingedrungen. Rohana seufzte.
»Wahrscheinlich betrunken.«
»Nein, Herrin; er sieht krank aus, aber nüchtern.«
»Also gut, laß ihn eintreten.« Schließlich konnte sie Gabriel hier in Ardais nicht für immer aus dem Weg gehen. *Aber wenn dieses Kind geboren ist, gehe ich zum Rat nach Thendara, oder zu meiner Schwester Sabrina, oder nach Hause, nach Valeron ...*
Gabriel sah klein aus, wirkte beinahe etwas zusammengeschrumpft, in seiner unordentlichen, alten, bäurischen Kleidung. Sein Gesicht zeigte wie immer die scharlachrote Farbe des Gewohnheitstrinkers, aber er schien völlig nüchtern zu sein. Seine Hände zitterten, und er versuchte, sie in den Ärmeln zu verstecken. Obwohl er sich sorgfältig rasiert hatte, wies sein Gesicht viele kleine verräterische Schnittwunden auf.
»Lieber«, sagte sie impulsiv, »du solltest dich von deinem Diener rasieren lassen, wenn du dich nicht wohl fühlst.«
»Nun ja, hm, du weißt ja, meine Liebe, man bittet doch ungern ...«
»Unsinn, es ist doch seine Pflicht«, versetzte sie scharf und hörte den harten Unterton in ihrer Stimme. »Du solltest nicht erst darum bitten müssen; ich werde einmal mit dem Mann sprechen.«
»Nein, nein, laß nur. Ich bin nicht deswegen gekommen. Ich freue mich, daß es dir wieder besser geht. Der kleine Bursche da drin – ist er noch ruhig?«
»Ich glaube nicht, daß es heute sein wird, und vielleicht auch noch nicht morgen«, antwortete sie, »aber dann bald. Wir haben Glück – trotz des Feuers.«
Und dieser schrecklichen Szene gestern – sie verzichtete darauf, es laut auszusprechen, aber er hörte es auch so und legte ungeschickt den Arm um ihre Mitte. Ausnahmsweise roch er nicht nach Wein, und sie brachte es fertig, nicht zurückzuweichen, als er sie auf die Wange küßte. Trotzdem konnte sie bei der Berührung spüren, wie ratlos und verwirrt er war.

»Ich wußte, daß ich nüchtern sein mußte, falls du schon in den Wehen lagst«, erklärte er und versuchte, wie früher einen *Rapport* mit ihr herzustellen. Unwillkürlich zuckte sie zurück, und er drängte sich nicht auf, sondern sagte laut: »Ich weiß, daß du zornig auf mich bist, und das zu Recht; ich war abscheulich betrunken. Ich hätte nicht so grob sein dürfen. Ganz gleich, was *sie* ist, ich kenne *dich,* Rohana. Ich bitte dich um Verzeihung.«

Habe ich dir nicht immer verziehen? fragte sie wortlos; aber ihr schauderte bei dem Gedanken an die langen Stunden des Geburtsvorgangs, wenn sie der Sitte gemäß beide die Geburt gemeinsam erleben mußten, in vollem *Rapport,* telepathisch verschlungen. *Im Geist miteinander verbunden* ... Sie würde es nicht ertragen können. Damals, als Kyril geboren wurde, war Gabriel ganz anders gewesen, und bei Rians Geburt, die sehr lang und äußerst schwierig gewesen war, hatte sie sich an seine Stärke geklammert wie an einen großen Felsen in der Flut, die sie ertränken wollte; seine Hände, seine Stimme und seine Berührung hielten sie über Wasser und zogen sie von den Pforten des Todes fort. Es würde das vierte Mal sein, daß sie miteinander hinabstiegen in die unerbittlichen Gezeiten der Geburt.

Aber wie sollte sie das durchstehen nach den dazwischenliegenden Jahren voller Streit und Erniedrigung, nach seinen schändlichen Anschuldigungen? Er meinte es gut; sie war gerührt über die furchtbare Anstrengung, die es ihn gekostet haben mußte, sich nach einem ausgedehnten Trinkgelage nüchtern und rasiert bei ihr einzufinden. *Seine armen zitternden Hände, sein armes zerschnittenes Gesicht,* dachte sie mit einer Aufwallung der alten Zärtlichkeit. Aber sie klammerte sich wild an ihren Stolz und ihren Zorn. Wenn er sich selbst als starken, stützenden Vater sehen wollte, sollte er zu Tessa gehen, sobald ihr Kind sich ankündigte. Ihr fiel ein, daß er ja gar nicht der Vater des Kindes war – wohl aber Grund haben mußte, sich dafür zu halten. Schändlich! Er sollte nicht denken, ein einziger Tag, an dem er nüchtern und aufmerksam war, lösche ein

Jahrzehnt voller Vernachlässigung, Mißhandlung und Demütigung aus.

Aber es gab keine andere Möglichkeit. Ein eiserner Brauch verlangte, daß der Vater die Geburt mit der Mutter durchlitt. Sie würde keine Wahl haben. Irgendwie mußte sie die Energie aufbringen, die langen Stunden der Niederkunft in seiner Gegenwart auszuhalten und den Göttern danken, wenn er nicht betrunken erschien.

Mit voller Absicht fragte Rohana, erschreckt von der Grausamkeit in ihrer eigenen Stimme: »Warst du heute morgen schon bei Tessa? Sicher wäre sie erleichtert, dich wohlauf und nüchtern zu sehen.«

Halb erbost, halb beschämt verzog er das Gesicht.

»Oh, Kyrils Mädchen – wenn du willst, Liebes, schicke ich sie fort. Wir könnten sie an irgendeinen ordentlichen Kerl verheiraten.«

»Nein«, erwiderte Rohana mit voller Überlegung. »Alida hat mir mitgeteilt, es bestehe kein Zweifel, daß es ein Ardais-Kind ist, und dieses Kind hat ein Recht auf das Dach seines Vaters. Ich habe nichts gegen Tessa.«

»Du bist besser, als ich es verdiene«, murmelte er. »Ich hätte sie niemals hierherbringen dürfen.«

»Das ist jetzt nicht mehr wichtig«, meinte Rohana. »Gabriel, ich bin sehr müde. Ich möchte ruhen, und das solltest du auch. Danke, daß du gekommen bist.« *Und danke dafür, daß du nüchtern und umgänglich bist; ich könnte nicht schon wieder so einen Auftritt ertragen.*

Unbeholfen küßte er sie auf die Wange, murmelte eine Gebetsfloskel für ihre Gesundheit und ging dann leise hinaus. Rohana starrte die Tür an, die er hinter sich geschlossen hatte. Etwas wie Grauen erfüllte sie. Solange er ein betrunkenes Vieh war, konnte sie sich wenigstens dadurch schützen, daß sie ihn verachtete; wie aber schützte sie sich vor dieser Stimmung des guten Willens und der Demut?

Heute nicht und morgen auch nicht, hatte sie Gabriel gesagt, und während sich der Tag und sein Nachfolger zum Sonnenuntergang hinzogen, schleppte sich Rohana von der Halle zum Wintergarten und vom Wintergarten zur Küche und erzählte sich selbst, sie kümmere sich ja nur darum, daß für alles gesorgt sei, während sie das Bett hüten müsse.

Sie war müde bis zur Übelkeit. Vergeblich erinnerte sie sich ihrer eigenen Worte an andere Frauen im selben Zustand, daß nämlich der letzte Zehntag länger sei als alle Monate davor. Sie konnte bei keiner Sache bleiben, bei keinem Buch, keiner feinen Handarbeit oder simplen Näherei, weder bei ihrer Harfe noch der *Rryl.* Eines nach dem anderen nahm sie rastlos in die Hand und hatte das Gefühl, ihr ganzes Leben lang schwanger gewesen zu sein und es für immer bleiben zu müssen, vielleicht in alle Ewigkeit.

Als sich der Nachmittag des dritten Tages müde dem Sonnenuntergang näherte, sah Rohana angewidert zu, wie die Sonne in der Nacht versank. Wieder war ein Tag vorüber, wieder galt es, eine weitere Nacht zu überstehen, in der sie keinen Schlaf finden, sondern sich im Bett drehen und wenden und die Uhr die dunklen Stunden schlagen hören würde. Sie wußte schon nicht mehr, wann sie das letzte Mal wirklich richtig geschlafen hatte.

In der Küche und auf dem Gut hatte sie alles geordnet, sogar die Zuchtbuchaufzeichnungen auf den neuesten Stand gebracht und einige der beim letzten Pferdemarkt abgesprochenen Verkäufe eingetragen: Zwei von den guten Zuchtstuten sollten ins Tiefland verkauft werden, eine weitere Stute in die Kilghard-Berge – der Gebieter von MacAran würde selbst kommen, um sie zu holen; den Kaufpreis hatte man bereits erhalten. Ein neues Reitpferd wurde gebraucht; Elorie war zu groß geworden für ihr Pony, aber es gab auf dem Besitz kein passendes Tier für sie. Rohana hatte an Rians Pferd gedacht, aber das war ein großer, häßlicher, grobknochiger Wallach, kein Reittier für ein Mädchen . . . jedenfalls nicht für eines wie Elorie, die hinsichtlich Reitanzug und Roß sehr auf Schönheit und Eleganz bedacht war. Rohana wußte nicht, warum ihre Tochter soviel Wert auf Äußerlichkeiten legte. Offenbar war es ihr nicht gelungen, Elorie beizubringen, was wirklich wichtig war. Aber das würde sich auch in den nächsten paar Tagen nicht ändern lassen.

»Es ist schade«, beschwerte sie sich bei Kindra, »daß die Gildenhäuser keine Mädchen erziehen wie die *Cristoforos* in Nevarsin Jungen. Ich bin überzeugt, ein Jahr in einem Haus der Entsagenden wäre für Elorie das Beste, das ihr passieren könnte.«

»Durchaus möglich«, erwiderte Kindra. »Wir müssen darüber nachdenken. Aber vermutlich hätten die meisten Väter Angst, wir würden den Mädchen Dinge beibringen, die sie lieber nicht wissen sollen; und ich fürchte, vieles, das wir lehren, würde in der Tat weder den Vätern gefallen noch dem Großteil der Mütter.«

»Trotzdem sollte es irgendeinen Ort geben, an dem Mädchen unterrichtet werden können, und wenn es auch nur aus Wohltätigkeit wäre, damit nicht mehr so viele Mütter ihrer Töchter wegen wahnsinnig werden. Aber das kannst du dir vielleicht nicht vorstellen«, meinte Rohana, »denn du hast deine Töchter ja verlassen, als sie noch ganz klein waren.«

»Und die ganze Zeit seither«, fiel Kindra ein, »habe ich die halbwüchsigen Töchter anderer Frauen großgezogen, was übrigens in gewisser Weise einfacher ist, weil es eben nicht die eigenen sind; wenn sie sich selbst zu albernen Eselinnen machen, ist das kein Schlag für meinen persönlichen Stolz oder meine Selbstachtung. Und früher oder später werden sie dann doch erwachsen und machen uns Ehre. Das wird bei Elorie genauso sein, warte es nur ab.«

»Im Augenblick tröstet mich das aber wenig«, wandte Rohana ein. »Ich schaue sie an und habe das Gefühl, eine dümmliche Zierpuppe aufgezogen zu haben, die nichts im Kopf hat als die Farbe der Bänder an ihrem Ballkleid. In ihrem Alter war ich eine *Leronis* und hatte für solchen Unfug keine Zeit.« Rohana war ärgerlich und wollte hinaus in den Hof. Ihr langes Gewand schleppte hinter ihr her.

»Wohin gehst du?« fragte Kindra.

»Ich weiß nicht. Ich habe es einfach satt, im Haus zu hocken. Ich werde mir etwas einfallen lassen.« Ihre Stimme klang abwesend und gereizt. Im Stall trat sie zu ihrer Lieblingsstute und gab ihr ein Stück Zucker. »Tut mir leid, Kleines, ich kann heute nicht reiten«, murmelte sie und streichelte die Pferdenase. Sie schritt die Reihe der Pferde ab, liebkoste hier, verteilte dort kleine Leckerbissen, zog manche Tiere zurück und untersuchte sie genau.

Als Kindra fragend nähertrat, sagte sie: »Ich müßte eigentlich alles für den Pferdemarkt vorbereiten, er ist nur noch eine Handvoll Zehntage entfernt . . . wir wollten dieses Jahr für alle, denen die Sonne zu heiß ist, einen Pavillon aufbauen, damit wir, vor den Sonnenstrahlen geschützt, unsere Geschäfte besprechen können.«

Kindra kam es phantastisch vor, daß Rohana ausgerechnet jetzt an den Pferdemarkt dachte; aber zweifellos entsprang es einer langjährigen Gewohnheit, daß sie sich immer und zuerst um die Führung der Domäne sorgte.

Rohana wanderte nach draußen, wo zwei Männer damit beschäftigt waren, Sattelzeug zu reparieren, und sagte: »Spannt den kleinen Wagen an.«

»Was soll das?« wollte Kindra wissen. »Du kannst doch wohl jetzt nicht von zu Hause weg!«

»Nur bis zur Höhe des Kamms«, beharrte Rohana. »Ich muß wissen, ob das Feuer dort nicht zu viel beschädigt hat und wie es mit dem Neuanpflanzen vorangeht.«

»Eigentlich darfst du das nicht. Nein, Rohana, es ist unmöglich. Angenommen, du bekommst unterwegs Wehen!«

»Mach dir nicht soviel Sorgen«, sagte Rohana. »Ich bin sicher, daß das nicht der Fall sein wird. Und wenn doch, dann hätte ich es wenigstens hinter mir!«

Was sollte Kindra noch einwenden? So zuvorkommend Rohana sich ihr auch immer gezeigt hatte, jetzt wurde Kindra doch jäh daran erinnert, daß ihre Freundin eine Comyn-Herrin und das Oberhaupt einer großen Domäne war, dazu Kindras Gastgeberin. Es stand der Amazone wirklich nicht zu, Rohana vorzuschreiben, was sie zu tun und was sie zu lassen hatte. Sie fühlte sich hilflos. Es war so unvernünftig – im Gildenhaus hätte man einer Frau in diesem Stadium der Schwangerschaft und nach mehr als einer Wehen-Vorwarnung verboten, sich auch nur aus dem Garten zu wagen.

Es war angespannt, und Rohana stieg auf. »Komm mit, Kindra, das ist unsere sanftmütigste Stute. Wahrscheinlich könnte sie den Wagen auch allein auf den Kamm ziehen. Elorie hat sie gelenkt, als das Kind erst sieben war; davor hat sie die Kinder und ihre Kinderfrauen überallhin getragen.« Kindra, die Rohana nicht allein fahren lassen wollte, nahm die Zügel. Rohana protestierte nicht.

Und tatsächlich stapfte die alte Stute ganz sanft vorwärts. Oben auf dem Kamm war die Erde vom Ansturm des Feuers noch immer versengt; aber am Rand des Berges, wo eine lange Reihe immergrüner Gewächse das Feld ein wenig abschirmte, pflanzte eine Schar von Männern bereits eine unregelmäßige Linie von Harzbaumsetzlingen.

Nicht weit von ihnen stand eine kleine Steinhütte, offenbar ein Unterstand für Arbeiter, die von schlechtem Wetter überrascht wurden, vielleicht auch für Reisende. Rohana stieg vom Wagen und lenkte die Schritte dorthin. Kindra – was blieb ihr übrig – ging hinterher.

»Was hast du vor, Rohana?«

»Die Schutzhütte muß kontrolliert werden. Das Gesetz verlangt, daß es dort immer Vorräte gibt und die Hütte in gutem Zustand gehalten wird; und Gabriel könnte hundertmal hier heraufkommen, ohne daß es ihm je einfiele, einmal die Nase hineinzustecken.« Sie verschwand in der Dunkelheit, und Kindra folgte.

»Eine Schande!« explodierte Rohana. »Die Matratzen von Ratten angenagt, die Decken gestohlen, die Töpfe zerbrochen! Noch heute werde ich jemanden hinaufschicken, der alles ersetzt. Wenn ich den Verbrecher erwischen könnte, der hier so gehaust hat, würde ich ihn auspeitschen lassen. Wie kann man so etwas nur tun –.«

Sie schwankte ein wenig und setzte sich urplötzlich auf eine Bank. Kindra hätte nicht erwartet, sie so erbost zu sehen; selbst als Gabriel Tessa ins Haus gebracht hatte, war Rohana nicht derartig in Zorn geraten. Aber Rohana war immer noch ganz aufgeregt, als sie über die beschädigten Vorräte in der Schutzhütte die Fäuste ballte. Kindra stützte sie; sie spürte, wie Rohana zitterte und der blaue Puls an ihren Schläfen pochte.

»Ich bitte dich, reg dich nicht auf. Bestimmt gibt es hier jemanden; laß mich hinausgehen und einen von den Männern rufen, damit er zur Burg läuft und deine Anordnungen weitergibt«, sagte Kindra und bemühte sich, in möglichst ruhigem Ton zu sprechen.

»Und sieh nur, irgend jemand hat auch noch eine Ladung frisches Heu hineingeworfen; wie ärgerlich! Der Wärme wegen, nehme ich an, aber um diese Jahreszeit ist doch die Brandgefahr viel zu groß! Das hätte nicht vorkommen dürfen.« Erregt lief Rohana auf und ab und machte eine finstere Miene. Dann blieb sie abrupt stehen und fiel auf die Bank zurück, einen Ausdruck der Überraschung im Gesicht.

»Was ist, Rohana?« fragte Kindra, aber noch ehe die andere erwidern konnte, wußte sie die Antwort.

»Kommt das Kind?«

Rohana blinzelte und sah erschreckt aus.

»Hm – ja – ich glaube, ja. Ich habe es gar nicht richtig gemerkt, aber – ja«, antwortete sie, und Kindra stöhnte.

»O nein! Wir können dich unmöglich den ganzen Weg in diesem Rumpelkarren zurückfahren!«

»Nein«, sagte Rohana und lächelte beinahe. »Hier bin ich, und hier werde ich wohl bleiben müssen, bis alles vorbei ist. Mach nicht so ein Gesicht, Kindra, ich bin bestimmt nicht die erste und auch nicht die letzte Frau, die ihr Kind im Heu bekommt. Du kannst die Männer nach unten schicken, damit sie die Hebamme und ein paar von meinen Frauen holen, diejenigen, die ich schon zu meiner Hilfe ausgesucht hatte.«

»Soll ich nicht selbst hinunterreiten?«

»Nein, bitte!« Rohanas Stimme schwankte plötzlich. »Verlaß mich nicht, Kindra, bleib bei mir.«
So ärgerlich Kindra auch über diese unerwartete Entwicklung der Dinge war, sie war doch gerührt und brachte es nicht über sich, Rohana alleinzulassen. »Natürlich bleibe ich bei dir«, erklärte sie beruhigend. »Laß mich nur hinausgehen und den Wagen nach unten schicken, damit deine Frauen und die Hebamme kommen.«
Widerwillig ließ Rohana ihre Hand los, und Kindra ging nach draußen, wo der Wagen wartete. Sie rief einen der Männer und erklärte: »Du mußt sofort zur Burg hinunter; die Herrin liegt in den Wehen und kann den Ort nicht verlassen. Hol die Gutshebamme und die Frauen der Herrin, und saubere Dekken und alles, was sie hier brauchen wird. Und natürlich Herrn Gabriel und die Herrin Alida«, fügte sie verspätet hinzu. Sie war nicht sicher, ob Rohana die Gegenwart dieser beiden wünschte, aber sie wollte die Verantwortung nicht übernehmen, sie von ihr fernzuhalten.
»Ich fahre sofort los«, bestätigte der Mann. »Um die Wahrheit zu sagen, *Mestra,* habe ich schon so etwas geahnt, als ich sie heraufkommen sah. Irgend etwas in ihrem Gesicht . . . wenn meine Frau kurz davor ist, wird sie auch so unruhig.«
»Ich wünschte nur, ich hätte das auch geahnt«, murmelte Kindra leise.

X

Rohana lag auf dem frischen Heu und sann vage über den glücklichen Zufall nach, der es hierhergebracht hatte, während alles andere in der Hütte beschädigt oder zerstört war. Mit der automatischen Zuversicht der ausgebildeten *Leronis,* die selbst Überwacherin gewesen war, ließ sie ihre trainierten Sinne durch den eigenen Körper wandern und hielt so Schritt mit den Ereignissen. Dafür, daß der Geburtsvorgang gerade erst eingesetzt hatte, nahm er einen äußerst schnellen Verlauf; die Wehen kamen bereits im Abstand von nur wenigen Minuten. Mit dem Kind, das schon in der tiefen vorgeburtlichen Trance mancher Neugeborener lag, schien alles in Ordnung zu sein. Die andere Möglichkeit war ein Zustand der Erregung, halb Entsetzen, halb Wut über den Vorgang des Geborenwerdens, und Rohana war nur allzu dankbar, daß sie nicht (wie es oft der Fall ist und bei Rian vorgekommen war) ihre ganze Kraft dazu einsetzen mußte, die rasende Furcht des Kindes zu beruhigen.

Unter den *Laranzu'in* in Arilinn und anderswo hatte sie eine Menge Diskussionen darüber gehört, welcher Zustand im Endeffekt dem Wohl des Kindes förderlicher sei. Aber Rohana war nicht überzeugt, daß die anderen mehr davon wußten als sie selbst, und fand es im Augenblick für sich leichter, daß ihr Kind zu den in Trance Liegenden gehörte. Sie würde ein hellwaches, erbostes Kind nicht zwangsweise in eine solche Trance versetzt haben, wie manche Frauen es für am besten hielten, und sei es auch nur zu ihrer eigenen Bequemlichkeit; aber sie merkte, daß sie dem Kind zuflüsterte: »Schlaf nur, ruh dich aus, Kleines; laß mich weitermachen; du kannst aufwachen, wenn alles vorbei ist.«

Die Heftigkeit der Wehen verursachte ihr inzwischen starke Schmerzen, aber Rohana war so erleichtert, daß das Warten ein Ende hatte, daß es ihr gleich war, wie schnell es nun ging. Sie hoffte nur, durchhalten zu können, bis die Hebamme da war. Die ohne Zeugen erfolgte Geburt eines Kindes, so regelrecht auch alle sonstigen Umstände und so gesichert auch die Vaterschaft sein mochten, machte die Abstammung dieses Kindes sein Leben lang fragwürdig für alle außer den Wohlwollendsten. Rohana legte sich zurück und versuchte sich zu entspannen. Sie wußte, selbst wenn alles glatt und schnell ging, hatte sie noch viel vor sich.

Die Zeit kam ihr lang vor. Sie lag da, während Kindra wortlos ihre Hand hielt. Das Licht in der Hütte war merklich schwächer geworden, als sie das schwere Knirschen von Wagenrädern hörten und Annina, die Gutshebamme von Ardais, in den Unterstand hastete. Sie schleppte eine Laterne, einen Armvoll Decken und, wie es aussah, eine Wagenladung weiterer Ausrüstungsgegenstände. Sofort übernahm sie das Kommando.

»Marga und Yllana, hebt sie dort an – vorsichtig – breitet die Decken und das Laken über das Heu – jetzt langsam hinlegen. So, Herrin, schon bequemer, wie?«

Es war in der Tat erheblich besser als das Liegen auf dem stachligen Heu, und als sie ihr ein warmes Nachthemd anzogen, war ihr das auch sehr angenehm. Die Hebamme schaffte es, in einem am anderen Ende der Hütte eingebauten Ofen ein winziges Feuer zu entzünden, und Rohana roch den tröstlichen Duft von Teekräutern. Sie hoffte, das Wasser würde bald kochen; sie hätte gern eine Tasse gehabt.

Neben ihr kniete Alida.

»Rohana! Oh, wir haben uns alle solche Sorgen um dich gemacht, Liebste! Du hättest nie zum Kamm hochfahren dürfen. Unverzeihlich von dieser Amazone, daß sie dich mitgenommen hat, aber du hättest auch vernünftiger sein und nicht auf sie hören sollen. Aber wenigstens bist du jetzt sicher und warm – es sieht nach Schnee aus heute nacht . . .«

Rohana war inzwischen in einer Verfassung, in der sie sich nicht mehr auf Alidas Geschnatter konzentrieren konnte.

»Laß mich, Alida«, sagte sie und versuchte, die Worte zwischen die vorsichtigen Atemzüge zu quetschen, die es ihr als einziges ermöglichten, wenigstens mit dem Verstand die Oberhand über ihre Schmerzen zu bewahren. »Ich habe zu tun. Gib nicht Kindra die Schuld. Es war ganz allein mein Wille. Sie wollte nicht hierher – aber ohne sie wäre ich allein gefahren, und weil sie das wußte, hat sie mich begleitet.« Sie schwieg und konzentrierte sich wieder auf ihr Atmen, suchte Kindras Hand, fand sie und preßte sie so fest, daß sie weiß wurde. Es war gut, sich an Kindras Stärke orientieren zu können, die für Rohana in ihrem übersteigerten, telepathisch weit offenen Zustand so greifbar war wie die Hitze des Ofens oder das Rauschen des Regens vor der Hütte.

In den Trost von Kindras Hand drängte sich eine andere, vertraute, unwillkommene Berührung, in der ein finsteres, mißtrauisches Glühen lag, als Gabriels Blick auf die Hände der beiden Frauen fiel.

»Du hast uns alle sehr erschreckt, meine Liebe«, sagte Gabriel, und die Zärtlichkeit in seiner Stimme erschien Rohana glatt und falsch. »Aber jetzt ist alles in Ordnung. Sollen wir alle diese Leute fortschicken, damit wir beide unsere Arbeit tun können? Annina kann natürlich bleiben, es ist schließlich ihre Aufgabe, aber keine von den anderen, nicht wahr, Liebes?«

Mit schmerzhaftem Erschrecken tauchte Rohana aus dem sorgsam unter Kontrolle gehaltenen Brennpunkt ihrer Wehen auf. Eine Wehe lief ihr davon und galoppierte so durch ihr Bewußtsein, daß sie alle Kraft zusammennehmen mußte, um nicht laut zu schreien.

Sie holte tief Atem und stemmte sich gegen die nächste Wehe.

»Nein!« schrie sie. »Nein! Geh weg, Gabriel! ich will dich nicht hierhaben!« Und mit letzter Kraft eine gewaltige Explosion wortloser Zurückweisung: *GEH WEG!*

»So etwas mußt du nicht sagen«, gurrte Alida auf sie ein. »Gabriel, sie weiß nicht, was sie sagt! Schon gut, Rohana, er ist dir nicht böse, nicht wahr, Gabriel? Natürlich nicht, in so einem Augenblick!«

»Natürlich nicht«, sagte Gabriel und hielt Rohana einen Weinbecher, aus dem er bereits einen Schluck genommen hatte, an die Lippen. »Hier, Liebes, trink ein bißchen, davon wird dir besser.«

Mit dumpfer Verwunderung besann Rohana sich, daß sie dieses Ritual bei der Geburt von Kyril und Rian tatsächlich gewünscht hatte. Jetzt erfüllte es sie mit solchem Abscheu, daß sie glaubte, sich übergeben zu müssen. *Das würde ihm recht geschehen, mitten auf sein bestes Hemd,* dachte sie und wußte nicht, ob sie schreien, kichern oder weinen sollte. Sie stieß den Wein zurück und schüttete ihm dabei alles über die Hand.

»Nein. Ich möchte Tee, Annina. Tee, hörst du? Gabriel, geh hinaus. Hinaus! HINAUS!« Jetzt schrie sie laut und wußte, daß sie sich hysterisch anhörte. Ihr Ausbruch von Widerwillen, unwillkürlich und gänzlich unreflektiert, traf Gabriel und Alida. Die Schwägerin wurde blaß und rannte ins Freie.

Wenigstens sie hat es begriffen, dachte Rohana. *Ich wünschte, Gabriel wäre nur halb so sensibel, das würde mir viel ersparen.* Denn der kniete immer noch neben ihr und lächelte töricht. »Laß nur, mein Herz.« Und zur Hebamme gewandt, sagte er: »Ich weiß, daß sie nicht weiß, was sie sagt. Ich werde sie doch deshalb nicht im Stich lassen.«

»Wenn du das nicht tust«, erwiderte Rohana und versuchte, ihre Wut und ihren Ekel gezielt gegen ihn allein zu richten, »dann werde ich –«

Ich werde in Ohnmacht fallen, ich werde hier sterben, ich werde – aufstehen und kreischend hinausrennen und mein Kind allein und im Dunkel des Waldes zur Welt bringen, wo die Banshees uns fressen werden . . .

Sie stellte mit entschiedener Befriedigung fest, daß Gabriel aufsprang und laut fluchend hinausstürzte. Diese Geschichte würde in den Domänen und den Kilghard-Bergen einen Skandal hervorrufen, aber sie hatte das Gefühl, seine Anwesenheit wirklich unter keinen Umständen ertragen zu können. Ihre Finger schlossen sich enger um Kindras, und die andere Frau streichelte ihr sacht die Hand.

Gut, das wäre geschafft, dachte sie ohne jedes Triumphgefühl, nur froh darüber, daß sie ohne den Druck von Gabriels Gegenwart wieder frei atmen konnte; *nun wollen wir es hinter uns bringen.*

XI

Die Nacht zog sich endlos hin. Die Laterne brannte nieder und wurde wieder gefüllt. Rohana schien über ihrem Körper zu schweben und war sich nur der Anwesenheit Kindras bewußt wie einer Rettungsleine.

Warum will ich es überhaupt überleben? Gabriel wird mir nie verzeihen. Ich habe lange genug gelebt. Meine älteren Kinder brauchen mich nicht mehr. Besser sterben, als mich dafür zu entscheiden, Ardais und Gabriel für immer zu verlassen. Aber wenn ich am Leben bleibe, kann ich nicht mehr so weiterleben wie in den letzten Jahren. Nie wieder werde ich einwilligen, für Gabriels Vaterstolz oder zum Wohl der Domäne ein Kind zu gebären ...

Ich hätte nie zu Gabriel zurückkehren sollen. Als ich aus den Trockenstädten wiederkam, hätte ich bei den Freien Amazonen bleiben sollen; zumindest Kindra hätte mich willkommen geheißen ... und ich läge nicht hier und kämpfte um das Leben eines Kindes, das nie hätte empfangen werden dürfen, eines Kindes, das ich nicht haben will ...

Plötzlich wurde ihr klar: *Es ist ja gar nicht allein das Leben des Kindes, um das ich kämpfe; es ist mein eigenes. Mein Leben. Aber was habe ich jetzt noch von meinem Leben?* Auf diese Frage wußte sie keine Antwort. *Warum soll ich am Leben bleiben? Um einen Säufer zu pflegen? Mein eigener Sohn ist ein noch schlimmeres Ungeheuer als sein Vater; darum ist es auch sinnlos, wenn ich mir sage, daß ich die Domäne für Kyril halte. Und wer immer nach Kyril kommt – was weiß ich, er kann noch weit ärger sein. Warum die Domäne nicht lieber vorher zugrunde gehen lassen, wie sie es bei meinem Tod ohnehin tun würde, wie sie es schon vor einem Dutzend Jahren getan hätte, wenn ich nicht Gabriels Frau geworden wäre. Die Domänen werden überleben, so wie sie ohne die Aldarans überlebt haben. Vielleicht geht Ardais ja an die Terraner, die so begierig darauf sind ... die Karten davon zeichnen ... alles darüber erfahren wollen. – Mein Leben ist ohnehin vorbei.*

Zwischen den Schmerzen öffnete sie für eine kurze Sekunde die Augen und begegnete Kindras geradem, ermutigendem Blick und dachte: *Und trotzdem muß, wenn ich am Leben bleibe, noch nicht alles zu Ende sein; aber wenn ich sterbe, ist mit Sicherheit alles vorbei, und ich werde nie erfahren, was vielleicht noch geschehen wäre.*

Sie begann wieder den beharrlichen Worten der Hebamme zu lauschen, ihren gemurmelten Anweisungen. Nein, sie würde nicht sterben, sie würde um ihr Leben kämpfen und um das Leben dieses Kindes. Draußen vor den Fensterläden nahm das Licht zu, und der Wind hatte sich gelegt, so daß sie das Knirschen von Füßen im Schnee hören konnte.

Später erfuhr sie, daß Gabriel die ganze Nacht im Schnee vor der Hütte gestanden hatte, falls man ihn doch noch rief; daß er geglaubt hatte, sie würde sterben, und gebetet, vorher noch einmal mit ihr sprechen zu dürfen, damit sie ihm ein Wort der Vergebung sagen könnte. Das hörte sie viel später. Jetzt wollte sie nichts davon wissen. Sie wußte nur von endlosem Schmerz und unendlicher Mühsal, von Anstrengungen, die einen härteren Kampf erforderten als das Sterben. Immer mehr schien von ihr verlangt zu werden.

»Ich kann nicht«, flüsterte sie, und die wortlose Herausforderung antwortete: *Du mußt.*

Und dann, im allerletzten Augenblick des Ertragenkönnens, kam eine Sekunde des Nachlassens, der Ruhe, und sie wußte (aus Erfahrung), daß sie sich jetzt erleichtert und voller Stolz fühlen sollte. Sie hörte die Hebamme triumphierend ausrufen: »Ein Junge! Ein Sohn für Ardais!«

Nicht für mich? wunderte sich Rohana und wünschte sich nur, einschlafen zu dürfen. Aber da stand Gabriel, mit gerötetem Gesicht und, allen Göttern sei Dank, immer noch nüchtern, und hielt mit zitternden Händen sanft den Jungen. Vorsichtig und unbeholfen beugte er sich über sie und küßte ihre Stirn, im Arm das kleine, runzlige Neugeborene, das in eine alte Babydecke gewickelt war, die Rohana vor zwölf Jahren für Elorie gestrickt hatte. Sie hatte geglaubt, Elorie hätte sie längst als Puppenwindel verwendet.

»Willst du unseren Sohn nicht anschauen, Rohana? Einen dritten Sohn! Bist du nicht froh, nun, da alles vorbei ist, daß ich es so gewollt habe?«

»Vorbei für dich«, antwortete sie. »Für mich fängt es jetzt erst an, Gabriel, fünfzehn Jahre, oder mehr, voller Sorgen. Muß ich auch diesen hier großziehen, damit er seinen Vater fürchtet oder verachtet?«

Mit schwankender Stimme sagte er: »Nein. Ich schwöre es, Rohana, bei allen Göttern. Heute nacht – heute nacht habe ich verstanden, daß ich das einzig Gute, das je in mein Leben getreten ist, mit dir verloren hätte.«

Ja, aber das hast du auch schon früher geschworen, dachte sie. *So viele Schwüre* ... Aber sie verzichtete darauf, es laut auszusprechen. Sie nahm das in die Decke gehüllte Neugeborene in die Arme, dicht neben sich, und kuschelte es an ihre nackten Brüste. Fast gleichzeitig, mit der alles andere ausschließenden Zwangsläufigkeit, an die sie sich von ihren früheren Entbindungen her erinnerte, schlug sie mühsam die Decke auseinander, um jeden einzelnen kostbaren Finger und Zeh zu zählen, sich einzuprägen, dann nochmals zu zählen, falls sie einen vergessen hatte, und ihre Hände liebevoll über die Weichheit des kleinen runden Köpfchens gleiten zu lassen. Sie erinnerte sich an die alte Geschichte, die man ihr in Arilinn erzählt hatte, daß sich Neugeborene in der ersten Stunde nach der Geburt an ihre früheren Leben erinnerten, bevor sich von neuem der Schleier des Vergessens über sie senkte. Das Kind war wach und betrachtete sie aus wäßrig-blauen Augen.

»Es ist ein hübsches Kind, Rohana. Aber, Junge, wenn du deiner Mutter noch einmal soviel Sorgen machst, gibt's eins hinter die kleinen Ohren!«

»Ach, Gabriel, was für eine Begrüßung für den armen Kleinen – gleich mit Schlägen zu drohen!« murmelte sie, ohne wirklich zuzuhören, ganz auf das Kind konzentriert. Sie flüsterte ihm zu und unterstrich dabei die Worte mit der stärksten telepathischen Berührung, die sie wagte: »Hallo, mein Liebling, ich bin deine Mutter. Deinen Vater wirst du später kennenlernen; er hat dich gerade gehalten, aber du hast ihn wohl noch nicht richtig bemerkt.«

Um so besser, dachte sie, versuchte aber, diesen Gedanken abzuschirmen: Ihr Sohn war für Feindseligkeiten noch nicht alt genug.

»Du hast zwei Brüder – ich fürchte, sie werden dir nicht viel nützen – und eine Schwester. Sie wenigstens wird dich lieben; sie liebt alle kleinen Kinder. Ich habe beschlossen, dich Keith zu nennen. Hoffentlich gefällt dir der Name. Es ist ein sehr alter Name in meiner Familie, aber in Gabriels Familie, soweit ich weiß, nicht üblich ...«

Ihr fiel nichts ein, das sie ihm sonst noch erzählen konnte, darum begann sie von neuem, den kleinen Körper mit den Händen glattzustreichen und sich einzuprägen. Sie empfand eine so heftige Aufwallung hilfloser Liebe, daß sie ihr unerträglich schien.

Immer wieder streichelten ihre Finger den winzigen Körper, als könnte sie ihn für alle Zeiten in ihre zärtlichste Liebe einhüllen und ihn auf ewig beschützen. Aber sie wußte bereits die Wahrheit und spürte es im selben Augenblick, als ihr jüngstes und letztes Kind sich ihrer Berührung entzog und sie mit einem leblosen Bündel erkaltenden Fleisches zurückließ.

Sie warf sich in Kindras Arme und weinte, merkte kaum, daß sie sie in den Wagen hoben und durch den fallenden Schnee hinunter nach Ardais und ihr eigenes Zimmer und Bett brachten. Immer noch hielt sie das kleine Bündel in seiner Decke, versuchte es zu beruhigen und herauszufinden, wohin ihr einsames kleines Kind gegangen war, allein in den Schneesturm hinaus ... Als sie es ihr wegnahmen, ließ sie es ohne Widerstand los und hörte auch, wie Gabriel weinte. Aber warum weinte er? Er hatte das Kind nicht wirklich gekannt, nicht so, wie sie es in dieser einzigen Stunde seines Lebens kennengelernt hatte.

»Nein, Herr«, erklärte die Hebamme energisch. »Es wäre auch dann so gekommen, wenn das Kind in ihrem eigenen Bett, auf ihren eigenen Kissen zur Welt gekommen wäre. Es lag nicht an ihr und ganz gewiß auch nicht an *Mestra* Kindra, an nichts, das überhaupt jemand hätte wissen oder verhindern können. Sein Herz war fehlgebildet und konnte nicht richtig schlagen.«

Rohana weinte. Sie wußte, sie würde nie mehr aufhören zu weinen, bis sie starb.

Zwei Tage lang weinte sie. Gegen Ende des zweiten Tages kam Elorie, ebenfalls weinend, und Rohana umarmte sie leidenschaftlich und dachte, *dann bleibst du also meine Kleinste, das jüngste Kind, das ich je haben werde.*

»Macht es dir etwas aus, wenn er in deiner Puppendecke begraben wird, Elorie? Ich hatte keine Zeit, ihm eine eigene zu stricken; er hat sie angehabt, solange er lebte, das einzige, was ich ihm geben konnte . . .«

Elorie antwortete mit gedämpfter Stimme (ihre Augen waren rot; hatte sie denn auch so sehr geweint? Was hatte sie zu weinen?): »Nein, Mutter, es macht mir nichts aus, gib sie ihm. Es tut mir so leid, Mutter, es tut mir wirklich so leid.«

Ja, das stimmt; du wünschst dir ein neues Baby zum Spielen. Und mir tut es leid, daß du es nicht bekommen hast.

Als Elorie gegangen war, lag Rohana schläfrig dösend da. Sie hatte keine Lust, sich zu bewegen – es tat zu weh – oder etwas anderes zu tun als nur dazuliegen und an die wenigen Minuten zu denken, in denen sie das lebende Kind in den Armen gehalten und vergeblich versucht hatte, die Zeit zu hemmen, um das Kind nicht hergeben zu müssen. Schon aber schwanden die flüchtigen Momente aus ihrem Gedächtnis, und Keith war nur ein verblassender Traum. Er war gegangen, wohin die Toten gehen, und sie konnte ihm nicht folgen.

Das Leben geht weiter, dachte sie trübe. *Ich weiß nicht, warum, aber es ist so.* Jetzt fielen ihr die nebelhaften vagen Pläne wieder ein, die sie vor der Geburt gefaßt hatte: *Wenn alles vorbei ist, gehe ich nach dem Süden, fort von hier.* Schmerzhaft wurde ihr klar, daß, so aufrichtig sie auch trauerte, so heftig Leib und Seele nach dem Kind verlangten, das von ihr gegangen war, sie jetzt frei war, Pläne zu schmieden, in denen nicht berücksichtigt werden mußte, daß sie für mindestens ein Jahr an ein zartes Neugeborenes gebunden war. Dieses Begreifen kam langsam und schuldbewußt, als hätte sie durch die Erkenntnis, daß ihr die Freiheit willkommen war, die Situation in gewisser Weise selbst herbeigeführt, als wäre sie schuldig geworden, weil sie sich danach sehnte.

Ich habe dieses Kind nicht gewollt; jetzt, nachdem ich es nicht mehr habe, sollte ich doch jubeln, dachte sie. Aber ihr Kummer war zu frisch, zu greifbar, um diesen Gedanken jetzt schon zu akzeptieren. Trotzdem begann sie einzusehen, daß sie, sobald die Erschütterung der Geburt und die Trauer über den Verlust nachgelassen hätten, tatsächlich dankbar sein würde.
Als sie sich damit abgefunden hatte, unternahm sie das nächste Mal, als eine ihrer Frauen auf Zehenspitzen eintrat, um nach ihren Wünschen zu fragen, die gewaltige Anstrengung, sich im Bett aufzurichten und zu sagen: »Ja. Ich möchte gewaschen werden und etwas Suppe haben.«
Die Frauen brachten alles, und mit Kindras Hilfe schaffte es Rohana, sich zu waschen und ein wenig zu essen. Ihr wurde klar, daß Kindra sie seit der Geburt nie länger als für ein paar Minuten verlassen und daß sie das als selbstverständlich hingenommen hatte; jetzt begriff sie es und war wieder dankbar dafür. Es war, als tauchte sie aus großer Tiefe auf und befreite Lungen und Geist endlich vom Wasser ...
Sie sagte: »Sowie es mir besser geht, breche ich nach Süden auf. Vielleicht suche ich den Rat auf, aber auf jeden Fall kann ich nicht hierbleiben. Wollen wir zusammen reisen, Kindra? Es wird dir kaum leid tun, von hier wegzukommen.«
»Nein«, bekannte Kindra. »Nicht, daß deine Gastfreundschaft in irgendeiner Weise zu wünschen übrig gelassen hätte ...«
Rohana lachte trocken. »Ich fürchte, auf der Gastlichkeit dieses Hauses liegt ein Fluch. Ich schwöre, daß ich nie wieder jemanden damit behelligen werde.«
Kindra lächelte ihr zu.
»Ich habe ja schon früher gesagt, daß du den Geist hast, der dich zu einer bemerkenswerten Amazone machen könnte, Rohana. Ich wünschte, du kämst mit mir ins Gildenhaus und würdest als eine von uns den Eid ablegen.«
Rohana sagte, und ihr Mund war wie ausgedörrt: »Ich versuche herauszufinden, ob es einen Weg für mich gibt, auf ehrenhafte Weise genau das zu tun, Kindra. Mir ist völlig klar, daß ich hier weder gebraucht werde noch erwünscht bin.«

Kindras Augen leuchteten. Sanft erwiderte sie: »Seit Tagen bete ich, daß du begreifen würdest, wie richtig das ist. Wenn dich hier niemand haben will – dort wärst du von Herzen willkommen.« Und fast im Flüsterton fügte sie hinzu: »Mehr als das ... ich würde dir einen Eid schwören.«
»Und ich dir«, hauchte Rohana beinahe tonlos. Aber Kindra hörte es und küßte sie impulsiv. Rohana erinnerte sich an den Augenblick, der jetzt ein ganzes Leben zurückzuliegen schien, als Gabriel mit seinen unsäglichen Anwürfen hereingestürmt war. Heute war ihr gleichgültig, was er sagte oder dachte. Wer würde Kindras Gesellschaft und Zuneigung nicht der seinen vorziehen? Und wenn er diese Entscheidung als etwas Schlechtes oder Unnatürliches ansehen wollte, dann war das lediglich ein Beweis mehr für seine eigenen schmutzigen Gedanken.
Aber ich darf Kindra nicht selbstsüchtig hier festhalten; sie hat ihre eigene Arbeit, ihre eigenen Pflichten, die sie großherzig geopfert hat, um bei mir zu bleiben, als ich sie so dringend brauchte.
Sie versuchte in Worte zu fassen, was sie für Kindra empfand, aber die andere sagte nur: »Es gibt nichts, das nicht warten kann, bis du reisefähig bist; und dann gehen wir miteinander von hier fort.«
»Miteinander«, wiederholte Rohana wie ein Gelöbnis. Die Last und Bürde der Domäne loszusein, dieses Wissen, daß das Wohlergehen jeder Seele zwischen Scaravel und Nevarsin in ihrer Obhut lag, dieses Sich-um-alles-kümmern-Müssen, vom Pflanzen bis zu den Zuchtbüchern – das alles würde nun Alida übernehmen und froh über ihre Chance sein.
Zum ersten Mal seit vielen Jahren begann Rohana sich zu überlegen, was sie mitnehmen wollte, wenn sie nicht nur für die Handvoll Zehntage der Ratssitzungen nach dem Süden reiste, sondern auf unbestimmte Zeit, vielleicht für immer, ob nun nach den Domänen ihrer Familie in Valeron, wo es bestimmt einen Platz für sie geben würde, oder in ein Gildenhaus, wo sie nicht mehr die Herrin Rohana von Aillard und Ardais sein würde, sondern ganz schlicht Rohana, Tochter von Liane. Sie

würde kein Bedauern darüber empfinden, den Titel einer Herrin abzulegen; zu lange hatte sie ihn schon getragen. Sie besaß nicht viel: ihre Kleidung (und davon nur ganz wenig, denn das meiste davon würde nicht zu einer Entsagenden passen; nur ein paar Reitanzüge und etwas Wäsche zum Wechseln), ihren Matrixstein, Haarlocken der Kinder ... nein, das nicht, keine Andenken; sie mußte *die* Rohana, die Herrin von Ardais gewesen war, ganz und gar zurücklassen. *Die Herrin von Ardais wird für immer verschwinden; wird man je erfahren oder auch nur danach fragen, was aus ihr geworden ist? Bestimmt würde es niemandem einfallen, sie in einem Gildenhaus zu suchen.*

Jahrelang habe ich im Rat gesessen und die Gesetze dieses Landes gewahrt – wer wird meinen Platz einnehmen, wer für Ardais sprechen? Wird auch jemand dasein, der für mein Volk spricht? Oder wird es Gabriels Laune oder Kyrils Selbstsucht ausgeliefert sein – oder Alidas kaltem, egozentrischem Stolz?

Es bedeutet mir nichts mehr; achtzehn Jahre lang habe ich diese Last getragen, die nicht einmal meine eigene ist; allein deshalb, weil Gabriel es nicht wollte oder konnte – es kommt nicht darauf an, welches von beidem. Jetzt muß er die Arbeit tun, für die er geboren ist, oder sie bleibt ungetan; er kann nicht länger seine Bürde auf meine unwilligen Schultern legen. Ich habe lange genug gedient; nun will ich nicht mehr.

Nachmittags fühlte sie sich kräftiger, und als Gabriel sie besuchen wollte, sagte sie den Frauen, sie möchten ihn einlassen. Zu ihrem leichten Erstaunen war er immer noch nüchtern; es war seit Jahren der längste Zeitraum. Nun gut, ihr lag nichts mehr daran, ob er betrunken oder nüchtern war; was immer er tat, berührte sie nicht. Trotzdem fragte sie sich unbewußt, warum er sich diese Mühe nie gegeben hatte, als es noch wichtig für sie gewesen war, als sie sich fast zerrissen hatte bei dem Versuch, ihn nüchtern und kräftig genug zu erhalten, um wenigstens kleinste mit der Domäne zusammenhängende Aufgaben zu übernehmen, damals, als diese Nüchternheit soviel für sie bedeutet hätte – als sie ihn liebte.

Seine Hände zitterten, aber ganz allmählich ließ sich wieder eine gewisse Ähnlichkeit mit dem gutaussehenden jungen *Dom* Gabriel erkennen, den sie vor achtzehn Jahren geheiratet hatte. Seine Augen wurden langsam klar; sie hatte vergessen, wie blau sie waren.

»Du siehst besser aus, Rohana.«

»Danke, Gabriel. Es geht mir auch schon besser, zumindest körperlich.«

»Zu schade«, sagte er unvermittelt. »Ich hatte mich irgendwie darauf gefreut, wieder so einen kleinen Burschen im Haus zu haben. Jemand, über den man sich Gedanken machen kann.« Und voller Bitterkeit fügte er hinzu: »Jemand, für den man sich Mühe geben kann, nüchtern zu bleiben. Du fragst nicht mehr danach, nicht wahr?«

Die Direktheit der Frage ließ sie zusammenzucken. Aber dieser neue, nüchterne Gabriel verdiente Aufrichtigkeit.

»Nein, Gabriel. Ich fürchte, nein. Es tut mir leid, ich hätte es mir anders gewünscht.« Und gleich darauf ergänzte sie: »Es ist wichtig für Elorie, Lieber. Ihr Vater bedeutet ihr viel.«

Duster meinte er: »Vermutlich hat es keinen Sinn, daß man es versucht. Früher oder später ...«

Früher oder später würde er wieder Anfälle bekommen, und nur das Trinken machte ihm dann die Schmerzen und die unbestimmten Ängste leichter. Und sie hatte keine Veranlassung mehr, sich darum zu sorgen. Es war zu spät für einen neuen Anfang. Wenn das Kind am Leben geblieben wäre ... vielleicht hätte es dann einen Grund gegeben, noch einmal den Versuch eines gemeinsamen Lebens auf sich zu nehmen. Mit einem Kind als Neuanfang hätte sie es vielleicht geschafft. Aber auch dann wäre es für Gabriel wahrscheinlich zu spät gewesen. Er konnte die Qualen einer Rückkehr zur Nüchternheit, zu einer Anständigkeit, die er nur als Entbehrung sehen würde, nicht ertragen. Mit dem Kind hätte der Versuch sich gelohnt. Jetzt gab es keinen Grund mehr, und sie war frei; der Schmerz in ihr war nur der Schmerz einer Tür, die ins Schloß fiel.

Sie kam nicht los von dem Gedanken an Gabriel, wie er Kindra und sie angeschaut und ihr Unvorstellbares vorgeworfen hatte. Wenn er nun erfuhr, daß sie zusammen mit Kindra fortgegangen war, würde nichts ihn jemals überzeugen, daß er sich damals geirrt hatte. Vielleicht, dachte sie, und der Gedanke tat ihr weh, hat er sich auch nicht geirrt. Vielleicht hatte sie bei Gabriel versagt, weil er ihr das, was sie sich im tiefsten Herzen wünschte, nicht geben konnte. Vielleicht war die weibliche Zärtlichkeit und Kraft, die Kindra ihr anbot, wirklich das, wonach sie sich stets gesehnt hatte. Dann hätte Gabriel mit seiner betrunkenen Anschuldigung wahrer gesprochen, als er selbst wußte.

War es das? Und wenn ja, kann ich dafür? Und wenn ich dafürkann, ist es ein Verbrechen? Hat man mich je danach gefragt, ob ich überhaupt einen Ehemann wollte, geschweige denn, ob es Gabriel sein sollte? Sicher habe ich nie daran gedacht, einen anderen zu heiraten, und bei allen Versammlungen der Comyn, Männern meiner eigenen Stellung und Kaste, habe ich in achtzehn Jahren keinen einzigen mit Begierde angesehen. Unglücklich verheiratete Frauen schauen sich anderswo um! Aber wenn es nur daran liegt, daß ich den falschen Mann geheiratet habe, warum, im Namen Evandas – die die Göttin der ehelichen Liebe ist so gut wie die der außerehelichen –, warum träume ich dann nicht von irgendeinem schönen jungen Mann aus Comynkreisen? Warum steht im Mittelpunkt aller meiner Freiheitsträume eine Frau – eine Freie Amazone – kurz: Kindra? Warum?

Man hat mich Gabriel gegeben, und ich habe meine – und seine – Pflicht getan, ohne einen Blick zurück, achtzehn Jahre lang. Habe ich nach dieser langen Zeit nicht das Recht auf ein wenig Freiheit und Glück für mich selbst? Warum muß ich den Rest meines Lebens auch noch hergeben wie das, was ich bereits geopfert habe?

Gabriel hatte sich abgewandt und lief planlos im Zimmer umher, auf eine Art und Weise, die sie immer ganz unruhig machte; sie fragte sich dann jedesmal, was er eigentlich von ihr wollte. Was immer es war, sie hatte es ihm nie geben können. Sie überlegte, ob er wohl ahnte, welche Entscheidung sie getroffen hatte. Es gab eine Zeit, in der er immer gewußt hatte, woran sie dachte. Gut, wenn er es wußte, dann brauchte sie keine Erklärungen abzugeben. Und wenn nicht, verdiente er ohnehin keine. Sie würde tun, was sie tun mußte. Niemand konnte mehr von ihr erwarten als das, was sie bereits gegeben hatte. Die Frauen ihrer eigenen Domäne, die Aillards, würden sie verstehen; und wenn nicht – nun, dann hatte sie trotzdem ihre Freiheit.

Die Worte des Eides der Entsagenden, die Kindra ihr vor so vielen Jahren erklärt hatte, hallten in ihr wider:

Von diesem Tage an entsage ich jeder Bindung an Familie, Clan, Haus, Verweser und Lehnsherrn und schwöre, daß ich mich nur noch an die Gesetze des Landes gebunden halte wie jeder freie Bürger: an das Reich, die Krone und die Götter.

Nicht länger Symbol einer großen Domäne, nur noch schlicht und allein sie selbst. *In allen diesen Jahren habe ich nach dem gelebt, was ich anderen schuldete, nie nach dem, was ich mir selbst schuldig war.*

Sie sah zu, wie Gabriel ihr Zimmer verließ und in die Große Halle hinunterging. Sie nahm an, daß er direkt auf das nächste Glas Branntwein zusteuerte. Wahnsinn, es noch einmal mit ihm zu versuchen.

Und was würden sie im Rat sagen, wenn bekannt wurde, daß die Herrin Rohana, Oberhaupt der Domäne von Aillard und in Gabriels Abwesenheit auch der von Ardais, für sie verloren und in ein Gildenhaus eingetreten war?

Die Entsagenden hielten ihren Freibrief nur als Geduldete. Kindra hatte ihr einmal erzählt, daß die Entsagenden keine neuen Mitglieder werben, sondern nur Frauen aufnehmen durften, die von selbst zu ihnen kamen.

Es machte nichts, wenn ein paar Handwerkerfrauen oder Bauerntöchter, verprügelte Ehegattinnen oder ausgebeutete Kinder in ein Gildenhaus flohen. Wie aber, wenn das Gildenhaus die Hand nach dem Oberhaupt zweier Domänen ausstreckte – würde man die Entsagenden dann immer noch tolerieren? Oder würde ihnen der Freibrief entzogen, wenn sie beispielsweise die Hüterin von Arilinn von ihrer Eidespflicht fortlockten? So lächerlich auch die Vorstellung war, Leonie Hastur könnte in ihren purpurnen Schleiern aus dem Turm fliehen und den Eid der Entsagenden ablegen, es bestand immerhin die Möglichkeit. Wenn sie, Rohana, schon versucht war, von ihrer Pflicht zu lassen, war dann überhaupt noch irgendeine Frau in den Domänen über solchen Verdacht erhaben?

Und was würde daraus folgen? Bedeutete das die Vernichtung der Comyn? Oder würde der Rat das Gildenhaus zur Rechenschaft ziehen?

Darf ich die Existenz des Gildenhauses aufs Spiel setzen, nur um mein eigenes Los zu ändern?

Nein, das war nicht die Frage. Rohana konnte frei entscheiden, was sie tun wollte; aber dann mußte sie sich auch dazu entschließen, nur für sich selbst zu leben, ohne Rücksicht auf das, was sie anderen Menschen schuldete. Sollte sie also Domäne, Familie, das Wohl der Männer und Frauen von Ardais opfern, nur um tun zu können, was sie wollte, und allein sich selbst zu leben?

Für Kindra war dieser Preis zu hoch gewesen; sie hatte die Pflicht sich selber gegenüber gewählt; aber Kindra hatte auch niemand anderem Pflichterfüllung geschuldet oder sie freiwillig übernommen; man hatte sie, zweifellos ohne ihre innere Zustimmung, verheiratet. Rohana dagegen hatte jahrelang die Vorrechte einer Herrin der Comyn genossen; durfte sie sich ihrer erfreuen, solange sie von ihr nichts verlangten, und sich weigern, diese Last zu tragen, sobald sie schwer wurde?

Nein. Solange ich lebe, soll niemand die Rechte des Gildenhauses antasten. Und ich bin eine Comyn; wer könnte mir verweigern, wenn ich für mich selbst verlangte, was jede Kleinbauerntochter haben darf – die Freiheit?

Gabriel war in der Großen Halle. Rohana, noch etwas unsicher auf den Füßen, ging langsam hinunter und sah, wie er sich aus einer Karaffe, die auf der Anrichte stand, ein Glas einschenkte. Sie seufzte; sie brauchte nur zu schweigen, dann würde es keinen Auftritt zwischen ihnen und keinen Zwang zur Ent-

scheidung geben. Wann würde er bemerken, daß sie fort war – und würde es ihm überhaupt etwas ausmachen? Würde er nicht vielleicht sogar erleichtert sein, sich mit seiner Flasche allein zu wissen, um in ihr den Tod zu finden, den er so unverkennbar suchte? War sie denn für ihn verantwortlich? Hastig leerte er das Glas und hob die Hand, um vom Diener die Karaffe nachfüllen zu lassen.
Rohana sagte: »Nein. Nicht mehr!«
Mühsam aufs Geländer gestützt, stand sie da.
»Hör mir gut zu, Hallard«, begann sie. »Von diesem Augenblick an ist es nicht mehr *sein* Zorn, den du zu fürchten hast, wenn du dem Gebieter über den Durst zu trinken gibst, sondern es ist *mein* Zorn. Verstehst du mich? *Meiner*. Der Herr muß gesund sein für die Tage, die Ardais bevorstehen.«
Sie sah Gabriels finstere Miene und versicherte drängend: »Ich will dir helfen, aber du mußt es auch wollen. Kyril ist noch nicht reif für die Domäne. Auf irgendeine Weise mußt du stark bleiben, damit er sie ... uns nicht abnehmen kann, wozu er nur allzubereit ist.«
Sekundenlang glühte die alte Entschlossenheit in seinen Augen. Das genügte für jetzt; es lagen noch viele Kämpfe vor ihnen, und sie würden sich noch oft darüber streiten. Aber sie würde es schaffen, Gabriel die Domäne zu erhalten, und vielleicht würde Kyril sich, wenn er erwachsen war, gebessert und soviel Reife erlangt haben, daß man ihm die Domäne ruhigen Gewissens anvertrauen konnte. Und wenn nicht – nun, das würde man sehen, wenn es soweit war. Jedenfalls würde es noch nicht dieses und auch nicht nächstes Jahr sein.
»Du hast recht«, sagte Gabriel. »Dieser junge Naseweis – er ist noch nicht reif für die Domäne. Wir behalten sie noch ein Weilchen.«
Jäh begriff Rohana, daß sie, ohne sich dessen bewußt geworden zu sein, ihre Entscheidung getroffen hatte; sie hatte fast ohne zu überlegen gehandelt. Darum konnte es auch keine andere Wahl für sie geben; dies war das Schicksal, das ihr bestimmt war, die Straße, der sie folgen mußte, ob sie wollte

oder nicht. Die Welt würde gehen, wie es ihr beliebte – und nicht, wie Rohana es sich wünschte.

Ein tiefes, schreckliches Gefühl des Verlustes stieg in ihr auf. Sie hatte schon längst alles andere verloren; nun wußte sie, daß sie ohne jede bewußte Entscheidung, jeden ausgesprochenen Verzicht auch Kindra verloren hatte, und mit ihr alle Hoffnungen auf ein anderes Leben.

»Bring dem Gebieter ein wenig Apfelmost, er hat Durst«, befahl sie dem Diener. Der Mann eilte hinaus, und Rohana seufzte; im Geist sah sie Kindras bestürztes Gesicht vor sich, wenn diese von ihrer Entscheidung erfuhr.

Rohana graute es vor der langen und einsamen Straße, die sie nun allein gehen mußte. Kindra, das bedeutete Freiheit und – ja – Liebe, aber diese Liebe und diese Freiheit waren nicht für sie bestimmt. Sie war nicht einmal frei genug, um die Freiheit zu suchen.

EIDBRECHER

In der Abendkühle wandelte Fiora von Arilinn schweigend durch den Garten der Hüterin, den Garten des Duftes. Sie war hierhergekommen, um allein zu sein und die dahinschwebenden Düfte der Kräuter und Blumen zu genießen, die eine längst verschollene andere Hüterin gepflanzt hatte. Sie fragte sich, wer sie wohl gewesen sein mochte, diese Hüterin, die vor Beginn aller Aufzeichnungen diesen friedlichen Ort als ihre ureigenste Zuflucht geschaffen hatte. War sie auch blind gewesen? Sie oder er – denn Fiora wußte, daß es in den ganz alten Zeiten manchmal auch männliche Hüter gegeben hatte, sogar in Arilinn. Vielleicht konnte sie eines Tages, wenn die Arbeit nicht so drängte, einmal versuchen, etwas über jene Hüterin oder jenen Hüter von einst herauszufinden.

Fiora lächelte beinahe wehmütig. *Wenn die Arbeit nicht so drängte* – genausogut konnte man sagen, *wenn auf den Eiswällen von Nevarsin Orangen und Äpfel wachsen!* Das Leben einer Hüterin – und ganz besonders der von Arilinn – war viel zu ausgefüllt, als daß ihr Muße zur Befriedigung einer rein intellektuellen Neugier geblieben wäre. Novizen mußten ausgebildet, junge Menschen auf *Laran* geprüft und womöglich für eine gewisse Zeit für den Dienst in Arilinn oder einem der wenigen noch übrigen anderen Türme gewonnen werden. Und es gab noch viele andere Arbeiten im Turm, erschwert durch den endlosen Dienst in den Kontaktstellen. Von diesem letzteren war Fiora allerdings befreit; eine Hüterin hatte Wichtigeres zu tun.

Im Augenblick jedoch erfreute sie sich der Freiheit, die ungestörte Ruhe dieses besonderen Gartens zu genießen, der ihr ganz eigenes Reich war. Aber es währte nicht lange; sie hörte das Geräusch des Gartentors, und noch ehe sie ihn mit ihrem Geist berührt hatte, erkannte sie ihn am unsicheren Schritt und dem schwachen Geruch von Kirian, der ihn stets umgab: Rian Ardais, den alternden Techniker, ihr seit der Kindheit vertraut.

Wieder war er berauscht von Kirian. Fiora seufzte; sie haßte es, ihm so zu begegnen, aber wie sollte sie es ihm verbieten? Sie wußte, daß er sich früher oder später selbst zerstören würde. Schon Janine, die alte Hüterin, die Fiora ausgebildet hatte, als sie als Neuling nach Arilinn gekommen war, hatte ihr von Rians ständigem Rauschzustand erzählt.

»Es ist von zwei Übeln das kleinere«, hatte sie erklärt. »Mir steht nicht zu, ihm zu verweigern, was er braucht, um sein inneres Gleichgewicht zu halten. Er achtet darauf, daß es niemals seine Arbeit beeinträchtigt; im Kontakt und im Kreis ist er immer gänzlich nüchtern.« Mehr hatte Janine nicht gesagt, aber Fiora hatte deutlich die nicht ausgesprochenen Worte gehört: *Wie kann ich ihm diese Entspannung verweigern, wenn er sonst die Arbeit hier überhaupt nicht mehr aushalten würde?*

»Herrin«, begann der alte Mann zögernd, »ich würde Euch in meinem augenblicklichen Zustand nicht ohne Not belästigen. Ihr habt Eure Muße verdient und –«

»Laßt nur«, erwiderte sie. Sie hatte den alten Mann einmal gesehen, bevor die Krankheit ihr das Augenlicht raubte. Noch immer sah sie ihn schön und aufrecht, obwohl sie wußte, daß er fast zum Skelett geworden war und seine Hände zitterten. Freilich nicht bei der Arbeit am Gitterwerk; dabei waren sie immer vollkommen ruhig. Wie seltsam, daß er die Fähigkeit behalten hatte, in einem Matrix-Gitter so konzentriert zu bleiben, sich aber andererseits nicht einmal rasieren konnte, ohne sich zu schneiden!

»Was gibt es, Rian?«

»Im äußeren Hof ist ein Bote«, antwortete er, »aus Ardais. Der

junge Dyan wird zu Hause gebraucht, und wenn möglich, muß auch ich gehen.«
»Unmöglich«, erklärte Fiora. »Ihr könnt natürlich fort, einen Urlaub habt Ihr wirklich verdient. Aber Ihr wißt selbst sehr gut, warum Dyan hierbleiben muß.«
Sie war befremdet, daß er überhaupt fragte, denn das strengste aller Gesetze bestimmte, daß während der ersten vier Monate nach der Aufnahme eines Novizen in Arilinn seine Ausbildung durch nichts gestört werden durfte. Betrunken oder nicht, damit hätte Rian fertigwerden müssen, ohne sich an eine Hüterin zu wenden. »Schickt den Boten weg und laßt ausrichten, daß Dyan sich in Klausur befindet.«
Dann erst merkte sie, daß der alte Mann am ganzen Körper zitterte. Fiora erfaßte ihn mit dem Bewußtsein, das ihr bessere Dienste leistete als ihr Sehvermögen. Sie hätte es wissen müssen. Er hätte sie gewiß nicht im Garten gestört, wenn es nicht unbedingt nötig gewesen wäre; die Angelegenheit schien doch weit dringender, als sie zunächst geglaubt hatte. Wieder seufzte sie, als sie erkannte, wie sehr er sich bemüht hatte, jedes Anzeichen seiner Seelenpein von ihr fernzuhalten. Sie ließ den Frieden ihres Gartens weit hinter sich und sagte laut: »Berichtet mir.«
Er sprach und hielt dabei seine Gedanken so sorgsam unter Kontrolle, daß Fiora, wenn sie es so wollte, nicht mehr aufzunehmen brauchte als das gesprochene Wort.
»Ein Todesfall.«
»Herr Kyril?« Aber das war für niemanden ein großer Verlust, dachte Fiora. Selbst in der Abgeschiedenheit von Arilinn hatte die junge Hüterin von dem Herrn von Ardais gehört, seinem liederlichen Lebenswandel, seinen Anfällen von Wahnsinn. Viele Angehörige des Ardais-Clans waren gefährlich labil: Kyril war verrückt, Rian, so sehr er sich unter Kontrolle hielt, süchtig nach Kirian. Um über den jungen Dyan etwas zu sagen, war es noch zu früh, aber sie setzte Hoffnungen in ihn.
»Aber selbst bei einem Todesfall in der Familie können wir Dyan nicht so früh aus der Klausur entlassen.« Obwohl Dyan,

wenn es sich um Kyril handelte, Erbe von Ardais wäre und es gar nicht mehr in Frage kam, ihm zu gestatten, daß er in Arilinn den Diensteid der Türme ablegte.
»Es ist nicht Kyril.« Wieder bebte Rians Stimme, und obwohl er mit großer Anstrengung versuchte, den Gedanken zu unterdrücken, hörte sie deutlich: *Wenn es doch nur das wäre!* »Es ist schlimmer. Die Götter sind Zeugen, daß ich meinen Bruder liebe und ihn niemals um seine Stellung als Erben des Hauses beneidet habe; ich war zufrieden, hier zu leben.«
Ja, dachte Fiora, *so zufrieden, daß du keinen Zehntag überstehst, ohne dich mit Kirian oder sonst einem Rauschmittel zu betäuben.* Aber wer war sie, daß sie über die Selbsttäuschungen eines anderen spotten durfte? Sie hatte ihre eigenen; so wiederholte sie lediglich: »Berichtet!«
Doch er zögerte. Sie fühlte, wie er nachdachte. Fiora war eine Hüterin, beschworene Jungfrau; es gab Dinge, die man nicht vor ihr aussprechen konnte.
Endlich erklärte er, und sie konnte die Verzweiflung in seiner Stimme spüren: »Es ist *Dom* Kyrils Gattin, die Herrin Valentina. Schon seit Jahren siechte sie dahin, und seine jüngste Tochter – Dyan ist natürlich der Älteste, der Sohn aus Kyrils erster Ehe –, seine Tochter Elorie hat die Stelle der Hausherrin vertreten. Kyrils Feste sind manchmal – ausschweifend«, er wählte vorsichtig den unverbindlichsten Ausdruck, den er finden konnte.
Das wußte Fiora bereits. Sie nickte ihm zu, fortzufahren.
»Die Herrin Valentina wehrte sich dagegen, daß Elorie an solchen Festen teilnahm«, erzählte Rian, »aber Kyril wollte es so. Darum erschien *Domna* Valentina trotz ihrer Krankheit, um den Ruf des Mädchens zu schützen. Und Kyril in seinem trunkenen Zorn – oder noch Schlimmerem – schlug zu.«
Er hielt inne, aber Fiora ahnte das Ärgste schon.
»Er hat sie getötet.«
Das war wirklich verhängnisvoller, als Fiora geglaubt hatte. Kyril war immer ein liederlicher Kerl gewesen – die Liste seiner Bastarde, so hieß es, und nicht unbedingt im Scherz, glich den

legendären Eroberungen von *Dom* Hilario, einem berüchtigten Wüstling der Volksmärchen und Fabeln –, und es gab Geschichten, daß er mehr als einmal tief in die Tasche gegriffen hätte, um eine rohe Gewalttätigkeit zu vertuschen. Fiora war zu unschuldig, um die sexuellen Hintergründe dieses Verhaltens zu begreifen, und hatte angenommen, daß es sich dabei nur um die gewöhnliche Brutalität eines Säufers handelte. Aber Mord, noch dazu an einer gesetzlich – *di catenas* – angetrauten Ehefrau, das war etwas ganz anderes und konnte kaum verheimlicht werden.

Trotzdem zögerte Fiora noch. »Ihr seid Regent von Ardais, bis Dyan mündig ist«, meinte sie nach kurzem Nachdenken, »und ich habe Bedenken, seine Ausbildung jetzt zu unterbrechen. Ich weiß, daß er die Gabe der Ardais nicht besitzt, aber er verfügt über ein starkes telepathisches Potential. Ein nicht ausgebildeter Telepath ist eine Bedrohung für sich selbst und seine ganze Umgebung«, fügte sie hinzu und zitierte damit einen der ältesten Erziehungsgrundsätze von Arilinn. »Ich weiß, daß dieses Ereignis für Ardais und vielleicht für alle Comyn eine ernsthafte Krise bedeutet, *Dom* Rian; es kann gut sein, daß der Rat eingreifen muß. Aber muß Dyan hineingezogen werden? Ihr seid Kyrils Bruder und Regent, und Ihr dürft gehen, wann Ihr wollt; ich werde Euch sofort beurlauben. Warum aber muß Dyan Euch begleiten? Es ist ja nicht einmal so, daß die Herrin Valentina seine Mutter ist; ich meine, Ihr solltet unverzüglich abreisen, Dyan aber hierlassen.«

Rian rang die Hände. Fiora konnte seine Verzweiflung spüren; sie brauchte ihn dazu nicht zu sehen. Wieder nahm sie ganz am Rande den starken Kiriangeruch wahr, der ihn umgab und alle Düfte des Gartens überdeckte, und fand nicht ohne Ärger, daß er ihre liebste Zuflucht entweiht hatte; sie fragte sich, ob sie wohl je wieder ohne die Erinnerung an den betäubenden Geruch nach Droge und Unglück, den die Abendbrise zu ihr herüberwehte, darin spazierengehen könnte.

Schweigen. Die Qual des Mannes, der vor ihr stand, ließ die Blinde erstarren.

Rian war nicht wirklich ein alter Mann; es waren die Sorgen und vielleicht auch die Nebenwirkungen der Drogen, die ihn so erscheinen ließen. Er hätte im besten Abschnitt der mittleren Jahre stehen müssen, denn er war ein Jahr jünger als *Dom* Kyril. Aber er wirkte hinfällig, und so hatte sie ihn durch die Augen aller anderen Bewohner von Arilinn gesehen. Immer noch stand er stumm vor ihr, und gleich darauf hörte sie ein leises, ersticktes Aufschluchzen.

»Rian, was habt Ihr? Ist da noch etwas?«

Er antwortete nicht, aber die Hüterin, weit geöffnet für die innersten Regungen des Mannes, der da vor ihr stand, war überwältigt von seiner Verzweiflung. Im selben Augenblick, als sie sein erstes, gestammeltes, beschämtes Wort hörte, verstand sie, warum Rian sich mit Drogen betäubte und warum er, obgleich jünger als Kyril, den Eindruck eines alten Mannes machte.

»Ich habe – ich hatte immer Angst vor Kyril. Ich wage es nicht, ihm entgegenzutreten, habe es nie gewagt – seiner Wut, seiner Roheit. Schon als junger Mann habe ich immer versucht, jeder Konfrontation mit ihm auszuweichen. Dyan fürchtet sich nicht vor seinem Vater. Ich wage nicht, nach Hause zu gehen, vor allem nicht, wenn Dyan nicht bei mir ist.«

Fiora versuchte mit aller Kraft, ihre Erschütterung und ihr Mitleid zu verbergen, weil sie erkannte, daß es nicht frei von einer Verachtung war, für die sie sich, wie sie sehr gut wußte, schämen sollte. Rian hatte sich seine Schwächen nicht ausgesucht. Trotzdem wußte sie, daß es zwischen ihm und ihr nie wieder werden würde wie vorher. Sie war die Hüterin; dieses hohe Amt hatte sie durch Leistung, harte Arbeit und so strenge Enthaltsamkeit errungen, daß neun von zehn Frauen daran gescheitert wären. Sie war Rians Vorgesetzte, aber er war älter als sie, und sie hatte ihn stets gern gemocht, vielleicht sogar bewundert. Die Zuneigung blieb unverändert, aber der jähe Verlust ihrer Achtung erschreckte und betrübte sie. Trotzdem legte die junge Hüterin Sanftheit in ihre Stimme und enthielt sich jedes Urteils.

»Nun denn, Rian, dann besteht wohl keine andere Möglichkeit. Ich werde mit Dyan sprechen. Wenn es sich einrichten läßt, daß er Euch nach Ardais begleitet, ohne dadurch die bisherige Ausbildung gänzlich sinnlos zu machen, werde ich ihm Urlaub gewähren. Schickt ihn zu mir«, sie zauderte, »aber nicht hierher.« Sie wollte nicht, daß man ihr den Garten noch mehr entweihte. »Ich erwarte ihn in einer Stunde im Kaminzimmer.«

In diesem Alter – sie schätzte ihn auf etwa neunzehn – war Dyan Ardais immer noch schmal wie ein Knabe. Fiora, die ihn natürlich nicht sehen konnte, hatte ihn oft genug durch die Augen der anderen im Kreis von Arilinn erblickt. Er war ein junger Mann von gutem Aussehen, mit dunklem Haar, das sich weich um ein schmales und feingeschnittenes Gesicht lockte. Er hatte auch jene Augen von farblos stählernem Grau, die, wie Fiora wußte, häufig besonders starke Telepathen kennzeichneten. Wenn Dyan jedoch ein Telepath war, so hatte er gelernt, seine Gedanken vollständig abzuschirmen, sogar vor ihr.
In der Ausbildung, die sie zur Hüterin gemacht hatte, war sie gelehrt worden, für keinen Mann empfänglich zu sein, und Dyan bedeutete für sie keine Ausnahme. Aber so unschuldig sie auch war, sie war Hüterin und Telepathin und hatte im Lauf seiner Grundausbildung vieles über Dyan erfahren. Dazu gehörte, daß er sein Leben lang weder an ihr noch an irgendeiner anderen Frau interessiert sein würde. Fiora störte das nicht; er war nicht der erste und nicht der letzte Mann, der Männer liebte und sich trotzdem in den Türmen Rang und Namen erwarb. Was ihr Sorge machte, war, daß ein so junger Mensch – Fiora selbst war jünger als zwanzig Jahre, aber die Ausbildung zur Hüterin ließ jede schneller altern, an Körper wie an Geist – schon so festgefügt sein sollte, so undurchdringlich, so unangreifbar. In seinem Alter sollte ein Turm-Novize für seine Hüterin offen sein. War es ein frühes, warnendes Anzeichen der Ardais-Labilität, die sich vielleicht später darin

äußern würde, daß Dyan drogensüchtig würde wie Rian? Oder – um gerecht zu sein, dachte sie an das, was sie über *Dom* Kyril wußte – lag es daran, daß er in der Umgebung eines Wahnsinnigen aufgewachsen war? Soweit ihr bekannt war – und sie hätte davon gewußt –, nahm Dyan Kirian nur, wenn es für die Turmarbeit nötig war. Und obwohl es auch Ardais gab, die den Rausch liebten, hatte sie bemerkt, daß er nur wenig trank, und das auch nur beim Abendessen. Ihres Wissens hatte er keine hervorstechenden Charakterfehler. Es gab zwar Hüterinnen, die seine Homosexualität dazu zählen würden, aber darum kümmerte Fiora sich nicht; sie hatte bisher nicht gehört, daß es deshalb Uneinigkeit gegeben hätte. Die anderen Mitglieder des Kreises waren tolerant und schienen Dyan gernzuhaben. Er erweckte den Eindruck eines ruhigen, unauffälligen Jungen. Und dennoch haftete ihm etwas an, etwas Unterbewußtes, das sie nicht recht identifizieren konnte und das sie noch immer beunruhigte: Warum war ein Junge in Dyans Alter so undurchsichtig, wenn er für seine Hüterin klar sein müßte wie Glas?

Dyan verbeugte sich und sagte mit der melodischen Stimme, die Fiora für eine seiner anziehendsten Eigenschaften hielt: »Mein Onkel hat mir mitgeteilt, Ihr wünschtet mich zu sprechen, Herrin.«

»Hat er dir auch gesagt, warum?«

»Er hat mir berichtet, daß zu Hause etwas vorgefallen sei und man mich dort brauche. Mehr nicht . . . nein: er hat auch gesagt, es sei so wichtig, daß ich nach Hause müsse, obwohl ich meine erste Bewährungszeit hier noch nicht abgeschlossen habe.« Er machte eine erwartungsvolle Pause.

Fiora fragte: »Möchtest du denn gern nach Hause, Dyan?« Und erstmals entdeckte sie in seiner Stimme eine Spur von Gefühl.

»Wollt Ihr, daß ich gehe? Wart Ihr mit meiner Arbeit hier nicht zufrieden? Ich habe mir sehr viel Mühe gegeben.«

Schnell antwortete sie: »Es ist nichts dergleichen, Dyan. Nichts wäre mir lieber, als wenn du deine Ausbildung hier abschließen und dann noch eine Zeitlang, vielleicht sogar viele Jahre, bei uns arbeiten würdest; obwohl du als Erbe von Ardais nicht dein ganzes Leben hierbleiben kannst. Aber wie du von Rian gehört hast, ist bei dir zu Hause etwas geschehen, mit dem er nicht allein fertigzuwerden glaubt. Er hat um die Gunst gebeten, dich mit ihm gehen zu lassen. Das ist in diesem Stadium deiner Ausbildung höchst ungewöhnlich, und ich muß feststellen, ob es dir schaden wird, wenn es jetzt eine Unterbrechung gibt.« Sie fügte ohne Beschönigung hinzu: »Wenn du allerdings nur hierbleibst, weil du zu Hause unglücklich bist, dann wirst du selbst erkennen, daß deine Entscheidung für Arilinn fragwürdig ist.«

Sie spürte sein Lächeln. Er sagte: »Es ist wahr, daß ich wenig Neigung dazu empfinde, in Ardais zu leben. Ich weiß nicht, wieviel Ihr über meinen Vater wißt, Herrin, aber ich versichere Euch, daß der Wunsch, dem chaotischen Dasein in Ardais zu entkommen, das gesunde Merkmal eines ebenso gesunden Verstandes ist. Und daß meine Arbeit hier mir Freude macht – ist das etwas Schlechtes?«

»Natürlich nicht«, meinte sie, »und ich habe bisher auch nichts an dir auszusetzen. Wer ist dein Lehrmeister?«

»Hauptsächlich Rian. Er hat mir gesagt, seines Erachtens könnte ich Techniker werden. Und die Herrin Angelica meint, daß ich die Arbeit eines *Überwachers* beherrsche. Sie findet mich reif für den *Überwacher*-Eid.«

»Das werde ich auf jeden Fall genehmigen«, stimmte Fiora zu, »und du hast sogar das Recht, ihn vor mir selbst abzulegen, wenn du es wünschst. Trotzdem muß dir klar sein, daß wir jetzt zwar miteinander geredet haben, du aber meine Frage noch nicht beantwortet hast, Dyan: Möchtest du gern nach Hause?«

Er seufzte, und dieser tiefe Seufzer war Antwort genug. Fiora war keine mütterliche Frau, aber einen Augenblick hatte sie das Gefühl, ihn in die Arme schließen zu müssen; eine flüchtige Anwandlung und eine, die, das wußte sie, Dyan so unangenehm gewesen wäre wie ihr selbst. Sie erinnerte sich an ihre

Pflicht, ihn zu befragen, und zwar nicht nur mit Worten. Sie sandte ihre Gedanken nach ihm aus und konnte spüren, wie angespannt seine Schultern und wie tiefgefurcht die Linien in seinem Gesicht waren, Dinge, die ihr deutlicher als das Augenlicht verrieten, was er auf ihre Frage antworten würde.

»Ich möchte nicht. Aber wie kann ich mich weigern, wenn man mich braucht? Rian meint es gut, aber er ist nicht –«, er hielt inne, und sie merkte, daß er nach Worten suchte, die die Wahrheit sagten, ohne seinen Onkel herabzusetzen, »– nicht weltlich genug.«

Sie erhob keine Einwände gegen sein höfliches Umgehen der ihm eigentlich gestellten Frage, obwohl sie nicht ohne Betrübtheit feststellte, daß er seiner Hüterin aufrichtiger hätte gegenübertreten können.

»Dyan, du bist ein verantwortungsbewußter junger Mann; was meinst du – wird es deiner Ausbildung schaden? Ich überlasse dir die Entscheidung.«

Der Seufzer, den er ausstieß, schien aus seinem tiefsten Innern zu kommen. »Ich danke Euch, Herrin, für Euer Vertrauen. Ich kenne nur eine Antwort: Wenn die Domäne meine Anwesenheit erfordert, darf ich an nichts anderes denken.«

Wieder, ohne recht zu wissen, warum, empfand Fiora ungeheures Mitleid mit dem jungen Mann vor ihr. »Gesprochen wie ein Mann von Ehre, Dyan.«

Sie konnte spüren, wie tiefgebeugt Dyans Schultern waren, als trüge er die Last einer ganzen Welt. Nein, keiner Welt. Nur die einer Domäne. Sanft fügte sie hinzu: »Dann bleibt mir nur, dir den Eid des *Überwachers* abzunehmen, Dyan. Du solltest nicht ohne ihn fortgehen. Danach kannst du tun, was dein Gewissen dich heißt.«

Wenige Stunden später nahm sie am Tor von Arilinn von den beiden Abschied. Rian saß schon im Sattel; Dyan stand neben seinem Pferd, das gutgeschnittene Gesicht so von Anspannung verzerrt, daß Fiora es, ohne ihn zu sehen, aus einer Entfernung von mehreren Fuß spüren konnte. Achtungsvoll

neigte er sich über ihre Hand, und sie konnte die Linien fühlen, die sich in seinem Gesicht abzeichneten.
»Lebt wohl, Herrin. Ich hoffe, bald wieder bei Euch zu sein.«
»Ich wünsche euch eine angenehme Reise.«
»Das ist unmöglich«, erwiderte Dyan mit einem leichten Anflug von Belustigung. »Die Reise nach Ardais führt über einige der schlimmsten Gebirge in den Domänen, darunter den Paß von Scaravel.«
»Dann wünsche ich euch eine *sichere* Reise und werde darauf hoffen, daß ihr bald zurückkommen könnt und bei eurer Ankunft zu Hause alles weniger ernst findet, als ihr jetzt annehmt«, antwortete sie.
Dyan stieg auf, und die beiden ritten davon. Als sie verschwunden waren, überkam Fiora gewaltiger Zorn. *Nein,* dachte sie, *ich hätte ihn niemals gehenlassen dürfen!*
Onkel und Neffe ritten eine Weile schweigend nebeneinander her. Endlich sagte Dyan: »Du weißt, daß Fiora darauf bestanden hat, daß ich vor dem Verlassen des Turms den *Überwacher*-Eid ablegte. Ist diese Eile üblich, Onkel?«
Seufzend antwortete Rian: »Es ist tatsächlich Brauch, selbst Kinder, wenn sie nur eben alt genug sind, seinen Sinn zu erfassen, den Eid schwören zu lassen.«
»Dann bedeutete es nicht, daß Fiora mir nicht vertraute, als sie es so eilig hatte, mich mit dem Eid zu binden?« fragte Dyan.
Rian runzelte die Stirn und sagte: »Natürlich nicht! Es ist ein Brauch.«
»Aha.«
»Du kannst doch wohl kaum Gewissensbisse haben, weil du nun den *Überwacher*-Eid geleistet hast!« rief Rian, der sich die Worte des Eides ins Gedächtnis zurückrief: *In keines Menschen Geist eindringen, wenn nicht zum Helfen oder Heilen, und niemals das Gewissen eines anderen zu etwas zwingen.*
»Vielleicht nicht«, bemerkte Dyan einen Augenblick später. »Aber ich werde das Gefühl nicht los, auf irgendein Recht über mein eigenes Gewissen verzichtet zu haben. Ich dachte nicht, daß ich jemanden brauchte, der mein Gewissen hütet, und

ebensowenig einen Eid, der mich verpflichtet, mein *Laran* nur zu moralisch einwandfreien Zwecken zu gebrauchen.«

»Wer den Eid am widerwilligsten leistet, braucht ihn meistens am nötigsten«, erklärte Rian, »und wer glaubt, er brauche ihn nicht, sollte erst recht keine Bedenken haben.«

Er hatte das Gefühl, daß Dyan noch etwas sagen wollte. Aber der junge Mann schwieg.

Trotz der Eile, mit der sie sich auf den Weg durch die Berge machten, dauerte die Reise vier Tage. Als Burg Ardais in Sicht kam, fiel Dyan sogleich auf, daß der scharlachrot-graue Wimpel wehte, der anzeigte, daß das Oberhaupt der Domäne anwesend war.

»Er ist hier«, sagte Dyan. »Vielleicht habe ich mir gewünscht, er wäre vor uns geflohen. Die Domäne sollte Trauer tragen. Das hier ist Hochmut.«

»Ich nehme eher an«, erklärte Rian, »daß er sich so im Recht fühlt, daß es ihm gar nicht in den Sinn kommt, sich der Gerechtigkeit zu entziehen.«

Seufzend erinnerte sich Dyan: »Ich weiß noch, wie er *früher* war. Als kleines Kind liebte ich ihn. Heute kann ich mich kaum noch an eine Zeit erinnern, in der er sich nicht benommen hat wie ein Stück Vieh. Ich weiß noch, wie ich mich im Schrank vor ihm versteckt hielt, wenn er betrunken in der ganzen Burg herumbrüllte und uns alle bedrohte . . . Am traurigsten finde ich, daß Elorie gar nichts anderes kennt und nichts von einem Vater weiß, den man vielleicht lieben könnte; denn trotz allem, Rian, zweifle nie daran, daß ich meinen Vater von Herzen liebe, was immer er auch getan hat.«

»Es ist mir nie in den Sinn gekommen, das zu bezweifeln, Junge«, erwiderte Rian sanft. »Ich habe ihn auch einmal geliebt.«

Als sie das Tor erreicht hatten, trat ihnen eine totenbleiche Elorie entgegen. Den Männern kam es vor, als hätte sie seit dem Tod ihrer Mutter weder gegessen noch geschlafen. Weinend warf sie sich in Dyans Arme.

»Ach, mein Bruder! Hast du es gehört – meine Mutter . . .«
»Schweig still, Schwesterchen«, sagte Dyan und streichelte ihr Haar. »Ich kam sofort, als ich es erfuhr. Ich habe sie auch liebgehabt. Wo ist unser Vater?«
»Er hat sich im Turmzimmer verschanzt und will niemanden an sich heranlassen, nicht einmal seine Leibdiener. Einen ganzen Tag danach war er noch betrunken und hat herumgeschrien und gegrölt und suchte Streit mit jedem.«
Elorie schauderte, und Dyan, der sich an ähnliche Vorfälle aus seiner frühen Kindheit erinnerte, streichelte sie, als ob sie noch ein kleines Mädchen wäre.
»Dann hat er sich im Turmzimmer eingeschlossen, und ich mußte allein für alles sorgen, für – Mutter . . .«
»Es tut mir so leid, Schwesterchen. Jetzt bin ich hier, und du brauchst vor nichts mehr Angst zu haben. Zuerst mußt du dich ausruhen und schlafen. Sag deiner Kinderfrau, sie soll dich zu Bett bringen und dir einen Schlaftrunk geben. Ich werde mich um alles kümmern, so wie es sich für den Verweser einer Domäne gehört«, tröstete Dyan. »Und wenn deine Mutter begraben ist, kannst du nicht allein mit Vater hierbleiben – jetzt nicht mehr.«
»Aber wohin soll ich gehen?« fragte sie.
»Ich werde etwas für dich finden. Vielleicht kannst du als Pflegetochter nach Armida oder auch in einen Turm; du bist eine Comyn und von edler Geburt. Aber jetzt mußt du erst einmal schlafen, essen und dich erholen; wenn deine Mutter zur letzten Ruhe gebettet wird, mußt du aussehen, wie es sich für eine Herrin ziemt. Du darfst nicht den Eindruck machen, als lebtest du hier im Belagerungszustand, selbst wenn du«, fügte er mitfühlend hinzu, »dieses Gefühl hast.«
»Aber was ist mit Vater? Willst du zusehen, wie er sich im Turm verbarrikadiert hält und böse Reden darüber führt, daß Mutter ihn dazu getrieben hätte, sie zu töten?«
Ruhig erwiderte Dyan: »Vater überlaß nur mir, Kind.«
Und als sie ihn erleichtert ansah, strich er ihr noch einmal über das Haar und sagte zu Rian: »Bitte läute nach ihrer Kinderfrau

und sage ihr, sie soll Lori in ihre Gemächer bringen und sich um sie kümmern, wie es sich gehört.«

»Ach«, seufzte Elorie, der es sichtlich schwer fiel, sich auf den Beinen zu halten, »ich bin so müde und so froh, daß du zu Hause bist, Bruder. Nun, da du hier bist, wird alles wieder in Ordnung kommen.«

Sobald Elorie fort war, trat Dyan in die Große Halle und rief nach dem *Coridom.*

»Herr Dyan, welche Freude, Euch zu sehen«, sagte der Mann und wiederholte seltsamerweise Elories Worte: »Nun, da Ihr hier seid, wird alles wieder in Ordnung kommen.«

Wie ein Gewicht lastete die Verantwortung auf ihm; *statt daß sie sich bemühen, mir meine Bürde zu erleichtern, warten alle nur darauf, die Last auf meine Schultern zu legen,* dachte Dyan mit unterdrückter Wut. Er fühlte sich noch nicht reif zur Führung der Domäne; durfte er denn nicht einmal seine Ausbildung abschließen? Als man ihn ein Jahr früher als vereinbart aus Nevarsin holte, hätte er sich schon denken können, daß er die Stelle des Domänenverwesers einnehmen sollte, weil sein Vater, am Herbstfieber erkrankt, darniederlag; sie hatten gefürchtet, er könne sterben, und keine Zeit verloren, Dyan zum Verweser zu ernennen. *Es war das Fieber, das an allem schuld ist, irgendeine Schädigung des Gehirns. Vorher war er betrunken und ausschweifend, aber bei Verstand und nur selten grausam.*

Es hatte nie zur Debatte gestanden, Rian als Kyrils Nachfolger einzusetzen. Nicht einmal die ganz optimistischen Mitglieder des Hauses Ardais hatten Rian als für dieses Amt geeignet angesehen; aber alle waren sie nur zu bereit, es einem neunzehnjährigen Jungen aufzubürden.

Der *Coridom* wollte ihm erzählen, wie das unselige Fest angefangen hatte, aber Dyan brachte ihn mit einer Handbewegung zum Schweigen.

»Das ist jetzt unwichtig. Wie kam er dazu, meine Stiefmutter niederzuschlagen?«

»Ich bin nicht sicher, ob er überhaupt wußte, daß er jemanden niederschlug; er war betrunken.«

»Und warum, im Namen sämtlicher Götter«, schrie Dyan in ohnmächtigem Zorn, »hindert ihr ihn nicht am Trinken, wenn ihr doch alle wißt, daß er diese Tobsuchtsanfälle bekommt, wenn er betrunken ist?«
»Herr Dyan, wenn Ihr, der Ihr sein Sohn seid, und die Herrin, die seine Gattin war, es ihm nicht verbieten konntet, wie sollten wir es können, die wir nur seine Diener sind?«
Dyan sah ein, daß dieser Einwand berechtigt war. Aber jetzt war es Zeit, die Dinge selber in die Hand zu nehmen.
»Es hat keinen Zweck. Der Mann ist verrückt und muß beaufsichtigt werden, vielleicht sogar eingesperrt, damit er sich und andern keinen Schaden mehr zufügen kann«, erklärte er.
»Und was wird aus der Domäne, jetzt, da die Herrin tot ist und Ihr so fern im Turm lebt?« fragte der *Coridom*.
Dyan seufzte tief und sagte: »Das laß meine Sorge sein. Ich gehe jetzt zu meinem Vater.«

Kyril hatte sich im obersten Raum des Nordturms verbarrikadiert, und Dyan drückte vergebens gegen die schwere Tür. Schließlich begann er laut zu rufen und dagegenzutreten, bis von innen eine heisere Stimme antwortete: »Wer ist da?«
»Ich bin es, Vater, Dyan. Dein Sohn.«
»O nein«, rief die Stimme. »So fangt ihr mich nicht. Mein Sohn Dyan ist in Arilinn. Wenn er hier wäre, würde das alles nicht vorkommen. Er würde dafür sorgen, daß meine aufsässigen Diener meinen Befehlen gehorchen.«
»Vater, ich bin gestern abend von Arilinn gekommen«, sagte Dyan und fühlte, wie ihm bei der listigen – echten oder vorgetäuschten – Verrücktheit in der Stimme seines Vaters der Mut sank. *Es ist wahr, daß das alles nicht geschehen wäre, wenn ich hier gewesen wäre; eher hätte ich dich in Ketten legen lassen.* »Vater, öffne die Tür, oder ich trete sie ein!« Dyan unterstrich seine Drohung mit einem gewaltigen Tritt, der die Angeln krachen ließ.
»Ich mache ja schon auf«, erklärte die Stimme gekränkt. »Nicht immer erst alles kaputtmachen.«

Das mächtige Schloß knarrte; gleich darauf öffnete sich ein schmaler Spalt, und Dyan sah in das Gesicht seines Vaters. Kyril war einst ein gutaussehender Mann gewesen, so wie alle Männer von Ardais gut aussahen. Jetzt waren seine Augen blutunterlaufen, das Gesicht aufgedunsen und verschwollen, die Kleider schmutzig und in Unordnung. Mit feindseliger Grimasse blickte er auf Dyan und brummte: »Und was treibst du hier? Du wolltest doch unbedingt weg von hier und in den Turm; wieso kommst du jetzt wieder zurück?«

War das die Art seiner Verteidigung? Zu tun, als wisse er gar nicht, was geschehen, und Dyan in die Defensive zu drängen. »Ich ging mit deiner Erlaubnis, Vater. Sollte ich denn glauben, die Domäne dürfte ihrem Herrn nicht länger anvertraut werden? Komm, Vater, stell dich nicht wahnsinniger oder betrunkener, als du bist.«

Kyrils blutunterlaufene Augen schlossen sich im verzerrten Gesicht. »Dyan, bist du es wirklich?« fragte er. »Warum sind sie alle voll Haß auf mich? Was habe ich denn getan? – Ich brauche etwas zu trinken, Junge, und sie wollen mir keinen Wein bringen!«

Dyan war nicht überrascht, verstand jetzt aber, warum sein Vater so sinnloses Zeug redete. Ein langjähriger Trunkenbold, dem man jäh allen Alkohol entzieht! In seinem augenblicklichen Zustand sah er zweifellos Dinge, die aus den Wänden auf ihn zukrochen.

Er konnte die Diener begreifen, aber wenn sie jetzt überhaupt vernünftig miteinander reden wollten, brauchte sein Vater zumindest soviel von dem Gift, daß er wenigstens den Schein geistiger Gesundheit wiedererlangte. Sein Gehirn war nicht mehr daran gewöhnt, ohne Alkohol zu arbeiten; Dyan sah die zitternden Hände und den schwankenden Gang.

Es hätte niemals soweit mit ihm kommen dürfen. Aber zweifellos war es einfacher gewesen, den Mann aufzugeben, damit er sich zu Tode trank, als sich mit ihm anzulegen. *Wäre ich hier gewesen ...,* dachte Dyan schmerzlich und schaute auf das Wrack des Vaters, den er einmal geliebt hatte; *aber es ist, wie er*

sagt: Ich wollte nur fort von hier, darum ist es genauso meine Schuld. Ich bin nicht besser als Rian.
»Ich hole dir etwas zu trinken, Vater«, sagte er.
Er ging die Treppe hinunter, fand Wein und befahl dem *Coridom,* etwas zu essen zu bringen. Sein Vater trank hastig und gierig und schüttete dabei einigen Wein über seine Hemdbrust. Dyan gelang es, ihn zu überreden, auch ein wenig Suppe zu sich zu nehmen.
Ganz allmählich hörte das Zittern und Beben auf. Nachdem er etwas getrunken hatte, kam der Vater Dyan nüchterner vor als ohne Alkohol im Blut. Es stimmte wirklich, daß Kyril ohne zu trinken nicht mehr normal erscheinen konnte.
»Nun wollen wir uns einmal vernünftig unterhalten«, begann Dyan, als der Mann, der ihm gegenübersaß, wenigstens soweit wiederhergestellt war, daß er jenem anderen ähnelte, den Dyan einst gekannt hatte. »Weißt du, was du getan hast?«
»Sie waren alle zornig auf mich«, erklärte Kyril. »Elorie und ihre Mutter, verdammtes plärrendes Weibervolk. Ich hab sie zum Schweigen gebracht, das war alles«, ergänzte er listig. »Hat noch keine Frau gegeben, die nicht ein paar hinter die Ohren verdient hätte. Schadet ihnen gar nichts. Tut ihnen sogar gut, und in Wirklichkeit gefällt es ihnen. Hat sie sich bei dir ausgeheult, weil ich sie geschlagen habe?«
Aber Dyan hörte die Verschlagenheit in der Stimme seines Vaters, der noch immer so tat, als sei er weitaus betrunkener und verrückter, als er es in Wirklichkeit war.
»Elender, du hast sie umgebracht!« explodierte der Sohn. »Deine eigene Gattin!«
»Schon gut«, murmelte der Betrunkene und starrte auf seine Knöchel. »War ja nicht mit Absicht! Hab's nicht so gemeint.«
»Trotzdem – Vater, sieh mich an, und hör mir zu«, beharrte Dyan, »trotzdem bist du nicht länger fähig, die Domäne zu führen, und nach diesem Vorfall –«
»Dyan!« Sein Vater zerrte ihn am Arm. »Ich war betrunken; hab nicht gewußt, was ich tat. Laß nicht zu, daß sie mich hängen!«

Angeekelt schüttelte Dyan die Hand ab. »Darum geht es überhaupt nicht«, erwiderte er. »Es geht darum, was mit dir geschehen soll, damit du den nächsten, der dir in die Quere kommt, nicht auch tötest. Ich glaube, es wäre das Beste für dich, die Domäne in aller Form an mich oder Rian zu übergeben und diese Räumlichkeiten hier nicht mehr zu verlassen, bis du nicht wieder all deinen Verstand beisammen hast.«

»Also darauf läuft es hinaus«, entgegnete sein Vater voller Wut. »Versucht ihr schon wieder, mir die Domäne zu nehmen? Das habe ich mir doch gedacht. Niemals, hörst du, *niemals*! Es ist *meine* Domäne, über die *ich* herrsche, und die werde ich keinem naseweisen Jungen übertragen!«

»Vater, ich bitte dich! Niemand will dir etwas zuleide tun; aber wenn du nicht dazu imstande bist, muß sich ein anderer an deiner Stelle um die Domäne kümmern.«

»Niemals!«

»Wenn du mir nicht traust, dann übergib sie Rian, und ich werde ihm treu zur Seite stehen.«

»Rian!« *Dom* Kyril stieß einen unbeschreiblichen Laut der Verachtung aus. »O nein. Ich weiß, was ihr vorhabt. Seht mich an, Götter!« Er breitete die Arme aus und begann betrunken zu weinen. »Mein Bruder, meine Kinder – alles meine Feinde; die Domäne wollen sie mir entreißen – mich einsperren . . .«

Dyan wußte später nie, wann er den Entschluß gefaßt hatte, den er jetzt ausführte. Vielleicht war es zuerst nur der Wunsch, das betrunkene Gewinsel zum Schweigen zu bringen. Mit der neuen Stärke seines *Laran* – es war das erste Mal seit Beginn seiner Ausbildung in Arilinn, daß er davon Gebrauch machte – griff er nach seinem Vater und packte ihn. Kyrils Worte zerflossen zu unzusammenhängenden Lauten. Fester und fester drückte Dyan zu und wußte, was er tun mußte, wenn diese Angelegenheit überhaupt je in Ordnung kommen und die Domäne von Ardais von der Herrschaft eines Wahnsinnigen befreit werden sollte.

Als er innehielt, war sein Gesicht weiß, und er zitterte. Dyan mußte sich gewaltsam zum Aufhören zwingen, um den ande-

ren nicht umzubringen. Voller Scham begriff er, daß er das im Grunde gewollt hatte.
Sein Vater war auf dem Boden zusammengebrochen. Während des furchtbaren Kampfes war er vom Stuhl geglitten. Kyril stotterte: »Natürlich . . . das einzig Vernünftige. Laß die Bewahrer kommen, dann bringen wir es hinter uns.«
Wortlos ging Dyan hinaus und suchte den *Coridom.* Alles, was er ihm sagte, war: »Ruf die Bewahrer der Domäne zusammen; er ist jetzt bei Verstand und bereit zu tun, was nötig ist.«

Innerhalb einer Stunde war der Rat der alten Männer versammelt, den man schon vor Tagen von der Notlage in Kenntnis gesetzt hatte. Ihr Wort und ihre Zustimmung verliehen dem Herrscher von Ardais seine Macht.
»Onkel und Vettern«, redete Dyan sie an. Er war in seinem Zimmer gewesen und hatte ein einfaches Gewand in den Amtsfarben der Domäne angelegt. Außerdem hatte er den Leibdiener seines Vaters geholt, damit dieser seinen Herrn wusch, rasierte und vorzeigbar machte.
»Ihr wißt, welcher traurige Notfall uns hier zusammenführt. Noch ehe die Herrin von Ardais zur Ruhe gebettet wird, muß die Domäne gesichert sein.«
»Ist er einverstanden, Euch die Domäne zu übertragen? Wir haben vergeblich versucht, ihn davon zu überzeugen; hat er nun aus eigenem, freiem Willen zugestimmt?«
»Aus eigenem, freiem Willen«, erwiderte Dyan. *Und wenn auch nicht, was haben wir für eine Wahl?* Aber er sprach die Frage nicht laut aus.
»Dann«, erklärte der Älteste der Männer, »sind wir bereit, es zu bezeugen.«
Und so standen sie alle um ihn herum, als Kyril Ardais, völlig ruhig und sichtlich bei vollem Verstande, die kurze Zeremonie zu Ende führte, in der er die Verweserschaft der Domäne formell und unwiderruflich zugunsten seines ältesten Sohnes Dyan-Valentin niederlegte.
Als es vorbei war und der Rat von Ardais Dyan Treue gelobt

hatte, lockerte dieser den unnachsichtigen Griff, mit dem er während der ganzen Zeremonie den Verstand seines Vaters zusammengehalten hatte. Würgend und unzusammenhängende Jammerlaute ausstoßend, sank Kyril zu Boden. Es hatte sein müssen, sagte sich Dyan, es gab keinen anderen Weg; aber er wußte auch, daß er sein *Laran* mißbraucht hatte. Sie hätten ihn in Arilinn lassen sollen . . .

Aber was hätte er tun sollen? fragte er sich grimmig. Seinen Vater den Heilern übergeben – vielleicht ein Jahr lang –, bis er wieder vollständig bei sich war? Dazu war keine Zeit. Nein, er hatte getan, was er tun mußte. *Kein Mann kann der Hüter eines fremden Gewissens sein. Nein, und auch keine Frau,* dachte Dyan, und der Gedanke an Fiora und den Eid des *Überwachers* brannte in ihm wie Feuer. Er wußte jetzt, daß dies der Grund gewesen war, warum er ihn so ungern geschworen hatte. Aber er konnte nicht auf das Recht verzichten zu tun, was das eigene Gewissen ihm gebot, auch nicht gegen alle Eide. Aber es hätte nie so kommen dürfen. Nicht einmal Elorie wollte er sehen; sie gehörte zu denen, die ihn dazu gezwungen hatten.

Man hatte Fiora von Arilinn die Ankunft der Männer von Ardais mitgeteilt. Sie spürte, daß sie von einer Erregung erfaßt waren, die nicht allein mit der Regelung von Familienangelegenheiten zusammenhängen konnte. Rian schien ruhig. Aber als sie in ihm las, was vorgefallen war, wurde sie zornig. Gewiß, oberflächlich betrachtet war Rian nicht der Mann, der eine Domäne regieren konnte; aber es war auch nicht richtig, daß man ihn einfach überging. Vielleicht wäre er mit der Verantwortung gewachsen; nun würde er die eigene Schwäche und Unfähigkeit für immer als gegeben hinnehmen. Es war falsch, daß man ihm erlaubte, sich hier, wo er niemals die eigene Kraft entwickeln konnte, zu verstecken.

Sie streckte ihm spontan die Hände entgegen. »Willkommen daheim, mein alter Freund«, sagte Fiora und hielt die seinen fest. »Ich hatte gefürchtet, Ihr wärt für uns verloren.« *Gefürchtet?* Sie hatte *gehofft*, er würde die Kraft finden, die Stelle seines

Bruders einzunehmen; aber in der Stunde der Bewährung war es anders gekommen.
Als sie sich Dyan zuwandte, erkannte sie, daß er müde war und unter einer großen Anspannung stand. Aber er war jetzt nicht mehr verschlossen für sie. Er hatte eine innere Stärke entwickelt, sein unbekanntes Potential gefunden.
»Ich freue mich, dich wiederzusehen, Dyan«, sagte sie wahrheitsgemäß und berührte leicht seine Hand. Die Berührung machte ihn durchsichtig für sie, und er hatte nicht einmal mehr den Wunsch zu verhehlen, was er getan hatte und warum. In diesem Augenblick war Fiora schockiert. Ohne nachzudenken, sagte sie: »Dyan, was mit dir geschehen ist, tut mir leid.«
»Ich habe getan, was ich mußte; und wenn Ihr wißt, was es war, so wißt Ihr auch, warum. Heuchler sind sie alle; keiner von ihnen hatte den Mut zu tun, was nötig war. Ich habe es getan. Werdet auch Ihr mich nun tadeln?«
»Dich tadeln? Nein. Ich bin die Hüterin von Arilinn, nicht die Hüterin des Gewissens anderer Menschen«, antwortete sie und wußte, daß dies nicht die ganze Wahrheit war; sie hatte versucht, sein Gewissen zu binden, und versagt. »Ich sage nur, daß du jetzt nicht mehr zu uns zurückkannst, und du kennst den Grund. Erinnere dich an die Eidesformel: *In keines Menschen Geist eindringen, wenn nicht zum Helfen oder Heilen, und niemals das Gewissen eines anderen zu etwas zwingen.*«
»Herrin, wenn Ihr wißt, wie ich die Einwilligung meines Vaters erzwang, dann wißt Ihr auch, warum ich es tat und daß mir keine andere Möglichkeit blieb«, erwiderte Dyan mit sorgsam bewahrtem Gleichmut. Fiora neigte den Kopf.
»Ich richte nicht über dich. Ich sage nur, daß es hier keinen Platz mehr für dich gibt, weil du den Eid gebrochen hast.« *Aber wohin,* dachte sie wild, *soll er sich wenden, nachdem er sich außerhalb meines Urteils gestellt hat und weiter gegangen ist, als er selbst je hatte gehen wollen?* Schon jetzt mußte Dyan ein Leben führen, das jenseits der Gesetze lag, die für sie alle galten. Mußte er zum Gesetzlosen werden, bevor er noch die Zwanzig erreicht hatte? Verzweifelt begriff sie, daß er sich von ihrer Hilfe selbst

abgeschnitten hatte. Zögernd fragte sie: »Willst du meinen Segen annehmen, Dyan?«
»Von ganzem Herzen, Herrin.« Seine Stimme bebte, und sie dachte mit tiefem Mitleid: *Er ist nur ein Junge und braucht unsere Hilfe mehr denn je. Zum Henker mit unseren Gesetzen und Regeln! Er hatte den Mut, sie zu brechen; er tat, was er mußte. Ich wünschte, ich wäre so mutig wie er.*
Sie streckte ihm die Fingerspitzen entgegen und sagte langsam: »Du hast Mut. Wenn du stets deinem Gewissen folgst, auch dann, wenn es verlangt, die Regeln anderer zu verletzen, will ich dich nicht tadeln. Doch wenn du mir einen Rat erlaubst: Du hast einen gefährlichen Weg eingeschlagen. Vielleicht ist er für dich der richtige – ich weiß es nicht –, aber gib auf dich acht.«
»Ich habe einen Punkt meines Lebens erreicht, Herrin, an dem ich nicht darüber nachdenken kann, ob etwas recht ist oder nicht; nur darüber, ob es getan werden muß.«
»Dann mögen alle Götter dich begleiten, Dyan, denn du wirst ihre Hilfe mehr brauchen als wir alle.« Ihre Stimme brach, und er sah – sie fühlte es – voll Schmerz und Mitgefühl auf sie hinab. *Zum ersten und vielleicht letzten Mal im Leben sucht er Hilfe, und mich zwingen meine Eide und Gesetze, sie ihm zu verweigern.*
Ruhig sagte sie: »Du kannst Elorie zu uns senden, wenn es dein Wunsch ist.«
Dyan beugte sich über Fioras Hand und berührte die blassen Finger mit den Lippen. »Wenn es denn Götter gibt, Herrin«, erklärte er, »erbitte ich ihre Hilfe und ihr Verständnis; aber weshalb haben sie mir nicht beigestanden, als ich sie am dringendsten brauchte?«
Mit trübem Lächeln richtete er sich auf, und Fiora erkannte, daß er sich von neuem abgeschirmt hatte. Nie mehr würde sie ihn erreichen können.
Ohne sich noch einmal umzuschauen, ritt Dyan von Arilinn fort.

ANMERKUNGEN

von Marion Zimmer Bradley

Das Geheimnis des blauen Sterns Ich erinnere mich noch, daß es Bob Asprin war, den ich als ersten über ein neues Konzept sprechen hörte, das er *Diebeswelt* nannte – ich glaube, es war auf dem Weltkongreß in Brighton, 1978, wenn ich nicht irre. Bob beschrieb das Konzept voller Enthusiasmus, und es klang wirklich nach Spaß, also sagte ich: »Okay, ich bin dabei«, ohne mir viel dabei zu denken ... auf diese Weise geraten Schriftsteller in Schwierigkeiten.

Ein paar Monate, nachdem ich aus England zurückgekehrt war, fand ich in meiner Post ein Päckchen von Bob und den anderen, die ebenfalls zugestimmt hatten, miteinander verknüpfte Geschichten mit einem gemeinsamen Hintergrund zu schreiben. Das Päckchen enthielt faszinierendes Material: Karten, eine grundlegende Beschreibung der Götterwelt und der Lebensumstände dieses Ortes usw.

Wir waren aufgefordert, eine Skizze unserer wesentlichsten Figur bzw. Figuren beizusteuern, und ich war mit ein paar Abschnitten über den geheimnisvollen Magier Lythande gefällig, über den nichts bekannt ist, noch nicht einmal das Geschlecht ... Es macht mir Spaß, Figuren zu entwickeln, aber wenn es dann soweit ist, daß man etwas Ernsthaftes darüber schreiben soll, wird aus dem Vergnügen Arbeit. Obwohl ich absolut willens war, an dem Projekt teilzunehmen, kam ich doch nicht dazu, mich an die Maschine zu setzen und Geschichten über Lythande hervorzuzaubern (wie Bob später berichtete, ging es nicht nur mir so: Mehr als die Hälfte derjenigen, die begeistert ihre Zusage gegeben hatten, an *Diebeswelt* mitzuarbeiten, gab vor, zu beschäftigt zu sein, um etwas dafür schreiben zu können).

Als Bob mich anrief und erklärte, daß er meine Geschichte jetzt wirklich haben müßte, war ich gerade im Begriff, über Phoenix nach New York und von dort weiter nach England zu fliegen, wo ich Nachforschungen für das vielleicht erfolgversprechendste Projekt meiner Schriftstellerkarriere anstellen wollte. Aber Bob überredete mich, nicht auszusteigen, und so entstand *Das Geheimnis des blauen Sterns* schließlich im Flugzeug und in meinem Hotelzimmer in Phoenix. Es ist die einzige Geschichte, die ich seit meinem 17. Lebensjahr mit der Hand geschrieben habe, und ich hoffe, es ist auch die letzte.

Was Lythande betrifft, so ist diese Figur für mich nicht weniger geheimnisvoll als für die Bewohner der *Diebeswelt*. Als ich sie entwickelte, wußte ich nicht, daß sie eine Frau ist; ich hielt sie für einen exzentrischen Mann. Als ich dann Poul Andersons Figur Cappen Varra in meine Geschichte aufnahm, war das eine rein dramaturgische Entscheidung. Aber Cappen Varras Bemerkung: »Einem wie Euch bin ich noch nie begegnet« machte mich nachdenklich. Von da aus war es nur noch ein kleiner Schritt zu sagen, natürlich, Lythande ist gar kein Mann, sondern eine Frau, dazu verdammt, ihr wahres Ich für immer zu verbergen.

Die Vorfahren Lythandes sind offenkundig – Fritz Leibers Fafhrd und C. L. Moores Jirel von Joiry; ich glaube aber, daß ich – als ich Lythande zum Sänger und Magier machte – auch einiges von Manly Wade Wellmans Silver John übernahm, dessen Laute mit den silbernen Saiten eine mächtige Waffe gegen Zauberei war. Im übrigen ist es selbst in einer Diebeswelt der Magie ein armseliges Geschäft, nicht von der Kunst, sondern von der Zauberei zu leben – denn, wie Lythande sagen würde, »es bringt keine Bohnen auf den Tisch«. Ein Sänger hingegen wird stets eine gute Mahlzeit für ein Lied bekommen.

Seetang Die Ahnfrau dieser Geschichte ist – obwohl ich das erst erfuhr, als sie schon lange geschrieben und im *Magazine of Fantasy and Science Fiction* abgedruckt worden war – die alte Mär vom Sirenengesang. Ich erinnere mich an eine Story, wahrscheinlich vom großen verstorbenen Theodore Sturgeon, in der eine Meerjungfrau den Männern als begehrenswerte Frau erschien, den Frauen jedoch als Mann. Auch das gehört zum Gesang der Sirene, daß sie – oder die Lorelei oder die Harpyie – jedem vorbeikommenden Wanderer so entgegentritt wie dem heimatlosen Odysseus; und, wie es im alten Volkslied heißt: »Sie singt in traurig süßem Ton / das Lied vom Herzenswunsch.«

Aber Lythande, die behauptete, nichts und niemanden zu lieben und keinen Herzenswunsch zu haben – würde sie für eine solche Erscheinung empfänglich sein? Eigentlich sollte diese Erzählung bissig und ironisch werden – zwecklos, an das Herz der Herzlosen zu appellieren –, aber ich mußte erkennen, daß sie voller Gefühle ist und sogar ein wenig sentimental.

Auf der Suche nach Satan Eine Regel der ursprünglichen *Diebeswelt*-Anthologien besagte, daß die daran Beteiligten auch über Figuren anderer Autoren schreiben durften. Allerdings gab es gewisse Einschränkungen; so durfte man zum Beispiel die Figur eines anderen nicht sterben lassen oder ihr Wesen verändern.

Als Vonda, die ich außerordentlich schätze, mir ein Exemplar ihrer Story schickte, hatte ich den Eindruck, sie hätte Lythande doch in wesentlichen Punkten »bekehrt«, denn in Vondas erstem Entwurf wollte Lythande mit Westerly und ihrer Truppe nach Hause gehen und ihr Wanderleben aufgeben. Das schien mir als Lösung für Lythandes Zukunft beinahe zu schön, um wahr zu sein; zudem konnte ich mir nicht vorstellen, daß Lythande so etwas Vernünftiges wirklich tun würde. Ich teilte Vonda meine Zweifel mit, und sie war so freundlich, das Ende der Story umzuschreiben, und zwar so, daß deutlich wurde,

daß Lythande diesen Entschluß nur als vorübergehende Lösung ihrer Probleme in der Welt, in der sie sich gerade aufhielt, akzeptierte.
Aber wenn sie eines Tages ihr Wanderleben fortsetzt, wird es ganz bestimmt neue Abenteuer geben – Abenteuer in anderen Welten; denn das Wesen von Lythandes Magie ist, daß sie nach Belieben zwischen den Welten wechseln und ganz nach Wunsch nicht nur sein kann, *wo* sie will, sondern auch, *wann* sie will . . .

Brautpreis / Alles außer Freiheit / Eidbrecher Diese drei Geschichten verdanken ihre Entstehung der Idee, eine weitere Anthologie der Freunde von Darkover zusammenzustellen (unter dem Titel *The Other Side of the Mirror*). Ich wollte eine Erzählung beisteuern, nicht lang genug, um damit ein eigenes Buch zu füllen, aber ausreichend, einen respektablen Sammelband abzurunden.
Nachdem ich *Alles außer Freiheit* geschrieben hatte, kam mir die Idee, diese Erzählung als Klammer für zwei kleinere Geschichten zu nutzen, die eher Randereignisse beschreiben. Die erste, *Brautpreis,* wirft – glaube ich – ein interessantes Licht auf die Charaktere von Rohana und Gabriel Ardais sowie die seltsame Natur ihrer Ehe. Mich erinnert sie sehr an das Epigramm Leo Tolstois, das seiner berühmten Erzählung *Anna Karenina* vorangestellt ist: »Glückliche Familien sind alle gleich; aber jede unglückliche Familie ist auf ihre eigene Art unglücklich.«
Die zweite Geschichte, *Eidbrecher,* handelt von dem Rätsel, daß einer von den wenigen Schurken, die ich jemals geschaffen habe, Dyan Ardais, sogleich zum Liebling der Fans wurde und nicht wenige Leser/innen sich aufgefordert fühlten, über Dyan und sein Liebesleben zu schreiben; besonders interessierten sie dabei offensichtlich seine Affären mit Frauen . . . ähnlich, wie – glaube ich – die zahllosen *Star Trek*-Fans den unschuldigen Mr. Spock in qualvolle Liebesabenteuer mit fast jeder und jedem im Universum stürzen wollten.

Während ich es vorzog, Dyans Liebesleben in sittsamer Ungewißheit zu belassen (denn ich fürchtete, es genauer zu betrachten könnte höchst unerfreulich werden), sah ich keine Veranlassung, nicht der Frage auf den Grund zu gehen, warum ein Telepath von seiner erwiesenen Größe von einem Turm verbannt worden war. *Eidbrecher* ist die Antwort – und zudem eine gute Ergänzung des kleinen Portraits von Kyril Ardais in *Alles außer Freiheit*.

LYTHANDE UND ROHANA: DIE HELDINNEN SIND MÜDE

Ein Essay von V. C. Harksen

For the Colonel's Lady an' Judy O'Grady
Are sisters under their skins!
Rudyard Kipling

Lythande und Rohana, das ist wie Feuer und Wasser, wie Chaos der Diebeswelt und strenges Reglement auf Darkover. Was sollte die in Männerkleidern herumvagabundierende Zauberin mit der in Samt und kostbare Pelze gehüllten Schloßherrin von Ardais verbinden? Unter den Frauengestalten Marion Zimmer Bradleys sind diese beiden Extreme.

Sie hat so viele Frauen geschildert, die unermüdliche *First Lady of Fantasy*, daß man nur schwer den Überblick behält. Kühne Frauen waren es zumeist, manchmal cool, manchmal von hitziger Kampfbegier, die einen keß, die anderen konventionell, fast alle unternehmungslustig. Morgan le Fay gehörte zu ihnen und die Königin der Nacht, es gab Raumfahrerinnen und Priesterinnen, Vampirinnen und Gestaltwandlerinnen, Magierinnen und Schwertkämpferinnen, adlige Jungfrauen und abgebrühte Amazonen. Stets waren sie ungewöhnlich, immer selbstbewußt, energisch, faszinierend.

Und irgendwann hat die Vielgefeierte diesen Erfolgstyp wohl satt bekommen und gefunden, daß Magie, *Laran* und Emanzipation vielleicht doch nicht alles sind. Marion Zimmer Bradley war nie eine Suffragette und hat sich stets vehement gewehrt, wenn man sie vor den Karren der Feministinnen spannen wollte. Nie hat sie geduldet, daß man ihre Bücher ans Banner der militanten Frauenrechtlerinnen nagelte. Sie war eine Verfechterin des Erfolgs durch eigene Tüchtigkeit, eine Feindin aller Quotenregelungen und eine überzeugte Anhängerin der Anerkennung aufgrund von Leistung.

Je älter sie wird (sie ist 1930 geboren), desto konsequenter vertritt sie diese Ansichten, und zwei Gestalten ihres späteren Schaffens verkörpern zugleich ihre Meinung, ihre kritischen Zweifel und ihre Resignation: Lythande und Rohana, die dadurch über den Zusammenhang der Texte, in denen sie auftreten, hinaus zu Facetten der Autorin selbst werden.

Was sind das für Charaktere, die sich durch ihren Pragmatismus, ihre kritische Lebenseinstellung und ihre verblüffend nüchterne Alltäglichkeit auszeichnen?

Beginnen wir mit Lythande. Die Figur entstand aus einem Gemeinschaftsprojekt verschiedener amerikanischer Fantasy-Autoren, einer Sammlung von Erzählungen mit einem gemeinsamen Hintergrund und bestimmten gemeinsamen Rahmenbedingungen; man nennt so etwas *shared world*. Marion Zimmer Bradley erfand für die erste Anthologie über die *Diebeswelt* (*Thieves' World*) Lythande, von der sie zunächst selber nicht wußte, ob sie ein Mann oder eine Frau sein sollte. Sie vermied darum sorgfältig alle Personal- und Possessivpronomina, was im Englischen wesentlich leichter ist als im Deutschen, und bekannte erst im letzten Absatz der Story Farbe, als nämlich Lythande sich zum Schluß *ihr* Schwert umgürtet.

Wie wir aus den folgenden Erzählungen erfahren, stammt Lythande offenbar aus vornehmer Familie, kann sich aber mit dem zurückgezogenen Haremsleben der Frauen ihrer Kaste nicht abfinden – zumal sie sich auch nicht zu Männern hingezogen fühlt und die Ehe keinen Reiz für sie hat. Ihre einzige Liebe gilt dem Gesang und der Musik, vornehmlich dem Lautenspiel, in dem sie bald alle anderen übertrifft. Aber das ist ihr nicht genug. Sie ist wissensdurstig und erlebnishungrig zugleich. Darum schleicht sie sich, als Jüngling verkleidet, in den

Tempel des Blauen Sterns, wird als Novize aufgenommen und erlernt zusammen mit der Fechtkunst die Kunst der Magie. Bis zum Ende ihrer Lehrzeit verbirgt sie ihre wahre Identität. Erst dann erkennt der Großmeister des Ordens ihr Geheimnis, aber nun ist sie bereits eine Eingeweihte Pilgerin, Mitwisserin der tiefsten Geheimnisse, und dadurch unverletzlich. Da er sie nicht töten darf, verflucht sie der Gebieter des Blauen Sterns: Sie soll bleiben, was sie zu sein vorgegeben hat, und in diesem Geheimnis soll der Brennpunkt ihrer Macht liegen.

Alle Adepten des Blauen Sterns haben ein solches Geheimnis, das der Angelpunkt ihrer Magie ist; wird es entdeckt, verlieren sie ihre Macht, und ihr Leben wird vogelfrei. Kein anderer aber hat ein so leicht zu entdeckendes Mysterium; es genügt, wenn ein Mann nur laut ausspricht, was Lythande in Wirklichkeit ist, und schon hat sie alles verloren. Trotz dieser Verwünschung hat es durchaus den Anschein, als habe Lythande ihr Ziel erreicht. Sie hat die Magie des Tempels überlistet und ist eine mächtige Zauberin geworden, in allen Kampfarten erfahren. Sie kann das ersehnte freie Wanderleben aufnehmen, mehr oder weniger unsterblich bis zu jenem fernen Zeitpunkt, an dem sie in der Letzten Schlacht zwischen Recht und Chaos für das Recht kämpfen wird wie alle Eingeweihten des Blauen Sterns. Nur durch Gewalt ist ihr Leben gefährdet, aber die Angriffe von Gegnern, die ihr wahres Geschlecht nicht kennen, kann sie dank ihrer Fecht- und Zauberkunst ohne größere Schwierigkeiten abwehren. Krankheit und Alter können ihr nichts anhaben.

Lythande ist hochgewachsen, schlank und kräftig, hat langes Haar und Falkenaugen. Ihre Züge sind schmal, fest und vornehm. Sie trägt hohe Stiefel, Reithosen, Lederwams, aber feine Hemden unter dem weiten, dunklen Zaubergewand mit den vielen Taschen. Ihre Liebe gilt den Frauen, aber nur selten wagt sie, dieser Neigung nachzugeben, denn jede Frau, die ihr Geheimnis erfährt, ist selbst gefährdet. Lythandes Feinde könnten es gewaltsam von ihr erpressen; zwei Frauen, die sie geliebt hat, sind bereits ihretwegen gestorben. Trotzdem gibt

es immer wieder Frauen, die Lythandes Geheimnis entdecken und schweigen.
Es sieht so aus, als könne die Zauberin tun, was sie wolle. Solange sie ihr Geheimnis wahrt, bestimmt sie ihr Leben selbst. Nichts bindet sie an Familie, Clan oder Heimat; keinem Gatten, keinem Lehnsherrn, keinem Herrscher ist sie verpflichtet. Ein freies Leben voller Wonne?

Da steht es mit Rohana ganz anders. Sie begegnet uns in Marion Zimmer Bradleys Erzählungen vom Planeten Darkover. Ihren ersten bedeutenden Auftritt hat sie in dem Band *Die zerbrochene Kette,* dessen Inhalt vor den im vorliegenden Buch vereinten neueren Geschichten liegt. Auch in anderen Darkover-Romanen wird sie erwähnt.
Der von Siedlern von der Erde vor vielen Jahrhunderten entdeckte Planet Darkover ist ein kalter, gebirgiger Stern, der erst zu Rohanas Zeiten von der Galaktischen Föderation wieder aufgesucht wurde; die Terraner unterhalten einen kleinen Raumhafen, den die Bewohner von Darkover widerwillig dulden. Der Planet ist in die *Sieben Domänen* aufgeteilt, große Provinzen, die von selbständigen Verwesern autonom regiert werden. Politische Entscheidungen fällt der Rat der Comyn, dem die Nachkommen der einst mit ihrem Raumschiff gestrandeten Erdmenschen angehören. Sie zeichnen sich durch unterschiedliche, in den Familien vererbte psychische Sonderbegabungen aus: Telepathie etwa oder Empathie mit Menschen und Tieren, Einfluß auf das Wetter, Zukunftsvoraussicht. Äußerlich erkennt man sie am leuchtendroten Haar. Ihre besondere Gabe heißt *Laran;* nicht alle Comyn-Kinder besitzen sie, und wenn, dann nicht in gleichem Maße. Darum fördert der Rat Ehen unter reinblütigen, stark *laran*-begabten Comyn, um das Talent zu erhalten. In speziellen Türmen, die Klöster, Forschungsstätten, Kontaktstellen für die Domänen, Nachrichtenübermittlungs- und Erziehungszentren zugleich sind, lehren weise Hüterinnen die Kinder den Umgang mit ihrer Gabe, die – ungezügelt – auch Vernichtung und Tod bringen kann.

In dieser Welt wächst Rohana auf, eine blauäugige, rothaarige, schlanke Schönheit. Sie ist die dritte Tochter der Herrin Liane von Aillard aus deren Ehe mit einem nicht ebenbürtigen Gatten; Liane selbst ist Oberhaupt der Domäne Aillard geblieben. Weil Rohanas *Laran* für ein Leben im Turm nicht stark genug ist, fügt sie sich dem Willen ihrer Familie und nimmt fünfzehnjährig die Werbung des elf Jahre älteren Gabriel an, des Erben der Domäne Ardais. Das intelligente, beherrschte Mädchen wird seine Frau. Sie schenkt ihm zwei Söhne und eine Tochter; die Nachfolge ist damit gesichert. Doch schon bald muß Rohana erkennen, daß ihr Mann, den sie zurückhaltend liebt, ein Schwächling ist. Er trinkt, betrügt sie, leidet an epileptischen Anfällen und ist absolut außerstande, nach dem Tod seines Vaters die Geschäfte der Domäne zu führen. Jähzornig und eitel kann er sich aber mit dieser Tatsache nicht abfinden und läßt seine Wut und Enttäuschung uneingeschränkt an Rohana aus. Nach und nach muß sie seine Aufgaben als Verweser und Großgrundbesitzer übernehmen, zudem einem riesigen Haushalt vorstehen und drei Kinder sowie zeitweise noch zwei Pflegekinder betreuen. Ständig ist sie Demütigungen, Beschimpfungen und sexueller Willkür ihres Mannes ausgesetzt.

Einmal nur wagt sie einen Ausbruchsversuch. Mit einer kleinen Schar Freier Amazonen unter Führung der mutigen Kindra unternimmt sie eine gefahrvolle Reise in die Trockenstädte der Wüste, wo ihre geliebte Kusine Melora als Gefangene schmachtet. Die Befreiung gelingt, aber auf der Flucht stirbt Melora, und nur ihre Kinder können gerettet werden. Diese Eigenmächtigkeit hat Gabriel seiner Frau nicht verziehen. Um sich ihr gegenüber zu beweisen, zwingt er sie zu einem vierten Kind, obwohl sie bereits Mitte Dreißig und damit mindestens zehn Jahre über das auf Darkover übliche gebärfähige Alter hinaus ist. Kurz vor der Geburt kommt Kindra nach Ardais. Die Amazone verkörpert für Rohana alles, was sie sich immer gewünscht hat: Freiheit, Selbstbestimmung, ein Leben ohne die ungeheure Last der Verantwortung für Mann, Familie, Haus, Hof und Domäne.

Auch Kindra hat ein schweres Schicksal hinter sich. Sie ist Rohana in lesbischer Neigung zugetan und läßt die Freundin ahnen, daß die Liebe ganz anders aussehen könnte, als sie es von Gabriel her kennt. Rohana entdeckt verwundert, daß auch sie Kindra liebt, und beschließt, wenn ihr viertes Kind zur Welt gekommen ist, mit der Amazone von Ardais fortzugehen.
Aber dazu kommt es nicht. Das Kind stirbt gleich nach der Geburt, Gabriel erleidet einen völligen Zusammenbruch, und Rohana begreift, daß sie es nicht fertigbringt, nur sich selbst zu leben. Sie entscheidet sich für Verantwortung und Leid, verzichtet auf ihre Wünsche und bleibt bei ihrem Mann, um weiterhin seine Last neben der eigenen zu tragen. Kindra reist traurig, aber verständnisvoll ab. Rohana hält es bis zu seinem Tod an Gabriels Seite aus.

So etwa wäre es in Marion Zimmer Bradleys früheren Texten auch stehengeblieben: hier Rohana, die Schloßherrin, Sklavin tradierter Konventionen und des eigenen Gewissens – dort Lythande, die Magierin, die freie Frau, die Kämpferin ohne Bindung. Keine Frage, für wen die aufgeklärte Leserin sich entscheiden, mit wem sie sich identifizieren würde.
Aber die Fürstin der Fantasy hat dazugelernt. Mit ihren sechzig Jahren ist sie nicht nur ein bißchen weiser und ein bißchen leiser, sondern auch sehr viel nüchterner – und ein wenig verbitterter – geworden.
Denn was bleibt übrig, wenn man alles Phantastische, alle Magie, allen Weltraumzinnober und alles *Laran* abzieht? Erstaunt stellt man fest, daß sie sich rückstandsfrei entfernen lassen und für den Gehalt der Erzählungen gar nicht von Bedeutung waren – für die Darstellung zweier alternder, enttäuschter, müder, frustrierter Frauen, die sich mutig bemühen, mit ihrem Leben fertigzuwerden; Frauen, liebe Leserin über vierzig, wie du und ich; Frauen, liebe Leserin unter vierzig, wie ihr es, fürchte ich, auch einmal sein werdet.
Rohana, allen pseudomittelalterlichen Brimboriums entkleidet, ist eine ganz normale, gescheite Frau in der Lebensmitte, die

standesgemäß geheiratet hat und nun mit drei Kindern dasitzt, materiell gesichert, »in bester Position«, mit einem wohlgeordneten Haushalt. Selbst um die unwillkommene Schwangerschaft beneiden sie ihre Altersgenossinnen, beweist sie doch, daß das sexuelle Interesse ihres Mannes an ihr noch nicht erloschen ist.

Wie aber sieht es in Wirklichkeit aus? Rohana ist an einen Ehemann gefesselt, der sie betrügt, schlecht behandelt und in jeder Weise einengt und unterdrückt, zugleich aber enorme Forderungen an sie stellt. Für ihre in der Tat außergewöhnlichen Leistungen findet sie keine Anerkennung, denn obwohl alle wissen, was gespielt wird, bleibt der Säufer und Hurenbock Gabriel der Herr von Ardais, Nutznießer der Arbeit seiner Frau, die ihm in Verwaltung, Haushalt und Bett zu Diensten sein muß. Kein Wunder, wenn eine solche Frau mit dem Gedanken an die Zärtlichkeit einer anderen Frau spielt, sich nach Verständnis sehnt und ihr folgen möchte, um endlich einmal sich selbst zu leben.

Daß sie es dennoch nicht tut, liegt nicht nur daran, daß ihr Gewissen sie von der Verantwortung für Gabriel, die Familie und die Domäne nicht entbinden will, sondern auch daran, daß sie Schaden für Kindra und die Gilde der Freien Amazonen fürchtet. Die allzu selbständigen Frauen werden vom Rat nur geduldet; fallen sie durch den spektakulären Eintritt einer Comynara von höchstem Adel in ihre Reihen auf, könnte ihnen leicht der Freibrief entzogen werden. Auch darum bleibt Rohana am Ende dort, wo sie gebraucht, wenn auch nicht geliebt wird. Ihr Käfig ist kein goldenes Bauer, kein Ibsensches Puppenheim, sondern ein sehr stabiler, steinerner Kerker mit Stahl vor den Fenstern, und Marion Zimmer Bradley zeigt unmißverständlich, daß die eigene Anständigkeit stärker binden kann als Wünsche und Neigungen.

Lythande hat sich Jahrhunderte zuvor anders entschieden. Sie hat auf alles verzichtet, um Wissen und Macht zu erlangen, und dieses Ziel auch erreicht. Was aber hat es ihr eingebracht?

Heimatlos durchwandert sie die Welt. Sie hat keine Freunde, denn Männern kann sie und Frauen will sie sich nicht anvertrauen; doch ohne Vertrauen gibt es keine Freundschaft. Verantwortung und Bindungen kennt sie nicht. Sie selbst nennt sich wunschlos, aber immer wieder kann man Nebensätzen und Andeutungen entnehmen, wie sehr sie, die Frauen statt Männer liebt, sich nach der Liebe einer Gefährtin sehnt. Immer wieder fällt ihr Auge auf eine potentielle Geliebte, immer wieder bleibt die Sehnsucht unerfüllt. Zusätzlich binden sie die für den Uneingeweihten eher lächerlichen Regeln ihres Ordens, die stets erwähnt, aber nie näher erläutert werden, bis auf die besonders merkwürdige Vorschrift, die ihr das Essen und Trinken in Anwesenheit anderer *Männer* verbietet (die Frauen sind davon ausgenommen, was freilich Lythande in ihrer besonderen Situation nicht weiterhilft). Im privatesten Bereich, beim Essen, Trinken und Schlafen, zum Alleinsein verurteilt, kann Lythande nur durch strenge Distanz zu anderen Menschen überleben. Immer wieder jedoch treibt sie ihr Herz dazu, diese selbstgewählte Entfernung zu durchbrechen und anderen zu helfen.

Unter Marion Zimmer Bradleys großer und vorwiegend weiblicher Fangemeinde hat es Lythandes wegen große Auseinandersetzungen gegeben – übrigens auch deshalb, weil es die Autorin erstmals gewagt hat, das Genre durch ironische Elemente zu verfremden. Daß beispielsweise das ernste, magische Geheimnis des Eingeweihten Pilgers Beccolo darin besteht, daß er jungfräuliche Ziegen schändet (in der Erzählung *Der fremde Zauber* im Band *Luchsmond*, Wolfgang Krüger Verlag, 1987), oder daß der Besitz der magischen Laute des leichtfertigen Prinzen Tashgan Lythande die höchst unerwünschte Leidenschaft zahlreicher ganz und gar nicht lesbischer Damen einbringt (in *Die wandernde Laute*, ebenfalls in *Luchsmond*), hat viele MZB-Verehrerinnen ernstlich vor den Kopf gestoßen. Noch kritischer freilich wurde bewertet, daß Lythande in all ihrer Freiheit kein Glück findet, daß sie nicht wirklich ohne Bindung leben kann, vor allem aber, daß sie sich nicht zu ihrer

Weiblichkeit bekennt, sondern sich hinter der Verkleidung eines Mannes versteckt.
Auch hier die Frage: Was bleibt übrig, wenn man die Zauberwelt der Zwillingssonnen und das ganze magische Drumherum wegstreicht? Eine ältere, vereinsamte, von allerlei unsinnigen Konventionen eingeengte, frustrierte Lesbierin, die einer unendlich langen – gelegentlich auch langweiligen – und höchst ungewissen Zukunft entgegensieht.
Wo aber ist dann noch der Unterschied? Rohana und Lythande sind beide nicht frei, nicht glücklich, nicht befriedigt, nicht zufrieden. So verschieden auch ihre Lebensumstände sein mögen, sie sind »Schwestern unter der Haut«, wie Kipling das nennt, zugleich auch Abbilder ihrer Autorin, die mit zunehmendem Alter erkennt, daß Fügsamkeit und Dulden so wenig weiterhelfen wie Auflehnung und Widerstand, daß das Glück nur in der eigenen Persönlichkeit zu finden ist – und daß es selten ist.
Ein trübes Fazit, gewiß, aber ein höchst realistisches. Der Platz im Leben, den man jahrelang eingenommen hat, läßt sich nicht von heute auf morgen aufgeben: Rohana kann den einen Schritt, der dazu nötig wäre, nicht tun; Lythandes Wünsche haben sich erfüllt: gebracht hat es ihr nichts.
Die beiden haben resigniert, ohne sich damit aufzugeben; sie gehen ihren Weg mutig weiter. Dadurch haben sie – im Gegensatz zu vielen anderen Figuren Marion Zimmer Bradleys – Tiefe und Menschlichkeit gewonnen. Die im vorliegenden Band abgedruckten Erzählungen, ergänzt durch die beiden in *Luchsmond* enthaltenen Lythande-Geschichten, mögen rein literarisch betrachtet nicht zu den Meisterleistungen der Autorin zählen. Aber als Schlüssel zu ihrem Gesamtwerk und damit zu ihrer Persönlichkeit sind sie von besonderem Wert.
Mit Lythande und Rohana hat Marion Zimmer Bradley sich vom Herzen geschrieben, was sie selbst bedrückt hat – Altern, Eheprobleme, Schwangerschaft, Krankheit, Frustration –, und sie hat es auf eine Art und Weise getan, die Achtung gebietet und Sympathie einflößt. Lythande und Rohana, die zwei Ge-

sichter einer janusköpfigen Heldin, lohnen mehr als andere Frauengestalten Marion Zimmer Bradleys das Nachdenken. Aus ihren Unterschieden und Gemeinsamkeiten lassen sich Rückschlüsse auf die Entwicklung ihrer Schöpferin ziehen.
So fesselnd es auch sein mag, von starken Frauen zu lesen, die zudem noch klug und schön und unermüdlich sind – irgendwann einmal wird es öde. Da lobe ich mir die müden Heldinnen, die so glaubwürdig auf das Unmögliche verzichten und das Mögliche in Angriff nehmen. Vielleicht wollte Marion Zimmer Bradley, die selbst immer zielstrebig das Mögliche getan und sich nicht im Unmöglichen verzettelt hat, uns diese Wahrheit demonstrieren, als sie Rohana und Lythande schuf.

QUELLEN

THE SECRET OF THE BLUE STAR
From *Thieves' World*

SEA WRACK
From *F & SF* October 1985

LOOKING FOR SATAN von Vonda N. McIntyre
From *Shadows of Sanctuary*

BRIDE PRICE
From *The Other Side of the Mirror*

EVERYTHING BUT FREEDOM
From *The Other Side of the Mirror*

OATHBREAKER
From *The Other Side of the Mirror*

Das Geheimnis des blauen Sterns erschien bereits in leicht veränderter Form in dem von Helmut W. Pesch herausgegebenen Erzählungsband *Die Sterne warten* (Gustav Lübbe Verlag, 1986).

Marion Zimmer Bradley

Die Feuer von Troia
Roman
Aus dem Amerikanischen von
Manfred Ohl und Hans Sartorius
Band 10287

Luchsmond
Erzählungen
Aus dem Amerikanischen von
V.C. Harksen und Lore Straßl
Band 11444

Lythande
Erzählungen
Aus dem Amerikanischen von
V.C. Harksen und Lore Straßl
Band 10943

Die Nebel von Avalon
Roman
Aus dem Amerikanischen von
Manfred Ohl und Hans Sartorius
Band 8222

Tochter der Nacht
Roman
Aus dem Amerikanischen von
Manfred Ohl und Hans Sartorius
Band 8350

Fischer Taschenbuch Verlag

fi 1588 / 1